1749

THE HISTORY OF TOM JONES, A FOUNDLING

湯姆·瓊斯

（全譯本｜上冊）

Henry Fielding 亨利·費爾丁

陳錦慧——譯

導讀

這是一本時光之書

逢甲大學外國語文學系助理教授　闕帝丰

對於亨利．費爾丁來說，出版《湯姆．瓊斯》（*The History of Tom Jones, a Foundling*）很可能是他人生中難忘的一段時光。《湯姆．瓊斯》出版於一七四九年，一上市旋即成為暢銷書，並且於出版的一年之內再刷四次。這一輝煌紀錄，也讓費爾丁從「知名劇作家」成為「知名小說家」。《湯姆．瓊斯》一書究竟有什麼魅力，值得十八世紀以及現今讀者細細品讀、仔細玩味的呢？這一問題的答案與「時光」一詞緊緊相扣。

從書名來看，讀者們不難猜想故事是與一位名為湯姆．瓊斯的孤兒有關。就內容來說，讀者們在全書十八卷中可以清楚地讀到，瓊斯如何從一名被人遺棄、牙牙學語的孤兒，在歷經無數人生轉折後，轉變成一名成家立業的男性典範。嚴格上來說，很多十八世紀英國小說皆以「年輕男子如何成為男性典型」為故事主軸之一。舉例來說，費爾丁的妹妹莎拉．費爾丁的《辛波歷險記》（*The Adventures of David Simple*, 1744）、麥肯齊（Henry Mackenzie, 1745~1831）的《多愁善感的男子》（*The Man of Feeling*, 1771）、理查森（Samuel Richardson, 1689~1761）的《克萊莉莎》（*Clarissa:Or the History of a Young Lady*, 1748）、以及斯莫里特（Tobias Smollett, 1721~1771）的《蘭登歷險記》（*The Adventures of Roderick Random*, 1748）和《皮克歷險記》（*The Adventures of Peregrine Pickle*, 1751）等作品中，讀者們都不難發現當中年輕男性角色（們）如何透過人生的試煉，來成就自己的事業以及家庭。然而，費爾丁在《湯姆・瓊斯》一書中所企圖呈現出的「時光」不只是年輕男性角色的，也是老年男性角色的。在說明費爾丁如何刻畫老年男性角色之前，以下將簡略說明十八世紀對於「老年」（old age）一詞的定義以及想像。

基本上來說，十八世紀學者們在討論「老年」一詞時，主要是根據時序的（chronological）、功能的（functional）、以及文化的（cultural）等三個面向來切入。「時序的」指的是特定年齡。在十八世紀，人若跨過了六十歲，就會被認為是「老」。「功能的」指的是人的身體機能。對於十八世紀的人來說，就算年紀尚未到達時序的定義數字，身體因老化過程而呈現出老態龍鍾的樣貌時，也會認定該人進入老年狀態。至於「文化的」定義，則是與個人的家庭與社會責任有關。一名十八世紀的典範老者（ideal old man），在家人以及鄉里之間會被視為是智慧以及經驗的傳遞者和助人者。此一形象建立在該人豐富的人生歷練之上。翻讀十八世紀行為準則文學（conduct literature）可以發現，這三個面向的定義看似獨立，卻有著相互依存的關係，特別是談到「典範老者」時。

「男性典型」（masculine ideal）一詞看似是一個集合體，但嚴格上來說可以透過不同的變項將其切割。從年齡來看，成為典範老者的必要條件與年輕男性典範中成家立業此一條件有些許不同。如上段末所提，一名典範老者必須是知識與經驗的傳遞者與助人者。除了此一條件之外，更重要的是這名典範老者的生活必須充滿著愉悅（cheerfulness）。十八世紀醫療手冊中提到，所謂的愉悅包含生理與心理層面。生理層面來說，十八世紀典範老者吃得節制、身體健康、且行動無虞，也因為這樣的生理狀況，讓典範老者的內心充滿喜樂、無所擔憂。

若將十八世紀醫療手冊與行為準則文學相互對照，我們不難發現上述所提及的三種定義必須相互搭配才能更全面地展現出典範老者的模樣。這也說明了這三種定義間的依存關係。在檢視此一依存關係時，讀者們必須謹記的是，這一典範老者形象並非一蹴可幾。換句話說，為了更加了解典範老者的內涵，我們必須深入探究養成典範老者的過程。為此，費爾丁的《湯姆．瓊斯》便是讓讀者們更加理解十八世紀典範老者養成教育的最佳素材。也就是說，費爾丁在《湯姆．瓊斯》中讓讀者們分別看到了分屬年輕男子以及老年男性的不同時光，以及如何透過結合這不同時光，得到十八世紀男性典型的全貌。

在《湯姆．瓊斯》中，鄉紳歐渥希是主要的老年男性角色。雖然費爾丁在整本小說中並沒有清楚地說出歐渥希的年齡。然而，讀者們透過不同的線索可以推敲出歐渥希的年齡。舉例來說，費爾丁在第一卷第二章中，提到歐渥希的妹妹布莉姬在故事一開始時已經是年過三十。接著當瓊斯正式出現在小說時，布莉姬已經四十多歲。根據費爾丁的形容，若歐渥希比妹妹布莉姬年長許多，那麼當瓊斯在小說裡來到近二十歲時，歐渥希的年紀很有可能已經達到甚至超過「時序的」定義下的六十大關。也就是，歐渥希在書中歷經了中年到老年的不同階段，以及兩階段之間的轉折。除了時序的定義外，歐渥希也備受家人以及鄉里的愛戴。從小說中其他角色的描述，我們可以得知，歐渥希在家中的地位崇高，深受晚輩以及僕人們的信賴與尊敬。在鄰里間，歐渥希除了是知名的大善人外，若里民們有糾紛時，他往往以仲裁者或諮詢者之姿來排解糾紛或提供建議。根據這些描述，歐渥希很明顯地符合「文化的」定義下的典範老者。

然而，費爾丁透過故事情節的轉折讓讀者們看到，這樣的典範形象其實並非與生俱來，而是需要透過學習才可得。舉例來說，歐渥希也曾被小說中的其他角色所矇騙而做出錯誤的判斷。在真相大白後，歐渥希除了坦然對面錯誤外，也立刻尋求解決之道。相較於行為準則文學或是醫療手冊中針對典範老者樣貌較為教條式的描述，費爾丁筆下的歐渥希除了替這些描述賦予血肉，以便活靈活現地將典範老者概念呈現在讀者們眼前外，歐渥希在故事中從中年到老年所經歷的諸多事件，也讓讀者們看到典範老者的養成過程。

總結來說，費爾丁在《湯姆・瓊斯》中透過描述瓊斯以及歐渥希的人生經歷，讓讀者們看到十八世紀英國對於男性在少年、中年以及老年等不同人生階段時的想像以及期待為何。在這樣的想像以及期待之外，讀者們也可以發現十八世紀男性在上述三個人生階段所可能面對的挑戰，以及三階段彼此間的延續性為何。因此，《湯姆・瓊斯》並非只是一本在描述年輕男子如何成為男性典型的小說，而是一本以縮時方式寫成的「男性全時光之書」。

第四卷　歷時一年　

第九卷 前後十二小時 459

第十卷　接下來的十二小時　511

第十一卷　大約三天　555

第十二卷 跟前一卷同一段時期 605

獻給可敬的財政專員喬治・里托頓先生[1]

先生：

儘管您再三推辭，我仍然要將這篇題辭獻給您，因為我堅持行使請您守護這本書的權力。

先生，這本書因您而誕生，是您表達的意願帶給我靈感。事隔多年，您或許已經淡忘，然而在我心目中，您的意願就是命令，我永遠銘記在心。

再者，先生，沒有您的協助，這本書不可能完成。我如此斷言，您可別詫異。我無意讓外界誤以為您是小說家，我的意思只是，我創作這本書的大多數期間裡多虧您的資助，才能生活無虞。這也是我要提醒您的另一件事，因為您對自己做過的善行，向來貴人多忘。在這方面，但願我的記性永遠比您好。

最後，本書以如此面貌呈現，也要歸功於您。某些人欣然指出，本書比坊間其他作品更鮮明地描繪出一份實而不華的善心。相信世人不至於過度抬舉我，以為描寫的是我自己，因為所有認識您、或跟您交情甚篤的人都不難看出那份善心是以誰為範本。我不介意世人發現書中的善人是以我的兩位摯友為藍圖，畢竟他們是世上最傑出、最可敬的人。有他們的加持，我該知足了，但我的虛榮心還想再添上另一位人物。這位不但身分高貴，也擁有表裡一致的偉大情操。他正是貝德福公爵，承蒙他的厚愛，此時我內心滿溢感激之情。然而，恕我提醒您，當初正是由於您的引薦，我才有幸結識公爵。

再者，您為什麼拒絕賞賜我這份榮耀呢？您毫不保留盛讚本書，又為什麼羞於看見自己的名字出現

1 George Lyttleton（一七〇九～一七七三），英國政治家，是費爾丁就讀伊頓公學（Eton）時的好友，經常接濟生活困頓的費爾丁。

在題辭前？說實在話，先生，如果這本書不致令您恥於稱許，那麼我在這篇題辭裡寫的任何文字不會、也不該辱沒您。我絕不放棄受您垂愛與恩賜的權利，畢竟您也讚許本書。雖然我受惠於您甚多，但那並不包括您對本書的美言。我相信您的美言無關友誼，因為友誼無法左右您的判斷，或扭曲您正直的人格。即使是您的對手，只要值得，您都願意適時給予嘉勉。您的朋友如果犯了過失，您最多也只是沉默以對。萬一朋友受到過度責難，或許您甚至會婉言為他辯解。

簡言之，先生，我認為您之所以否決我的請求，主要是不喜歡受到公開讚揚。我發現您與我另外那兩位朋友一樣為善不欲人知。正如某位大詩人稱頌您們三位其中一位（其實您們三位都適用）的詩句，您：

行善不動聲色，揚名面紅耳赤。

如果具備這種性格的人慣於審慎迴避褒揚，就像其他人極力閃躲譴責一樣，那麼您理所當然不希望我將您的高尚行誼訴諸筆端。如果有人傷害了某位作家，程度可比您對我山高水深的恩惠，那人理當畏懼作家對他的抨擊！

如果某人深知自己為何招致譴責，他的畏懼不會相對提高嗎？比如說，如果某人一生做了許多可受公評之事，萬一哪天某個激憤的諷刺作家將矛頭指向他，他必定心驚膽戰。先生，如果我們從這個角度看待您反對歌功頌德的謙遜作風，那麼您對我的憂慮，可說天經地義。

然而，您其實不妨答應我的請求，因為您一定知道，在我心裡，您的意向永遠凌駕我的喜好。有關這點，我會在這篇題辭裡提出強力證明：我要效法其他作家，不去陳述恩人的豐功偉業，而是寫些他最喜歡的內容。

我不再多做贅述，謹此奉上這份我花費多年心血的成果。這部作品的優劣，您已經了然於胸。若說我因為得到您的謬讚，油然生起得意之情，也算不上虛榮自負。因為即使您褒揚的是別人的作品，我同樣會含蓄地認同。相反地，至少容許我這麼表達：假使我察覺這部作品存在任何重大缺失，那麼我無論如何不敢奢求您的眷顧。

我衷心希望，當讀者翻開本書、在卷頭看見我的贊助人的名字，就明白書中不會有任何違反信仰與美德的論點，也不會有不符合最高行為規範的描述，更不存在任何可能冒犯最純潔心靈的語句。相反地，我敢宣稱，我撰寫這本書的目的，正是為了真誠地傳達仁慈與純真。您也欣然嘉許我已經達成這個目標。坦白說，正是這類作品最有機會傳遞真善美，因為優良典範也算是一種圖畫，其中所含的善行會變成視覺焦點，讓我們領略它的美好。柏拉圖認為那是道德最迷人的特質。

除了彰顯那份足以令世人景仰的懿德善行之外，我還有另一個更強烈的動機：希望人們起而效尤。我要讓世人明白，追求美好的善行，才是生命中最有益的事。為此，我在書中闡明，憑藉罪行獲取的利益，絕不足以彌補內心的不安，也無法消弭罪行在我們內心造成的惶恐與焦慮。畢竟，只有純真與善意，才能產生安樂的心境。再說，這些不當獲利通常毫無價值，而且多半是以卑鄙無恥的手段謀取而來，非但不可靠，更是危險重重。最後，我以堅定口吻反覆強調，世上唯一可能損及善行美德的，只有輕率失檢。也唯有輕率失檢，會讓善行美德落入欺瞞與邪惡設下的陷阱。我越是努力宣揚作品裡的這個寓意，就越有可能收到效果。因為我深信讓好人變得明智，要比讓惡人變良善容易得多。

基於這個目的，我在這本書裡運用我的一切機智與幽默，致力揶揄嘲弄，帶領人們跳脫他們最常見的愚蠢與惡習。我這份好意成果如何，會交由公正的讀者評斷。我只有兩點訴求：首先，期盼讀者寬容本書在所難免的疏失；其次，如果某些段落可讀性低於其他段落，也請讀者見諒。

先生，我不再耽擱您的寶貴時間。儘管我聲稱自己寫的是謝辭，不知為何卻已經變成序文。這好像是必然結果。我不敢稱頌您，只是，當我想到您，又得避免讚美您，就只能保持沉默，或者將思緒引向別的主題。

因此，先生，請您原諒，我這篇題獻所說的一切都未曾徵得您的同意，甚至徹底違背您的意願。至少請您容許我懷著最高敬意與感激，在此公開自稱——

您最恭順、最謙卑的僕人，

亨利·費爾丁

第一卷

故事開始：有關棄嬰的誕生，讀者需要或合適知道的一切

第一章

本書序文，也可說是這場盛宴的菜單

作家不該以私人宴會的東道主或施飯濟貧的善人自居，而該客串飯館老闆：任何人只要肯花錢，就能上門光顧。大家都知道，操辦宴會或施捨飯菜時，主人家可以依個人喜好決定菜色，食客就算覺得料理品質低劣不合口味，也不能出言埋怨。相反地，基於禮貌和修養，他們還得對眼前的食物口頭讚美一番。開飯館就不是這麼回事了。花錢吃飯的大爺不管口味多麼講究、多麼獨特，都想要滿足味蕾。只要有一絲絲不滿，必定毫不留情地怪罪、斥責，甚至失控地咒罵桌上的食物。

因此，為了避免不如人意的菜色冒犯顧客，正派的飯館主人會好意提供菜單，剛進門的顧客可以稍加瀏覽，以便對餐館的料理略知一二，再決定要留下來盡情享用，或移駕更符合他們需求的餐館。任何人只要夠機智夠聰慧，都值得我學習。所以我本著不恥下問的精神，仿效這些正派餐館老闆的做法，為這席盛宴提供一份總菜單，接下來陸續送上的每一道菜也都會有一份個別的食譜。

我這裡供應的食材只有一樣，那就是人性。我不擔心吃慣珍饈美味的明智讀者會因此吃驚、指摘或惱火。就如布里斯托郡長這樣的老饕從豐富的經驗得知，海龜除了美味的背膠與腹肉，還有其他部位可供品嘗。博學的讀者也該明白，我一言以蔽之的「人性」，其實內容五花八門、千變萬化。即使廚師已經把世上所有葷素食材全都變著花樣烹調一遍，作家恐怕還沒耗盡這個包羅萬象的題材。

味覺更為靈敏的食客或許會擔憂這道料理過於平庸粗俗，堆滿書攤的傳奇、小說、劇本和詩歌，不都是描寫這個題材？饕家如果因為某道菜肴出現在鄙陋巷弄，就認定它是尋常粗食，可能會因此錯過許多極品美饌。事實上，少有作家能刻畫出真實人性，正如普通商店裡買不到巴約納火腿[2]和波隆那香腸[3]。

沿用先前的比喻，重點在於作家的烹調技巧。正如波普先生[4]所說：

真正的才華能化腐朽為神奇，
能點石成金，捕捉幽微思緒。

某隻牲畜身上某些部位有幸登上公爵餐桌，其他部位卻可能際遇堪憐，或腿腳受刑似地吊掛在城裡最污穢的肉攤上。若說擺在貴族與腳夫餐桌上的肉品來自同一頭牛羊，那麼兩邊食物的差別如果不是在佐料、醬汁、裝飾與擺盤，又會是什麼？其中一邊能撩撥刺激最疲弱的食慾，另一邊則可能讓最靈敏最飢渴的舌尖厭膩走避。

同樣的道理，精神饗宴的優劣取決於作家如何妙筆生花，題材並非重點。因此，讀者如果知道我在這本書裡多麼用心遵循當代（或埃流卡巴勒斯[5]時代）某位一流主廚提出的最高指導原則，該有多麼歡

2 Bayonne ham，即 Jambon de Bayonne，來自法國西南部巴約納，擁有歐盟農產品原產地名稱保護（PGI）地位。
3 Bologna sausage，源於義大利波隆那城。
4 Alexander Pope（一六八八～一七四四），英國詩人，以翻譯荷馬作品著稱，是僅次於莎士比亞最常被引用的英國作家。這裡的句子摘自他的作品《論批評》（*An Essay on Criticism*）。

喜！講究飲食的人都知道，這位偉大廚師會先為飢腸轆轆的賓客端上尋常菜色，隨著客人肚腹漸漸填滿，他才用上精緻醬汁與香料。相同地，我在描摹人性時，會先為如飢似渴的讀者獻上鄉野村夫尋常質樸的舉止，之後再細調慢燉，添入矯揉造作與劣習惡行這類宮廷與城市慣見的高級法式與義式調味料。藉由這些手法，相信能讓讀者讀來欲罷不能，正如適才提及的偉大廚師讓食客回味無窮。

說了這麼多，我不再耽擱喜愛這份菜單的讀者享用餐點，這就呈上第一道菜供他們品嘗。

第二章

簡略描寫鄉紳歐渥希，並稍加詳盡介紹他妹妹布莉姬．歐渥希小姐

在這個國家西半部那個通稱薩默塞特郡的地方，不久前（或許如今還在）住著一位歐渥希先生。他可說是造物者和命運之神的寵兒，因為祂們似乎爭相賜予他福分與財富。某些人會認為造物者贏了這場比賽，因為祂給了他許多禮物，而命運女神能給的禮物只有一種。不過，命運女神倒是毫不手軟地大量致贈，於是另外一些人反倒覺得光是這份大禮，就抵得過造物者給的各種祝福。他從造物者那裡獲得的賞賜包括端正的相貌、結實的體格、卓越的理解力與厚道的善心；從命運女神手中收到的，則是繼承了全郡數一數二的龐大產業。

這位先生年輕時娶了一位賢淑美麗的女子為妻，對她寵愛有加。妻子幫他生了三個孩子，可惜都在襁褓期夭折。大約就在這篇故事發生前五年，他也不幸親手埋葬了心愛的夫人。他以堅毅卓絕的男子氣概熬過喪妻的重大打擊，只是，我不得不坦誠，他聊起這件事時稍嫌荒誕不經。有時他會說他覺得自己還是個有妻室的男人，妻子只是先一步踏上旅程，他遲早會趕上她，有朝一日兩人會在某個地方重逢，

5 Heliogabalus（約二〇三～二二二），羅馬帝國皇帝，西元二一八年到二二二年在位，是羅馬帝國第一位出身東方（約今日敘利亞）的皇帝，將東方的奢靡放蕩風氣帶入宮廷。

從此長相左右。有些鄰居聽見他這些深情話語，說他糊塗犯傻；另一些人說他背離上帝；更有人說他口是心非。

此時他多半退居鄉間，跟他鍾愛的妹妹一起生活。這位妹妹已經年過三十，到了一個毒舌之輩會適切定義為「老處女」的年紀。她是那種品格會受到讚美，而非容貌被稱讚的女子，也是同性口中的「好女人」，也就是女士們會想認識的那種好女人。事實上，她一點都不以平凡的姿色為憾，因此，只要聊起美麗這個完美特質（如果可以這麼說的話），總是語帶不屑。她經常感謝上帝她沒有某某小姐的花容月貌，那位小姐可能就是因為長得漂亮，才會走上原本可以避開的歧途。布莉姬小姐（這就是她的名字）判斷正確，女人的嬌媚可說是陷阱，對自己和他人都構成危險。所以她舉手投足格外嚴謹審慎，隨時隨地保持警戒，彷彿為全天下女人張設的陷阱都圍繞在她身旁。讀者聽來或許不可思議，但我發現，這種行為上的戒備，就像訓練有素的民兵，總是主動選擇最安全的地方執勤。它經常卑劣又懦弱地拋棄那些令男人痴心迷戀、神魂顛倒，想方設法追求的美人兒；亦步亦趨跟隨那些男士們敬而遠之、永遠不敢（想必是自知成功無望）一親芳澤的高尚女子。

讀者啊，我們踏上這段旅程之前，我想我應該話說前頭。在這段故事過程中，只要我覺得時機恰當，就會偏離正題。至於何謂恰當時機，相信我的判斷力比任何可鄙的書評家更中肯。所以我必須請那些好發議論之輩少管閒事，少來干涉與他們無關的事務或作品。除非他們展現出書評家應有的權威，否則我不願接受他們的裁決。

第三章

歐渥希返家後遇見的怪事；黛博拉．威爾金女士的合宜舉止；她對私生子的適切非議

我在前一章向讀者透露，歐渥希繼承了一大筆遺產，心地仁慈、沒有妻小。毫無疑問地多數人會據此斷定他為人正直，不賒欠、不貪取、善於理家，常熱情招待左右鄰居用餐，再把餐桌上的殘羹剩肴施捨窮人（指寧可乞討不願工作的人）；並且捐資興建醫院，死時留下巨額財富。

真實的情況是，他的確做了不少那些事。不過，如果他沒多做點別的，我就會把他的功績留給他自己，記錄在那家醫院大門上方的漂亮石板。這篇故事裡的主題要比那些精彩得多，否則我寫這本浩浩巨著豈不浪費時間。還有你，我聰慧的朋友，不如去讀幾頁某些詼諧作家戲稱為「英國歷史」的書籍，一樣裨益身心，樂趣無窮。

歐渥希在倫敦停留了三個月處理某些事。他處理什麼事，我不得而知，可是多年來他不曾離家超過一個月，這回在倫敦待這麼久，想必有些要務。那天他很晚才回到家，跟妹妹吃過簡單晚餐，就累得回房歇息了。他跪在床邊禱告片刻（他不曾為了任何原因中斷這個習慣），準備上床睡覺，掀開被褥，震驚地看見床上有個嬰兒，身上裹著粗布，睡得又香又甜。他怔怔呆立原地。不過，他的慈悲心總是占上風，馬上對眼前這個小可憐生起憐愛之心。他一面搖鈴要家裡的年長女管家立刻起身過來，一面打量可愛的小嬰兒，痴痴看著那張熟睡小臉蛋紅潤無邪的光彩。他看得太入神，沒發現女僕進來時自己身上只

穿著襯衣。女僕其實已經給了主人充分時間整裝，因為基於對主人的尊重，以及禮儀上的考量，雖然僕人來喊她時急如星火，彷彿主人中風或突發急症性命垂危，她依然花了好幾分鐘在鏡子前整理頭髮。

想當然耳，一個在禮法方面自律甚嚴的人，看到別人在這方面稍有疏失，難免驚惶失措。她一推開門，看見主人手拿蠟燭穿著睡衣站在床邊，嚇得花容失色，連連後退，幾乎就要暈倒在地。幸虧歐渥希意識到自己衣裝不整，要她在門外稍候，這才結束她這場驚嚇。他趕緊披上外衣，以免衝擊黛博拉純潔的雙眼。畢竟她雖然五十二歲了，卻信誓旦旦地宣稱自己不曾見過沒穿外衣的男人。尖酸刻薄的低俗之輩或許會嘲笑她的大驚小怪，然而，我更嚴肅的讀者如果考量到當時已經夜深人靜，她從睡夢中被叫醒，驚見主人衣衫不整，肯定會高度認同並讚許她的做法。除非讀者覺得女人活到這把年紀，舉止應該更為穩重，因而減損對她的賞識。

黛博拉重新進房後，聽主人說起小嬰兒的事，震驚的程度比歐渥希有過之而無不及。她拉高嗓門、表情驚恐地叫嚷，「我的好老爺！這可怎麼辦呀？」歐渥希答道，這天晚上小嬰兒由她照顧，等天亮他會派人找個保姆。

「好的，老爺。」她說，「我希望老爺發張拘捕令，叫人把生下這孩子的賤貨抓起來，她一定就住在附近。我要看著她進感化院，被人綁在板車後面抽鞭子。懲罰這種壞胚子娼婦，再嚴格都不為過。竟然厚著臉皮這樣誣賴您，肯定不是初犯。」

歐渥希答，「誣賴我！我不認為她有這種念頭。我猜她只是用這種辦法給孩子找個好人家。說實在話，我很慶幸她沒做更糟的事。」

黛博拉嚷嚷道，「這個婊子把自己犯錯的惡果丟在好人家，還有什麼比這更糟。老爺，您雖然知道自己的清白，可是人言可畏，有太多正直男人當了冤大頭，變成別人孩子的爸爸。如果老爺收養這個孩子，更沒人相信您了。再者，老爺又何必一肩挑起教區該負的責任？至於我，如果這是正經人家的孩子，那就另當別論，否則我碰都不想碰這些私生賤種，我不會把他們當人看。呸！臭死了！沒有一丁點基督徒的味道。要我說，不如把他放進籃子裡，拿去放在教區委員家門口。今晚天氣不錯，風雨都不大，只要包得密實點，放在保暖的籃子裡，八成能活到天亮，然後被人發現。萬一撐不過去，我們也盡了人事，不需要負責。再說，這樣的小傢伙倒不如趁不懂事的時候死掉算了，免得長大後步上他生母的後塵，這種孩子反正不會有出息的。」

歐渥希如果用心在聽，剛才這番話恐怕有好些地方會惹惱他。可是此時他的手指頭被孩子抓住，孩子輕柔的抓握彷彿在向他求助，黛博拉的巧舌就算功力再增強十倍，也輸給孩子的一隻小手。歐渥希以不容商榷的口吻指示黛博拉把孩子帶回房間照顧，再找個女僕幫孩子做點流質食物，他醒了才有得吃。他還命令她明天一早幫孩子準備些合適衣裳，等孩子睡醒，就抱過來給他。

黛博拉擅長察言觀色，非常尊重這位格外器重她的主人，這時聽見主人堅決的語氣，滿腹牢騷都拋到腦後。她抱起孩子，沒有露出一丁點對私生子的嫌惡表情，滿口稱讚這孩子長得真可愛，轉身回房。

歐渥希飢渴的善心充分得到滿足，懷著愉快的心情酣睡一夜。這種睡眠可能比享用過任何豐盛大餐後的睡眠更舒暢，如果我知道上哪兒可以滿足這種胃口，一定會多費點精神為讀者通風報信。

第四章

讀者在某段敘述中性命堪憂，僥倖逃過一劫；布莉姬小姐大人大量放下身段

哥德式建築之中，再也找不到比歐渥希的宅邸更雄偉的了。那房子有一種令人肅然起敬的氣派，足以與最優美的希臘建築並列。屋子外觀有多麼尊貴，內部就有多麼寬敞。

這棟房子坐落在山丘東南側，位置比較接近山腳，遠離山巔。這麼一來，屋後東北方那片順著山坡向上延伸將近八百公尺的老橡樹林正好成了天然屏障。所幸屋子地勢夠高，還能俯瞰底下山谷最迷人的景色。

樹林之中有一片青翠草地，緩緩斜向屋子。草地最高處附近湧出豐沛清泉，從冷杉叢下的岩壁間汩汩流出，形成一道約莫十公尺高、終年不斷的瀑布。瀑布並非沿著規律石階湍流下來，而是像道天然水瀑，從高處越過青苔裂石傾瀉而下，直達岩壁底部，再順著卵石河道潺潺流淌，沿途穿插許多小水瀑，終於匯入山腳下的湖泊。湖泊約在屋子南側往下四百公尺處，屋子正面的每一個房間都能看得見。周遭是一片秀麗平原，上面星羅棋布點綴著山毛櫸與榆樹林，綿羊悠閒地覓食其間。一條小溪從湖泊流出，蜿蜒穿過目不暇給的牧草地與雜樹林，到了幾公里外，將波光瀲灩的溪水送入大海，那片大海和更遠處的島嶼便是這幅佳景的終點。

這處山谷右側開展出另一處規模較小的谷地，幾個小村莊點綴其間。盡頭處是古老修道院廢墟的尖

塔和一部分尚稱完整的建築正面，已經爬滿藤蔓。

屋子左側則是一座異常奇秀的公園，公園地面高低起伏，裡面巧妙鋪排了千奇百怪的丘陵、草地、樹林與溪流等美景，多半出於大自然的手筆，少有人工雕琢。公園另一頭地勢漸漸拔高，最後形成一座皺秀削的高山，山頂沒入雲端。

時值五月中，清晨時光格外恬靜，歐渥希走上陽台，晨光一點一滴為他揭露我剛才描述的那幅美景。數道曙光射向蔚藍天空，有如壯盛隊伍的先驅，然後朝陽以君臨天下的氣勢冉冉升空，揮灑出澄金耀亮的光芒。若說卑微塵世中有任何物體能比太陽更為輝煌，那就非歐渥希莫屬。他滿懷仁善，總是思索著該如何照料他的人類同胞，以便榮耀他的造物主。

讀者啊，請小心提防。我如此魯莽地帶領各位攀登有如歐渥希這般崇高的山嶺，卻不知道怎麼安全送你下山。總之，我們姑且冒險一起往下滑吧，因為布莉姬已經搖了鈴，喚哥哥去共進早餐。我必須奉陪，如果你願意，也歡迎加入。

兄妹倆照例互相問候寒暄幾句，熱茶也倒好了。歐渥希命人召喚黛博拉，順道告訴妹妹他要送她一份禮物。布莉姬向哥哥道謝，八成以為即將收到禮服或首飾之類的物品。確實沒錯，歐渥希經常送妹妹這類禮物，她為了迎合哥哥，也花了不少時間打扮自己。我說「迎合哥哥」，因為她聊起衣裳總是充滿不屑，也鄙視那些在衣著上下足工夫的小姐。

但如果她期待的是衣裳或首飾，卻看到黛博拉奉老爺命令送來一個小嬰兒，該有多麼失望？眾所周知，過度驚訝時通常啞口無言，布莉姬此刻的反應正是如此。歐渥希於是告訴她事情經過。那些事讀者已經知道了，我不再重述。

布莉姬向來看重女士們所謂的貞潔，如果她自己也有這種強烈特質，如今遇上這種事，旁人（特別是黛博拉）不免預期她會大張撻伐，會主張立刻將那孩子送走，像趕走某種有害動物。相反地，這回她卻展現溫柔敦厚的一面，對那無助的小傢伙生起憐憫心，也讚揚哥哥的慈悲。

如果我告訴讀者，歐渥希剛才已經向妹妹表明他決心收養這孩子，要將他視如己出。那麼讀者或許會猜想，布莉姬的反應想必是為了討好哥哥，因為坦白說，她凡事順從哥哥，幾乎不曾違逆過他。當然，偶爾她會發發牢騷，比如埋怨男人冥頑不靈，一意孤行，真希望自己有獨立財產云云。但她說這些話都壓低嗓門，頂多只能算是喃喃自語。

她對孩子溫柔有加，卻盡情數落那身分成謎的可憐母親，罵她是無恥娼婦、淫蕩女子、大膽騷貨、輕佻賤人、下流婊子，還有其他種種正經女人用來痛斥那些讓全天下女性蒙羞的壞女人的字眼。

他們開始討論該怎麼找出那個始作俑者。第一波檢視對象就是家裡的女僕，但黛博拉一一為她們澄清，理由再明顯不過：那些都是她親自挑選來的，而且再也找不到比她們更粗鄙的丫頭了。

下一步就是過濾教區裡的眾女子，這件事全權委託黛博拉，由她使出渾身解數去調查打聽，當天下午回報結果。

事情說定了，歐渥希循例去了他的書房，把孩子交給妹妹照料。布莉姬聽從哥哥指示，接下這個任務。

第五章
描述幾件尋常事；發表一個對這些事的不尋常見解

主人離開後，黛博拉默默站在原地，等布莉姬表態。謹慎的黛博拉知道，剛才主人在場時發生的一切不足採信。她從經驗得知，小姐看事情的觀點在主人面前和背後多半不大一致。幸好，好心的布莉姬沒有讓她懸心太久，她定眼看著在黛博拉懷裡熟睡的孩子半晌，忍不住深情地吻了他一下，說她很喜歡這孩子長得這麼俊俏、這麼純真。黛博拉見狀，立刻又捏又親，欣喜若狂的程度不亞於四十五歲的聖潔女士碰上朝氣蓬勃的年輕新郎倌。她尖聲叫道，「哎呀！親愛的小傢伙！又甜又俊的小東西！我敢說，這是天底下最可愛的小男孩了！」

她連聲讚嘆，直到布莉姬出聲打斷。布莉姬開始執行哥哥交付的任務，叫黛博拉幫孩子備妥一切所需物品，還選定家裡最好的房間當嬰兒房。她對孩子格外慷慨大方，就算照顧親生孩子，也不過如此。只是，法律畢竟認定對私生子慈悲是不符合宗教信仰的行為，為免德行高潔的讀者責備她過度關心低賤的私生子，我最好補充說明：布莉姬把事情交代清楚後說，既然哥哥一時興起要收養這孩子，那麼小少爺應該得到最溫柔的照料。至於她自己，她不得不認為這種做法等於鼓勵惡行。只是，她太了解男人的固執，不想費神去反對他們的古怪念頭。

誠如剛才所暗示，布莉姬對哥哥言聽計從，偶爾不免發發牢騷。當然，她在順從的同時，又表明她很清楚哥哥的決定是多麼愚蠢不理性，有什麼比這樣的順從更值得讚賞？沉默的服從通常不是強迫而來，因此更容易持續下去，絲毫不造成痛苦。然而，當妻子、子女、親人或朋友怨聲載道、百般勉強地照我們的意願行事，滿臉嫌惡與不滿。他們表現出來的為難，必然突顯他們的服從是多麼難能可貴。

極少讀者能夠自行體會如此深刻的見解，所以我覺得最好適時幫個小忙。不過，在接下來的故事裡，我不會經常提供這樣的協助。事實上，我幾乎、或根本不會這樣溺愛讀者，除非碰上類似這種非得靠我們作家特有的靈感才能觀察到的現象。

第六章
運用比喻描述黛博拉前往教區的情景；簡短介紹珍妮・瓊斯；附帶說明年輕女子追求學問遭遇的困難與阻撓

黛博拉照主人的意思安頓好孩子之後，準備探訪那些涉嫌窩藏孩子生母的人家。

當各種飛禽看見巨大的老鷹凌厲升空，在牠們頭頂上方盤旋，多情的鴿子和其他無辜小鳥會向同類發出警訊，顫抖地飛向藏身處。老鷹唯我獨尊地鼓動雙翅，意識到自己的威嚴，盤算著下一步惡意行動。因此，當街頭巷尾互相通報黛博拉大駕光臨，人們連忙哆嗦著奔回自家，每個婦人都擔心自己雀屏中選。黛博拉踩著莊嚴步伐，氣勢凌人地穿越田野，下巴高高仰起，腦袋裡填滿優越自負，琢磨著該怎麼揪出那個婊子。

英明的讀者看到這樣的比喻，絕不會以為這些可憐人已經知道黛博拉此行的目的。不過，考慮到這個比喻的精深微妙處可能會沉睡數百年，直到未來某位批評家拿起這部作品才得遇知音，我認為最好在這裡給讀者些許提點。

我想表達的是，獵食小動物是老鷹的天性，像黛博拉這樣的人羞辱欺壓下層階級也是天性。這其實是他們在主人面前極度卑躬屈膝導致的補償心理，因為奴僕和馬屁精奴顏婢膝地奉承上位者，理所當然也會向底下的小人物索討巴結逢迎。

每回黛博拉在布莉姬面前格外低聲下氣，以至於心情有點不美麗，她就會走到村子裡，藉機發洩心裡的怨氣，傾倒所有鬱悶，重拾歡樂心情。在那種情況下，也難怪村子裡沒人歡迎她。坦白說，村裡每個人都害怕她、憎惡她。

她一踏進村子，馬上去找一名上了年紀的婦人。由於這名婦人的容貌和年齡有幸跟黛博拉不相上下，因此比其他人更得黛博拉歡心。黛博拉將事情經過告訴婦人，順便說明她的來意。她們倆開始討論附近幾個年輕女孩的性格，最後達成共識，認為頭號疑犯是一個名叫珍妮・瓊斯的女孩。

這個珍妮不論臉蛋或身材都普普通通，不過，造物者給了她某種只有判斷力臻於成熟的女性才會看重的特質，也就是非凡的理解力，算是補償她容貌上的不足。珍妮靠著閱讀大幅提昇這份天賦。她曾經在一位老師家幫傭多年。老師發現她反應敏捷，又非常好學，因為她只要得空，就拿學生們的書本來讀。這位老師於是好心、或傻氣（讀者不免這麼認為）指導她，她因此通曉拉丁語，滿腹學識只怕不輸當代上流社會的年輕男士。然而，正如大多數卓越長才，這個優勢不免造成些許不便。因為像這樣學富五車的年輕女子，想必不太樂意跟那些在命運女神安排下與她同一階級、教育程度卻遠不如她的女性往來。這麼一來，珍妮的優秀以及伴隨而來的行為表現，當然會為自己招來其他女孩的嫉妒與反感。自從她辭工回家，這把嫉妒之火也悄悄在街坊鄰居心中燃起。

然而，人們沒有公開表露出這份嫉妒。直到某個星期天，可憐的珍妮穿著全新絲綢禮服、頭戴蕾絲無邊帽，搭配相稱的飾品公開露面。她這個舉動震驚所有人，也惹惱鄰近地區所有年輕女孩。

原本深藏在心中的火苗就此爆燃。珍妮的自尊因為她的學問水漲船高，卻沒有哪個好心鄰居願意給予她渴求的榮耀。如今，她那身漂亮衣裳帶來的不是敬重與崇拜，而是憎恨與誹謗。整個教區都說她這些衣飾肯定來路不正當，其他女孩的父母非但不希望自己的女兒也擁有那些華麗衣裳，反倒慶幸自家孩子沒有那些東西。

也許是因為這樣，那名婦人才會在黛博拉面前把矛頭指向可憐的珍妮。不過，黛博拉也有其他理由懷疑珍妮：珍妮近來經常出入歐渥希府，她去照顧突發急症的布莉姬，一連好幾個晚上熬夜守護病人。除此之外，就在歐渥希返家前不久，有人看見她出現在那裡，目擊者正是黛博拉本人。只是，英明的黛博拉始終沒有懷疑到她身上。因為，正如黛博拉親口所說，「她向來認為珍妮是個穩重的女孩（雖然她對她所知不多），寧可懷疑其他那些自以為有幾分姿色就心高氣傲的放浪娼婦。」

有人奉命傳喚珍妮來見黛博拉，珍妮立刻從命。黛博拉端起法官架勢，比法官多了點嚴厲，以「妳這大膽的婊子！」開場，滔滔不絕地演說起來。內容與其說是陳述罪狀，不如說是宣判刑度。

根據前述種種理由，黛博拉毫不懷疑珍妮就是罪犯。不過，歐渥希或許會要求更確鑿的證據，才願意定珍妮的罪。珍妮幫他們省下這種麻煩，因為她坦然承認加諸在她身上的所有指控。

珍妮認罪時態度良好，語帶悔悟，可惜平息不了黛博拉的怒火。她對珍妮展開第二回合的批判，遣詞用字比第一回合來得更粗鄙。這時圍觀的人愈來愈多，沒有人同情已有悔意的珍妮。其中不少人大聲說，他們早就知道那件漂亮禮服會招來什麼禍患；其他人則尖酸刻薄地嘲弄她的學識。在場每一位女性都找到理由表達她們自己對珍妮的厭惡。珍妮始終逆來順受，直到有個女人揚起鼻孔攻擊她的長相：「男人會送絲綢禮服給這種貨色，八成一點都不挑嘴！」她才毫不客氣地回應。明智之士想必十分驚訝，畢竟珍妮默默承受了眾人對她貞操的攻擊。不過或許她的耐性用完了，因為耐性這種美德使用過度也是會疲乏的。

黛博拉的調查行動出奇順利，意氣風發地凱旋而歸，在約定的時間向歐渥希做了詳實報告。歐渥希聽完無比訝異，因為他聽說珍妮天資聰明，也好學上進，原本還打算安排她嫁給鄰村的助理牧師，再給她一小筆資產當嫁妝。現在聽到這個結果，他的憂心恐怕不亞於黛博拉的得意。許多讀者應該會覺得他的反應比較合理。

布莉姬在胸前畫了十字，說道，「我以後再也不會相信任何女人。」因為在此之前她對珍妮印象一直很好。

謹慎的黛博拉再度奉命去把不幸的珍妮帶到歐渥希面前，卻不是為了像某些人希望、所有人預料的那樣送進感化院，而是要她聆聽一番有益於她的告誡與申斥。偏好這類饒富教育意義文字的讀者敬請品讀下一章。

第七章
內容無比嚴肅，通篇沒有一處能惹讀者發笑，除非作者自己成了笑柄

珍妮到了以後，歐渥希帶她去書房，對她說了以下的話：「孩子，我身為治安官，有權針對妳犯下的罪行嚴厲處罰妳。何況，幾乎等於把妳的罪誣賴給我，妳更該擔心我會充分行使那份權力。

「不過，或許正因如此，我才決定對妳從輕發落。治安官本來就不該受私人恩怨影響，我絕不會因為妳把孩子丟在我家而加重妳的罪責。我願意採用對妳有利的觀點，相信妳這麼做是出於對孩子的母愛天性，希望孩子的生活能過得比留在妳或他那個無良爸爸身邊更好。如果妳像某些沒人性的母親一樣拋棄孩子，那我絕不輕饒妳。因為那種母親不但丟失了貞操，連人性也一併捨棄了。所以說，我今天要糾正妳的，是妳的另一部分犯行，也就是不守貞。行為放蕩的人認為這種事沒什麼大不了，但它卻是令人髮指的罪行，而且必定招致可怕的後果。

「所有基督徒都明白這種罪行的可憎本質，因為犯下這種罪，就違反我們的教規，違反創立這個宗教的神給我們的明確指示。

「在這方面，這種罪行的後果可說是最令人畏懼的。畢竟還有什麼比違背神的旨意更能觸怒神？更何況這是一種會受到最嚴厲天譴的罪行。

「這些事雖然多半不受重視，卻非常顯而易見，人們即使行為上做不到，道理卻都懂。所以，我只

要稍加提示，喚醒妳的理智，也就夠了。我的目的只是激發妳的懺悔心，不是逼得妳走投無路。

「還有其他的後果，雖然不像天譴那麼嚴重，但只要用心考量，相信至少可以讓天下女性三思，不敢犯下此罪。

「這種罪會讓妳蒙羞，像過去的痲瘋病患一樣被社會排擠。除了壞蛋和無賴，沒有人願意與妳為伍。

「就算妳有財富，也沒辦法好好享受；如果妳沒有，從此再也沒有機會致富，甚至連生計都會出問題，因為沒有好人家願意聘用妳。於是，妳會迫於現實而陷入屈辱悲慘的境遇，無可避免地導致靈魂與肉體雙雙毀滅。

「世上有任何愉悅抵得過這些惡果嗎？有什麼誘惑足以欺騙迷惑妳，讓妳這麼輕易就出賣自己？或者有什麼肉體上的歡愉能夠凌駕妳的理智，或讓妳的理智昏睡，以至於妳面對這種後果不堪設想的罪行時，竟不能倉皇走避？

「人之所以為人，正是因為擁有高貴的心靈與適度的自尊。一個女人竟會自甘墮落向最低等的動物看齊，枉顧自己內心最偉大、最高尚、最聖潔的本質，臣服於她與天下底最污濊物種共有的欲望，該是多麼卑劣與低賤啊！沒有女人會以愛為藉口，因為這麼一來等於承認她只是那男人的玩物。愛情這東西，無論我們如何蠻橫地誣衊扭曲它的原義，它始終是值得頌揚的理性情感，只有在對等關係下，才能熾烈燃燒。雖然《聖經》教導我們去愛自己的敵人，但那種愛並不是我們跟朋友之間那種自然而然的強烈情感，更別說要為它犧牲性命或其他珍貴的東西，比如貞潔。這麼一來，男人為了自身短暫、膚淺、可鄙的享受，引誘女人付出慘痛代價，承受剛才我描述的那些惡果，明智的女人怎麼能不視他為仇敵？畢竟根據社會慣例，這種事的恥辱與可怕後果全都會落在女人身上。愛情理應讓人更加美好，怎麼會將女性引入歧途，讓她注定成為輸家呢？如果這樣的壞心人竟然厚顏無恥地假裝真心愛慕她，那麼那個女人豈不是該把他當做敵人，甚至是最不可原諒的敵人？要看穿他是虛偽不實、詭計多端、不忠不義的假朋友，非但企圖蹧蹋她的肉體，甚至要損壞她的判斷力，不是嗎？」

珍妮聽到這裡，露出不安神色。歐渥希停頓了一會兒，又接著說：「孩子，我跟妳說這些，不是要拿無法挽回的過去羞辱妳，而是希望未來的妳行為更審慎、意志更堅定。雖然妳犯了這麼嚴重的過失，但我向來知道妳是個理性的女孩，才肯不厭其煩地勸導妳。當然，也因為妳坦然又真誠地認罪，我相信妳是真心悔過。如果妳真心悔改，我會安排妳遠離這個妳已經名譽掃地的環境，去一個沒有人認識妳的地方。妳可以避開世俗對妳的罪行的懲處，更希望妳的真心懺悔也讓妳免除死後的更嚴厲責罰。做個端正的好女孩，不要因為匱乏走上岔路。相信我，即使在這個塵世，純真善良也比放蕩墮落帶來更多喜樂。

「至於妳的孩子，妳一點都不需要為他操心，他在我這裡受到的照顧會比妳的預期好得多。現在只剩最後一件事，那就是告訴我，是哪個壞男人引誘妳。我對他的怒氣，比妳剛才承受的多得多。」

原本盯著地板的珍妮這時抬起視線，表情謙卑，口吻端莊地說：

「任何人認識了您，必定會敬仰您的仁慈，否則就是無知又邪惡。如果我感受不到您處理這件事時付出的善意，那就是忘恩負義到了極點。至於我如何看待過去的事，我知道您不會讓我羞愧地在這裡重述一次。與其現在說得口沫橫飛，不如用未來的言行表明我的心意。先生，恕我冒昧，比起您剛才最後提到的慷慨安排，我更感激您的諄諄教誨。因為那代表您正如您所言，認定我還算有點悟性。」

這時她潸然落淚，停頓了片刻，才又說：「說實在話，先生，您的仁慈讓我深受感動，我一定不會辜負您對我的期待，因為如果我確實像您所說還算明白事理，就絕不可能無視您的勸誡。先生，您決定善待我可憐的孩子，為此我衷心感謝您。孩子是無辜的，希望他將來能對您為他所做的一切心懷感恩。

不過，先生，我必須跪求您別再追問孩子父親的身分。我向您保證，將來有一天您一定會知情，只是，我曾經以個人名譽和最虔誠的誓約承諾別人，暫時不說出那人的名字。我太了解您，知道您絕不會勉強我背棄我的名譽與信仰。」

歐渥希只要聽見這類神聖話語，立場就會軟化。他略顯猶豫，而後告訴珍妮，她不該跟惡人立下這種約定。不過事已至此，他不能強迫她背信。他說，他打聽對方身分並非基於單純的好奇，而是要處罰那個傢伙，或者至少避免將來施恩於不值得的人。

有關這點，珍妮鄭重地向他保證，那男人絕不會出現在他生活周遭，不屬於他管轄範圍，更沒有機會接受他的恩惠，他才放下心來。

珍妮坦率的表現贏得歐渥希的信任，因此他相信她說的每一句話。她一開始沒有說謊規避責任，現在又寧可觸怒他，也要守護自己的人格與正直，不願意出賣別人，所以他一點都不擔心她會對他撒謊。

他讓珍妮離開以前，再次保證會盡快安排她搬到外地，揮別過往行為帶來的污名。最後，他又補充幾句訓詞，要她好好悔過：「孩子，別忘了，妳還得請求另一位的原諒。對妳而言，祂的恩典比我的重要得多。」

第八章
布莉姬與黛博拉的對談；比前章對話多了些趣味，少了點教育性

歐渥希帶珍妮去書房時，布莉姬和辦事牢靠的管家黛博拉馬上前往書房隔壁的房間就定位，把她們的耳朵貼在鑰匙孔上，吸納了歐渥希寓意深長的說教，以及珍妮的答覆，也就是上一章描述的所有細節。

歐渥希書房門這個鑰匙孔為布莉姬所熟知，也經常派上用場，就像古時候席絲比[6]頻繁使用的那個知名牆洞。這麼做有許多好處，因為布莉姬透過這種方式得知哥哥的意向，省掉哥哥親口向她重述的麻煩。的確，這種溝通方式難免有些不便。此外，偶爾她會像席絲比在莎士比亞筆下吶喊，「噢，可恨、可恨的牆！」[7]因為歐渥希是治安官，偶爾不免調查諸如私生子之類的案件，訊問內容極易冒犯未婚女子貞潔的耳朵，尤其是年近四十的未婚女子，比如布莉姬。幸好，碰上這種情況時，沒有男人能看見她羞紅的雙頰，正如那句拉丁法律格言所說，「沒有呈上法庭的證據，等於不存在。」意思就是，「女人

6 Thisbe，典故出自西元一世紀羅馬詩人奧維德（Ovid）的長詩《變形記》（*Metamorphoseon libri*）。席絲比與皮拉穆斯（Pyramus）是一對青梅竹馬的戀人，無奈雙方家長反對，只好每天隔著牆洞訴說衷情。

7 在莎士比亞的《仲夏夜之夢》劇本中，一群雅典工匠為公爵婚禮獻演席絲比與皮拉穆斯的故事。劇中這句話出自皮拉穆斯之口。

臉紅時如果沒人看見，等於沒臉紅。」

歐渥希與珍妮談話過程中，隔牆的兩位端莊女士沒有發出一點聲響。等書房裡的對談結束、歐渥希也離開後，黛博拉忍不住出聲反對主人的寬厚，更不贊同他容許珍妮保守孩子生父身分的祕密。她信誓旦旦地說，她一定會在太陽下山前逼問出真相。

布莉姬聽見這番話，露出笑容（這實在異乎尋常）。在此，我無意引讀者想像這是荷馬筆下的愛笑女神維納斯那種媚笑；也不是瑟拉芬娜女士[8]在劇院包廂裡對外放送、讓維納斯情願貶為凡人來跟她較量的嫣然一笑。不，這種笑或許更接近肅殺的緹希風[9]或她的姊妹那種酒窩微露的笑容。

於是，布莉姬帶著這抹笑容，用有如北風之神在清麗十一月送來的晚風般甜美的嗓音，溫柔地指責黛博拉的好奇心。這似乎是黛博拉的一大缺點，布莉姬疾言厲色地鞭撻這種劣行，又說，雖然她也有許多缺點，但感謝上天，就算最討厭她的人都不能指控她喜好探人隱私。

接著她讚許珍妮應對時展現的坦誠與氣魄。她說，她不得不認同她哥哥的想法，覺得珍妮能坦白認罪，又對愛人始終如一，確實值得嘉許。她說她向來就覺得珍妮是個好女孩，一定是被某個壞男人騙了，所以那男人才是罪魁禍首，說不定用結婚或別的伎倆騙珍妮上鉤。

布莉姬這種反應讓黛博拉大吃一驚。一直以來，潔身自愛的黛博拉對主人或他妹妹說話之前，總會先探查他們的心意，而她的觀點也總是與他們一致。剛才她放心大膽地發表了那番見解，聰明的讀者或許不會怪罪她不懂得察顏觀色，反倒會讚嘆她發現自己逆風而行時，能當機立斷地順風轉舵。「是啊，小姐。」八面玲瓏、堪稱一流政客的黛博拉說，「我得說我跟小姐一樣，非常佩服珍妮的骨氣。就像小姐說的，如果這可憐的孩子是被某個壞蛋拐騙了，確實值得同情。正如小姐所說，珍妮向來是個乖巧、誠實、樸素的孩子，不像附近某些輕佻女孩，以為自己貌似天仙。」

「黛博拉，妳這話很對。」布莉姬說，「我們這個教區實在太多那種虛榮的臭丫頭，如果珍妮也跟那些人一樣，我就不會贊同我哥哥對她的寬容。前些天我才在教會看見兩個農家女孩露出光溜溜的脖子，把我給嚇呆了。女孩子家像這樣公然引誘男人，將來受到什麼惡報也是活該。我討厭這樣的人，如果她們滿臉麻子，對她們反倒是好事。但我必須承認，我從沒見過珍妮做出這種放浪行為，所以一定是某個狡猾的惡棍引誘了她，不，甚至可能是強迫她。我真心同情這可憐的女孩。」

黛博拉認同小姐的所有觀點，兩人又對美貌大肆抨擊一番，順道為所有被油嘴滑舌男人的邪惡花招矇騙的樸實女孩叫屈。

8　Lady Seraphina，應指當時相當知名的變裝同性戀者 John Cooper，綽號 Princess Seraphina，男扮女裝從事專屬女性的看護工作，也以女性裝扮出入社交場合。

9　Tisiphone，希臘復仇三女神之一，後文提及的姊妹即指另外兩名復仇女神。

第九章
內容會讓讀者震驚

跟歐渥希懇談後，珍妮心滿意足地回家。她極力宣揚歐渥希對她的厚愛，部分原因可能是為了彌補面子上的損失，另一部分可能想藉此贏回鄰居對她的好感，止息一切閒言閒語。

假使她當真希望旁人別再說長道短，也是合情合理，可惜卻事與願違。因為當她被傳喚到歐渥希家時，人們都認定她必定淪落感化院，雖然有些年輕女孩嚷嚷說，「進感化院算好的了。」腦海裡幻想著她穿著絲綢禮服做苦工的模樣，卻也有不少人開始同情她的遭遇。等大家得知歐渥希對她的處置，珍妮又成了眾矢之的。有個人說，「小姐可真走運。」另一個叫道，「受寵的人果然不一樣！」第三個人說，「哎，人家書讀得多嘛！」每個人都對這件事發表了尖酸批評，都認為歐渥希太偏心。

讀者考慮到歐渥希的職權與他展現的仁慈，或許會覺得這些人顯得不懂事又不知好歹。只是，歐渥希沒有行使他的職權，卻又過度仁慈，因而得罪了所有街坊鄰居。偉大人物想必都知道，當他們施加恩惠時，未必能多交一個朋友，卻篤定會樹敵無數。

多虧歐渥希的用心與好意，珍妮很快就搬到聽不見攻擊謾罵的地方。滿腔惡意的人們無法將怒氣發洩在她身上，開始轉移目標，那就是歐渥希本人。於是傳言甚囂塵上，都說歐渥希就是那孩子的生父。

人們覺得這種說法非常吻合他的行為，紛紛表示贊同。輿論原本只是反對他的善心，這時又轉了個彎，開始非難他對珍妮的狠心。性格嚴謹的好女人開始責備那些生了孩子又不認賬的男人。珍妮離開後，更有人含沙射影地聲稱，她被人用某種見不得光的陰險手段悄悄弄走，甚至頻頻暗示應該有人採取法律行動調查這個案子，逼某人交出珍妮。

如果是某個名聲欠佳、行徑可疑的人受到這種誹謗，恐怕已經造成嚴重後果，或者至少惹上麻煩。但歐渥希不為所動，甚至嗤之以鼻，因此這些流言充其量只是茶餘飯後無傷大雅的消遣。

由於我無法預測讀者諸君的性格傾向，而且珍妮要過些時候才會再出現在這個故事裡，我覺得最好提早給點暗示：歐渥希以前不曾、以後也不會做出任何違法行為。要說他有錯，那也只是在職權上，讓善心干預司法，又拒絕滿足大眾[10]的好心好意。畢竟大家只是希望珍妮進不名譽的感化院，從此聲名敗壞、萬劫不復，藉此對她產生憐憫之情。

如果遵照大家的期待，勢必斷絕珍妮洗心革面的機會。即使她有意重新做人，也找不到回頭路，因此歐渥希選擇了唯一能鼓勵珍妮立志向上的措施。有太多女人就是在第一次失足後被社會遺棄，沒辦法走回正途，才會從此跌入萬丈深淵。如果她們繼續留在原來的生活圈，下場恐怕就是如此。所以歐渥希明智地協助珍妮到陌生地方重新開始，讓她在嘗盡恥辱的苦果後，還有機會建立好名聲。

因此，不管她去了什麼地方，我們在此暫時揮別她和她的小棄兒，祝福她一路順風，以便跟讀者聊聊更重要的事。

10　原注：本書只要提到「mob」這個詞，多半指涉各階級的無知無德之輩，尤其經常用來代表上流社會的人。

第十章
歐渥希殷勤好客；略述做客歐渥希家的醫生與上尉兩兄弟的性格

歐渥希的住所和心靈從不排斥任何人類同胞，只是更歡迎有德之士。坦白說，在整個大不列顛王國境內，光憑個人長才就能登堂入室的，也只有歐渥希的這棟宅院了。

其中他最欣賞的要屬才華最洋溢、學識最豐富的人。在這方面他有獨到的識人之明，雖然他沒有受過高等教育，卻有許多天賦能力，年長後又勤奮向學，經常跟傑出人士交流對談，因此對各方面的知識都有精闢見解。

這類長才在這個年代並不時興，很難換得溫飽，也難怪那些懷才不遇的人急於湧向願意提供他們殷勤款待的地方。確實，他們在那裡可以盡情享受財富帶來的一切，彷彿那財富屬於他們。因為歐渥希有別於世俗的慷慨之士。那些人儘管樂意以豐盛酒肉、免費食宿招待才思敏捷、飽讀詩書的人，卻要求一項回報，也就是娛樂、指導、奉承和屈從。換句話說，那些門客真正的身分其實是僕從，只是不需要穿戴家僕服飾，也不支領薪金。

相反地，在歐渥希家做客，每個人都能自由決定自己的作息，只要不違反法律、道德與宗教，都可以盡情享用主人家供應的一切。同樣地，如果他基於健康因素，或心血來潮想節食，甚至乾脆禁食，不吃三餐，或者興之所至中途離席，主人都不會出言干涉。事實上，主人的好意勸食，聽在客人耳裡通常變成命令。在這裡沒有人會受到那樣的無禮對待，不只那些財富地位跟主人家相當、到任何地方都被視為貴客的人是如此，就連那些格外需要這種食宿上的施捨、卻因此無緣受邀出席其他大人物宴席的清貧之士也是如此。

布里菲醫生正是屬於這個族群，由於他父親固執地栽培他從事他不喜歡的行業，不幸埋沒了偉大才華。他年輕時聽從父命，勉為其難修習了醫學。應該說號稱修習過，因為幾乎只有這類書籍他不熟悉。不幸的是，除了他需要用來填飽肚子的那門學科，他可說樣樣精通。結果是，年屆四十的醫生經常填不飽肚子。

像這樣的人幾乎可以確定能在歐渥希家尋得三餐溫飽。歐渥希認為，一個人行為端正，卻因為旁人的愚蠢或蠻橫淪入悲慘境遇，是值得同情的。醫生雖然有這個消極優點，卻也有另一個積極優勢，那就是他儼然是個虔誠教徒。他的虔誠是發自內心，或只是表面工夫，我不敢妄下斷語，畢竟我沒有檢驗真偽的試金石。

歐渥希很滿意醫生在信仰上的表現，布莉姬更是開心。她跟他討論許多宗教爭議，對醫生的神學見解佩服得五體投地，當然，也很滿意他頻頻讚美她的觀點。說實在話，她讀過許多英格蘭神學作品，考倒過不只一位鄰近教區的助理牧師。她的言談是如此純潔、表情如此神聖、舉止投足如此認真嚴肅，幾乎跟與她同名的聖女[11]或其他羅馬聖人曆[12]上的女性一樣，夠格位列聖班。

11 指一三〇三年生的瑞典籍聖女Bridget，她想知道耶穌身上究竟有多少傷，於是耶穌在十字架上顯靈給她答案。

12 Roman kalendar，基督教每位聖徒都有一個紀念日，一年三百六十五天各有一個或多個聖徒，以這些名字編成的日曆就是聖人曆。

不論哪一種心靈上的共鳴，都容易演變為愛情。經驗告訴我們，男女之間在宗教上的同感更具備這種傾向。醫生發現布莉姬是這麼欣賞自己，不免開始追悔十年前發生在他身上的一樁憾事，也就是說，他娶了另一個女人。那個女人不但還在人世，更糟的是，歐渥希知道她的存在。他看得出來自己大有機會跟布莉姬共度幸福人生，無奈卻有這個致命阻礙。至於發展婚外情，他連想都沒想過。這或許是因為他的宗教信仰（這點最有可能），或者因為他情感專一，畢竟他真正愛的是只能靠婚姻（而非不倫戀）取得、或賦予他資格取得的東西。

他反覆思索這個問題，很快就想到他還有個弟弟，那個弟弟沒有這種不幸的障礙。他相信弟弟一定能得償所願，因為他發現布莉姬有結婚意願，而讀者一旦得知這個弟弟的條件，就能明白他為什麼信心滿滿。

這個弟弟年約三十五，中等身材，體格健壯。他前額有道傷疤，卻只是突顯他的英勇（他是個半薪軍官），並沒有減損他的俊俏。他生得一口好牙，心情好的時候還能露出和藹可親的笑容。雖然他的面容、神態和嗓音有種與生俱來的粗野，卻可以因時制宜收藏起來，表現出最溫文儒雅的一面。他不失高貴，也不缺機智，年輕時活力充沛，近年來雖然個性趨於嚴謹，卻也可以隨機應變找回活潑的一面。

他跟醫生一樣受過高等教育，因為他父親基於我剛才提到的那份人父權威，命令他從事聖職。不過，他還沒接受任命，老先生就一命歸天，所以他進入教會軍團，棄聖職而就軍旅。

他在重騎兵部隊買了中尉職，後來晉升為上尉，卻因為跟上校發生口角，基於個人利益考量不得不賣掉官階。之後遷居鄉間潛心研讀《聖經》，似乎有意加入衛理公會。

像這樣的人碰上了秉性聖潔、除了結婚什麼都不想的女性，勝算不謂不高。只是，醫生跟弟弟關係並不融洽，為什麼用這種方式辜負歐渥希對他的好意，恐怕不是三言兩語說得清楚的事。

是不是因為某些人天生喜好作惡，就像其他人樂於行善？或者是因為自己沒辦法親自下手行竊，至少也要出謀劃策過過乾癮？又或者（根據經驗大有可能），即使我們對家人沒有絲毫親情與敬意，只要能夠幫助他們飛黃騰達，自己也能得到滿足感？

醫生此舉究竟基於上述哪種動機，我不妄下定論，但事實就是如此。他邀弟弟前來，告訴歐渥希弟弟只是來探望他，做個短期停留，輕而易舉就讓弟弟進了歐渥希府。

上尉抵達不到一星期，醫生就有理由敬佩自己的識人之明。上尉果然是情場高手，比起古代的奧維德[13]毫不遜色。此外，他還得到哥哥面授機宜，並且發揮了最大效用。

13 本名Publius Ovidius Naso，筆名Ovid，古羅馬詩人，生於西元前四三年，代表作有《變形記》、《愛的藝術》（*Ars armatoria*）與《愛情三論》（*Amores*）。

第十一章

包括墜入愛河的諸多規則與某些例證：論美貌及其他促成婚配的更審慎誘因

曾有睿智的男人（或女人，我不太記得）這麼說過：每個人終其一生都得戀愛一次。據我所知，並沒有所謂適合戀愛的時機，不過，我倒覺得布莉姬此時的年齡跟任何階段的人一樣適合墜入愛河。當然，愛情通常來得更早些，只是，萬一年輕時錯過了，就幾乎可以確定會出現在這個時間點。再者，我認為這個年齡的愛情會比年少時來得更嚴謹、更穩定。年輕女孩的愛情撲朔迷離、任性多變又如此愚痴，叫人霧裡看花，弄不懂小姐心裡在想些什麼。不，多半時候連她自己都一知半解。

但我們永遠不會誤判四十歲女人的心意，因為這些慎重嚴肅、閱歷豐富的女性非常清楚自己的意向，即使再遲鈍的男人，也能明確無誤地辨識出來。

關於以上論點，布莉姬就是絕佳例證。她跟上尉相處幾次之後，就深陷情網。她也沒有像個幼稚的傻女孩，在家裡長吁短嘆、悶悶不樂，不明白自己為何心亂如麻。她體驗到、知道、也享受那份愉悅感受。由於她很清楚那份感情既單純無邪，又值得讚賞，所以不恐懼也不羞愧。

而且說實在話，這個年紀的女人對男人的理智情感，在各方面都有別於年輕女孩對男孩那種毫無根據的不成熟愛情。年輕人的愛情通常以外表或其他沒有價值、不長久的事物為考量，例如紅潤臉蛋、白皙纖嫩的小手、黑刺李似的眼珠、波浪似的秀髮、冒出細小絨毛的下巴、結實精悍的體格。不，有時甚至基於其他更沒價值、跟對象更牽扯不上的特質，比如對方的服飾裝扮。在這些方面，他們仰仗的是裁縫師、花邊師、假髮師、男女帽匠，而非造物者。女孩們真該為這樣的愛情感到羞愧，而她們通常也的確羞於對自己或他人坦白招認。

布莉姬的愛情屬於另一種類型。上尉的服飾完全不必勞煩上述那些打造花花公子的專家，就連他本人也沒有讓造物者費太多心思。以他的衣飾與外表，如果出現在某種聚會或某人家的客廳，肯定要招來在場高雅女士的輕蔑與嘲弄。他的衣著堪稱整齊，卻樣式簡單、質地粗糙、品味低俗、老氣過時。至於他的長相，我剛才已經具體描述過。他臉頰的皮膚跟紅潤一點都沾不上邊，完全被一路延伸到眼眶的黑鬍子覆蓋，根本看不出原來的膚色。他的體形和四肢比例倒是十分協調，卻是如此巨大，像個孔武有力的農夫。他肩膀之寬闊可謂無人能及，小腿肚比一般轎夫來得粗壯。簡言之，他整個人就是缺少了那份與鄙陋蠻力背道而馳、完美襯托大多數上流紳士的優雅與俊美。那些紳士們之所以擁有那樣的優雅與俊美，部分原因來自他們祖先以濃稠醬汁與豐沛美酒醞釀出的高貴血液，部分原因則是及早接受都會教育。

雖然布莉姬是個品味無比高雅的女性，但上尉的言談是如此迷人，以至於她徹底忽略他外形上的缺憾。她想像（或許十分理智）自己跟上尉相處，會比跟美男子相處更愉快，於是放棄些許眼福，好為自己爭取更紮實的幸福。

明察秋毫的上尉一發現布莉姬的情愫，立刻忠實地給予回應。布莉姬跟她的情人旗鼓相當，容貌也不出眾。我願意為她畫幅肖像，但已經有更高明的畫師代勞了，那就是霍加斯先生[14]。霍加斯先生多年前繪製了布莉姬的肖像，製作成一幅冬晨版畫，最近剛展覽過。布莉姬可算十分合適「冬晨」這個主

14 指William Hogarth（一六九七～一七六四），十八世紀英國諷刺畫家，是本書作者的好友。

題，畫面中的她漫步走向（畫中的她正在步行）柯芬園教堂，有個面黃肌瘦的童僕抱著她的公禱書跟在她身後。

比起稍縱即逝的美貌，上尉同樣很有智慧地看中布莉姬可能帶來的實質享受。他正是那種認定女性的美貌無用又膚淺的明智男人。或者，說得更淺白些，他寧可跟醜女人共享富貴，也不要跟美人兒安守貧賤。他胃口奇佳，卻不挑嘴，即使少了秀色可餐的醬汁，他深信自己也能在婚姻這場盛宴上扮演完美角色。

跟讀者打開天窗說點亮話。自從上尉來到歐渥希府邸——至少從醫生鼓勵他攀上這門親事那一刻起，他就深深墜入愛河，那是在他察覺布莉姬的情意之前很久的事。換句話說，他愛上了歐渥希的房子和庭園，愛上他的土地、房產和世襲家業。上尉瘋狂地愛上那些東西，幾乎願意跟那些東西締結姻緣，就算要他附帶接收隱多珥的巫婆[15]也在所不辭。

歐渥希曾經向醫生表示，他無意續弦；布莉姬是他最親的親人；醫生又曾旁敲側擊得知，歐渥希有意讓妹妹的孩子當繼承人。事實上，即使他不特別指明，法律也會替他辦妥這件事。醫生兩兄弟因此覺得，能夠製造出一個坐擁龐大財產、注定幸福快樂的小生命，也算功德一件。於是，兩兄弟日思夜想的，都是如何擄獲這位和善小姐的芳心。

不過，命運女神是個慈母，她為心愛子女所做的事，經常超出他們應得或冀望的。她為上尉辛勤忙碌，以至於上尉處心積慮邁向目標時，布莉姬對他懷有相同企圖，挖空心思想著該如何既給他適度鼓勵，又不至於顯得太主動，畢竟她是個嚴守禮教的端莊女子。總之，她的計畫如魚得水，因為上尉隨時提高警覺，不會錯過任何眼色、手勢或言語。

上尉獲得布莉姬青睞，深感欣慰，這份滿足感卻因為擔心歐渥希而打了折扣。雖然歐渥希言談之間表明他不看重錢財，上尉不免擔心事到臨頭他會跟世俗人們一樣，反對這樁對妹妹明顯不利的婚姻。他這種想法究竟受到哪位古聖先賢的啟發，交由讀者定奪。無論他這個念頭從何而來，都害他傷透腦筋，不知該如何調整自己的言行，既傳達對小姐的愛慕，又不被她哥哥發現。最後，他決心把握所有私下機會向小姐傾訴衷情，在歐渥希面前則盡力表現冷淡，謹言慎行。醫生對他的做法深表贊同。

他很快就找到機會開口向情人求婚，也得到合乎禮法的答覆，也就是幾千年前第一次出現、再從母親到女兒代代相傳至今的回答。如果我把這個答案譯成拉丁語，就是這句話：「我不接受[16]。」這個答覆在另一種場合也已經源遠流長。我不清楚上尉如何得知這個慣例，但他充分了解小姐的心意。不久後就以更深情、更熱烈的態度請求小姐應允，也恰如其分地再度被拒。只是，隨著他求婚時的口吻趨於急切，小姐拒絕時的口氣也相對稍有緩和。

我不想帶著讀者觀賞這場求婚記的每一幕，惹人厭煩。雖然某位偉大作家認為，在演員心目中這是最愉快的人生戲碼，但就讀者立場而言，卻跟任何劇情一樣枯燥乏味。總之，上尉循規蹈矩發動攻勢，女方也循規蹈矩防守陣地，最後合乎體統地棄守城池。

在這段為期一個月的時間裡，只要在歐渥希面前，上尉就刻意疏遠情人。他私底下跟她越親密，在公開場合態度就越保留。至於那位小姐，當愛神的箭射中目標後，她在人前對情人表現出最高度冷漠。因此，除非歐渥希擁有魔鬼的洞察力（或其他更邪惡的特質），否則不可能察覺任何異樣。

15 witch of Endor，典故出自《聖經．撒母耳記上》第二十八章第三節。以色列國王掃羅為了召喚撒母耳亡魂，求助隱多珥的女巫。

16 Nolo Episcopari，原意是「我不當主教。」根據羅馬天主教傳統，主教候選人被徵詢意見時，依慣例必須拒絕兩次，到第三次才表明真意。

第十二章 或許是讀者預期的內容

世間各種周旋，不管是打鬥或婚姻，或其他類似事務，假使雙方都急於拍板定案，就可以省略許多事前的繁文縟節。眼下這件事正是如此，短短不到一個月，上尉和他的情人已經終成眷屬。

接下來最大的問題是：如何向歐渥希稟報此事？醫生扛起這個任務。

某天歐渥希在花園散步，醫生走過來，裝出最凝重、最憂慮的表情，說道，「先生，我來跟您報告一件非常重大的事，但我左思右想，不知如何向您開口！」接著，他用最嚴厲的詞語責罵世間男女，說男人只在乎自己的利益，什麼都不顧；女人則只會自甘墮落，根本不能讓她們單獨跟任何男人相處。他說，「先生，我怎麼想得到這麼莊嚴、這麼明智、學識這麼豐富的女士，竟然貪戀這麼輕率的情感！或者我怎麼想像得到舍弟……我為什麼還這麼稱呼他？他已經不是我弟弟了……」

「但他確實是你弟弟呀，」歐渥希說，「也是我的妹婿。」

「天哪！先生，」醫生說，「那麼您已經得知這個驚人消息了？」

「布里菲先生，」歐渥希說，「我人生的座右銘一直是凡事往好處想。我妹妹雖然比我年輕得多，卻也到了明白事理的年齡。如果上尉誘拐了無知少女，我就不會原諒他。但一個年過三十的女人應該知道自己想要的是什麼。她嫁了個有教養的紳士，雖然經濟能力遠不如她，只要他在她眼中有其他優點可以彌補這方面的不足，我看不出我有什麼理由阻止她追求幸福。我跟她一樣，都不認為幸福需要有龐大財富當後盾。關於這件事，我只希望她事先告知我一聲，畢竟我說過很多次，不管她想嫁什麼人，我幾乎都不會反對。不過這種事十分微妙，也許她太害羞，不敢跟我提起。至於令弟，我真的一點都不生他的氣。我沒資格干涉他的事，他也沒有義務徵求我的同意。誠如我剛才所說，女方是拉丁語所謂的『成年人』，已經可以為自己的行為負起完全責任。」

醫生埋怨歐渥希太仁慈，又再次指責自己的弟弟，直說自己應該從此不再見他，也不承認有這個弟弟。接著他天花亂墜地頌揚歐渥希的善良，對待朋友的寬宏大量，最後總結說，他永遠不會原諒弟弟害他差點失去一份珍貴友誼。

歐渥希於是說，「我向你保證我對你弟弟沒有任何不滿，就算有，也不會遷怒無辜的第三者。我認為你弟弟為人明辨事理又光明磊落。我不反對我妹妹的選擇，也相信你弟弟對她的感情。我向來認為愛情是幸福婚姻的基礎，因為愛情能夠讓夫妻培養出最崇高、最溫柔的感情，讓婚姻關係更加鞏固。我也認為，基於其他目的締結婚姻等同於犯罪，褻瀆了人間最神聖的關係，最後通常會以憂慮與悲慘終結。因為，把婚姻這種最神聖的誓約變成欲望與貪念的祭品，只為了貪圖對方的美貌或財富，對於這種行為，還有什麼比『褻瀆』更貼切的形容詞？

「美麗的容貌確實賞心悅目，也值得稱頌，否認這點，未免流於虛偽可笑。『美麗』這個形容詞也常出現在《聖經》裡，而且通常是一種榮耀。我很幸運娶到一位公認的美女，我承認她的美貌加深我對她的愛。可是把容貌當成婚姻的唯一考量，盲目追求，甚至為了它忽視其他缺點，或一味要求美色，只因某人姿色普通，就忽視她在宗教、道德與理智方面的更高尚優點，就不是明智之士或虔誠基督徒該有的作為了。對於這樣的人，我們不得不說他們結婚只是為了取悅自己的感官。我們都知道，婚姻的目的並不是滿足肉慾。

「接下來探討的是財富。基於現實考量，這方面難免受到重視，我也不至於全然反對。以當前的社會結構，無論婚姻生活的維持或子女的教養，我們都得考慮所謂的經濟條件。只是，人類的愚昧與虛榮創造出遠遠超越天生的欲望，於是聚積過多財富。妻子的馬車與僕從和給孩子的大筆財產都列為生活必需品，為了追求這些東西，把所有真正踏實美好、善良神聖的事物都拋到腦後了。

「這種情形有程度的差別，其中最極端的，幾乎可以用瘋狂來形容。我指的是那些生活享受綽綽有餘的富人，為了增加一點財富，竟跟那些他們不齒（也必須不齒）的愚蠢或無賴之輩聯姻。這些人如果否認自己是瘋子，至少必須承認他們沒有能力體會耳鬢廝磨的甜蜜，或者承認自己情願犧牲美滿的生活，屈從那些虛幻不確實又毫無道理可言、只靠愚痴生根茁壯的低俗觀點。」

歐渥希滔滔不絕的演說終於結束，布里菲醫生聽得無比專注，過程中費了好大勁，才沒露出不安神色。他像個有幸與當天登壇講道的主教餐敘的年輕牧師，熱情地讚揚歐渥希說的每一句話。

第十三章

本章終結第一卷，內容提及某件忘恩負義之事，希望讀者明白它違反常情

根據上文所說，讀者不難想像這一家人解開心結（如果可以這麼形容的話）只是形式上的問題，我就不再贅述，趕緊聊聊大家肯定覺得比較實質的事。

醫生把他跟歐渥希之間的對談一五一十向弟弟轉述，笑著補了一句，「我跟你斷絕關係了。不只如此，我甚至要求他永遠不要原諒你。我聽見他幫你說好話，覺得以他的個性一定會原諒你，才敢提出這種要求。這麼一來，他絕不會懷疑我們兩個。」

上尉聽完這話絲毫不以為意，事後卻拿來大做文章。

魔鬼近期造訪人間時，為他的門徒留下許多指導方針，其中一條就是：起身以後，別忘了把凳子踢開。翻成白話的意思是，靠朋友的協助致富以後，最好盡快甩開他。

上尉是不是遵循這個原則行事，我不敢打包票，可以確定的是，他的行為應該就是受到這條魔鬼教條的啟發，否則我實在無法找到其他解釋。他娶了布莉姬、取得歐渥希認同後，對哥哥的態度一天比一天冷淡，最後演變成粗暴，連旁觀者都看得出來。

醫生私底下告誡弟弟的行為，卻碰一鼻子灰，得到這樣的答覆：「先生，如果我大舅子家有任何東西不稱你的意，你可以離開，沒人會攔你。」上尉這種生疏冷酷、難以理解的忘恩負義行為傷透了醫生

的心，畢竟一個人違背良心成就別人的好事，對方卻恩將仇報，怎麼可能不痛心？如果我們為別人做了偉大善良的舉動，不管對方如何反應，如何回報，自己回想起來總是深感安慰。然而，當我們因為朋友的忘恩負義肝腸寸斷，受傷的良知又頻頻出聲，指責我們為了卑鄙小人玷污了它，又情何以堪！

歐渥希在上尉面前為醫生說話，想知道醫生到底做錯了什麼。沒想到鐵石心腸的上尉竟然厚著臉皮說，他永遠無法原諒醫生為了自己的利益傷害他。他說他從哥哥口中得知哥哥對歐渥希說過的那番話，覺得哥哥完全不顧手足之情，不值得原諒。

對於上尉這番話，歐渥希極度不以為然，說這樣不合乎人性，也嚴詞批評上尉的心態不寬容；最後上尉只好假裝接受他的論點，聲稱他願意寬恕哥哥。

至於新娘布莉姬，此刻還沉浸在新婚的甜蜜裡，對自己的新郎倌滿意至極，覺得他十全十美，如果某個人惹他不開心，那麼她肯定也不喜歡那人。

我說過，上尉聽從歐渥希的意見，表面上跟哥哥和好如初，卻依然懷恨在心，也利用跟哥哥私下相處的機會表達出來。可憐的醫生沒辦法繼續住在這棟房子裡，寧可出去面對生活上的種種匱乏與不便，也不願忍受忘恩負義的弟弟殘酷的羞辱。

醫生一度考慮向歐渥希和盤托出，可惜實在說不出口，因為他自己也要負一大半責任。再者，他把弟弟說得有多不堪，他自己在歐渥希眼中的形象就有多卑劣，而他合理推論，歐渥希知情後會有多麼憤慨。

因此，他找了個藉口向主人辭行，說他很快會再回來。他跟弟弟道別時裝得情深意重，上尉也配合完美演出，歐渥希對兩兄弟的感情深信不疑。

醫生直接去了倫敦，不久後就傷心過度而一命嗚呼。傷心這種症狀奪走的性命比一般人想像的多很多，應該名列疾病死亡率排行榜，可惜它不是疾病，因為沒有醫生治得了。

關於這對兄弟過去的生活，我經過多方打聽得知，除了上述來自魔鬼的冷血教條之外，還有另一個理由可以說明上尉的行為。除了我先前介紹過的一切，上尉這個人自視甚高、性格凶殘，而他哥哥個性截然不同，沒有這兩種特質，因此經常受他輕蔑對待。只不過，醫生的學識比較淵博，人們都覺得他的腦筋比弟弟高明許多。上尉也知道這點，所以無法忍受他哥哥。嫉妒頂多就是一種惡毒心態，可是，如果我們對某人的嫉妒摻雜了鄙夷，那股怨毒就會變本加厲。萬一這其中又牽扯到恩情，那麼最後產生的就會是憤怒，而非感恩。

第二卷

描述世間各種美滿婚姻，以及布里菲上尉與布莉姬婚後前兩年的其他事件

第一章

說明這是哪一種歷史；它是什麼模樣，又不是什麼模樣

雖然我十分恰當地稱呼這部作品為「歷史」，而非「傳記」，更不是時下更為流行的「辯解書」[1]，但我寧可效法那些自稱闡述國家變革的作家，也不要模仿揮汗筆耕的多產歷史學家。史家為了維持系列作品的規律性，覺得某些年月就算風平浪靜，也得用大量細節填滿紙張，好讓它的篇幅跟那些上演人類史大戲的年代等量齊觀。

像這樣的史書事實上跟報紙大同小異：不管裡面有沒有新聞，字數都一樣多。我們也可以用驛馬車來比擬，驛馬車不管有沒有乘客，都會跑在一樣的路線上。史書作者就像時間的謄寫員，不得不配合時間的腳步，用同樣緩慢的速度走過有如修道院般乏味、整個世界彷彿都沉睡了的數百年，以及傑出拉丁語詩人[2]如此精湛描繪的那些鮮明忙亂的年代。有關這些詩句，但願我能提供讀者比克里奇先生[3]更完善的譯本：

迦太基的強大武力震懾羅馬，
世界各國談虎色變擔驚受怕；
沒有人知道哪個國家會敗亡，

哪個國家又會出現耀眼君王。

我決定在接下來的篇幅裡採用相反策略。只要碰上特別精彩的事件（相信經常如此），我絕對不辭勞苦、不怕浪費紙張，鉅細靡遺呈現在讀者面前。可是如果一整年的時間裡沒有發生任何值得讀者關注的事，我也不怕在故事裡留下空白，索性略過不提，兼程趕到下一個重要場景。

我們不妨將這些時期視為「時間」這個樂透大賭局裡沒中獎的彩券。我身為彩券發行商，決定效法某些聰明人，他們把焦點放在市政廳抽出的大獎彩券，從不宣揚自己賣出多少落空彩券，以免打擾大眾。一旦大獎抽出來，報紙就會大肆報導，讓全世界知道幸運彩券來自哪家彩券行，雖然通常會有兩三家彩券行聲稱大獎是他們賣出的。透過這種宣傳，想試手氣的人就會知道某些彩券商握有命運女神的祕密，甚至是她內閣的一員。

那麼，我的讀者如果發現這本書某些章節特別短，其他章節卻又出奇地長；某些內容歷時短短一天，某些又長達數年，就不至於感到驚訝。換句話說，我的歷史偶爾似乎停滯不前，偶爾又彷彿凌空疾馳。對於這些現象，我不打算接受任何批評指教。因為，既然我其實是全新寫作型態的創始人，當然可

1 apology for a life，指以申辯個人立場為主題的傳記，當時桂冠詩人柯立・西伯（Colley Cibber，一六七一～一七五七）的自傳就名為《*An apology for the life of Mr. Colley Cibber*》。據說費爾丁也匿名寫過以《*An Apology for the Life of Mrs. Shamela Andrews*》為名的小說，嘲弄同期作家塞繆爾・理查森（Samuel Richardson，一六八九～一七六一）的作品《*Pamela; or, Virtue Rewarded*》。

2 指 Titus Lucretius Carus（西元前九九～五五），羅馬詩人兼哲學家。此處引用的詩句摘自他的長詩《物性論》（*De rerum natura*）。

3 指 Thomas Creech（一六五九～一七〇〇），英國古典文學翻譯家，一六八二年翻譯 Lucretius 的詩。

以隨心所欲訂定規則。我的讀者就是我的子民，有義務採信並遵從這些規則。讀者不妨心悅誠服，我在此向你們保證，在制定規則時，我會以你們的舒適與利益為首要考量。因為我不像君權神授的專制帝王，將百姓視為奴隸或工具。我為讀者的利益而存在；我為你們所用，而非你們為我所用。我也相信，當我將讀者的利益視為我寫作的重要原則，讀者將會全體一致地看重我，以我應得或渴望的榮耀回報我。

第二章
以宗教觀點告誡對私生子的過多寵愛；黛博拉的一項重大發現

布里菲上尉與布莉姬喜結連理後八個月，美麗、高尚又多金的布莉姬由於受到驚嚇，產下一名健康男嬰。孩子各方面都很健全，但助產士發現他提早一個月報到。

心愛的妹妹生下了繼承人，歐渥希當然喜出望外，卻也沒有因此疏遠那個棄嬰。他親自擔任那孩子的教父，還用自己的名字幫他命名，喊他湯瑪斯，至少每天到嬰兒房探望他一次。

他告訴妹妹，如果她不反對，就讓剛出生的孩子跟小湯姆住同一間嬰兒房，一起成長。布莉姬雖然不情願，卻也應允了。她實在非常尊敬哥哥，對小棄嬰的態度才會比某些謹守禮教的女性來得和善。畢竟小棄嬰雖屬無辜，卻是淫亂行為的活生生證據。

上尉認為歐渥希這件事做錯了，始終難以接受。他經常暗示妻舅，收養罪行的產物，就是鼓勵犯罪。他引用了幾節經文（他也熟讀《聖經》），比如說：「連父帶子，一併治罪。」[4]以及「父親吃了酸葡萄，兒子的牙齒卻酸軟。」[5]等，主張以父母的罪處罰私生子合情合理。他說，「雖然法律沒有正面

4 《聖經》的〈出埃及記〉與〈民數記〉都有這樣的句子，表示上帝治罪會罪及三、四代。

5 典故出自《聖經‧以西結書》第十八章第二節。

允許毀滅這類低賤孩童，卻認定他們不屬於任何人。教會也持相同立場，主張這些人成長後只能是最卑微、最鄙陋的百姓。」

只要上尉提起這個話題，歐渥希就會耐心回答：「無論父母犯了什麼滔天大罪，孩子肯定是無辜的。你引用的那些經文，前一句是在譴責猶太人敬拜偶像又背棄、憎恨他們在天上的主。後面那句只是一種寓言，表明罪行的某些必然又不可避免的後果，沒有明確的批判意味。不過，說上帝以罪人的犯行懲罰無辜者，就算稱不上褻瀆，至少也是不敬。因為這等於指責上帝違反公理正義的主要法則，違反祂根植在我們心靈的基本是非觀。我們仰賴這些是非觀來判斷神沒有透露的一切，以及天啟本身的真偽。」歐渥希說，他知道很多人跟上尉抱持同樣想法，但他個人不以為然，也會繼續養育這個可憐的孩子，當他是個名正言順出生、幸運出現在他床上的嬰兒。

小棄嬰深受歐渥希喜愛，上尉心生嫉妒，一有機會就發表類似言論，希望把小棄嬰趕出歐渥希家門。在此同時，黛博拉查出一件事，這件事對小湯姆的威脅，更甚於上尉的三寸不爛之舌。

布莉姬表面上對棄兒百般慈愛，私底下卻經常批評那孩子，也詬病疼愛那孩子的歐渥希。那麼黛博拉之所以持續關注那件事，究竟是為了討好布莉姬，或只是基於永不饜足的好奇心，我不予置評。總之，黛博拉認為自己找到了孩子的生父。

由於這件事事關重大，必須話說從頭，我決定詳細說明事情的來龍去脈。為此，我不得不揭露讀者現階段還沒聽說過的某個小家庭的所有祕密。這個家庭的狀態無比怪誕，異乎尋常，只怕許多已婚人士都無法相信。

第三章
描述某個權力分配徹底背離亞里斯多德[6]論點的家庭

讀者應該記得珍妮曾經在某位私學老師家幫傭多年，那位老師被珍妮的好學精神打動，教她拉丁文。珍妮果然沒有辜負她的過人天資，突飛猛進，拉丁語的造詣青出於藍。

雖然這位可憐人從事的行業需要博覽群書，學問卻是他最不擅長的。他是全世界脾氣最好的人，說起話來幽默風趣，被視為當地最機智的人，地方仕紳都喜歡與他往來，而他生性不喜歡拒絕別人，因此經常在別人家逗留，犧牲了在學堂賺取束脩的時間。

以這樣的條件和性格，想必不會對伊頓公學或西敏公學這類優質學府造成威脅。實話說，他有兩班學生：高年級班只有一個年輕人，是附近某鄉紳的公子，已經十七歲，才剛開始學句型結構。鄉紳的二公子在低年級班，跟另外七名教區裡的男孩一起學習識字與書寫。

如此一來，他教學上的收入微薄，供不起各種生活享受，幸好他兼營書記和理髮補貼家用。另外，歐渥希每年耶誕節給他十英鎊津貼，讓他帶著愉快心情歡度這個神聖節日。

6 古希臘哲學家亞里斯多德（Aristotle，西元前三八四～三二二）在他的《政治學》（*Politics*）裡表示，「男人本質優越，女人低下；男人統治，女人服從。」

這位先生還有其他資產，其中包括他的妻子。她原本是歐渥希家的廚娘，老師看中她多年積攢下來的二十英鎊，娶她過門。

這個女人性格不怎麼隨和。我的朋友霍加斯有沒有畫過她的肖像，我可說不準。不過，她的長相跟〈妓女的一生〉[7]系列第三幅裡正在斟茶的年輕女僕像同一個模子刻出來的。此外，她還公開信仰古時候贊西珮[8]創立的那個高貴教派。正因如此，在學堂裡她比丈夫更有威嚴。說實在話，無論在學堂或任何地方，只要有她在，老師就沒有發言權。

雖然她的表情少了點甜美溫柔，但這可能是因為某件通常會損及婚姻幸福的憾事。人們恰如其分地將孩子比喻為愛情的保證，而她結婚已經九年，丈夫卻沒有給她這種保證。在這方面，不管年齡或健康條件，他沒有任何藉口為自己開脫，因為他還不到三十歲，又是個生龍活虎的年輕人。

膝下無子連帶惹出另一個問題，可憐的老師為此受了不少罪，那就是妻子是個醋罈子。老師幾乎不敢跟教區裡任何女性說話，因為他只要對女性表現出一丁點禮貌，甚至說上一兩句話，妻子肯定饒不過對方，他也脫不了干係。

老師家僱有一名女傭，她的妻子為了確保自己在家裡不會受到婚姻關係的危害，挑選女傭時特別用心，總是屬意那些可以仰仗容貌來確保貞操的女子。讀者已經知道，珍妮就是其中之一。

在剛才提到的那方面，珍妮的容貌可說是一大保障，加上她基於對女性的了解，個性極為謙遜，因此在帕崔吉先生（這是那位老師的姓氏）家待了四年多，絲毫沒有引起女主人的猜忌。不只如此，女主人待她格外寬厚，就像先前所說，允許帕崔吉指點她的課業。

可是醋勁就跟痛風一樣，只要存在血液裡，難保不會發作，而且通常發生在最微不足道的場合、最無可置疑的事端上。

帕崔吉太太四年來容許丈夫指導珍妮，即使珍妮為了課業忽視分內工作，她也不計較。可是該來的總會來，某天珍妮正在讀書，老師俯身看著，帕崔吉太太碰巧經過，珍妮不知為何突然從椅子上站起來，從此在帕崔吉太太心裡埋下第一顆懷疑的種子。不過，當時帕崔吉太太沒有多想，那個念頭也只是潛伏在她內心，像個藏身暗處的敵人，靜待援兵來到，才會公開叫陣，發動攻擊。援兵很快來到，她內心的疑點得到佐證。

幾天後，兩夫妻正在用餐，老師用不太靈光的拉丁語對珍妮說：「給我一點我喝。」珍妮可能覺得這句拉丁語太彆腳，忍不住笑了。她發現女主人視線投向她，竟然羞紅了臉，或許是因為取笑老師感到難為情。總之，帕崔吉太太見到這一幕大發雷霆，隨手拿起自己的木餐盤砸向珍妮的頭，大吼，「妳這放肆的賤人，竟敢當著我的面跟我丈夫調笑嗎？」她一面罵，一面拿著刀子從椅子上站起來，若非珍妮善用她靠近門口的地利之便拔腿逃離，恐怕會壯烈犧牲在女主人復仇的刀刃下。至於那位可憐的丈夫，不知是因為震驚而動彈不得，或因害怕（這點大有可能）不敢出手制止，只能坐在椅子上乾瞪眼，渾身打哆嗦。他連手指都不敢動一下，大氣也不敢吭一聲，直到妻子追捕珍妮無功而返，逼得他不得不採取自保措施，追隨珍妮的腳步逃之夭夭。

這位好婦人的性情可與奧賽羅[9]分庭抗禮：

7 Harlot's Progress，霍加斯一七三二年的版畫作品，共六幅，描述妓女的生活。

8 Xantippe，蘇格拉底之妻，以凶悍著稱。據說口齒伶俐，連蘇格拉底都甘拜下風。

9 指奧賽羅因伊阿古（Iago）的計謀而醋海生波，對妻子大發雷霆。見莎士比亞劇本《奧賽羅》第四幕。

性喜拈酸吃醋，
隨著月亮的陰晴圓缺，
生起新的猜疑。

另一個共同點是：

只要疑點一起，
誓死追查到底。

她命令珍妮收拾行李離開，決定當天晚上起珍妮就不許在她家過夜。

帕崔吉老早就從經驗中學乖，不會干涉這樣的事情。他循往例祭出耐心這帖良方，因為雖然他的拉丁語不算精通，卻記得以下這句拉丁古諺隱含的智慧，英語的意思是：

扛得甘之如飴，擔子輕盈無比。

他時時刻刻把這句話掛在嘴邊，而且經常見證其中的真理。

珍妮試圖申辯，強調自己的無辜，可惜當時風暴威力太強大，淹沒她的聲音。她只好動手收拾為數不多、幾張牛皮紙就包裹完畢的私人物品，領了微薄工資打道回府。

那天晚上老師和夫人相處不甚融洽，可是基於隔天清晨前發生的某些事，帕崔吉太太怒氣稍歇，終於肯聽丈夫解釋，也毫不懷疑地相信了。帕崔吉沒有要求妻子召回珍妮，反倒說太太開除得對，還說他覺得珍妮大部分時間都在讀書，分內之事都沒做好，而且愈來愈無禮固執。珍妮近來經常就書本內容跟老師爭辯，就像前面所說，她的學問已經超越老師，這點他無論如何都無法接受。他覺得珍妮總是堅持她自己的見解才正確，固執己見，愈來愈討厭她。

第四章

描述婚姻史上最血腥的戰役，或者該說是決鬥

由於前章陳述的種種理由，以及大多數丈夫熟知的讓步策略（這些策略就像共濟會的祕密，只有高貴的會友們有權知曉），帕崔吉太太心滿意足地相信她誤會了丈夫，為自己的無端猜疑感到慚愧，努力以各種柔情蜜意彌補丈夫。不論她的情感往哪個方向發展，程度都極端激烈，可以怒髮衝冠，也可以嬌柔馴良。

她這兩種情感經常密集輪替，某種程度上老師也幾乎每天品嘗這兩樣情。不過，偶爾她怒火燒得太旺，降溫期多半也會拉長，眼下就是這種情況。她醋勁大發之後，一直保持友善態度，歷時之久打破以往紀錄。如果不是礙於某些贊西珮的信徒每天都得執行的儀式，老師應該可以享受幾個月太平日子。

海面風平浪靜，在經驗老到的水手眼中就是暴風雨前兆。我知道有些人儘管不特別迷信，卻總認為非比尋常的祥和寧靜之後，緊接著會是相反的苦果。正因如此，古人通常會在這種時刻向妮米希絲[10]獻祭，因為他們相信妮米希絲最見不得人間的幸福美滿，特別喜歡用苦難搗亂。

我根本不相信這類異教神祇，也不鼓勵迷信，所以希望約翰・弗某某[11]先生或他那類哲學家可以行行好，找出這種好運瞬間逆轉的原因。人們經常談論這種現象，我也不能免俗地在這裡舉個實例。不過，我的職責只是陳述事實，真正的原因就留給世外高人去發掘。

世人向來喜好獲知並傳誦他人的行為，因此，任何年代任何國家都存在某些專供人們聚集的特定場合，好奇人士可以在那裡碰頭，互通有無，滿足彼此的好奇心。其中又以理髮店獨占鰲頭。古希臘時代，「理髮師新聞」幾乎成了一句諺語。古羅馬詩人賀拉斯[12]也曾在他的書信裡給予理髮師這方面的肯定。

英國理髮師比起他們的希臘或羅馬前輩毫不遜色。你在理髮店聽到的國際事務議論，內容之精闢，一點也不輸政商名流出入的咖啡館。在理髮店裡，人們聊起國家大事，更是比在咖啡館更海闊天空。不過理髮店是男人的去處，至於本國女性同胞，尤其是那些下層階級婦人，彼此之間的往來確實比其他國家的女士更為密切。鑑於她們也有不讓鬚眉的好奇心，如果沒有特定場所滿足她們這方面的需求，那就是政府施政上的一大疏失。

英國婦女享受這些聚會場所的同時，應該要明白自己比其他國家的姊妹們幸福多了。畢竟我不論閱讀史書或外出遊歷，都沒見過這樣的德政。

這樣的地方正是雜貨店。眾所周知，這是英國所有教區的消息中心，或者，用更通俗的話說，就是八卦交流站。

10 Nemesis，希臘神話裡的報應女神。

11 John Fr----，作者此處沒有指出姓氏，到了第四卷第九章末又提到 Mr. Freke，指的都是當時的知名外科醫生約翰·弗里克（一六八八～一七五六）。弗里克以多才多藝著稱，喜歡從事稀奇古怪的研究，比如電流如何影響人類的健康與植物的生長，主張劇烈的風濕症是電流造成。

12 Horace（西元前六五～八），為古羅馬黃金時期代表人物。此處有關理髮師的評論出自他的作品《諷刺詩》（*Satires*）。

某天帕崔吉太太跟一群婦人在這種場合閒聊，有個鄰居問她近來有沒有聽說珍妮的消息？她說沒有，那位鄰居笑著說，整個教區非常感謝她把珍妮趕走。

讀者也知道，帕崔吉太太的醋意老早根治了，對珍妮沒有任何嫌隙。她大膽回答，她不知道教區有什麼好感謝她的，因為要再找到珍妮這樣的好幫手並不容易。

「嗯，是啊，但願如此。」那個長舌婦說，「只是，我覺得咱們教區裡的騷貨已經夠多了。看來妳還沒聽說，她生了兩個小野種。因為孩子不是在這裡出生的，我丈夫和另一個教會執事說，我們教區應該不必撫養他們。」

「兩個小野種！」帕崔吉太太急忙接腔。「太意外了！我不知道我們需不需要撫養他們，但我敢說，孩子是在我們這裡懷上的，因為她離開還不到九個月。」

沒有什麼比腦中的思緒轉動得更快，特別是背後有希望、恐懼或嫉妒在驅使時。相較於嫉妒，希望和恐懼通常只是串場跑龍套。帕崔吉太太登時想到，珍妮在她家幫傭時，幾乎足不出戶。丈夫站在椅子後面上身前傾、珍妮突然驚嚇站起來、那句拉丁語、那抹笑意，還有其他種種，一股腦全湧上心頭。她丈夫對珍妮的離開感到欣慰，顯然只是裝出來的。然而，卻也是真的，她的滿腔妒火告訴她，丈夫是因為玩膩了，以及其他上百種惡劣動機，才有這種反應。總之，她已經判定丈夫有罪，立刻心慌意亂地離開雜貨店。

正如溫馴的母貓，雖然是貓科家族的晚輩，殘暴的程度卻不輸她家族裡的前輩。儘管力氣不大，如果她折磨許久的老鼠暫時逃離她的魔爪，就會煩躁、斥責、咆哮、詛咒。一旦窩藏老鼠的大皮箱或紙箱被人移走，她會像閃電般撲向獵物，懷著毒辣的怒氣又咬又抓、咀嚼撕扯小老鼠，那股狠勁堪與高貴的老虎並駕齊驅。

帕崔吉太太也以不相上下的怒火撲向丈夫，又罵又咬，動口又動手。帕崔吉頭上的假髮飛了，身上的襯衫破了，臉上五道爪痕鮮血如注，正是造物者不幸賦予敵人的指爪數目。

起初帕崔吉只守不攻。事實上，他只是舉起雙手護住臉龐。不過，他發現對手的怒氣絲毫不見緩和，覺得自己或許、至少可以解除她的武器，也就是束縛她的雙手。她的帽子在掙扎過程中扯掉了，長度不及肩膀的頭髮豎直在腦袋上；她的胸衣只靠穿過底部孔洞的繩線固定，這時應聲迸開，比頭髮豐盈得多的乳房垂掛胸前。她臉上也沾染了丈夫的血。她氣得咬牙切齒，兩眼的怒火堪比鐵匠熔爐噴出的火花。即使是比帕崔吉膽大許多的男人，見到這位勇猛好戰的巾幗英雄的模樣，只怕也要嚇得魂飛魄散。

他總算運氣不差，終於抓住她手臂，她戴在十指尖端的武器因而無用武之地。她發現兵器被繳，女人的柔弱因此凌駕怒火，頓時淚如雨下，最後激動暈厥。

在這場來得莫名其妙的混戰中，帕崔吉始終保留一丁點理智，此時見到妻子暈死過去，突然慌了手腳。他急忙跑到街上，高聲嚷嚷著他太太就快死了，請求左鄰右舍趕緊去救她。好些個善心婦人聞言趕到他家，採取了必要措施，終於把帕崔吉太太弄醒，令帕崔吉無比欣慰。

帕崔吉太太恢復了意識，又喝了點酒安撫情緒，開始向街坊投訴丈夫帶給她的諸多傷害。她說，丈夫帶別的女人上她的床，她只不過說他幾句，他就用天底下最殘酷的手段對待她，扯掉她的帽子和頭髮，還撕破她的胸衣，更對她飽以老拳，她只怕要帶著那些傷痕進墳墓啦。

可憐的帕崔吉臉上明顯掛著妻子憤怒的爪痕，聽見這番控訴呆立原地，驚得說不出話來。相信讀者可以為他做證，那番指控嚴重背離事實，因為他根本沒打她。只是，在場婦人都認為他的沉默等於認罪，開始異口同聲指責他、痛罵他，三番兩次強調，懦夫才打女人。

帕崔吉耐心承受這一切。不過，當他妻子指著臉上的血，說是他下毒手的證據，他忍不住辯稱那是他的血，因為事實就是如此。他覺得不可思議，自己的血竟然變成指控自己的證據，畢竟我們都知道，被害人的血液通常是用來指控殺人犯的。

關於這點，在場的女士們只說，可惜那血來自他的臉，而不是他的心臟。她們都說，如果她們的丈夫膽敢跟她們動手，一定讓他們心臟的血流光。

鄰居婦人連番訓誡帕崔吉過去的行為，好言勸他未來要洗心革面，不可再犯，之後各自返家，好讓當事人夫婦冷靜談一談，帕崔吉這才弄明白自己這番苦難從何而來。

第五章
值得讀者費心思量定奪的種種

俗話說，祕密不會只有一個人聽說，我認為這話絲毫不假。當然，類似上述事件如果只傳遍某個教區，沒有往外散布，那根本是奇蹟。

果然沒錯，短短幾天內，鄰近地區都聽說了小帕丁頓私學老師的事，據說他用最殘暴的手段毆妻。不，某些地方的人說他殺了他妻子；其他地方又說他打斷她胳膊；另一些地方說是腿。簡言之，綜合各地傳言，但凡人類可能遭受的各種傷害，帕崔吉都施加在妻子身上了。

這場爭吵的原因同樣眾說紛紜。有些人說帕崔吉跟女僕有染，被妻子捉姦在床。外面還流傳更多千奇百怪的說法，甚至說出軌的是帕崔吉太太，醋海生波的是她丈夫。

黛博拉老早就聽見這個傳聞，只是，她聽見的事發原因不是正確版本，所以她不願多談。或許是因為眾人都怪罪帕崔吉，而帕崔吉太太當初在歐渥希家幫傭時曾經得罪黛博拉，黛博拉不是輕易釋懷的人。

然而，黛博拉有一雙千里眼，也能看見幾年後的未來，她預見布里菲上尉將來大有機會變成她的雇主，也看出上尉對小棄嬰沒有好感。她覺得如果能查出點什麼，扭轉歐渥希對棄兒的寵愛，也算在上尉面前立一大功。上尉顯然很不滿歐渥希對棄兒的態度，即使在歐渥希面前都沒辦法隱藏。布莉姬在公開場合的表現比丈夫正常得多，也常勸丈夫學習她的榜樣，默許她哥哥的行為。她說她看得出哥哥的做法很愚蠢，也跟所有人一樣忿忿不平。

黛博拉偶然聽說了那起事件的真正原因，雖然事情已經過了許久，她還是心滿意足地打聽到所有細節。她告訴上尉她終於找到小雜種的親生父親，還說她很遺憾老爺變成人們說嘴的對象，把自己的名聲都賠進去了。

上尉指責她妄下結論，說她不該私下評斷主人的行為。即使上尉的人格和見識允許他與黛博拉結盟，他的傲氣也絕不會答應。實話說，還有什麼比跟朋友的僕人聯手對付他們的主人更不智，因為這麼一來你就會受制於這些僕人，何況他們隨時可能背叛你。或許就是基於這個原因，上尉在黛博拉面前才會有所保留，沒有鼓勵她繼續攻詰自己的主人。

雖然他表面上對黛博拉的發現不置可否，內心卻是如獲至寶，打算找到機會就善加利用。他把這件事放在心裡好一陣子，盼著歐渥希自己從別處聽說。只是，黛博拉不知是氣惱上尉的反應，或者因為猜不透上尉的心思，擔心說出去會惹怒他，從此絕口不提。

黛博拉竟然沒跟布莉姬提起這事，我百思不得其解，畢竟女人更容易跟同性分享大小消息。在我看來，解答這個難題的唯一辦法就是，將它歸因於這兩位女士如今有點疏遠，或許是因為黛博拉對棄嬰過度敬重，惹得布莉姬不高興。雖然黛博拉為了討好上尉想方設法陷害小湯姆，但她看見歐渥希一天比一天喜歡那孩子，在歐渥希面前也愈來愈努力讚美他。儘管她在布莉姬面前總不忘辱罵小湯姆，小姐卻已經對她記恨在心，小姐沒有（可能也辦不到）辭退黛博拉，卻是想盡辦法讓她度日如年。最後黛博拉心頭火起，乾脆公然跟小姐作對，使出渾身解數表現出對小湯姆的尊敬與喜愛。

上尉驚覺那個消息可能就此埋沒，終於找個機會親自揭露。

某天他跟歐渥希聊起「博愛」這個詞。對神學頗有鑽研的上尉引經據典向歐渥希說明，《聖經》裡提及的「博愛」跟樂善好施一點關係都沒有。

「基督教的設立是基於更崇高的目標，」他說，「絕不只是古代那些異教徒哲學家教導我們的觀念。哲學家們的教導雖然也稱得上是一種德行，卻少了基督教超凡入聖的特質。那種思想大躍進、達到天使般的純淨完美，只能仰賴神的恩典獲致、表述與感受。掌握到《聖經》要義的人會知道這個詞代表真誠，代表對人類同胞懷抱善意，寬厚看待他們的行為。這種德行本質上比區區的施捨來得更高尚、更豁達。即使我們願意為了濟世損害、甚至毀滅自己的家庭，受惠的終究只是少數。然而，『博愛』若是以另一個更接近真實的意義來看待，卻可能嘉惠全人類。

「只要想想耶穌的門徒都是些什麼人，就知道以慷慨或救濟來解釋基督教義是多麼荒謬的事。再者，既然我們不認為耶穌會教導自身難保的人去救濟他人，更不必奢望那些有能力卻不願奉行的人會如此理解。

「不過，」他接著說，「雖然這種善行沒有多少價值，我必須承認，它能給好心人帶來不少愉悅，只要不去考量一件事。我指的是，我們很容易受人矇騙，把最可貴的恩澤施加在那些不值得的對象身上。你不得不承認，你對帕崔吉那個沒用的傢伙正是如此。慷慨付出會帶給善心人內在的滿足，但只要有兩三個這種例子，這份滿足感就會大大減弱。不，甚至可能讓他不敢再行善，以免承擔贊助惡行、鼓勵壞人的罪愆。這是非常重大的罪名，除非我們慎選行善對象，否則光是申明自己無意鼓勵犯罪，並不足以為自己開脫。我相信很多虔誠的可敬之士都因為這層考量，不敢任意行善。」

歐渥希答道，「在希臘語上我沒辦法跟你爭辯，所以不能評論英語譯為『博愛』的這個詞的真正含義。但我向來認為這個詞的意思涵蓋了行動，施捨至少可以稱為其中的一項。

「至於有沒有價值這件事，我完全同意你的看法。」他說，「因為只是盡一點社會責任，有什麼值得稱頌的？不管『博愛』這個詞代表什麼意義，善盡個人責任肯定包含在《新約全書》的要旨。不管基於基督教教規或自然法則，這都是無法推卸的責任。況且它確實帶給人快樂，如果有任何責任可以談得上報酬，或能給我們什麼回報，這就是了。

「坦白說，」他又說，「有一種慷慨，我會稱之為賑濟，似乎的確值得讚揚。那就是，我們基於仁善或基督徒的愛，把自己真正需要的東西贈予他人。為了減輕別人的痛苦，把自己不可或缺的東西給出去，用這種方式分攤別人的苦難，我認為值得讚揚。然而，如果只是用自己多餘的東西緩解同胞的困苦，施捨（我必須用這個詞）的只是一點金錢，而非自身的安適；為了幫助幾個家庭脫困，家裡少掛一幅名畫或少享受一點無謂的虛榮，在我看來只是盡到做人的本分。不只如此，我還要進一步強調，這種人某種程度上只算是美食家。美食家最大的願望應該是與眾人同食，而非一人獨享，不是嗎？那些知道很多人因為他的付出而能填飽肚子的人，應該最能體會這點。

「至於對某些人慷慨贈與，事後發現對方不配接受，這種事的確屢見不鮮，但這不應該成為善心人士慷慨施捨的阻礙。我不認為只因幾個或許多人不知感恩，人就可以硬起心腸、對同胞的痛苦視而不見。我也認為真正的善人不會受這種事影響。要阻止好人行善，恐怕只能告訴他人類全都墮落了，而他聽見這種話，如果不是變成無神論者，就是狂熱份子。當然，只因為世上有少數幾個壞人，就一竿子打翻全船，未免有欠公平。我相信，任何人經過深思，在普遍現象中找出例外，應該不至於以偏概全。」最後他問，「你說那個沒用的傢伙帕崔吉是什麼人？」

「我指的是那個理髮匠、私學老師，或什麼別的？帕崔吉，你在床上發現的那個棄嬰的生父。」歐渥希聞言大吃一驚，上尉發現他一無所知，也表現得同樣驚訝。他說他一個月前就聽說了。最後他絞盡腦汁，才想起來是從黛博拉那裡聽來的。

歐渥希馬上派人把黛博拉找來。黛博拉確認上尉說的話。歐渥希聽從上尉建議，派她跑一趟小帕丁頓，把事情調查個水落石出。上尉說他不喜歡草率處理犯罪事件，更不願意歐渥希在確定孩子生父的罪行之前，對那孩子或他父親產生偏見。雖然他私底下已經向帕崔吉的鄰居問出事情經過，卻因為生性太仁厚，不願意主動告知歐渥希他查到的線索。

第六章

私學老師帕崔吉以淫亂罪名受審；他妻子出庭做證；淺評我國法律的智慧；以及一些人們愈了解就愈喜愛的重大事項

讓人納悶的是，像這樣家喻戶曉的事件，街談巷議的熱門題材，竟然始終沒能傳到歐渥希耳裡。附近地區還蒙在鼓裡的人，可能只有他一個。

為了讓讀者明白個中原因，我想我最好在此說明，英國境內沒有哪個人比我們這位大善人更不樂意違反前章提及的「博愛」教義。事實上，這個詞指涉的兩種美德，他都當之無愧。沒有誰比他更體諒窮人，沒有人比他更積極解決別人的困境。因此，沒有人比他更心軟、更不願意看別人的短處。

正因如此，醜聞從來上不了他家餐桌。古人說，觀其友知其人，所以我敢大膽斷言，你只要聽聽偉大人物家中餐桌上的對話，就能掌握他的宗教觀、政治傾向和品味，以及他的全部性格。原因在於，雖然世上總有些發抒己見不看場所的怪胎，絕大多數人都還算識相知趣，懂得根據上位者的好惡調整自己的言談。

話題回到黛博拉，她風馳電掣地執行使命，雖然兩地距離二十五公里，仍然迅速帶回帕崔吉罪證確鑿的消息。歐渥希於是決定傳喚嫌犯出庭，當面審訊。帕崔吉因此奉召前來，為自己受到的指控進行抗辯（如果他辦得到的話）。

帕崔吉在指定時間來到歐渥希的莊園天堂苑，同行的還有他的妻子安，控訴人則是黛博拉。

歐渥希坐在審判席上，帕崔吉來到他面前。帕崔吉聽完黛博拉對他的控訴，直呼冤枉，激動地提出反駁，聲明自己的無辜。

接下來換證人上場。帕崔吉太太先是謙卑地致歉，說她很遺憾不得不出庭說些對丈夫不利的實話。接著她細訴讀者已經知道的一切，最後還說，她丈夫已經親口向她認罪。她是不是原諒了丈夫，我不敢任意猜測，但她可能基於其他某些原因，確實不太樂意在這個案子裡做證。若非黛博拉在她家旁敲側擊套出全部經過，又以歐渥希名義向她承諾帕崔吉受到的懲罰絕不會影響她家生計，她絕不可能出庭做證。

帕崔吉承認自己確實向妻子認過罪，但他堅稱自己是清白的。他抗辯道，他是被妻子逼迫，才無奈認罪。他說，妻子一口咬定他有罪，還說除非他認罪，否則會一直折磨他。她還承諾，只要他認罪，她從此絕口不提此事。他是因為這樣，才被騙承認自己沒犯過的罪。他還說，為了圖個耳根子清靜，他連殺人罪都肯認。

被丈夫冠上逼供惡名，帕崔吉太太忍無可忍，卻無計可施，只好採取淚水攻勢。她號召大批這類援軍，對歐渥希說（「哭喊」或許更貼切），「法官大人明察！天底下沒有哪個可憐女人像我這樣被這壞男人欺負到這步田地，這已經不是他第一次跟我撒謊啦。不是的，大人在上！他已經背著我偷過很多女人啦！他喝酒、不盡本分我都可以不計較，可是他違反的是神聖的戒條。再者，如果他是在外面亂搞，我還可以睜一隻眼閉一隻眼，可是他偷的是我的女僕，而且在我家裡，在我的屋簷下，跟他那個又髒又臭的婊子一起玷污我聖潔的床鋪。這事千真萬確。沒錯，你這惡棍，你弄髒了我的床，弄髒了！現在你還來指控我騙你招供。大人明察，我會騙他嗎？我身上有很多傷，可以證明他對我有多殘暴。你這壞蛋，如果你還算個男人，就不會這樣傷害女人。你根本算不上半個男人，你自己心裡有數。你甚至算不上半個丈夫，成天跟狐狸精瞎混。你就是，我敢發誓……今天他把我給惹火了，我豁出去了。法官大人啊！我願意畫押做證，他們在床上被我逮個正著。什麼！你八成是忘了，當時我好聲好氣問你是不是背著我胡來，你就打得我昏死過去，額頭直流血！所有鄰居都可以替我做證。你害得我心都碎了，我心碎啊！心碎了！」

歐渥希打斷她的話，要她冷靜下來，也答應會還她公道。這時，帕崔吉目瞪口呆的站在原地，腦子一片空白，半是因為震驚，半是因為恐懼。歐渥希對他說，他很遺憾世上竟有這麼喪盡天良的男人。他告訴帕崔吉，像他這樣支吾其詞、說詞反覆，罪孽只會更深重，必須透過招供與悔改來補救。他於是敦促他立刻認罪，別再繼續否認自己妻子提出的明確證據。

讀者啊，這裡我必須請你發揮一點耐心，聽我客觀公平地稱誦我國法律的高深智慧，因為它拒絕接受妻子對丈夫的任何有利或不利證詞。某位博學作家（據我所知，只有一本法學書籍引述過他的見解）認為，此舉將會造成夫妻之間永無休止的爭吵。當然，也會導致許多偽證，以及無數鞭笞、罰款、監禁、流放乃至絞刑。

帕崔吉沉默地站著，直到歐渥希命他回應，才說他已經說了實話，只能請上帝證明他的清白。最後他說，那女孩能證明他的無辜，請大人馬上派人將她找來。他不知道（或假裝不知道）她已經遠走他鄉。

歐渥希秉性公正，性格又冷靜，是個極富耐心的法官。對於被告提出的任何證人，他都願意傾聽。他同意延後宣判，等珍妮出庭後再裁奪，並且立刻派人去傳召珍妮。他奉勸帕崔吉夫妻（只可惜勸錯對象）言歸於好，要他們第三天再來一趟，因為珍妮住的地方離他家有一天車程。

到了指定時間，所有人都來了，奉命去找珍妮的人回報，珍妮幾天前離開住處，跟一個募兵軍官走了。

歐渥希於是裁定，這樣自甘墮落的女子，證詞不足採信。不過，他不得不推測，根據種種情況，加上被告自己供認不諱，他妻子又指證歷歷說她捉姦在床，即使珍妮出庭陳述事實，她的證詞肯定會符合以上證據。他再次勸帕崔吉認罪，帕崔吉卻仍然堅持自己的清白。歐渥希於是宣布，帕崔吉罪證確鑿，像這麼卑劣的人，沒資格接受他的鼓勵，決定取消對他的年度補貼，建議他既要為來世誠心悔改，也要在這一世勤奮工作，扛起家計。

世上只怕很難找到比可憐的帕崔吉更苦悶的人。他因為妻子的證詞損失大半收入，還得因為種種原由每天被妻子責罵，包括害她失去那份津貼。不過他時運如此，只能認命。

雖然我在上一段稱他「可憐的帕崔吉」，我希望讀者明白那只是傳達我個人的同情心，並非暗指他的無辜。他究竟有沒有罪，日後或許會真相大白。就算這篇故事的繆思女神向我透露過任何祕密，除非得到她的許可，我絕不會擅自將它們公諸於世。

所以說，此時讀者只好暫時收起好奇心。不管真相是什麼，可以確定的是，呈現在歐渥希面前的證據多得足以定帕崔吉的罪。事實上，只要其中少量證據，就足夠讓審查私生子案件的全體法官拍板定案。只是，儘管帕崔吉太太言之鑿鑿，甚至願意向神發誓，帕崔吉還是有可能是冤枉的。根據推算，從珍妮離開小帕丁頓到她生下野種的時間，那孩子顯然是在小帕丁頓懷下的。然而，這卻無法證明帕崔吉就是孩子的生父。撇開種種細節不談，當時帕崔吉家裡就住了個十八歲小伙子，這人跟珍妮往來甚為密切，足以引起合理懷疑。可嘆哪，嫉妒心就是此如盲目，怒氣沖沖的帕崔吉太太始終沒想到這一點。

帕崔吉是不是聽從歐渥希的勸誡真心悔改，暫時看不出來。但他太太肯定非常後悔做出對丈夫不利的證詞，特別是她發現黛博拉騙了她，也不肯替她去向歐渥希求情。不過，她向布莉姬訴苦倒是收到一點效果。讀者想必已經觀察到，布莉姬性情好得多，也大發慈悲出面請她哥哥恢復那筆年金。布莉姬會這麼做，除了她天性善良，還有另一個更強烈、更合乎常情的動機，留待下一章揭曉。

只是，布莉姬的求情沒有成效。雖然歐渥希不像近期某些作家，認為展現仁慈的唯一途徑就是懲罰罪人，卻也不至於認為仁慈就是毫無理由、為所欲為地寬容重大罪犯。案情只要有任何疑點，或任何可以酌減刑度的情況，他都會納入考量。但罪犯的乞憐，外人的求情，都動搖不了他的決心。換言之，他從不因為犯罪者本身或他的親友認為他不該受到懲罰，就破格原諒。

於是帕崔吉夫婦只好接受命運的安排。可是命運待他們未免太嚴苛，因為他非但沒有因為收入減少而加倍努力工作，反倒因為絕望而自我放棄。由於他天生好逸惡勞，現在更是變本加厲，結果連學校也關了。幸虧有個好心的基督徒插手干預，提供他們生活基本開銷，否則他們恐怕連三餐都沒著落。

這筆善款是匿名捐助，他們認為這位默默行善的人是歐渥希，我猜讀者也這麼認為。歐渥希雖然不願意公開鼓勵罪行，但是當罪人嘗到的苦果太強烈，遠超過他們所應得，他卻可以私下濟助他們。命運女神想必也覺得這對夫妻太可憐，總算對他們起了憐憫心，因為她終結了帕崔吉太太的全部厄運，順道化解帕崔吉的苦難：帕崔吉太太感染天花，不久後一命嗚呼。

起初輿論一面倒地讚揚歐渥希伸張正義，等到帕崔吉嘗到懲罰的惡果，左鄰右舍開始心軟，同情他。不久後，更以同等激烈又嚴厲的語詞譴責他們之前盛讚的正義。現在大家異口同聲地反對殘酷的懲罰，歌頌慈悲與寬恕。

帕崔吉太太一死，眾人的訴求更是激烈。雖然帕崔吉太太死於剛才提到的疾病，跟貧窮或苦難無關，人們卻厚著臉皮拿來指責歐渥希的嚴苛，個個都說他實在太冷血。

帕崔吉失去了另一半、學校和年金，那個匿名的善心人士也停止接濟，為免餓死，他選擇帶著街坊們滿滿的同情心，離開這個傷心地。

第七章
略述審慎夫妻如何從憎恨中萃取幸福；簡單為那些寬容朋友缺點的人申辯

上尉打擊可憐的帕崔吉計謀奏效，卻沒有如他所願將小棄嬰趕出歐渥希家。相反地，歐渥希一天比一天更喜歡小湯姆，彷彿想用對兒子的無限寵愛與疼惜，來平衡身為父親的嚴厲。

上尉看在眼裡非常不是滋味，他也不喜歡歐渥希的其他慷慨善行，因為他把這些大方付出視為他個人財富的損失。

我們說過，他這方面的見解與他太太相左。事實上，他們對所有事的看法都兩歧。雖然許多智者認為，理念見識比外表的魅力更能維繫愛情，可惜在這對夫妻身上卻不是那麼回事。非但如此，他們的理念更是許多爭執的焦點，也是兩人不時口角的主要原因。每回口角總是終結在妻子對丈夫無以復加的鄙視，以及丈夫對妻子徹頭徹尾的厭惡。

由於這對夫妻把主要的才華都發揮在神學研究上，神學就成了兩人相識之初最主要的話題。婚前上尉風度翩翩斯文有禮，總是附和小姐的見解。他讓步時表現既得體又從容，不像那些自命不凡的傻瓜，表面上謙恭有禮地尊重別人更精湛的見解，卻忍不住希望別人知道他認為自己是對的。相反地，上尉儘管有著世上所罕見的一身傲骨，卻是全心全意為對方的論點折服，以至於小姐從來不懷疑他的誠懇。每回爭論過後，小姐內心滋長的除了對自己見識的讚嘆外，也不乏對上尉才學的欣賞。

像這樣取悅一個自己打心底瞧不起的人，對上尉而言，雖然不像為了升遷屈從赫德里[13]或其他同領域名人那麼艱難，但如果沒有某些動機，卻也不是那麼輕易的事。因此，當婚姻消除了那些動機，他不肯再屈尊俯就，開始傲慢無禮地不屑妻子發表的種種見解。這種惡劣態度只有那些應受鄙薄的人表現得出來，也只有坦蕩高尚的人承受得了。

當最初的濃情蜜意消退，在衝突與衝突之間那平靜漫長的時間裡，小姐開始恢復理性。她看見上尉對她的態度改變，甚至只用「呸」、「啐」回應她的論點，無論如何也嚥不下這口氣。坦白說，一開始她實在氣極敗壞，幾乎釀成悲劇，幸好這股怒火改以較溫和的方式噴發，也就是極端唾棄丈夫的觀點，藉此抵銷些許對他的恨意。當然，她同樣擁有丈夫對她的適度憎恨。

上尉對妻子的嫌惡比較單純。雖然她學問與見識淺陋不足，他卻不會因此輕視她，正如他不會輕視她身高不足一米八。他對女性的觀點完全超越亞里斯多德的褊狹。在他看來，女人跟家中蓄養的動物大同小異，級別比貓兒稍高，因為女人的功能重要得多。可是在他心目中二者的差異微乎其微，以至於他跟歐渥希的土地與房產締結連理時，附帶接收哪一種他都無所謂。只是，他的自尊心是如此強烈，當他感受到妻子對他的輕蔑，加上過去妻子泛濫的愛已經令他厭膩，他因此對她產生一種可說空前絕後的嫌棄與憎惡。

婚姻關係之中只有一種狀態毫無樂趣可言，那就是漠不關心。我的許多讀者（但願）都明白，把快樂帶給心愛的人是多麼極致的喜悅；恐怕也有少數讀者體驗過折磨討厭的人那種滿足感。可嘆的是，即使另一半並不是那麼地惹人厭，卻總有些丈夫或妻子選擇放棄原本有機會共度的安樂生活，只為了享受折磨對方的快感。於是，妻子時不時上演激情或嫉妒的戲碼，不，她甚至為了干擾另一半，避免他過得太愜意，寧可犧牲自己的幸福。相對的，他也經常自我約束，留在家裡陪伴可憎的枕邊人，只為了逼迫對方陪伴她最討厭的人。於是，當寡婦看著生前與她水火不容的丈夫的骨灰，難免涕泗滂沱地悲嘆，從此再也沒有機會折磨對方。

假使真有夫妻享受這種樂趣，那就是上尉與他的夫人目前的生活寫照。只要是對方反駁過的見解，就理所當然成為他們堅守的理念。如果其中一位提議某種娛樂，另一位必定要反對。他們喜歡或討厭的、讚美或辱罵的肯定不會是同一個對象。基於這個理由，由於上尉看棄嬰不順眼，他夫人便把那孩子視如己出，百般疼愛。

讀者想必認為，這對夫妻這樣的行為豈不是大大擾亂了歐渥希的平靜，因為他當初期待這段婚姻能為他們三人帶來寧靜愉悅的生活。事實上，原先的樂觀期待落空，他或許有點失望，但他並沒有掌握到事情的全貌。因為上尉基於某些明顯理由，在他面前謹言慎行。小姐不想惹哥哥生氣，也配合演出。說實在話，即使是往來密切的第三人，不，甚至長期同住一個屋簷下、有一定程度的觀察力，也未必能察覺出夫妻閨房日起勃谿。因為一天的時間或許太短，不夠用來憎恨或愛慕對方，但夫妻倆自然而然有許多排除外人私下相處的時光，可以痛快地憐愛或憎恨對方。稍有自制力的人就此心滿意足，即使在公開場合待個幾小時，相愛的人能壓抑耳鬢廝磨的衝動；互憎的人也能忍住、不朝對方臉上吐口水。

然而，歐渥希還是可能嗅出端倪，因而感到些許不安。畢竟我們不能因為智者不像某些孩子氣或娘娘腔的人那樣啼哭或哀嘆，就以為他內心沒有受傷。不過，即使他看見上尉某些缺點，卻可能沒有產生絲毫疑慮。因為真正有智慧與善心的人，向來願意接受人或事的本來面貌，不去埋怨他們的缺陷，更

13　指 Benjamin Hoadly（一六七六～一七六一），英國神學家。

不會試圖導正。他們即使看見朋友、親戚或熟人犯了過失，也絕不會對那人提起，更不會告訴任何人，通常也不會為此疏遠那人。事實上，高深的識人之明最好搭配這種寬容缺失的雅量，否則我們就只能結交到有點笨、誤以為我們很完美的人。當我宣稱我所有的朋友都有缺點，希望他們能海涵；如果我結交的朋友之中有任何人看不見我的缺點，那我會覺得遺憾。我們經常給予或要求這類寬恕，這是友誼的體現，或許未必不討喜。而我們必須寬恕：不求對方改正的寬恕。試圖修正我們所愛的人的弱點，恐怕是天底下最愚蠢的事。人類最美好的天性就像最精緻的瓷器，也可能帶點瑕疵。在這方面，不管人或瓷器，恐怕都沒有修正的餘地。儘管如此，二者的樣式仍然可能具備高超價值。

總而言之，歐渥希肯定看出上尉性格上的某些缺陷。但上尉城府極深，在歐渥希面前隨時提高警覺，他在歐渥希眼中顯露出來的缺失，不過是良好品性裡的少許污點。歐渥希的寬大讓他包容，他的智慧又讓他不去當面揭發。如果他察覺全部真相，心情恐怕大受影響。假使上尉夫妻繼續維持這種相處模式，事情遲早紙包不住火。幸虧好心的命運女神採取有效方法避免發生這種憾事：她強迫上尉做了一件事，幫他拉近跟妻子的感情，重新找回妻子昔日的柔情蜜意。

第八章
重拾太座厚愛的對策，即使最絕望的案例也保證奏效

上尉熬過跟妻子談話那痛苦的幾分鐘（他已經盡最大努力減少）後，往往能從獨處時的愉快沉思中獲得極大補償。

這些沉思內容全是歐渥希的財產。首先，他花了不少腦筋，盡可能計算出這份財產的價值，並且隨時根據自己的喜好調整計算結果。第二，也是最重要的，他樂滋滋地規劃房屋與庭園的改造工程，也擬定許多方案，既要擴大規模，也要改建得更華麗壯觀。為此他潛心研究建築學與園藝，讀了許多這兩方面的書籍。這兩門學問占去他所有時間，也是他生活中唯一的娛樂。最後他總算構思出非凡計畫。

我在此深感抱歉，我沒有能力將這份計畫呈現在讀者面前，因為就連當今最豪華的建築，都難以與它匹敵。要實現這種偉大的超凡設計，必須具備兩大要素，才能順利推動，並達到一定程度的水準，那就是龐大的經費與漫長的時間。所幸上尉的計畫二者兼備，而且極度充足。其中第一項要素，上尉認為歐渥希的財富（日後必定由他繼承）綽綽有餘。至於第二項，以他自己健壯的體格，生命才走到所謂的中年，有生之年必定能夠完成。

他的計畫萬事具備，只欠東風，那就是歐渥希駕鶴西歸。為了計算歐渥希的大限，他買了坊間所有探討人類壽命與繼承權的書籍，也將自己的代數學發揮得淋漓盡致。研究結果令他為滿意，他心想，這

件好事每天都有機會發生，那麼幾年內發生的機率就會高於平均值。

只是，某天上尉正在深思這些事的時候，發生了一件最不幸、時機也最不湊巧的意外。即使命運女神秉持最大惡意，也策劃不出如此殘酷、如此不恰當、對他的計畫具有如此破壞力的計謀。好啦，我就別再吊讀者胃口。簡言之，當他的心臟為這些沉思冥想歡欣鼓舞、開心地幻想歐渥希的死會帶給他多大的快樂時，他自己卻不幸中風，氣絕身亡。

第九章

寡婦哀痛欲絕，證明前述對策萬無一失；伴隨死亡而來的合宜陪襯，比如醫生等等；斐然成章的墓誌銘

晚餐時間，歐渥希、布莉姬和另一位女客準時來到飯廳。他們等了比平時更久的時間，歐渥希說，他有點擔心上尉被什麼事耽擱（因為他用餐從不遲到），並且命人到屋外搖鈴，尤其要對著上尉平時常走的那幾條小路搖。

鈴聲沒能召回上尉（當天上尉不知何故，改走一條新的路線），布莉姬說她擔心極了。那名女客是小姐的閨密，深深了解小姐對丈夫的情感，聽見小姐這麼說，想盡辦法安慰小姐。她說，碰到這種事擔心在所難免，不過小姐應該往好處想。也許是夜色太美，上尉才會比平常多走了一點路，或者可能在哪個鄰居家逗留。布莉姬答，不，她確定丈夫出了意外。如果他有事趕不回來，一定會派人通知她，因為他知道她會有多著急。那位女客無話可答，只好說些這種情境常用的勸慰話語，請小姐不要自己嚇自己，弄壞身子可就糟了。她斟滿一大杯葡萄酒勸小姐喝，也順利說服小姐喝下去。

歐渥希親自出去找上尉，這時回到客廳。他的臉色充分說明他內心的驚愕，甚至連話都說不出來。不過，每個人表達哀傷的方式大不相同。擔憂令歐渥希悶不吭聲，卻讓布莉姬放聲啼哭。她哭得聲嘶力竭，傷心的淚水奔流而下。那位女客說，小姐傷心情有可原，但最好還是別過度憂傷。她還引用一些哲理來安撫小姐，她說，人生不如意事十常八九，明白這個道理，任何災殃不管多麼突然、多麼驚險，我

們都能堅強面對。她說小姐應當學學哥哥的冷靜，雖然他擔心的程度的確比不上小姐，不過他懂得遵從神的旨意，不管再怎麼難過、不安，都會有所節制。

「別提我哥哥，」布莉姬說，「妳該關心的只有我。碰上這種事，親人受到的驚嚇哪能比得上妻子？天哪，他死了！被人謀殺了！我再也見不到他了！」說到這裡，她珠淚漣漣，淚水發揮了與歐渥希的隱忍相同的效果，她沉默了。

在這個空檔，有個僕人氣喘吁吁地跑進來，大喊找到上尉了。他還沒來得及說下去，就有兩個人抬著遺體進來。

求知心切的讀者在這裡又會觀察到哀傷的不同展現。先前同一個原因讓歐渥希沉默不語、布莉姬呼天搶地。此時的情景也是如此，歐渥希淚流滿面，小姐卻一滴淚也沒流，她先是扯開嗓門尖叫一聲，就暈死過去了。

僕人很快循聲趕到，其中某些人跟那位女客一起照顧小姐；歐渥希則指揮其他人幫忙把上尉抬上暖鋪，用盡一切方法施救。

如果我能告訴讀者，無論暈的死的都救回來了，該有多麼開心。那些負責照顧小姐的人表現出色，小姐昏迷了一段時間後，悠悠醒轉，眾人這才放下心上的大石頭。至於上尉，旁人試過放血、摩擦、滴藥等各種療法，仍然回天乏術。雖然兩位醫師奉召前來、當場收了診金，盡心為上尉辯護，死神這個無情判官仍然執意對他宣判，而且拒絕緩刑。

這兩位醫師我姑且稱呼他們Y醫師和Z醫師，以免他們的名諱遭有心人惡意冒用。兩位醫師各自為上尉把脈，也就是說，Y醫師把右手，Z醫師把左手。兩人一致同意上尉已經魂歸離恨天。至於死亡原因，他們卻各執一詞。Y醫師說死因是中風，Z醫師卻主張是癲癇。

這兩位博學之士因此展開一場辯論，各自陳述理由支持自己的診斷。兩人的論述都鑿鑿有據，充分說服了自己，卻絲毫沒能動搖對方。

坦白說，幾乎每個醫生都有自己最喜歡的病症，而且用它來解釋所有病人的死因。痛風、風濕、膽結石、腎結石和肺癆，在醫界都有不少擁護者，但最受歡迎的還是神經性熱症，也就是精神狀況出問題。這就說明了為什麼醫生們經常在患者的死因上意見相左，即使是醫界的頂尖之輩，偶爾也會發生這種現象。大多數沒聽說過這種事的人，讀到這裡恐怕會大吃一驚。

讀者可能會覺得詫異，兩位醫生不忙著施救，竟然立刻爭辯起死因。事實上，早在醫生來到之前，該採行的急救措施都沒有漏失。僕人把上尉抬上暖鋪，劃開他的血管、摩擦他的前額、把各種強效藥劑滴進他的嘴巴和鼻孔。

醫生們發現自己囑咐的療法都被料中、也試過了，收了診金又不好馬上走人，只好找些話題聊聊，打發照慣例應當停留的那段時間，還有什麼話題比討論死因更恰當？

歐渥希終於順應天意，放棄救治上尉。兩位醫生正準備告辭，他忽然問起妹妹的情況，商請醫生們離去前為她診治一番。

布莉姬已經恢復意識，套句俗話，身心狀態完全符合她當時的處境。兩位醫生應邀來到新病人面前，擺出先前的架式，各自握住她的一隻玉手，就像早先握死者的手一樣。

小姐的情況跟她丈夫是兩個極端：再多的治療都救不回他；她卻不需要任何治療。

有句俗話說，醫生是死神的朋友，這話實在太不公平，嚴重醜化醫生這個行業。相反地，我相信如果把被醫術救活的人數拿來跟誤診而亡的犧牲者相比，前者肯定比後者多得多。不只如此，醫生們在這方面也格外小心謹慎，為了避免醫死病人，他們索性不做任何治療，開些治不了病也醫不死人的處方。

我聽說某些這種醫生慎重其事地把以下這句話當成座右銘：「就讓造物者做祂該做的事，醫生只要站在一旁，拍拍祂的背，在祂表現良好時稍加鼓勵。」

兩位醫生對死神沒有多大好感，因此收取一次診金後就不再理會那具屍體。幸好他們並不嫌惡依然在世的病人，片刻間就對病人的症狀達成共識，勤奮地開起藥方。

是不是因為當初是小姐要醫生們相信她身體不適，所以這會兒醫生們反過頭來要小姐相信她玉體欠安，我可說不準。只是，接下來那一整個月，她煞有介事地臥病在床，病人該有的點綴一樣也沒少：醫生來為她診療，看護來照顧她，還收到舊雨新知陸續捎來的問候。

最後，適度的養病期過去了，痛徹心腑的哀悼期也屆滿，醫生任務圓滿完成，小姐開始接見朋友。小姐跟過去唯一的不同是，她身上的服飾和臉上的表情都籠罩著一層憂傷。

上尉已經入土為安，如果不是念舊的歐渥希以底下這篇墓誌銘緬懷他，恐怕他會漸漸為世人遺忘。撰寫這篇墓誌銘的男士才華洋溢個性耿直，對上尉的生平也知之甚詳。

約翰·布里菲上尉

長眠於此
靜待前往天國的歡樂旅程
他誕生於倫敦
受業於牛津
在職場上

他是軍隊與國家的榮耀
在生命裡
他是宗教與人性的光輝

他是個孝子、賢夫、慈父
他敬重兄長、善待朋友
是虔誠的基督徒，善良的好人

他的未亡人椎心泣血
謹立此碑
紀念他的仁厚
與她的深情

第三卷

記錄湯姆·瓊斯十四歲到十九歲這段期間，歐渥希家值得一提的事件；讀者或許可以從此卷得到有關子女教育的啟示

第一章
內容貧乏

讀者想必記得，我在本書第二卷開頭提示過，如果某些時期發生的大小事件，都不值得納入本書這類文體，我就整段略過不提。

我會這麼做，考慮的除了個人尊嚴與辛勞，也包括讀者的好處與利益，避免讀者讀到味如嚼蠟又毫無益處的文字而虛擲光陰。在這些時期裡，我給讀者機會，讓他發揮他的聰明才智，運用無遠弗屆的想像力填滿那些空白。為了達到這個目標，我善解人意地在先前的篇幅裡提供給讀者充足資訊。

比如說，哪個讀者不知道上尉剛過世時，歐渥希內心的哀慟？任何人只要心腸不是鐵打的，腦袋不是石頭砌的，碰到這種情況都會有相同反應。再者，哪個讀者不知道生命哲學和宗教信仰都能減輕、最終化解這些傷痛？哲理告訴我們哀傷既愚蠢又沒有意義；宗教訓示我們悲慟違反教規，在此同時也給人未來的希望與保證，讓人撫平傷痛。這些希望與保證讓堅定虔誠的信徒面對臨終的親友時，彷彿對方只是出門遠行那般淡然，對日後的重逢也同樣篤定。

賢明的讀者也不難推想布莉姬的景況。他知道她會以最高規格履行習俗與禮法的所有要求，在守喪期間表現出應有的哀戚，隨著各時期服飾的更換來調整她悼亡的表情：當她脫下喪服換上黑衣，再從黑到灰、從灰到白，她的表情也從淒涼到哀痛，從哀痛到傷心，從傷心到嚴肅。直到服喪期滿，她終於能夠換回昔日的平靜面容。

我舉的這兩個例子，只是做為初級班讀者的功課。文學評論的高級班學士理所當然要做些層次更深、難度更高的判斷力與洞察力練習。在我選擇略過不提的那些歲月裡，歐渥希家究竟發生過些什麼事，我深信高級班學士們必定會有值得嘉許的發現。雖然那段期間沒有什麼值得收錄進本書的事，卻也發生了幾件事，其重要程度不下於當代史家發表在日報與週刊版面上的消息。許多人花費大把時間閱讀那些消息，可惜恐怕毫無益處。我在此建議讀者做的臆測練習，有助於優化大腦某些最卓越的能力。因為無論在何種情況下，善於根據人們的性格推測他們行為，總是比善於根據他們的行為評判他們的性格來得有用。雖然前一種能力需要更高深的敏銳度，但它跟後者一樣，只要有真正的聰慧，勢必能達成。

我意識到絕大多數讀者都是這方面的傑出人才，因此保留了十二年的空白，讓他們發揮所長。現在我要介紹主角出場，讀者們想必急著認識他，老早等得不耐煩了。

第二章
這篇偉大歷史的主角烏雲罩頂的初登場；某些人可能不屑一顧、非常低俗的小故事；三兩句介紹某位鄉紳，多談談一位獵場看守人和一位教師

我當初動筆寫這部歷史時，已經下定決心遵循真相的引導，不美化任何人。正因如此，我不得不讓主角在讀者心目中留下不太美好的第一印象。我還要誠實宣布，即使主角才第一次露面，歐渥希闔府上下已經一致認定，他降生人世根本是為了走上絞刑架。

很遺憾，我不得不坦承，這樣的說法並非空穴來風。這孩子從小就展露許多劣根性，其中最嚴重的一點，比其他那些更有機會引他走向人們對他未來命運的臆測（也就是剛才提到的絞刑架）：他已經犯下三件偷盜案，分別是：洗劫一座果園、偷了某個農夫院子裡的一隻鴨、扒走布里菲少爺口袋裡的一顆球。

不只如此，在他的兒時玩伴布里菲的美德襯托下，這個小伙子的罪行更顯得不可原諒。布里菲的人品跟湯姆可說判若天淵，不論家裡人或左鄰右舍，都對他讚不絕口。布里菲的性情真是出類拔萃，有超齡的冷靜、慎重與虔誠，贏得所有人喜愛。湯姆卻人見人嫌，很多人都不客氣地說，不明白歐渥希怎麼會讓這樣的孩子跟自己的外甥一起受教育，難道不擔心外甥被帶壞。

這段時期發生了一件事，比任何長篇大論更能讓心明眼亮的讀者了解這兩個年輕人的性格。

湯姆雖然毛病多多，我還是得讓他擔任這部歷史的主角。在歐渥希的家僕中，他只有一個朋友。黛

博拉老早就撇開這個小棄兒，跟她的小姐重修舊好。他的朋友是獵場看守人，那人個性散漫，一般認為他跟湯姆半斤八兩，不太在乎「我的」、「你的」之間的差別。於是，他們之間的友誼引來僕人的挖苦。這些嘲諷話語有些是套用現成的俗語，其他的經過口耳相傳，人們也就朗朗上口了。這些語詞的巧妙處，可以用一句簡短的拉丁諺語表達，英語的意思大概是：「觀其友而知其人。」

說老實話，湯姆會犯下某些天理難容的惡行（我剛才列舉了三件），大有可能是因為這位仁兄的慫恿。在其中兩三件案子裡，這位仁兄甚至可以說是法律上的「事後從犯」。因為那一整隻鴨和絕大多數的蘋果，都祭了獵場看守人和他家人的五臟廟。只是，由於只有湯姆當場被逮，因此所有的責打和罪過都由他一個人承擔。在接下來這起事件裡，歷史再度重演。

緊鄰歐渥希莊園有另一片土地，主人是所謂的「獵物保護人士」。這類人士只要發現野兔或鷓鴣被打死，就會施展最嚴厲的報復，幾乎可以說跟印度的巴尼亞[1]抱持同樣的迷信。據說不少巴尼亞以保育與保護某些動物為終身職志。差別在於，咱們的英國巴尼亞保護動物免受敵人危害之餘，自己多半會殘忍地大量屠殺。這麼一來，也就充分洗刷了異教迷信的污名。

事實上，比起某些人，我對這種人印象好得多，因為我認為他們服從大自然的法則，也奉行上天指派的任務，而且執行得比許多人徹底得多。賀拉斯告訴過我們，世上有一種人「生來享用大地的果實。」那麼我合理推斷，還有另一種人「生來享用田野的飛禽走獸」。也就是一般人所稱的「野味」。我相信沒人會否認，那些鄉紳實踐了造物者賦予他們的這份使命。

某天湯姆跟獵場看守人一起出去打獵，碰巧一群鷓鴣從靠近另一座莊園邊界處飛出來。命運女神為

1 Bannian，印度種姓之一，屬於商人階級，以茹素聞名。

了完成造物者的英明旨意，在那片莊園裡安排了一位野味享用者。鷓鴣飛入那片莊園，躲進超出歐渥希莊園兩三百步的荊豆叢，被兩名獵人「鎖定」。

歐渥希嚴禁獵場看守人闖入鄰居的地界，不管是這位鄉紳或其他不拘小節的地主的土地都一樣，違者解雇。坦白說，如果對象是其他那些鄰居，這條規定倒沒那麼管用。不過，那群鷓鴣尋求庇護的莊園主人脾氣遠近馳名，獵場看守人至今還沒闖進過他的土地，就連這個時候他也遵守規定。但湯姆實在太想追到那些鳥兒，死纏爛打鼓吹他過去，而他自己其實也心癢難搔，才會被湯姆說動而走進那片莊園，射死一隻鷓鴣。

當時莊園主人騎馬來到附近，聽見槍響循聲趕來，當場逮到可憐的湯姆。獵場看守人則是眼明手快跳進荊豆叢深處，自我慶幸地躲在裡面。

鄉紳搜湯姆的身，找到鷓鴣屍體，直說要討回公道，要去告訴歐渥希。他果然言出必行，騎馬直奔歐渥希家，口沫橫飛地埋怨有人擅闖他的莊園，措辭激烈，疾言厲色，一副他家被人闖空門、最珍貴的家具遭人竊取似的。他說，還有另一個嫌犯，因為當時他聽見兩聲槍響，可惜他沒能當場逮著那人。他還說，「我只找到這一隻鷓鴣，可是天曉得他們還幹了些什麼勾當。」

湯姆一回到家，立刻被叫到歐渥希面前。他坦白招認，沒有給自己找別的藉口，只是說出真相，也就是說，那群鷓鴣是從歐渥希的莊園飛出去的。

歐渥希又問湯姆當時還有誰在場，強調他一定要查個水落石出，因為鄉紳和他的僕人都證實找到兩把槍。湯姆一口咬定沒有別人。只是，坦白說，他一開始時有點結結巴巴，即使歐渥希原本還不太相信鄉紳和他的僕人，這下子也毫不懷疑了。

獵場看守人列為嫌疑犯，此時被傳喚來接受審問。看守人因為湯姆事先承諾要一肩扛起所有責任，於是堅決否認自己在場，甚至宣稱他一整個下午都沒見著湯姆。

歐渥希露出罕見的怒容，轉頭質問湯姆，要他說出當時的同伴，也再次強調他一定要查出來。然而，湯姆的決心並沒有動搖，歐渥希氣得要他退下好好反省，明天早上以前說出真話，否則就要換另一個人用另一種方式審問。

可憐的湯姆度過悲慘的一夜，不巧布里菲跟著他母親出門訪友去了，平時的玩伴不在，他的心情更是淒涼。此時此刻他並不是害怕被處罰，他最擔心自己堅持不下去，被迫背叛看守人。他知道一旦事跡敗露，看守人一定會失業。

看守人心情也十分沉重。他跟湯姆一樣，擔心的不是湯姆挨打，而是湯姆守不住承諾。

第二天一早，湯姆去見歐渥希請來教導兩個孩子的牧師史瓦坎。史瓦坎對湯姆提出相同問題，得到相同答案。結果湯姆挨了一頓毒打，凶狠的程度跟某些國家逼問犯人口供的酷刑不相上下。

湯姆堅忍地承受責罰，雖然他的老師每抽一鞭就問他招不招，他還是寧可挨打，也不願出賣朋友，或違背自己的諾言。

獵場看守人終於放下心裡的大石頭，歐渥希也開始關心湯姆受的苦。因為史瓦坎沒能逼出想聽的話，氣得暴跳如雷，下手比他預期重得多。歐渥希不免開始懷疑那位鄉紳是不是弄錯了，畢竟當時他急怒攻心，出錯在所難免。至於鄉紳的家僕為主人做的見證，他並沒有放在心上。對於任何形式的殘忍與不公，歐渥希一點都不能接受。他派人喚來湯姆，和顏悅色地規勸一番後，說道，「孩子，看來我錯怪你了。很抱歉害你受到這麼嚴厲的責罰。」最後，他給湯姆一匹小馬做為補償，並且再次向他致歉。

慘遭毒打都不為所動的湯姆這下子羞愧得無地自容。他可以承受得住史瓦坎的鞭打，卻招架不了歐渥希的寬容。他淚水奪眶而出，跪下來哭道，「先生，您待我太好了。真的太好了，我不配。」那個時刻他激動莫名，幾乎說出事情真相。幸虧看守人的守護精靈及時干預，提醒他那可憐的傢伙會落得什麼下場，他才把話重新吞下肚。

史瓦坎口沫飛地勸歐渥希別對那孩子太仁慈。他說，「他一直在說謊。」並且暗示再打一頓說不定就能問出真相。

歐渥希堅決反對史瓦坎的提議，他說即使那孩子真的說謊，為了隱瞞真相也已經吃足苦頭，肯定也是出於對道義的誤解。

「道義！」史瓦坎口氣有點激動。「根本就是倔強頑固！道義能教人撒謊嗎？或者說，道義能獨立存在於信仰之外嗎？」

這段對話發生在餐桌上，當時晚餐剛結束，在場有歐渥希、史瓦坎和另一位紳士。這位紳士也發表高見。我繼續描述這場辯論之前，先簡短向讀者介紹此人。

第三章

哲人斯奎爾的為人；聖徒史瓦坎的個性；以及一場論戰……

那位紳士姓斯奎爾，當時已經在歐渥希家客居一段時間。他的天資不算頂尖，所幸受過高等教育，學識大幅提升。他熟讀古籍，自稱是柏拉圖與亞里斯多德著作的權威。他也以這兩位古聖先賢為榜樣，有時認同其中一位的見解，有時採納另一位的。在道德觀念上，他自稱是柏拉圖主義者；在信仰上，他傾向亞里斯多德。

雖然如我剛才所說，他以柏拉圖的理念建構自己的道德觀，卻也完全贊同亞里斯多德的看法，視柏拉圖為哲學家或思想家，而非道德規範者。他更把這個觀念發揚光大，認為所有美德都只是理論。據我所知他從來沒有跟任何人宣揚過這種觀點，但只要稍加留意他的言行，我不得不認為那才是他真正的理念。因為只有這樣，他個性中的某些矛盾才不至於互相抵觸。

這位先生與史瓦坎每回碰面總免不了一場唇槍舌戰，因為他們的見解南轅北轍。斯奎爾認為人的本性完美無瑕，罪行只是偏離本性，就像身體的畸形。史瓦坎的看法恰恰相反，他相信人類自從墮落以後，心靈就成了罪惡的淵藪，只能等待神的恩典來淨化與救贖。他們只有一個共同點，那就是，每回討論道德議題時，從來不會提到「善良」這個詞。斯奎爾最喜歡的詞是「道德毫不做作的美」，史瓦坎最喜歡的則是「恩典的神聖力量」。斯奎爾以無法撼搖的正確原則與事物的永久合理性衡量一切行動；史瓦坎則以權威決定一切。他訴諸權威時，依據的是《聖經》和《聖經》注釋者的說法，就像律師引用柯克評釋的利托頓[2]，評釋的權威性與本文不分軒輊。

簡短介紹後，讀者想必還記得，牧師適才發表言論後，提出了一個他並不期待回答的問題，那就是，「道義能獨立存在於信仰之外嗎？」

斯奎爾答道，要針對某些辭彙進行哲學辯論，就得先釐清那些辭彙的意義，否則無從討論。而史瓦坎剛才提到的那兩個辭語，恐怕是世上最隱晦、最含糊的字眼。人們對「道義」有多少解釋，對「信仰」就有多少定義。「不過，」他說，「如果你的道義指的是道德純正而不做作的美，我認為它可以獨立於任何信仰外而存在。不，你會說你的信仰除外；回教徒、猶太教徒或世界各種宗教的信徒也都會這麼說。」

史瓦坎回應道，這是以真教會所有敵人常見的惡意提出的論點。他說，他相信世界上所有不信教或抱持異端邪說的人一逮到機會，就會把他們自己的荒唐過錯和差勁謊言解釋成道義。「可是，」他說，「不能因為世上存在各種荒謬見解，就認為道義有多種含義。也不能因為世上有各種教派與異端，就說信仰有各種解釋。我提到信仰時，指的是基督教；不但是基督教，而且是新教；不但是新教，而且是英國國教。當我提到道義，我指的是特定的神聖恩典，它不但符合這個宗教，也依附這個宗教，它不會符合或依附其他任何宗教。如果說我在這裡——或任何情況下——所指的道義會認同、更別提唆使任何人撒謊，簡直太荒誕、太難以置信！」

「我剛才刻意避免為我說的那番話做結論，」斯奎爾說，「因為我認為意思已經很明顯。可是就算你看出來了，顯然也沒有適度回應。不過，暫且撇開信仰不提，根據你剛才那番話，顯然我們對道義見解互異。否則我們為什麼沒辦法對它做出一致的解釋？我剛才明確表示，真正的道義和真正的美德幾乎是同義詞，都是奠基在正義不可撼搖的法則與事物恆久不變的合理性。在這方面，謊言恰恰與其對立，也格外可憎。真正的道義絕不能擁護謊言，我想這點我們都有共識。不過，信仰是道義的前提，道義可以說是植基於信仰，只要信仰指的是任何正面法則……」

「什麼！」史瓦坎語氣激動。「我會跟一個斷言信仰是道義前提的人有共識！歐渥希先生，我會跟……？」

他的話被歐渥希打斷。歐渥希冷冷地告訴他們，他們都誤會他的意思了，他指的並不是真正的道義。只不過，兩位先生辯得正起勁，如果不是發生另一件事打斷他們的談話，歐渥希想要終結這場論戰恐怕不是容易的事。

2 十五世紀英國法官利托頓（Thomas de Littleton，一四〇七～一四八一）寫了《論占有》（*Treatise on Tenures*），是英國不動產法律的第一本學術著作。到了十七世紀，律師柯克（Sir Edward Coke，一五五二～一六三四）出版《論占有》評釋，被廣泛引用。

第四章
作者必要的申辯；一樁孩子氣的事件，可能也需略加辯解

故事說到這裡，容我打個岔，排除少數激情讀者可能產生的誤解，因為我不希望冒犯任何人，特別是那些談起美德或信仰就激動萬分的男士。

所以，我希望沒有人會嚴重誤會或曲解我的意思，以為我蓄意嘲弄這兩種人性至善至美的境界。畢竟，只要有美德與信仰，就能淨化並昇華人心，使人類超脫於動物本能之上。讀者啊，我大膽在這裡直言，我寧可埋藏這兩位先生的高見，讓它們永不見天日，也不願損及輝煌燦爛的美德與信仰。有關這點，你的品格有多高尚，就有多麼相信我。

相反地，正是為了彰顯美德與信仰，我才會勞神記錄這兩位先生的言行舉止，因為他們是美德與信仰虛偽不實的擁護者。不忠不義的朋友是最危險的敵人。我敢大膽地說，偽君子為美德與信仰帶來的污名，比口齒最伶俐的浪蕩子和異端更不堪。更甚者，最純淨的美德與信仰恰如其分地被譽為文明社會的準繩，也是最大的祝福，一旦蒙受欺詐、虛偽與矯飾的毒害與污染，就會變成文明最糟糕的詛咒，讓人對自己的同類犯下最殘忍的惡行。

我相信多數人都能接受對這種偽君子的奚落，只是，這些人多半也能表達出真實且公正的見解。我只擔心人們不加區辨，以為我囫圇吞棗一概拿來取笑。煩請讀者想一想，這兩位先生都不是傻子，他們

的主張不可能全屬舛錯謬誤，說出口的也未必全是荒唐話語。如果我只挑出他們性格中的缺點，未免對他們太不公平！而他們的言論又會顯得多麼鄙陋殘缺！

整體來說，問題不在信仰與美德本身，而在欠缺信仰與美德。史瓦坎與斯奎爾在建構各自的思想體系時，前者忽略美德，後者忽略信仰，兩人又同樣徹底揚棄人心的善良本質，才會變成這篇故事裡的笑柄。那麼故事繼續……

前章提到兩位先生的辯論被打斷，原因無他，就是布里菲和湯姆吵架，結果布里菲鼻血直流。布里菲雖然年紀比較小，體格卻比湯姆高大。只是，說起拳擊這門高尚技藝，還是湯姆本事高強些。湯姆平時非常謹慎，避免跟布里菲起衝突。雖然他個性冒失莽撞，卻不會主動招惹別人，何況他真心喜愛布里菲。除此之外，史瓦坎永遠站在布里菲那邊，光憑這點，湯姆就不敢造次。

不過有位作家說得好：智者千慮，必有一失。何況是個年輕男孩。兩個孩子玩耍時一言不和，布里菲罵湯姆是沒人要的雜種。血氣方剛的湯姆忍無可忍，布里菲的臉就成了剛才我提過的模樣。

此時布里菲鼻子流著血，兩眼淚汪汪，向舅舅和威風凜凜的史瓦坎告狀。湯姆立刻變成被告，依施暴、毆打、傷害罪嫌起訴。湯姆只提出一項答辯，那就是受到對方言詞挑釁。而這也是布里菲唯一忽略的細節。

也許布里菲確實忘了自己說過的話，因為他回答時斬釘截鐵地聲稱，他沒說過那種話。還補了一句，「上天垂憐，但願我永遠不會說出這麼混帳的話！」

湯姆違反一切法律程序，再次重申自己的辯詞。這時布里菲說，「這也難怪，說過一次謊的人，很難不說第二次。如果我像你一樣跟老師撒過那麼差勁的謊，一定羞得沒臉見人。」

「孩子，什麼謊？」史瓦坎急忙追問。

「他跟您說他自己一個人去獵鷓鴣，可是他明知道……」布里菲眼淚又撲簌簌掉下來，「沒錯，他明知道看守人黑喬治也在，是他親口跟我說的。不只這樣，他還說……沒錯，你說了，有種你就否認。你說就算被老師千刀萬剮，也絕不會說實話。」

史瓦坎聽見這話，兩眼噴出怒火，得意地叫嚷，「噢！這就是你所謂對道義的誤解！當初就該讓我再狠狠揍他一頓！」

歐渥希表情溫和得多，他轉頭問湯姆，「孩子，真是這樣嗎？你為什麼執意撒謊呢？」

湯姆說，「我跟任何人一樣瞧不起說謊的人，可是基於道義，不得不那麼做。因為我答應可憐的看守人不把他供出來。我覺得我有義務這麼做，因為看守人求我不要進那位紳士的莊園，他最後被我說動，才跟著進去。這些都是真話，我願意發誓。」最後，湯姆苦苦哀求歐渥希，「同情可憐的看守人一家人，畢竟一切都是我的錯。他是被我硬拖著去的。我其實也不算說謊，因為那可憐的傢伙從頭到尾都很無辜。我應該自己一個人去獵那些鷓鴣的，一開始我的確自己去了，他跟來只是為了阻止我惹更多事。先生，求求您，罰我一個就好了，您可以把小馬收回去，求您原諒可憐的黑喬治。」

歐渥希沉思片刻，最後他勸兩個孩子好好相處，就讓他們離開。

第五章
聖徒與哲人對兩個孩子的看法；分析個中原由，順道聊聊其他事

布里菲洩露了湯姆告訴他的最高機密，或許因此幫湯姆避過一頓毒打。原本湯姆把布里菲揍得流鼻血，肯定會受到史瓦坎嚴懲。不過，因為涉及另一件事，這件事就這麼大事化小、小事化無。針對那另一件事，歐渥希私下表示，他認為湯姆應該得到獎勵，而不是處罰。大赦令一出，史瓦坎的教鞭失去用武之地。

史瓦坎篤信不打不成器，這時他高分貝抗議，認為這樣的寬容太過軟弱。他甚至大膽地說，根本就是邪惡。他說，赦免這種罪，不加以處罰，等於鼓勵再犯。他進一步剖析該如何矯正孩子的行為，引用了所羅門和其他人的智慧話語。這些文字在許多書籍都找得到，此處不再贅述。接下來他又申論起撒謊的罪行，在這方面他的知識同樣博大精深。

斯奎爾說，他一直希望從完美道德的角度來看待湯姆的行為，可惜辦不到。他說那孩子的表現乍看之下的確顯得堅忍不屈，可是堅忍是美德，撒謊卻是惡行，二者根本不可能相提並論，或結合為一。他又說，某種程度上這種事會模糊善惡的界線，也許史瓦坎先生的建議值得採納，用更嚴厲的責罰避免混淆。

兩位博學之士一致同意處罰湯姆，也異口同聲讚揚布里菲。史瓦坎說，揭發真相是每個虔誠教徒的

責任；斯奎爾也聲稱，這樣的行為高度符合正確原則與事物永久不變的合理性。

然而，這些話都沒能說動歐渥希，沒人能說服他簽下湯姆的行刑令。湯姆對朋友的一片忠心與赤誠雖然沒能呼應史瓦坎的信仰和斯奎爾的美德，卻深深觸動歐渥希的心。歐渥希因此嚴格禁止史瓦坎再以過去的事責打湯姆。史瓦坎百般不情願地服從命令，卻不時咕噥說那孩子一定會被寵壞。

歐渥希對看守人的處分就嚴厲得多。他馬上把那可憐的傢伙叫來，狠狠責罵一頓後，付清他的工資，就此辭退了他。因為他合理地認為，說謊掩護自己和說謊掩護別人大不相同。他同時也深深認為，看守人明明可以出來坦承一切，卻可恥地坐視湯姆為他承受那麼嚴重的責罰，這才是他對他絕不寬貸的主要原因。

這件事流傳出去以後，對於兩個孩子的表現，很多人的看法跟斯奎爾與史瓦坎不一樣。人們紛紛用「卑鄙的無賴」、「懦弱的小人」之類的詞語稱呼布里菲；湯姆則是得到「勇敢的小子」、「樂天的傢伙」和「誠實的男孩」。事實上，他對黑喬治的義氣贏得家裡所有僕人的肯定。原本大家都討厭黑喬治，等他被開除，眾人又一致同情他，湯姆表現出的友情與俠義也得到最高讚賞。此外，僕人也在不冒犯布莉姬小姐的前提下，盡可能找機會公開譴責布里菲少爺。儘管如此，可憐的湯姆還是受了不少皮肉罪。因為史瓦坎雖然被迫不去追究過去的事，但就像俗話所說：欲加之罪，何患無辭？所以，要處罰學生不怕沒藉口。坦白說，除非找不到藉口，否則史瓦坎絕不會輕易放過可憐的湯姆。

如果史瓦坎只是喜歡動用教鞭，那麼布里菲少不了也得挨幾頓打。只是，雖然歐渥希三申五令，要他對兩個孩子一視同仁，史瓦坎卻反其道而行。他對這孩子有多仁慈溫和，對另一個就有多嚴苛，甚至殘暴。說句實話，布里菲很受老師寵愛，一來他對待老師畢恭畢敬，更大的原因在於，他格外敬重老師的教導，不但勤奮背誦老師的教學內容，也經常複述老師的話，積極遵行老師傳授的宗教信條。他小小年紀就有這樣的表現，實在令人嘖嘖稱奇，當然更得老師歡心。

湯姆就不一樣了，他非但行為上表現得不夠恭敬，看見老師迎面走來，總是忘了脫帽或行禮，甚至記不住老師的言教和身教。他實在是個粗心大意的輕率少年，舉手投足沒有一點穩重，表情神態也有欠肅穆，還經常放肆無禮地取笑正經八百的玩伴。

基於同樣理由，斯奎爾也偏愛布里菲。因為湯姆對他偶爾發表的高論滿不在乎，就像他對史瓦坎的諄諄教誨沒有兩樣。湯姆一度拿正義的法則打趣，另一次還說，他相信世上沒有任何法則造就得出他父親（歐渥希容許他這麼稱呼他）這樣的人。

反觀布里菲，雖然才十六歲，卻已經有本事同時博得兩位意見相左的先生的讚賞。他在其中一個面前滿口虔誠信仰，在另一個面前又唯美德是稱。如果碰巧兩位先生都在場，他就三緘其口，讓兩位先生都認為他認同自己的理念。

布里菲不只當面頌揚兩位先生，更經常背著他們在舅舅面前說他們好話。每回他跟舅舅獨處，舅舅讚美他在信仰或美德上的觀念（他確實經常發表這方面的言論），他總是不忘歸功兩位先生的循循善誘。因為他知道舅舅會把他的讚美轉述給該聽到的那個人。他從經驗得知，這麼做會讓斯奎爾和史瓦坎對他留下極佳印象。說實在話，世上有什麼恭維比得上這樣的二手迷湯。

更甚者，布里菲很快就發現，他對老師的歌功頌德，聽在舅舅耳裡是多麼喜出望外，因為這些話間接肯定他為兩個孩子安排的特別教育計畫。歐渥希看見公立學校教育的缺失，也發現孩子容易在學校學習到壞榜樣，因而選擇在家教育外甥和養子。如此一來，他們不會接觸到公立學校或大學的染缸，道德就不容易敗壞。

當初歐渥希決定聘請私人家教來家裡教導孩子，有個交情匪淺的朋友向他推薦史瓦坎。歐渥希非常看重那位朋友的見識，也對那人的人品有絕對信心。史瓦坎是大學裡的研究員，幾乎都住在學校裡，無論學識、信仰和嚴謹度都備受稱道。歐渥希的朋友就是基於他這些條件，才願意推薦他。當然，那位朋友也欠了史瓦坎家族一點人情，因為那人是國會議員，而史瓦坎家族在那個選區人數最為龐大。

史瓦坎剛來的時候很受歐渥希喜愛，他的性格的確也完全符合介紹人的描述。只是，相處一段時間、經過幾場深談，歐渥希就發現史瓦坎有某些他不樂見的缺點，但總算瑕不掩瑜，所以並沒有辭退他。當然，他顯露出的缺點確實沒有嚴重到丟飯碗的程度。讀者如果以為歐渥希眼中的史瓦坎就是本書呈現的模樣，那就大錯特錯了。如果他又以為自己親自跟史瓦坎朝夕相處，就能看出我靠靈感發掘揭露的一切，那他可就誤會了。對於那些自以為是、責備歐渥希沒有識人之明的讀者，我不諱言，他們不知感恩地誤用了我在此傳遞給他的訊息。

歐渥希同樣看得出、也不滿意斯奎爾某些見解上的錯誤，但史瓦坎那些相反謬見大大抵銷了那些過錯。他真心認為，兩位先生互補的優點，正好修正他們各自的缺失。有他們的教導，加上他自己從旁協助，孩子們一定可以充分學習到真正的信仰與美德。如果結果與他的期待相反，問題想必出在計畫本身。讀者若有能力，不妨自行探究原因。我不打算在這本書裡塑造任何完美無瑕的人物，也希望書裡不會出現任何不符合人性的現象。

言歸正傳，根據前述幾個事例，讀者也就不難理解為什麼兩個孩子各自的行為會產生不同的結果。除此之外，兩位先生會有這樣的行為表現，背後還有另一個因素。由於這個因素格外重要，我在下一章說明。

第六章
關於前述現象，這裡有更充分的理由

在此知會讀者，這兩位近來在本書戲分頗重的飽學之士剛到歐渥希府時，就覺得跟主人格外投契，一個讚嘆他的美德，另一個欣賞他的虔誠。兩人不約而同想跟主人建立最密切的關係。為此，他們把目標鎖定同住一個屋簷下的優雅寡婦。我雖然已經有一段時間沒提起這位女士，相信讀者沒有忘記她。沒錯，兩位先生同時看上了布莉姬。

我前後提到過四位造訪歐渥希府的賓客，其中竟有三位傾心布莉姬，似乎不可思議，畢竟布莉姬容貌並不特別出眾，如今更是年華老去。事實上，知交好友或往來密切的熟人，不可避免地會愛慕朋友家中的女眷，也就是說，會愛上朋友有錢的祖母、母親、女兒、姊妹、姑姨、甥姪女、堂表姊妹；或喜歡他們漂亮的妻子、姊妹、女兒、甥姪女、堂表姊妹、情人或女僕。

不過，這種事一不小心就會受到高標準道德家的譴責，所以讀者千萬別誤以為像史瓦坎和斯奎爾這樣的人，沒有經過審慎考量、確認這是莎士比亞所說「對得起良心的事」[3]會貿然行動。史瓦坎思前想後，決定奮勇直前，因為一來《聖經》並沒有明文禁止垂涎鄰人的妹妹；再者，所有法律條文的制定都

3 出自莎士比亞劇本《奧賽羅》第一場第二幕，伊阿古談到在戰場上殺人的良心問題。

依循這個拉丁語規則：「明示即終止默示。」意思大概是：「當立法者明白寫出他的意旨，我們就不能照自己的心意解釋。」《聖經》的確明白禁止我們貪圖鄰人的財富，也提到幾種女眷[4]，其中卻不包括姊妹，因此他認定這麼做不違反教規。至於斯奎爾，他天生是個活潑討喜的傢伙，特別擅長討寡婦歡心，輕而易舉就說服自己，追求寡婦完全符合事物的永久合理性。

兩位男士千方百計對布莉姬獻殷勤，他們同時想到一個辦法，那就是教導兩個孩子時，特別偏愛她兒子。他們認為布莉姬一定非常看不順眼歐渥希對湯姆的善心與慈愛，想當然耳，只要善用一切機會貶低詆毀那孩子，肯定能討得她歡心。因為既然她討厭那孩子，就一定會喜歡摧殘他的人。在這方面史瓦坎占了上風，因為斯奎爾只能抹黑那孩子的聲譽，他卻能打得他皮開肉綻。確實如此，史瓦坎認為他打在那孩子身上的每一棍，都是在對小姐示愛。這麼一來，他就等於完美實現那句有關鞭打的古老名言：「我打你不是因為恨，而是出於愛。」他也把這句話掛在嘴邊，或者，套句再貼切不過的老話：掛在「指尖」[5]。

如上所述，兩位先生對兩個孩子的看法之所以不謀而合，主要就是基於這個原因。而他們幾乎也只在這件事上不會彼此對立。他們除了平時針鋒相對，也早就強烈懷疑對方的企圖，從此結下深仇大恨。

兩人的求愛行動各有斬獲，更加深這份敵意。兩位先生行事格外謹慎，以免小姐惱火，去向歐渥希告狀。然而，早在他們猜想（或刻意讓）布莉姬獲知他們的心意以前，她已經看穿他們的把戲。他們其實一點都不需要擔心，因為她一點都不排斥愛情，而且她打定主意，只有她自己能享受愛情的果實。她期待的果實只有一種，那就是奉承與追求。為此，她輪流安撫他們，兩人享有她青睞的時間一樣長。說實在話，她有點傾向接受史瓦坎的信念，可是斯奎爾的相貌比較悅目。斯奎爾長得玉樹臨風，史瓦坎的尊容確實比較接近〈妓女的一生〉系列畫像裡、在感化院教化沉淪女性那位先生。

布莉姬究竟是厭膩了婚姻的甜蜜，或憎惡婚姻的折磨，或者基於其他原因，我不敢妄加揣測。總之，她再也不會答應任何人的求婚。然而，後來她跟斯奎爾變得無話不談，狀似親密，引起不少惡毒的流言蜚語。這些話一來有損女士名聲，二來嚴重違反正確原則與事物的合理性，我不予採信，因此也就不在此複誦，以免染污我的紙張。想當然耳，史瓦坎儘管勤於揮鞭，距離目標卻始終遙遠。

其實史瓦坎犯了一個致命錯誤，而且斯奎爾比他本人更早查覺。過去布莉姬（先前讀者或許已經猜到）對她丈夫的所做所為並不是特別滿意。哎，實話說吧，她根本痛恨他，直到他死了，才總算找回一點過去對他的愛。因此，如果她對跟他生的孩子欠缺強烈母愛，也算情有可原。事實上，她對兒子幾乎沒有感情，嬰兒時期很少去看他，根本忘了他的存在。正因如此，她看見哥哥對棄嬰疼愛有加，視如己出，對他的一切照顧比照她兒子，一開始雖然不太情願，後來也就慢慢釋懷。左鄰右舍和家裡的僕人都認為，她之所以願意接納棄嬰，都只是為了迎合哥哥。包括史瓦坎和斯奎爾在內的所有人一致認為，她內心其實非常痛恨小棄嬰。她對棄嬰愈是溫和有禮，人們就愈認為她討厭他，愈相信這只是她毀滅他的計謀。既然人們認定她基於自己的利益必定討厭棄嬰，她就很難說服他們，她其實不是這樣。

歐渥希極力反對打罵教育，不過，布莉姬不只一次趁哥哥出門時，唆使史瓦坎責打湯姆，卻不曾要他處罰布里菲。史瓦坎因此深信她討厭湯姆。斯奎爾也得出這種結論。事實上，雖然她的確不喜歡自己的兒子（這種事確實駭人聽聞，但我相信這樣的人不只她一個），表面上也順從哥哥的做法，內心深處

4　見《聖經．出埃及記》第二十章第十七節，「不可貪圖鄰人的房屋，不可貪圖鄰人的妻子、女僕或牛驢，也不可貪圖他的任何財物。」

5　此句原文為 at his fingers’ ends，意為精通某事。

似乎相當不滿哥哥對棄兒的過度疼愛。她經常背著哥哥發牢騷，也曾在史瓦坎和斯奎爾面前嚴詞批評哥哥的行為。不，當她跟哥哥發生爭執，也就是俗話說的「口角」，更會當面指責他。

然而，湯姆長大後變得風流倜儻，特別有女人緣，她過去對他的嫌惡漸漸消失，到最後明顯對他表現出一份超越親生兒子的喜愛，旁人因此很難再看走眼。她經常想看看他，跟他相處時顯得心花怒放，以至於湯姆還不到十八歲，就已經變成斯奎爾和史瓦坎的勁敵。附近地區的人開始公開議論她對湯姆的傾心，就像當初七嘴八舌批評她對斯奎爾的好感一樣。這麼一來，斯奎爾對咱們可憐的主角從此深惡痛絕。

第七章
作者本尊粉墨登場

歐渥希不輕易對任何事起反感，通常也聽不見人們的閒話，因為各種傳遍鄰里的風言風語，向來進不了兄弟或丈夫的耳裡。不過，布莉姬對湯姆的喜愛，以及她明顯偏愛湯姆勝過親生兒子，對湯姆終究不是好事。

歐渥希天生一副好心腸，只有揮砍正義之劍時，才會稍加收斂。任何人無論遭遇何種不幸，只要不是咎由自取，肯定能受到他的垂憐，贏得他的友誼與恩澤。

因此，當他明顯看出外甥遭到親生母親嫌惡（確實如此），光憑這點，他就開始以慈悲眼光看待外甥。至於善心人士的慈悲心會引發何種效應，我想大多數讀者都不需要我多加說明。

從此之後，他用放大鏡觀看外甥的任何美德，看見他的缺點，就把放大鏡反著拿，那些缺點因此變得微不足道。這或許還算得上是厚道的同情心，可是接下來的事就只能說是人性的弱點了。他發現妹妹偏愛湯姆之後，布莉姬給可憐湯姆（不管多麼無辜）的愛越多，他給他的愛就越少。當然，他不會因為這件事徹底抹除對湯姆的愛，但也對湯姆造成極大傷害。因為這些事在歐渥希心裡埋下伏筆，日後才會發生本書將要敘述的那些大事。話說回來，我們不得不承認，將來會發生那些事，倒楣的湯姆自己胡鬧、狂野和輕率的個性也要負很大的責任。

我記錄其中某些事件時，提供了一點啟示，那些未來即將成為本書讀者的大好青年如果能夠正確理解，必然獲益匪淺。這些青年將會從本書中體認到，善良的心腸和率真的個性雖然能讓他們活得心安理得，俯仰無愧，可嘆啊，他們的人生路卻不會因此走得更順遂。即使最好的人，都需要審慎行事、深謀遠慮。此二者確實是美德的守護者，少了它們，美德永遠困頓不安。你的心意——不，包括你的行動——本質上良善是不夠的，你還得確定它們表面上看起來也是如此。如果你的心地完美無瑕，外表看起來也得慈眉善目。你得時時自我警惕，否則怨恨與嫉妒就會想辦法抹黑它們，到時候就連歐渥希這樣睿智仁善的人都會被矇騙，看不見醜惡外表下的美好。我的年輕讀者啊，你要謹記在心，天底下沒有人能完美到可以疏忽「謹慎」這個原則，美德如果少了練達與禮儀這兩樣裝飾品，也會大為失色。有關這條訓示，我傑出的門徒啊，如果你用心閱讀，一定能在接下來的篇幅找到更有力的佐證。

我以唱和方式在這個舞台上軋了一角，其實是為了我自己。我指出那些經常讓純真與善良撞得粉身碎骨的礁石，只是為了提醒尊貴的讀者明哲保身，免遭橫禍，請別誤以為我在教壞你們。這些話我沒辦法讓任何一個人物代我發言，只好親自登場宣說。

第八章

一件幼稚的事，從中看出湯姆善良的本性

讀者或許記得歐渥希送給湯姆一匹小馬，算是挨打後的補償，因為他覺得湯姆是無辜受罰。湯姆養了這匹馬半年多，就騎到鄰村的市集賣了。他回來以後，史瓦坎問他賣馬的錢到哪兒去了，湯姆直截了當地說不告訴他。「喲！」史瓦坎說，「你不告訴我！那就讓你的屁股替你說。」每回遇到情況可疑，他總是向湯姆這個部位打探消息。

這時湯姆已經趴在僕人背上，行刑的一切準備就緒，碰巧歐渥希走進來，下令緩刑，帶著罪犯到另一個房間。等兩人單獨相處，歐渥希問了跟史瓦坎同樣的問題。湯姆說，不管歐渥希問什麼問題，他都願意回答。至於那個暴虐的無賴，他只會用棍棒回答他。他希望不久的將來就可以回報那傢伙長期以來施加在他身上的暴力。

歐渥希聲色俱厲地訓斥湯姆，責備他不該說出這種對老師大逆不道的話，對於湯姆的報復意圖，更是嚴加責罵。他說，如果日後再聽見湯姆說出這樣的話，就不會再收留他，因為他絕不會撫養或認同壞孩子。他又說了些重話，湯姆才終於表現出些許悔意，只是真誠度稍嫌不足，因為他真的打算好好回報史瓦坎的棍棒恩情。不過，在歐渥希堅持下，他總算口頭承認自己不該懷恨史瓦坎。歐渥希又告誡他一

番，這才容許他往下說。

「親愛的父親，全天下我最愛、最尊敬的就是您了。我知道您對我恩重如山，如果我發現自己不知感恩，一定會唾棄自己。如果您送我的那匹小馬會說話，牠就能告訴您，我多麼喜歡您送我的這份禮，因為我只喜歡餵牠，捨不得騎牠。說真的，父親，跟牠分開我很心痛，如果不是因為那件事，天塌下來我都不會賣掉牠。父親，我相信如果您站在我的立場，一定也會這麼做，因為沒有誰比您更同情別人的困境。親愛的父親，如果您覺得他們的不幸是您一手造成，會有什麼感覺？真的，父親，再沒有人比他們更慘了。」

「孩子，這話什麼意思，你指的是誰？」歐渥希問。

湯姆答，「父親！就是您可憐的看守人和他那一大家子。自從您辭退他，他們就挨餓受凍，幾乎活不下去了。看到那些可憐的孩子沒衣服穿、沒東西吃，我心裡難過極了，何況我知道他們吃苦受罪都是我害的。我受不了，父親，真的沒辦法……」說到這裡，他淚如雨下。「您送我的小馬在我心目中是無價之寶，可是，為了不讓這家人餓死，我只好賣了牠。我把錢全給了他們，一分錢也沒留。」

歐渥希默默站了半晌，還沒開口說話，淚水已經在眼眶裡打轉。最後他柔聲責備湯姆，要他以後碰到這種事先找他商量，不要自己用異想天開的方法幫助別人。說完就讓他離開。

後來史瓦坎和斯奎爾就這件事展開一番激辯。史瓦坎說，歐渥希先生原本就是要懲罰那個不聽話的傢伙，湯姆這麼做豈不是故意抗命。他說，某些情況下，人們所謂的善舉在他看來其實是違反上帝的意旨，因為上帝是有意要某些人毀滅，何況這也違反了歐渥希先生的本意。最後，他照慣例熱心提議動用教鞭。

斯奎爾強硬地反駁，也許是為了跟史瓦坎唱反調，或者附和歐渥希，因為歐渥希似乎十分認可湯姆做的事。至於他提出什麼論點，我相信大多數讀者都比他更有能力為可憐的湯姆辯護，就不需要在此多做描述。畢竟，一件不可能源自「錯誤原則」的事，一點都不難套用正確原則。

第九章
一件更令人髮指的事，附帶史瓦坎與斯奎爾的評論

某個比我英明得多的人早就說過，「福無雙至，禍不單行」。對於那些劣跡不幸曾被識破的人，恐怕更是如此。因為馬腳一旦露出，到最後必定整匹現形。可憐的湯姆正是如此，小馬事件風波才過，他又被人發現賣掉歐渥希送他的精美《聖經》，得款也以同樣手法處理。這本《聖經》的買主是布里菲。他自己也有一本相同的，但或許由於對《聖經》的尊敬（或基於他對湯姆的友誼），不願意《聖經》以半價賣給外人，於是自掏腰包，以剛才提到的半價買了下來。平時他是格外謹慎的孩子，處理金錢的態度很慎重，把舅舅給他的每一分錢幾乎都存了下來。

有些人從來讀不慣別人的書，布里菲恰恰相反，自從他拿到這本《聖經》，就再也不用別本了。不只如此，他讀這本《聖經》比讀他自己那本勤快得多，也經常拿來請史瓦坎幫他解釋其中的難句。史瓦坎不巧看見上面好些地方都寫了湯姆的名字，好奇追問，布里菲據實以告。

史瓦坎認為這根本是褻瀆重罪，絕不能輕易放過，立刻把罪犯毒打一頓。打完氣還沒消，下一回碰見歐渥希時，便匯報這樁他心目中的滔天罪行，不留餘地地痛罵湯姆，將他比喻為被逐出聖殿的買賣人[6]。

斯奎爾對這件事的看法大不相同。斯奎爾說，他看不出來賣某本書的罪會比賣另一本書更重。出售

《聖經》一點都沒有違反上帝或凡人訂定的任何法規，自然也就沒有絲毫不合理。他說，史瓦坎把這件事看得那麼重大，讓他想起一個故事：有個虔誠的女人純粹基於信仰理由，偷走一位相識女性的蒂洛森[7]布道集。

史瓦坎臉色原本就不算白皙，此時聽見這個故事，氣得滿臉通紅，如果不是當時也在場的布莉姬插話，肯定怒氣沖沖地回應。布莉姬說她完全贊同斯奎爾先生的意見，也旁徵博引支持他的論點。最後她總結說，如果湯姆犯了錯，那麼她必須承認她自己的兒子也難辭其咎，因為她看不出來買方與賣方有什麼差別，畢竟雙方都被趕出聖殿。

布莉姬說出她的見解，終結這場論戰。斯奎爾就算還有高見，也得意地閉上嘴。史瓦坎基於先前提過的理由，不敢頂撞女士，一口惡氣憋得他差點窒息。歐渥希則說，湯姆已經受過責罰，他就不再表達意見。至於他有沒有生湯姆的氣，只好請讀者自己猜測了。

這件事過後不久，威斯頓先生（莊園裡的鷓鴣遭偷獵那位鄉紳）又揭發看守人另一樁與先前類似的惡行。對看守人而言這實在是大不幸，因為他不但可能吃上官司，還斷送了贏回歐渥希信任的機會。事情是這樣的，某天傍晚歐渥希帶著湯姆和布里菲出門散步，湯姆別有用心地帶他到黑喬治家，看見黑喬治可憐的家人（也就是他的妻小）飢寒交迫、悲慘至極，因為湯姆給他們的錢清償舊債後所剩無幾。

歐渥希見到這樣的景況不免感同身受，立刻拿兩基尼[8]給孩子的媽，要她幫孩子買些保暖衣物。那

6 根據《聖經》記載，耶穌到了耶路撒冷後，把做買賣的人趕出聖殿。見〈馬太福音〉第二十一章第十二節。

7 指John Tillotson（一六三〇～一六九四），英國國教主教，曾任坎特伯雷（Canterbury）大主教。

女人感動得淚流滿面，連連道謝，順道表達她對湯姆的感恩。她說，要不是他，她和孩子們早餓死了。「如果不是他的接濟，我們連口飯都吃不上，可憐的孩子們連件破衣裳都沒得穿。」因為除了小馬和《聖經》之外，湯姆還拿過一件睡衣和其他物品給這家人。

回家的路上，湯姆發揮他的辯才，既描述這家人過得多淒慘，又說黑喬治有多麼悔不當初。他的策略奏效，歐渥希說，看守人為過去的事也嘗夠了苦頭，他可以原諒他，也會想辦法協助他和他家人。

湯姆聽到這話太開心，也不管他們回到家時天色已黑，忍不住又冒著大雨跑了一點五公里路，去把這個好消息告訴那可憐的女人。可惜，正如其他倉促報訊的人一樣，這只是自找麻煩，事後還得勞煩自己去收回說過的話。因為黑喬治的霉運趁湯姆離開的空檔推翻一切。

第十章
布里菲和湯姆展現不同性格

談到慈悲心這種厚道特質，布里菲比起湯姆可說望塵莫及。不過，論起另一種更崇高的特質，他卻遙遙領先，那就是公理正義。在這方面他奉行史瓦坎和斯奎爾的教誨與榜樣。兩位先生雖然三句不離「慈悲」，但很明顯斯奎爾認為慈悲不符合正確原則；史瓦坎則是主張伸張正義，把慈悲心留給上帝。至於正義這種崇高美德該施加在何人身上，兩位先生確實抱持不同觀點：史瓦坎可能會因此毀滅世上半數人類，斯奎爾則會鏟除另外那一半。

布里菲當著湯姆的面沒說什麼，可是，經過深思熟慮，他覺得無論如何都不能讓舅舅對不值得的人施恩，於是決定立刻告訴舅舅我先前約略向讀者提起的那件事，真相如下：

事情發生在看守人丟了飯碗後大約一年，當時湯姆還沒賣小馬。有一天看守人家裡連吃的都沒了，不但自己餓肚子，孩子們也嗷嗷待哺。他路過威斯頓的獵場，看見一隻野兔坐在窩裡，他用卑劣又殘暴的手段重擊野兔腦門，枉顧獵場法規，更毫無獵家精神。

8 guinea，英國於一六六三年發行的舊金幣，最初等於一英鎊，也就是二十先令。到了十八世紀金價上漲，一基尼調漲為二十一先令。

他把兔子賣給一個小販，不料幾個月後那人帶著大批獵物當場被逮，為了求威斯頓原諒，只好轉為污點證人，招出幾個盜獵者。黑喬治原本就是威斯頓的眼中釘，在地方上風評又不好，便成了小販自我保全的犧牲品。其實黑喬治也是小販出賣的最佳對象，因為自從那隻兔子之後，他再也沒有提供過任何貨源，小販正好利用他掩護其他好客戶。至於威斯頓，想到終於能好好懲治黑喬治——光是非法越界就夠定他的罪了——興奮莫名，沒再進一步追問。

如果歐渥希知道上述真相，應該不至於生黑喬治的氣。可嘆哪，還有什麼比懲奸除惡的正義熱情更盲目的。布里菲忘了事情已經過了很久，也扭曲了事件原貌，因為他說黑喬治用網子捕野兔，輕率地把兔子數量從單數變成複數。當然，原本歐渥希輕易就能查出真相，不幸的是，布里菲事先要他承諾保守祕密，才肯對他說出這些事。這麼一來，黑喬治連辯解的機會都沒有，就被定罪判刑了。歐渥希認為，黑喬治殺野兔是事實，鄰居來告狀也是事實，其他的事自然也是罪證確鑿。

可憐的黑喬治一家人落得空歡喜一場，因為隔天一早歐渥希宣布，由於出現令他震怒的新理由，嚴禁湯姆再提起黑喬治。至於什麼理由他沒有明說。歐渥希說，他不會讓黑喬治家人挨餓，至於黑喬治本人就留給法律懲治，反正誰也阻止不了他犯法。

湯姆想不透歐渥希為什麼生氣，更不會懷疑到布里菲頭上。不過，再多的失望也擊不垮他的友誼，他決定循另一個管道幫助黑喬治一家。

近來湯姆跟威斯頓交情相當深厚。他能輕鬆跳過五根橫木的柵門，打獵時有許多傑出表現，威斯頓因此對他另眼相看，直說這孩子只要多加鼓勵，日後必成大器。威斯頓常說，自己多麼希望有個身手這麼矯健的兒子。某天酒酣耳熱之際，他鄭重其事地說，他願意賭一千鎊，讓湯姆帶一群獵犬跟鄉裡所有獵人一較高下。

湯姆靠這些本事贏得威斯頓的歡心，成了他家最受歡迎的座上賓，也是他打獵時的最佳夥伴。所有威斯頓最喜歡的東西，也就是他的獵槍、獵犬、馬匹，湯姆都可以當成自己的隨意使用。因此，湯姆決定利用這層關係，為他朋友黑喬治謀點福利，打算介紹他到威斯頓家當獵場看守人。

讀者如果想到威斯頓有多麼討厭黑喬治，再考慮黑喬治惹怒威斯頓的那件事，可能會譴責湯姆為什麼要做這種沒有希望的傻事。可是讀者一味責怪湯姆之餘，也該為他鼓掌叫好，因為他竟然這麼無所不用其極地去做一件如此困難的事。

為了達到這個目的，湯姆向威斯頓的女兒求助。這位小姐芳齡十七、八，除了先前提到那些打獵必需品，威斯頓最珍愛、最重視的就是她了。這位小姐對威斯頓有點影響力，而湯姆對這位小姐有點影響力。不過，這位小姐是本書設定的女主角，深受作者喜愛。相信讀者讀完這本書以前，也會愛上她，所以我無論如何不能讓她在卷末出場。

第四卷　歷時一年

第一章
全長五頁稿紙

這部歷史只描述事實，因此有別於那些群魔亂舞的荒誕傳奇。那類作品都是變態頭腦的產物，造作不自然。有個知名批評家就說，那種書只適合推薦給糕點師傅[1]。反過來說，我們也要避免近似另一種故事：某位知名詩人似乎認為那類書籍等於幫酒商創造業績，因為讀的時候都得喝上一大杯麥芽酒：

小說憑藉她的麥芽酒同袍，
撫慰了她連串可悲的呆板故事。

麥芽酒可說是現代小說家的聖品，甚至是他的繆思女神，因為巴特勒[2]曾說，他的創作靈感來自麥芽酒。既然如此，他們的讀者也該人手一杯，因為閱讀每本書，秉持的精神與採用的方式，都該跟創作時無二。於是，創作《赫羅斯洛勃》[3]那位德高望重的作家告訴一位學富五車的主教，主教之所以體會不出他作品的精妙，原因在於他閱讀時手裡沒有拿把小提琴：他寫那部劇本時，這個樂器從不離手。

我的作品或許不至於被拿來跟前述作家的大作相比擬，因為我善用各種時機，在書中安插千變萬化的比喻、敘述，以及其他詩情畫意的潤飾。這些都是精心設計來取代適才提及的麥芽酒，讀者（作者亦然）面對長篇巨著、睡意悄悄來襲時，正好發揮提神醒腦的功效。那些陳述平淡事實的作品無論文筆多麼純熟洗練，倘若欠缺這一類的雕琢，讀者只怕無福消受。因為除非擁有持續不懈的專注力（荷馬說只有宙斯有這種神力），才有辦法應付連篇累牘、卷帙浩繁的報紙。

至於我如何挑選安插那些裝飾的時機，就留待讀者自行論斷。讀者想必不會反對，此刻就是最佳時機，因為我即將介紹重要人物出場，那就是這部寫實英雄史詩的女主角，所以我覺得此時不妨在讀者腦海填滿我從大自然擷取而來的所有賞心悅目畫面。這個方法有許多前例可循。首先，我們的悲劇作家都熟悉、也常運用這種手法。他們迎接重要角色登場前，總不忘先知會讀者一聲。

於是，主角總是在嘹亮的鼓樂號角聲中登場，觀眾的情緒因此慷慨激昂，耳朵也提前適應接下來豪邁奔放的浮誇語詞。洛克先生的盲人[4]如果把這些高談闊論形容為號角聲，應該不算錯得離譜。同樣地，當戀人上台時，伴隨他們的通常是柔美樂音，或許是為了以那番柔情蜜意安撫觀眾，或讓他們放鬆心情，準備迎接大有可能引他們入睡的下一幕戲。

不只劇作家，就連劇作家們的老闆（也就是劇院經理）好像也掌握了這個竅門。因為主角出場時除了剛才所說的鼓樂等等，通常還有五、六名布景工人。在這種時候，這些工人的角色有多麼不可或缺，從以下這則劇院軼聞可見一斑：

1 意思是更適合拿來當包裝紙。
2 Samuel Butler（一六一三～一六八〇），英國詩人兼諷刺作家。
3 *Hurlothrumbo*，創作者是英國作家薩繆爾・詹森（Samuel Johnson，一六九一～一七七三），曾編纂《詹森字典》。
4 英國哲學家約翰・洛克（John Locke，一六三二～一七〇四）曾在他的《人類理解論》（*An Essay Concerning Human Understanding*）提到一樁軼聞：有個盲人認為鮮紅色就像號角聲。

輪到國王皮洛士[5]出場時，他正在緊鄰劇院的酒館吃晚餐。他割捨不下眼前的羊肩排，但如果讓觀眾枯等，他的經理哥哥威爾克先生肯定火冒三丈。他靈機一動，花錢打發走布景工人。於是，當威爾克先生大吼，「國王出場前該上台的木匠上哪兒去了？」國王好整以暇繼續享用他的羊排，觀眾不管多麼不耐煩，也只好聽著音樂等他回來。

政治人物嗅覺向來靈敏，坦白說，我不得不懷疑他們會嗅不出這種做法的實用性。我認為，我們令人肅然起敬的市長大人持久不衰的威望，恐怕就是靠外出時的壯盛陣容累積而來。我必須承認，就連我這種不太容易被這類花招迷惑的人，都免不了被那些威風凜凜的前導隊伍震懾住。每回我看見某個人昂首闊步走在隊伍當中，而隊伍裡其他人唯一的任務就是走在他前面，我就覺得他的地位比在一般場合出現時尊貴得多。

還有另一種做法正好符合我的目的，那就是派一名女子提著花籃上台：通常是華麗的加冕典禮，大人物登場前在舞台上灑滿花朵。古人為了達到這種效果，一定會事先召請花神芙蘿拉，而他們的祭司和政治人物輕易就能說服在場民眾，花神本尊確實已經降臨，只是由凡人扮演，代理祂的職務。不過，我不會這樣欺瞞讀者，所以，那些反對異教神學觀點的人願意的話，可以把女神換成提花籃的女子。

簡言之，我的用意只是盡力以最莊嚴的排場介紹女主角出場，搭配高雅的風格，以及其他一切足以激發讀者仰慕之心的點綴。說實在話，要不是我十分確定女主角的形象會是多麼溫婉和善，否則基於某些原因，我會奉勸知情識趣的男性讀者就此掩卷罷讀。由於女主角確實是以大自然為範本描摹而成（我國就有許多這樣的窈窕淑女），因此既值得所有男士傾慕，也符合我筆下所能描繪的完美典型。

話不多說，我們進行下一章。

第二章
略述作者能刻畫出何等高妙境界；描寫蘇菲亞・威斯頓小姐

強勁的風全都止息吧！願風族的異教君王以鐵鍊捆綁颯颯北風的狂暴肢體和刺骨東風的鋒利鼻尖。還有妳，嫋嫋西風，從妳的馨香臥榻起身吧，升上西方天際，帶領那甜美的陣風施展它的魔法，將美麗的芙蘿拉從她散發晨露般清新氣息的閨房喚出。在六月一日，她生日這天，這位嬌豔欲滴的女郎一襲飄逸羅衫，輕搖款擺滑過青翠草地。那裡的每一株花朵都昂首向她致意，直到田野間花團錦簇，色彩與香氣互別苗頭，看誰能令她陶醉。

她此刻該有多嫵媚啊！還有你們，大自然的羽族詩班，你們最清脆的樂音連韓德爾[6]都相形見絀。吊吊你們悅耳的嗓子，迎接她的到來吧。你們的樂章以愛情為序曲，又以愛情終結。那麼，醒來吧，少年郎心中的情愛。看哪！她帶著造物者賜予的千嬌百媚，加上美麗、青春、活潑、清純、羞怯，兩片朱唇吐氣如蘭，一雙明眸顧盼生輝。俏麗的蘇菲亞來了！

5 King Pyrrhus，英國劇作家安布洛斯・菲利浦（Ambrose Philips, 一六七四～一七四九）的作品《*The Distressed Mother*》裡的角色。

6 Handel（一六八五～一七五九），巴洛克音樂作曲家，出生於德國，後移居英國。

讀者啊，或許你見過梅迪奇的維納斯雕像[7]；或許你還參觀過漢普頓宮的美人畫廊[8]；甚至記得邱吉爾家族眾美女之中每一位標致姑娘[9]；也欣賞過所有美女的半身畫像。或者，如果那些美人的年代太久遠，至少你看見了她們的後代，都是當代豔光照人的佳麗。如果要在此一一收錄她們的芳名，只怕會填滿全書篇幅。

如果以上你都有緣得見，請別擔心會聽見羅徹斯特爵爺回答某位閱歷豐富人士的那句話[10]。然而，如果你見過那些美女，卻不明白美是什麼，那麼你有眼無珠；如果你體會不到美的力量，那麼你沒有感情。

不過，我的朋友，即使你見過那些美女，還是可能想像不出蘇菲亞的真實模樣，因為她跟她們不完全相像。她最像畫像裡的蘭妮夫人[11]，聽說更神似馬薩林女爵[12]。但她最像的是一個永遠深藏在我心中的倩影。我的朋友，如果你記得這人，就能充分掌握蘇菲亞的模樣了。

然而，或許你沒有這個福份，那麼我就盡心竭力來描述這位絕代佳人。只是，我有自知之明，就算使出看家本領，恐怕還是心餘力絀。

威斯頓的獨生女蘇菲亞屬中等身材，有點偏高。她的體型非但穠纖合度，而且極其輕盈柔美。兩臂比例適中，說明她的四肢有多麼勻稱。她有一頭烏黑秀髮，原本瀑垂及腰，後來她跟隨時尚剪短，此刻無比優雅地鬈曲在她的頸子，誰也無法相信那是她的真髮。如果嫉妒女神非得在她臉上找出瑕疵，想必會說，她的額頭即使再高一點，仍然不失完美。她的眉毛濃密均勻，彎如新月，巧奪天工。那雙黑眼珠透著光采，絲毫沒有被她的嬌柔掩蓋；鼻子極其端正；還有那櫻桃小嘴，裡面兩排貝齒若隱若現，正符合約翰·薩克林爵士的[13]詩句：

她唇色殷紅，
下唇略為豐滿，
想必是蜜蜂的傑作。

她長了一張鵝蛋臉，右頰有個酒窩，只消淺淺一笑，就會清楚顯現。她的下巴肯定對她美麗的臉型有所貢獻，可是很難斷定它究竟是大還是小，也許可以說偏向前者吧。她的膚色近似百合，而非玫瑰，但在運動後或嬌羞時，會露出自然的紅暈，再美的硃砂都比不上。這時就可以大聲朗誦道恩博士[14]的詩句：

7 Venus de Medicis，原本是義大利梅迪奇家族的收藏品，目前典藏在義大利佛羅倫斯烏菲茲美術館（Uffizi Gallery）。

8 指英國畫家 Godfrey Kneller（一六四六～一七二三）一六九〇年代繪製的漢普頓宮女侍畫像。

9 指英國第一代馬爾勃洛公爵（Duke of Marlborough）的四個女兒。二十世紀英國首相邱吉爾就是出自這個家族。

10 Lord Rochester，指第二代羅徹斯特伯爵約翰・威默特（John Wilmot, 一六四七～一六八〇），據說他寫過一首詩，最後一句是，「你什麼都見過，那就滾蛋吧。」

11 Lady Ranelagh，本名凱瑟琳・波以耳（Katherine Boyle, 一六一五～一六九一），十七世紀英國女性科學家，「化學之父」波以耳的妹妹。

12 Durchess of Mazarine，本名Hortense Mancini（一六四六～一六九九），是法國樞機主教朱爾・馬薩林的外甥女。

13 Sir John Suckling（一六〇九～一六四二），英國詩人。此處引用的詩句出自他最膾炙人口的作品〈婚禮頌〉（*Ballade upon a Wedding*）。

14 指約翰・道恩（John Donne, 一五七二～一六三一），英國詩人，也是英國國教牧師。此處詩句引自他的〈悼伊莉莎白・德魯麗小姐〉（*Elegy on Mistress Elizabeth Drury*）。

她那純淨生動的紅潤，
在她臉頰訴說，能言善辯。
讓人幾乎以為，她的身體會思維。

她的頸子細長，微微彎曲。在這方面，如果我不怕冒犯她的纖柔，就可以公正地說，名聞遐邇的梅迪奇維納斯最美的部位已經被她超越。她頸子如此白皙，天底下的百合、象牙和雪花石膏都難望項背。那塊極細緻的麻紗想必是出於嫉妒，才會遮蓋那片比它潔白的胸脯。那真是：

清透亮麗的光澤，超越最純淨的帕羅斯大理石。[15]

這就是蘇菲亞的外表，所幸住在裡面的靈魂並沒有讓這美麗的軀殼蒙羞。她的心靈在各方面都跟她的外貌一樣出色。應該說，她外在的魅力，有一部分是來自心靈。她笑的時候，整個人散發出一股來自溫柔性情的光輝，再秀麗的五官都展現不出那種神韻。不過，我會鉅細靡遺為讀者介紹這個妙齡可人兒，屆時任何心靈上的完美層面都會自動顯露出來，毋須在這裡多言。不只如此，如果我說了，等於藐視讀者的理解力，並且剝奪他在閱讀中判讀她性格的樂趣。

不過，我們不妨說，雖然造物者賦予她許多心靈上的美好，後天的栽培也功不可沒。她是姑姑帶大的，這位女士為人格外謹慎，年輕時出入上流社會，見多識廣，幾年前搬到鄉下隱居。在她的言談薰習與實際指導下，蘇菲亞出落得文雅端莊，只是舉手投足之間欠缺了一份自在大方，那只能靠長時間潛移默化，並且多多接觸所謂的上流社會才能培養出來。坦白說，這種氣質的魅力是如此難以表達（法國人說到某種難以言喻的特質時，指的就是它），可惜培養起來往往代價太高。幸好，純真可以完全彌補這種缺憾，而良好的見地和天生的高貴通常不需要它來增色。

15 摘自羅馬詩人賀拉斯（Horace）的作品《頌詩》（*Odes*）。帕羅斯大理石產自愛琴海的帕羅斯島（Paros），質地細緻，是古希臘創作雕像的最佳石材。

第三章

回顧幾年前發生的一件小事，雖然事情不大，影響卻頗為深遠

可愛的蘇菲亞出現在這篇故事裡時，已經十八歲。我說過，她在她父親心目中的地位勝過全世界所有人。因此，湯姆為了幫他的看守人朋友，找上了她。

繼續談那件事之前，我先重點講述某些或許有其必要的事。

歐渥希和威斯頓基於個性上的差異，往來並不密切，但他們多多少少維持了所謂的「敦睦」關係，意思是，兩家的孩子從小就彼此認識，由於年齡相仿，經常玩在一起。

布里菲總是嚴肅正經，所以蘇菲亞更喜歡個性開朗活潑的湯姆。她明顯對湯姆比較好，布里菲如果性情暴躁些，可能會藏不住怒火。

在這方面他並沒有明白表現出任何不悅。我們如果深入布里菲內心深處一探究竟，恐怕有欠恰當。那會像某些無恥之徒刻意刺探朋友最隱密的私事，偷瞄朋友家的衣櫥和碗櫃，對外宣揚朋友的窮困與匱乏。

不過，一個人如果覺得自己冒犯了別人，通常會判定對方果真生氣了。因此，蘇菲亞認為布里菲做那件事是出於憤怒，但更英明睿智的史瓦坎和斯奎爾卻認為他那個舉動是出於更高的信念。

湯姆小時候曾經從鳥巢抓來一隻幼鶵，養大牠，教牠唱歌，再送給蘇菲亞。

當時十三歲的蘇菲亞愛極了這隻小鳥，每天主要的工作就是餵牠、照顧牠，主要的樂趣就是跟牠玩耍。這意味著，這隻名為小湯米的鳥兒非常溫馴乖巧，會啄食女主人手中的食物，會棲息在她手指上，或心滿意足地窩在她懷裡，牠似乎明白自己有多麼幸福。只不過，蘇菲亞總是在牠腳上綁條繩子，不敢放牠自由飛翔。

有一天，歐渥希帶著全家人在威斯頓府用餐。布里菲跟小蘇菲亞在花園裡，看見她對小鳥兒百般寵愛，要求蘇菲亞把鳥兒交給他一會兒。蘇菲亞一口答應，再三提醒他抓穩繩子，就把鳥兒交給他了。布里菲一拿到小鳥，馬上鬆開牠腳上的繩子，將牠拋向空中。

那隻蠢鳥一發現自己得到自由，就把蘇菲亞對牠的百般愛護拋到腦後，頭也不回地飛走，棲在遠處的樹枝上。

蘇菲亞看見心愛的鳥兒飛走了，放聲尖叫，當時在不遠處的湯姆聽見，連忙飛奔過來查看。湯姆聽了事情經過，咒罵布里菲是個可鄙的壞傢伙，然後立刻脫下外套，爬上鳥兒棲息的那棵樹。湯姆就快抓到跟他同名的鳥兒時，那根樹枝「啪」地斷裂，可憐的湯姆倒栽蔥摔進底下的圳溝。這下子蘇菲亞的擔憂轉移了目標。她擔心湯姆會淹死，尖叫聲比先前響亮十倍，布里菲也扯開嗓門大吼大叫為她助陣。

大人們坐在緊鄰花園的房間裡，擔憂地循聲而至。不過，他們走到圳溝旁時，湯姆已經安全爬上岸，因為幸好那段溝渠的水位不深。

史瓦坎厲聲責罵渾身濕答答站在他面前打哆嗦的湯姆。歐渥希請他耐住性子，轉身問布里菲，「孩子，這到底是怎麼回事？」

布里菲答，「舅舅，我為自己做的事感到非常抱歉，很遺憾這一切都是因我而起。我把蘇菲亞小姐的鳥兒拿在手上，感覺到那可憐的小傢伙因為失去自由而悶悶不樂，所以忍不住還牠自由。我向來覺得束縛任何東西是非常殘忍的事，好像違反了自然法則，畢竟所有生命都有權得到自由。不只如此，這麼做甚至不符合基督精神，沒有用我們希望別人待我們的方式待人[16]。如果我知道蘇菲亞小姐會這麼著急，或者如果我知道那隻小鳥會碰到什麼遭遇，我絕不會這麼做。因為湯姆爬上樹去抓牠、摔進河裡的時候，牠又飛走了，剛好被一隻可惡的老鷹抓走。」

可憐的蘇菲亞剛才滿腦子為湯姆擔心，沒看見小鳥飛走，現在聽說小鳥的遭遇，哭得像個淚人兒。歐渥希婉言安撫她，答應再給她一隻更漂亮的小鳥。可是蘇菲亞宣布她再也不養鳥了。她爸爸責備她不該為一隻蠢鳥哭成這樣；卻也忍不住對小布里菲說，如果他是他兒子，這會兒屁股已經開花了。

蘇菲亞回房去了，兩個少年奉命回家，大人繼續他們的酒敘，話題轉向這起鳥事。對話內容十分新奇獨特，我認為值得獨立成章。

第四章
內容無比深奧嚴肅，某些讀者可能覺得索然無味

斯奎爾把菸斗點燃，立刻對歐渥希說，「先生，我忍不住想恭喜您有這麼個好外甥。他這個年紀的孩子通常只在乎具體事物，沒什麼抽象概念，他卻已經能辨別是非對錯。在我看來，束縛任何生物是違反自然法則的行為，因為所有生物都有權享有自由。他的這番話在我心裡留下永難抹滅的印象。對於正確法則與事物的永恆合理性，人類還能有比這更崇高的見解嗎？這件事告訴我，這孩子將來的成就可望與大布魯特斯或小布魯特斯[17]看齊。」

史瓦坎忙不迭打岔，倉促之間噴濺了些酒液，他焦急地吞掉剩餘的酒，說道，「根據他說的另一句話，我希望他將來的成就能跟更傑出的人物看齊。自然法則不過是空口說白話，沒有實質意義。我沒聽說過這種法則，更不知道從中可以得出什麼正確性。這孩子說得很好，用我們希望別人待我們的方式對待別人，這就是基督精神。我很慶幸自己的教導有這麼出色的成果。」

16 《聖經．馬太福音》第七章第十二節：「在一切事上，你們希望人怎麼待你們，你們也得怎麼待人。」

17 大布魯特斯指的是Lucius Junius Brutus，西元前五〇九年推翻羅馬帝國，建立羅馬共和國並擔任第一任執政官。小布魯特斯則是Marcus Junius Brutus（西元前八五～四二），據說是大布魯特斯的子孫，策劃刺殺凱撒行動。

「如果虛榮符合事物的合理性，」斯奎爾說，「那麼我也要來自誇幾句。他的是非對錯是從哪兒學來的，我想那是有目共睹的事。如果沒有自然法則，就不會有是非對錯。」

「怎麼！」史瓦坎回應。「那麼你完全排除神啟嗎？你是自然神論者[18]嗎？或無神論者？」

「喝吧！喝吧！」威斯頓勸酒。「見鬼的自然法則！你們兩個說些什麼是非對錯，我根本聽不懂。我認為拿走我女兒的鳥兒就不對。我的鄰居歐渥希想怎麼做，我管不著，但鼓勵孩子做這種事，等於培養他們長大上絞刑架。」

歐渥希說，「我為外甥的行為感到抱歉，卻無法同意處罰孩子，因為他的行為動機出於寬厚，而非卑劣。如果孩子偷了那隻鳥，那麼我會率先主張嚴懲，可是偷竊顯然不是他的目的。」他認為那孩子不可能居心不良。（至於蘇菲亞猜測的那種邪惡意圖，歐渥希連想都沒想過。）最後，他再次坦承這種行為有欠考慮，不過，畢竟他還是個孩子，情有可原。

斯奎爾剛才把話說得太滿，現在如果默不作聲，等於承認自己判斷有瑕疵，所以他有點激動地說，「歐渥希先生太看重物品所有權這種可憎概念；我們評估偉大行動時，必須把私人考量擱置一旁。如果執著於那些狹隘觀點，小布魯特斯就會顯得不知感恩，大布魯特斯則是弒君。」

「如果他們因為這些罪受處絞刑，」史瓦坎高聲說，「那也是罪有應得。根本就是兩個異教惡棍！感謝上天，現在社會裡沒有這些布魯特斯！斯奎爾先生，希望你別再對我的學生灌輸反基督思想，否則我教導他們的時候，又得用教鞭把那些東西逐出他們腦海。你的學生湯姆幾乎已經學壞了。前些天我聽見他在跟布里菲少爺爭論，說沒有實踐，信仰就沒有益處。我知道那是你的信條，我猜是從你那裡學來的。」

「別誣賴我教壞他。」斯奎爾說，「是誰教他嘲弄所有善良正直的事，嘲弄事物的合理與正確性。他是你的學生，別賴給我。不，不，布里菲少爺才是我的學生。雖然他年紀輕輕，但他道德觀念正確，我敢說你永遠抹除不了。」

史瓦坎嗤之以鼻，答道，「是啊，是啊，我敢讓他接受你的考驗。他根基十分深厚，你那些哲學高調毒害不了他。不，不，我多麼用心灌輸他那些原則……」

「我也對他灌輸了許多原則。」斯奎爾嚷嚷道，「除了善行這種高超理念，還有什麼能促使人去給予自由？我再重複一次，如果自豪不違背事物的合理性，我大可以聲稱是我傳授他那個觀點。」

「那麼如果神不禁止驕傲，」史瓦坎說，「我就可以誇口地說，他剛才自稱的行為動機，就是我教的。」

「這麼說來，」威斯頓說，「那孩子搶走我女兒的小鳥，就是你們兩位教的。看來我得顧好我的鶇鴝籠，否則某些虔誠善良的人會來把牠們全放走。」說完，他猛地拍了一下在場某個律師的背，喊道，「律師先生，你怎麼說？那種行為不違法嗎？」

律師慎重其事地答：「如果針對鶇鴝提出訴訟，案子肯定會成立。雖然鶇鴝是野生的，一旦經過馴養，就屬於個人財產。至於鳴禽，即使有飼養事實，由於牠本身毫無價值，只能認定為『無主物』。所以，以這件案子來說，我相信訴訟會遭到駁回，所以我不建議提起這類訴訟。」

「好吧。」威斯頓說，「既然是『無主物』，我們喝酒吧，順便談論國家大事，或聊點大家都懂的東西，因為我一個字也聽不明白。也許那些東西有學問有道理，我可一點都不買賬。呸！你們提都不提那

18 deist，出現在十七世紀英國的哲學觀點，因應牛頓力學對傳統神學的衝擊，認為上帝創造了世界之後，就不再影響世界的發展。

個該受表揚的孩子，他肯捨己為人，冒著摔斷脖子的危險去幫我女兒的忙。我雖然學問不高，至少還明白這層道理。見鬼的，為湯姆的健康乾一杯！我能活多久，就會愛那孩子多久。」

辯論因此中斷，不過，如果歐渥希沒有喚來馬車帶兩位辯士回家，一場口舌之爭恐怕很快又要登場。

這就是小鳥事件和後續的論戰。雖然事情發生在幾年前，我還是忍不住向讀者講述。

第五章
雅俗共賞的話題

「微末小事打動易感的心。」這是某位戀愛大師的高見[19]。確實如此，打從這天開始，蘇菲亞心裡對湯姆有了一點好感，對布里菲卻有不少反感。

日常生活中總有些大小事，各自增強她內心這兩種情感。她的心情我不需要多說，讀者根據我先前示意過兩個少年的性情，以及其中一個如何比另一個更投她的緣，自然了了分明。說實在話，當時小小年紀的蘇菲亞發現，湯姆雖然是個散漫、粗心、活潑的搗蛋鬼，可是他從不傷害人，只會給自己找麻煩。布里菲儘管是個精明、謹慎、冷靜的小紳士，滿腦子卻只在乎某個人的利益。那個人是誰，讀者不需要我點撥，想必也猜得出。

我們不免猜想，世上的人類基於己身利益，會給予這兩種性格各自應得的對待，可惜事實往往未必如此。不過，其中或許有個策略上的考量：當人們發現有個真正仁慈厚道的人，可能會合理地認為自己發掘了寶藏，想要據為己有，就像發現其他任何好東西一樣。於是，他們或許擔心，如果大聲讚揚這樣的人，套用粗俗說法，就會像大喊一聲「烤肉」，吸引別人來分享他們原本打算獨占的東西。如果讀者

19 原文為 Parva leves capiunt animos，出自古羅馬詩人奧維德的作品《愛的藝術》（*Ars Amatoria*）。

不滿意這樣的解釋，那我就辭窮了，說不清人們為什麼會輕蔑一個為人性增光、為社會造福的人。但蘇菲亞並不是這樣。幾乎打從她理解「推崇」和「鄙夷」這兩個詞語之後，就推崇湯姆、鄙夷布里菲。

蘇菲亞曾經陪姑姑定居外地三年多，這段期間幾乎沒機會見到湯姆和布里菲。不過，某天她跟姑姑一起在歐渥希家用餐，當時剛好是先前提過的鷓鴣事件過後幾日。蘇菲亞在餐桌上聽到全部經過，沉默不語，回家後也沒跟姑姑多說什麼。倒是侍女幫她更衣時不經意說道，「小姐，妳今天見到布里菲少爺了吧？」她氣惱地答，「我討厭聽到這個名字，就像討厭所有惡劣又狡猾的東西。瓊斯少爺做的事都是出於善良天性，我不明白歐渥希先生怎麼會讓那個野蠻老師這樣殘忍地處罰他。」接著她把事情經過轉述給侍女聽，最後總結說，「妳不覺得瓊斯少爺情操高貴嗎？」

如今蘇菲亞已經回到父親身邊，威斯頓也把家務交給她打理，讓她在餐桌上坐主位，湯姆經常跟他們用餐，因為他非常熱愛打獵，極受威斯頓喜愛。性格開朗大方的年輕人通常待人熱心殷切，如果他們又通情達理（湯姆就是如此），就會發展出一種對所有女性殷勤有禮的體貼態度。正因如此，湯姆一方面在那些粗魯蠻橫的泛泛鄉紳之間顯得鶴立雞群，另方面又跟嚴肅中帶點陰鬱的布里菲截然不同。二十歲的他已經是鄉里間出了名的美男子。

湯姆對蘇菲亞並沒有另眼相看，也許比對別人多了一分敬意，畢竟她有美貌、有財富、有見識，為人厚道親切。只是，他對她沒有半點遐想。有關這點，此時此刻我只好容許讀者譴責他的愚蠢，日後我一定可以充分說明。

蘇菲亞個性極為單純謙遜，本質上非常天真活潑，尤其跟湯姆相處的時候，經常笑逐顏開。湯姆如果不是因為年輕又粗心大意，肯定看得出來；威斯頓若非全副心思放在獵場、馬廄或狗籠，只怕要跟湯姆吃醋了。不過，威斯頓在這方面沒有一點疑心，因此，湯姆跟他女兒相處的機會之多，羨煞天下有情人。湯姆只不過發揮自己天生的體貼和敦厚，無意中就幫自己大大加分，就算他打定主意要竊取佳人芳心，也沒辦法表現得更好。

也難怪沒有人注意到這件事，因為連可憐的蘇菲亞自己都不知情。早在她懷疑自己愛苗滋生之前，一顆心已經深陷情網了。

就是在這種情況下，某天下午，湯姆發現蘇菲亞一個人獨處，先面容嚴肅地簡短致歉，然後說他想請求她一件事，希望她好心答應。

湯姆的舉止和他說話的態度都不足以讓她懷疑他要告白，然而，不知是不是大自然女神在她耳畔悄聲說了什麼，或者什麼別的原因，我不妄加猜測，但她肯定往那兒想了，因為她臉蛋頓時發白，四肢微微顫抖。如果湯姆停下來等她回覆，她的舌頭一定會打結。所幸他馬上解開她的疑惑，直接說出請求，也就是請她幫幫看守人。他說，「如果威斯頓先生堅持提告，一定會毀了看守人和他那一大家子。」

蘇菲亞混亂的心情恢復鎮定，用最甜美的笑容答道，「這就是你這麼正經嚴肅要我幫的大忙？我非常樂意去做。我真的很同情那個人，昨天才派人給他太太送了點小東西。」她送的小東西是她的一件衣裳、幾塊布料和十先令現金。湯姆也聽說了這事，事實上，正因如此，他才想到可以請她伸出援手。

湯姆出師告捷，決心乘勝追擊，於是大起膽子拜託她請威斯頓聘看守人當差，直說他覺得看守人是全鄉最老實的人，是最稱職的獵場看守人。幸運的是，威斯頓的獵場正好缺個看守人。

蘇菲亞說，「好，這事我也會幫忙，但我只能向你保證一定會辦妥前面那件事。總之，我會盡我的能力幫那個可憐人，因為我真的很同情他和他家人。好啦，瓊斯先生，我也要請你幫我一個忙。」

「幫忙！小姐！」湯姆叫嚷道，「如果妳知道有機會為妳效勞帶給我多大的歡喜，一定會明白妳只要吩咐一聲，就是給我天大的恩惠。我以這隻可愛的小手起誓，我為妳赴湯蹈火在所不惜。」

他拉起她的手熱情親吻。這是他的唇第一次接觸她的皮膚，早先棄守她雙頰的紅暈這會兒勢道凶猛地湧上來賠罪，全面占領她的臉龐、頸項，以至於這兩個部位瞬間緋紅。此時她體驗到一種前所未有的感受，等她有時間細細思量，才慢慢發掘自己內心的祕密。讀者如果此時還沒猜出來，時機一到自見分曉。

等蘇菲亞說得出話時（不是馬上），才告訴他，她想請他幫的忙是打獵時別帶她父親去那麼多危險的地方。她聽人描述過那些事，所以每次他們一起出去打獵，她就提心吊膽，擔心總有一天會看見她父親斷手斷腳被抬回來。她請他體諒她的心情，多一點謹慎，因為他很清楚她父親會一路跟隨他，所以希望他日後騎馬速度放慢些，也別做那些驚險的跳躍動作。

湯姆承諾會遵照她的指示，也再次謝謝她好心答應他的請求，然後向她告辭，帶著任務成功的甜滋滋心情離開。

蘇菲亞也甜滋滋，卻是大不相同的心情。就算我擁有所有文學家渴求的無數張嘴，以便品嘗端到他面前的各種美食佳餚，也不如讀者的心（如果他或她有心）更能描繪她此時的感受。

威斯頓每天午後幾杯黃湯下肚後，照例要聽女兒彈奏大鍵琴，因為他熱愛音樂。如果他住在城裡，說不定還稱得上是個音樂鑑賞家，因為他總是排斥韓德爾先生的作品。除了輕鬆快活的曲調，其餘他一概不愛。他最喜歡的曲子是〈國王老西蒙〉、〈聖喬治來自英格蘭〉、〈雀躍的瓊安〉之類的。

蘇菲亞是個音樂才女，不太願意彈奏韓德爾以外的樂曲，但她太重視父親的喜好，特地為他學習那些曲子。不過，偶爾她會設法讓父親的品味向她靠攏，當父親要求她再彈一曲他的民謠，她會說，「不，親愛的爸爸。」求他聽她彈點別的曲子。

這天傍晚威斯頓喝過酒後，她不等父親開口，主動把他喜歡的曲子全彈了三遍。威斯頓欣喜萬分，從沙發上跳起來吻了女兒一下，稱讚她的琴彈得愈來愈好。蘇菲亞利用這個機會幫看守人求情，成果極為豐碩。威斯頓說，如果她再給他彈一曲〈老西蒙〉，他第二天一早就給看守人安排職位。蘇菲亞把〈老西蒙〉彈了再彈，直到父親安然入睡。隔天早上她沒忘記提醒爸爸答應過她的事。威斯頓馬上把律師找來，撤回了告訴，也讓黑喬治幫他看守獵場。

湯姆這樁義行很快傳遍鄉里，評價卻褒貶不一。有些人極力讚揚，說是善良本質的展現；也有人譏諷地說，「懶散傢伙當然喜歡懶散傢伙啦。」

布里菲義憤填膺。長期以來，湯姆有多喜歡黑喬治，他就有多討厭他。倒不是因為黑喬治得罪過他，而是基於對信仰與美德的熱愛。因為黑喬治向來性格放蕩，風評欠佳。布里菲認為湯姆這麼做是公然給他舅舅難看，甚至面色凝重地宣稱，他想不出任何理由善待這種壞蛋。

史瓦坎與斯奎爾抱持同樣論調。由於布莉姬的關係，他們倆（尤其是斯奎爾）都在吃湯姆的醋。湯姆如今年近二十，已經是個美少年。布莉姬對他讚譽有加，顯然一天比一天欣賞他。

然而，他們的中傷沒能動搖歐渥希。他對湯姆的行為很是滿意，認為湯姆對待朋友有始有終，有情有義，值得嘉許，也希望能更常看到這樣的美德展現。

可惜，命運女神向來不太喜愛吾友湯姆這種翩翩美少年，也許是因為他們對祂的讚頌不夠熱情。現在祂讓湯姆的所做所為大幅度轉彎，使得善良的歐渥希對他的印象不如過去那般理想。

第六章
說明湯姆為何對蘇菲亞的迷人魅力無動於衷；那些讚揚現代喜劇男主角的風雅之士對他的評價可能會大大降低

看見湯姆對蘇菲亞的態度後，恐怕有兩種人已經開始輕蔑他。第一種人會怪他有欠精明，沒能把握住這個取得威斯頓財富的大好機會；第二種人則是瞧不起他有眼無珠，不懂得欣賞這樣的絕品美人，畢竟只要他張開雙臂，那女孩似乎會立刻飛奔過來。

我可能無法幫他開脫這兩種罪名，因為不夠精明好像沒有藉口；至於有眼無珠，我在這裡提出的解釋恐怕也薄弱無力。不過，有時證據可以減輕罪刑，所以我乾脆直接陳述事實，把一切交由讀者裁奪。

湯姆有一種特質，雖然作家們沒辦法對它的名稱達成共識，它卻肯定存在人類胸臆間。這種特質主要功能不在教人辨別對錯，而在敦促與激勵人去做對的事，並且自我約束克制，不去做錯的事。

這種東西或許可以比喻為劇院裡人盡皆知的「行李箱工匠」[20]。因為，當擁有這種特質的人做了正確的事，沒有誰比這群興高采烈的友善觀眾更賣力鼓掌叫好。反之，當他做了錯事，他們同樣毫不留情地發出噓聲或喝倒采。

換個比較高尚、也更為現代社會所熟悉的說法。它會端坐他的心靈王座，像這個國家的大法官端坐法庭，秉持無所疏漏的知識、無法欺瞞的洞察力與勢難收買的清廉，根據是非功過與公理正義，在那裡主審、統轄、指揮、裁決、宣告無罪或有罪。

這項行為準則或許正好有效區隔我們和其他凶殘物種。因為如果某些衣冠楚楚之輩不受這種原則管轄，我寧可認定他們是從我們這邊溜過去的叛逃者，終將承受叛逃者的命運，在那個物種間也得不到敬重。

湯姆的行事強烈受到這種特質的影響，這究竟得自史瓦坎或斯奎爾的教導，我不做論斷。雖然他偶爾會做錯事，卻總是感到懊悔痛苦。正是這種準則教導他，在人家家裡受到客氣又熱情的招待，卻把人家的房子也給搶過來，無異於最卑鄙無恥的竊賊。他不認為罪行造成的傷害越大，它的卑劣程度就會降低。相反地，如果偷了別人的盤子應當判處死刑褫奪公權，那麼他無法想像搶了某人的所有財產，附帶拐走他的孩子，應該受到什麼樣的懲罰才算足夠。

基於這個原則，他從來無意藉由這種方式致富（我說過，這是行為準則，不是光說不練的知識或信念）。如果他深深愛上蘇菲亞，想法可能會有所不同。不過，恕我直言，拐帶別人的女兒私奔，動機出於愛或偷竊，完全是兩碼子事。

湯姆並非察覺不到蘇菲亞的魅力。他非常欣賞她的美貌，也看重她的其他優點，可惜，她卻沒能打動他的心。由於此事會為他招來愚蠢之譏，或至少是欠缺品味，我馬上細說分明。

事實上，他的心早被別的女人擄走了。我對這件事保密到家，讀者想必震驚不已，也猜不透這位小姐究竟是何方神聖，畢竟我還沒提到任何足以與蘇菲亞匹敵的女子。至於布莉姬，我雖然暗示過她可能對湯姆有好感，卻絲毫不曾想像湯姆會對她有什麼男女之情。我必須遺憾地說，對於年長人士的好意關愛，年輕男女通常比較不知感恩。

我就不再賣關子。讀者應該還記得我提過喬治．席格姆（通稱黑喬治，即看守人）家裡有妻子和五

20 指在劇院用手杖敲擊長椅、發出咚咚巨響表達讚賞的觀眾。

個孩子。其中老二是個女孩，名叫莫莉，是全鄉數一數二的標致美人。

康格里夫說得好，有一種真正的美，是庸俗靈魂無法欣賞的[21]。同樣的道理，不管外表多麼骯髒襤褸，高雅的靈魂一眼就能辨識出埋藏其中的美。

然而，起初湯姆並沒有注意到這女孩的美，直到女孩十六歲時，年長她近三歲的湯姆才開始對她投以愛戀的目光。他愛慕這女孩許久，始終不敢意圖染指。雖然肉體的渴望極力催促他下手，他的原則卻也以同樣的力道約束他。不管對方出身多麼低微，他總覺得玷污年輕女子是令人髮指的罪行。何況他跟女孩的父親友誼堅定，對她的家庭滿懷同情，這些都足以讓他冷靜清醒，成功克服蠢蠢欲動的心，竟然整整三個月沒有上黑喬治家，也忍住沒去見莫莉。

莫莉正如我所說，是眾人心目中的小美人兒，事實也是如此。只是，她的美並不是最溫柔親切那種。坦白說，那種美似乎沒有一丁點女人味，既適合女性，在男人身上也沒有違和感。因為，說實在話，青春與健壯是其中一大要素。

她的心靈也沒有比她的外表更嬌柔：她的體格高大結實，內心則是大膽魯莽。她實在太欠缺端莊穩重，以至於湯姆比她自己更擔心她的貞節。此外，很有可能她喜歡湯姆的程度，不輸湯姆對她的傾慕，因此，她發現湯姆有多退縮，她就相對有多冒進。當湯姆再也不上她家，她就想方設法出現在他必經的路上，行為是如此孟浪，如果這番努力付諸流水，湯姆就是坐懷不亂的君子，或毫無英雄氣概。總之，她輕而易舉克服湯姆的道德考量。雖然她在最後關頭表現了應有的矜持，但我寧可認為勝利屬於她，因為，最終計謀得逞的是她。

在這件事情上，莫莉把自己的角色扮演得完美無缺，湯姆因此認為責任完全在自己身上，而莫莉是他澎湃熱情下的犧牲者。他同時也認為，莫莉願意委身於他，也是因為臣服於她對他那份無法掌控的情感。讀者想必認同這種推測合情合理，因為我不只一次提及湯姆格外俊秀的相貌。坦白說，他算是世上少見的美男子。

世上有些人（比如布里菲）會把全副情感投注在單一個人身上，在任何情況下都只顧慮那人的利益與喜好，別人的好或壞，除非牽涉到那人的意願或好處，否則他一概漠視。同樣地，也有另一種不同的性情，他們即使愛自己，都要考慮美德。這樣的人只要從別人身上得到快樂，就一定會愛上給他快樂的人，也一定要確保對方的福祉，自己才心安理得。

咱們的主角就是後面那種人，他覺得自己必須一肩擔起這可憐女孩將來的苦或樂。雖然也有更漂亮、更新鮮的對象吸引他的目光，但她的美貌在他心中還有一定分量。再者，雖然到手的愛情難免少了一點誘惑力，但想到她對他的明顯情意，他心懷感激；想到自己害她失去貞操，又充滿憐憫，加上他對她肉體的渴望，在他心裡激起一份不妨稱之為愛情的東西：如果這樣說不至於構成對「愛情」二字的冒犯的話。只是，或許這份愛一開始就不算太明智。

那麼，這就是為什麼他對蘇菲亞的魅力無動於衷，也無視她那種或許可以合理解讀為鼓勵他告白的舉動。因為他狠不下心拋棄可憐又貧窮的莫莉，更不可能對蘇菲亞這樣的可人兒不忠。想當然耳，如果他容許自己對蘇菲亞產生一點點情愫，肯定就會犯下前述兩種罪愆之一。在我看來，其中任何一個罪行都能順理成章讓他走向他剛出現在這篇故事裡時、人們對他未來命運的預測。

21 這裡費爾丁改寫英國劇作家康格里夫（William Congreve，一六七〇～一七二九）的作品《老光棍》（*The Old Bachelor*）裡的句子。

第七章
全書最短的一章

莫莉的媽媽最先發現女兒肚子隆起，為了不讓鄰居發現，竟愚蠢地拿蘇菲亞送來的那件衣裳給她穿。當然，蘇菲亞萬萬想不到那可憐婦人竟會如此欠考慮，讓女兒在這種情況下穿那件衣裳。莫莉第一次有機會展現自己的美貌，歡天喜地。她就算穿著舊洋裝，也能自信滿滿地攬鏡自照，何況她靠那件舊洋裝擄獲湯姆（或許還有其他人）的心。然而，她還是覺得如果有件漂亮衣裳，肯定能為自己的容貌增色，讓更多人拜倒在她石榴裙下。

於是，就在下一個星期天，莫莉穿著這件衣裳，配上新的蕾絲無邊帽和其他湯姆送她的飾品，手拿扇子上教堂去了。那些大人物如果以為野心與虛榮是他們的專利，誤會可就大了。這些高貴特質在鄉村教堂與教堂庭院盛行的程度，一點都不輸它們在上流社會客廳與內室的表現。在教堂法衣室擬定的謀略，一點都不會讓選舉教宗的閉門會議上的陰謀蒙羞。這裡有執政者；這裡有在野派。這裡有密謀與策劃，有政黨與派系，比起朝廷裡那些毫不遜色。

這裡的裙釵展現的女人心計，也足堪與那些名媛貴婦匹敵。這裡有矯揉造作、這裡有賣弄風情；這裡有穿著打扮、眉目傳情；有謊言、嫉妒、敵意、醜聞。簡言之，最華麗的聚會或最彬彬有禮的圈子裡常見的一切，這裡應有盡有。所以，那些生活在上流社會的人別再貶低下層階級的愚昧無知；低俗的人也別再譴責上流人士的歪風惡習。

莫莉落坐半晌後，街坊們還認不出她來。會眾之間開始交頭接耳：「她是誰？」等她的身分揭曉，女人們開始譏笑、竊笑、吃吃笑，甚至大笑，歐渥希不得不顯顯威風，才總算讓她們安分下來。

第八章

繆思女神以荷馬文體歌詠一場戰鬥，只有通曉古文的讀者能夠領略

威斯頓在這個教區有一片產業，從他家到這間教堂的距離跟原屬教區相去不遠，所以他經常來這裡做禮拜，這天他和美麗的蘇菲亞正好都在場。

蘇菲亞非常喜歡莫莉的美貌，也同情她這麼單純，竟把自己打扮成那樣，因為她看出莫莉此舉已經讓同齡女孩心裡很吃味。她一回到家馬上派人找來黑喬治，命他帶女兒來見她，說要在家裡幫莫莉安排個差事，也許就當她的貼身侍女，因為她自己的女僕正巧離職了。

可憐的黑喬治聽完驚呆了，因為他很清楚女兒眼下的狀態。他結結巴巴地說，「我擔心莫莉笨手笨腳，服侍不好小姐，她沒服侍過人。」

蘇菲亞說，「那倒無妨，她很快會能學會。我很喜歡這孩子，決定讓她試試。」

黑喬治決定向妻子討救兵，希望她精明的腦袋能幫他解決這樁為難事，回家後卻發現家裡兵荒馬亂。莫莉的衣裳實在太招忌，等歐渥希和其他紳士離開教堂後，原本受到壓抑的怒氣爆發，引起一陣騷動。起初只是以粗魯謾罵、嘲笑、噓聲和比手畫腳發洩，最後演變成飛彈攻擊。這些飛彈多半是塑膠材質，當然沒有奪命或傷人之虞，卻足以威脅衣著體面的女士。莫莉不是等閒之輩，怎麼可能逆來順受地接受這些侮辱，於是……等等，我對自己的才情信心不足，請允許我訴諸更高超的力量。

繆思女神啊，不管祢是誰，只要喜歡歌誦戰事即可，尤其是曾經鋪陳修迪布拉斯與特魯拉之間血腥戰鬥[22]的那位，如果祢沒有跟祢的朋友巴特勒一起餓死，就來幫我處理這個大場面。畢竟不是人人都十項全能。

就像富農牧場上那一大群母牛，擠奶時如果聽見遠處的牛犢在哀嚎，悲嘆乳汁遭到掠奪，牠們就會喧鬧狂吼。薩默塞特郡暴民也發出震耳欲聾的怒吼，其中摻雜了咆哮、尖嘯和其他不同聲響。有多少人，就有多少種吼聲，也有多少種情緒：有些人怒氣沖沖，有些人膽戰心驚，也有人腦袋空空，只等著看熱鬧。但最主要的心情是嫉妒，她是撒旦的妹妹，兩人經常如影隨形。此時她衝入人群，挑起女人的憤怒，唆使她們走向莫莉，用泥土和垃圾扔她。

莫莉原想優雅撤退，可惜事與願違。她猛地轉身，抓住敵軍衣衫襤褸的前鋒貝絲，一拳將她打倒在地。敵方全體軍士（雖然將近百人）目睹元帥的遭遇，後退了好幾步，逃到一座新掘墳墓後方就地掩蔽。這起戰鬥發生在教堂墓園，當天晚上就要舉行一場葬禮。莫莉乘勝追擊，順手拾起躺在墳墓側邊的骷髏頭，怒不可遏地投擲出去，精準命中理髮匠的腦袋瓜子。兩顆頭骨會合時發出同樣響亮的「咚」聲，理髮匠登時倒地不起，兩顆頭骨並列放置，看不出來哪顆更有用處。莫莉又抄起一根大腿骨，衝入潰逃的敵軍，痛快淋漓地左揮右敲，打得無數英勇巾幗鬚眉七橫八豎。

繆思女神啊，細數這致命日子裡的死傷吧。首先，傑米．崔鐸後腦勺吃了那驚悚腿骨一記。他成長在蜿蜒柔媚、景色秀麗的斯陶爾河畔，在那裡學會了演唱技藝，憑這一技之長走遍大江南北，穿梭守靈

22 典故出自英國作家巴特勒（Samuel Butler）的諷刺史詩《修迪布拉斯》（*Hudibras*），是巴特勒諷刺清教徒之作。謠傳巴特勒晚景淒涼，三餐不繼。

會和市集表演謀生。他拉著小提琴又蹦又跳，一雙雙青年男女伴著樂音在綠草地上翩翩起舞，其樂無窮。如今他的小提琴功用全無！他也只能用他的身軀撞擊青翠草地。接下來是閹母豬的老埃奇波，他的前額被我們的英勇女戰士猛敲一記，旋即撲倒在地。他是個滿身肥肉的胖傢伙，摔倒時發出的巨響堪比房屋倒塌。他口袋裡的菸草盒順勢跌出，莫莉視為合法戰利品笑納了。磨坊的凱特不幸被墓碑絆倒，沒繫襪帶的長襪逆轉了自然秩序，整個人頭下腳上地倒栽蔥。貝蒂·皮蘋和她愛人小羅傑雙雙摔在地上，噢，乖戾的命運啊，她匍伏大地，他則仰天無語。鐵匠的兒子湯姆·弗列科成了莫莉怒火的下一個受害者。他是個絕頂聰明的工匠，能做堅固耐用的木鞋，不巧，敲昏他的那只木鞋正是他的心血結晶。如果當時他在教堂裡唱詩篇，肯定能躲過腦袋開花的命運。農夫的女兒克羅小姐、農夫約翰·吉地許、南恩·史洛屈、伊絲瑟·科德琳、威爾·史普雷、湯姆·班涅特；紅獅酒館的三千金波特三姐妹、女僕貝蒂、馬夫傑克，以及其他許多名不見經傳的小人物，都在墓園裡滿地爬。

倒不是莫莉強壯的臂膀一一將他們擊倒，其中許多人是倉皇走避時被彼此撞倒。

命運女神擔心自己失了分寸，一直幫襯同一方，何況還是正義的一方，這時連忙調頭轉身。因為布朗大嬸出手了。平時依偎在丈夫札基爾·布朗（以及教區半數男士）懷裡的她是情場常勝軍，在戰場上威力也不容小覷。她丈夫的頭和臉就經常帶著她這兩方面的勝利獎盃。世上若有哪個男人用頭頂的綠雲炫耀妻子的風流韻事，那就是札基爾了。他抓痕斑斑的臉龐更展現她的另一種長才（或者該說長爪）。

這位女戰士再也受不了隊友的奔逃，突然止步，對所有逃竄的人大喊，「你們這些薩默塞特男人，乾脆說你們這些薩默塞特娘兒們，被一個女人嚇得連滾帶爬逃命，不覺得丟臉嗎？如果沒有人敢對抗她，我就和瓊安·塔普一起出馬，奪得勝利。」話聲一落，她衝向莫莉，三兩下就搶下那根腿骨，順道伸出五爪耙掉她頭上的無邊帽。接下來她左手扯住莫莉頭髮，右手狂打她的臉，莫莉登時鼻血直流。這段期間莫莉也沒閒著，她扯掉布朗大嬸頭上的破布塊，一手抓牢她頭髮，另一隻手也把敵人打得鼻孔冒血。

兩名鬥士各自扯下對方足夠數量的髮絲後，就把怒氣轉向衣裳。她們下手凶猛，毫不留情，短短幾分鐘不到，兩人上半身都已經一絲不掛。

所幸女人徒手搏鬥時攻擊的部位跟男人不同。雖然她們拳腳相向時會偏離女性本色，但我發現她們從來不會忘記攻擊對方的胸部，因為只要朝那個部位捶個幾拳，通常就會出人命。據我所知，部分原因在於女性比男性更為殘忍嗜血。基於這點，她們通常選擇鼻部，因為鼻子比其他任何部位都容易見血。不過，這種假設好像稍嫌牽強，也有點壞心眼。

在這方面布朗大嬸更勝一籌，因為她根本沒有奶子。她的胸脯（如果可以這麼稱呼的話）不論膚色或其他特徵，怎麼看都像一張古老羊皮紙，任何人都可以在上面敲打個老半天，不必擔心對她造成重大傷害。

莫莉不但眼下處於尷尬狀態，胸前的結構也大不相同，甚至可能刺激布朗大嬸的嫉妒，賞她致命的一拳。幸好湯姆及時趕到，終結這場血戰。

這次幸運轉折多虧了斯奎爾。原本他、布里菲和湯姆禮拜結束後騎著馬要去兜風，走了大約四百公尺，斯奎爾突然改變心意（並非無緣無故，而是基於某個我一得空就會說明的理由），要兩個年輕人跟他走另一條路。兩名年輕人答應了，三人才會調頭經過教堂墓園。

布里菲一馬當先，看見前方人群聚集，兩名女戰士呈現我剛才描述的模樣，停下馬兒，探問出了什麼事。有個鄉下人搔搔腦門，答道，「少爺，我也弄不明白，真的。稟告少爺，好像有人在打架，是布朗大嬸和莫莉。」

「誰？誰？」湯姆嚷嚷道。他沒等人回答，已經在混亂中看見他的莫莉的狼狽身影，連忙跳下馬，拋開韁繩，躍過一道牆，全速跑向她。莫莉眼淚撲簌簌掉下來，告訴他自己受到多麼殘暴的對待。湯姆也許忘了布朗大嬸的性別，或者急怒攻心一時失察，因為說真格的，她此刻除了下半身的襯裙，沒有任何女性特徵，而湯姆可能沒注意到她的裙子。總之他掄起馬鞭抽了她一兩下，又鞭打在場暴民，因為莫莉說他們全都欺負她。他的馬鞭揮向四面八方，攻勢如此凌厲，除非我再次召喚繆思女神（善良的讀者可能會覺得這樣太為難她，畢竟她不久前才忙得汗流浹背），否則我無法敘述當天這場馬鞭退敵。

湯姆收拾了所有敵人，手法就如荷馬史詩的所有英雄、唐吉訶德或天下任何遊俠騎士那般勢如破竹。他走回莫莉身邊。莫莉此時的狀態如果要在此訴諸筆墨，必定會讓我和我的讀者一掬同情之淚。湯姆氣得像個瘋漢，捶胸頓足、拉扯頭髮，誓言要以最凶狠的手段報復所有涉案人。他趕緊脫下外套幫莫莉穿上，把自己的帽子戴在她頭上，盡可能用手帕擦拭她臉上的血跡，叫隨行僕人盡快去找個橫座或後座馬鞍，方便他安全送她回家。

布里菲反對遣走僕人，因為這天他們只帶一個僕人在身邊，不過斯奎爾同意湯姆的做法，他只好勉強答應。

僕人很快拿著後座馬鞍回來，莫莉把扯破的衣裳布塊盡量找齊全，坐在湯姆背後，由斯奎爾、布里菲陪同湯姆護送她回家。

回家後，湯姆拿回外套，偷偷親她一下，悄聲告訴她，晚點再來看她，就告別了莫莉，跟兩名同伴騎馬離開。

第九章
內容不太心平氣和

莫莉一換回平時的舊衣裳，就遭受姊妹們群起聲討，尤其是她姊姊，直說她活該。

「妳憑什麼穿威斯頓小姐送媽媽的衣裳！如果我們之中哪個人有資格穿，那也該是我。」她說，「不過我敢說妳是自認妳長得漂亮。我猜妳覺得自己長得比我們大家都美。」

另一個喊道，「把櫃子上的鏡子拿下來給她。我要誇口自己長得多美，至少會先把臉上的血洗乾淨。」

姊姊說，「妳最好記住牧師說的話，別被男人騙了。」

黑喬治老婆哭著說，「是啊，孩子。她把我們家的臉給丟光啦，這個家從沒出過蕩婦。」

「媽，妳也別用這事罵我。」莫莉嚷道，「妳自己結婚不到一個星期就生姊姊了。」

「是呀，賤丫頭。」黑喬治老婆氣呼呼地說，「妳說得對，可那又怎樣？畢竟我還是嫁了呀。如果妳也結得成婚，我就不生氣。可妳偏偏去招惹紳士，妳這浪蹄子。妳會生個雜種，賤丫頭，一定會的。我倒要看看誰敢這麼說我。」

黑喬治回到家想找老婆商量，卻見到這樣的場面。老婆和三個女兒同時在說話，大部分都在哭，他等了好半天才找到插話的空檔，把握機會向妻女轉述蘇菲亞跟他說的話。

黑喬治老婆又開始痛斥莫莉。她說，「看吧！看妳給我們惹了什麼難題。小姐看到妳的大肚皮，會怎麼說？天哪！我怎麼會有這一天！」

莫莉意氣風發地說，「爸，你幫我找到什麼了不起的工作？」（黑喬治其實沒有聽懂蘇菲亞到底打算給莫莉安排什麼職務。）「我猜在廚房裡打雜吧，我可不要幫人洗碗。我的少爺能給我過上更好的日子，看看他下午給了我什麼。他說我永遠不必擔心缺錢。媽，只要妳管好嘴巴，識大體，以後妳也不必擔心沒錢花。」說著，她掏出幾枚金幣，遞了一枚給媽媽。

黑喬治老婆的手一拿到金子，心情馬上緩和下來（這種萬靈丹藥效就是這麼神奇）。她說，「哎呀，老公，你怎麼會這麼蠢，也不問問到底去做什麼工作就答應下來。就像莫莉說的，可能在廚房裡打雜。說真格的，我可不希望我女兒當洗碗工。我雖然窮，好歹也是個淑女。我爸爸生前是個牧師，死的時候一窮二白，沒留給我半毛錢，我不得已才下嫁窮光蛋，但我比誰都有骨氣。我呸！威斯頓小姐最好去翻翻家譜，看看她爺爺是什麼人。天曉得，我娘家祖先坐馬車的時候，某些人的祖先還靠兩條腿走路呢。她給我那件舊衣裳的時候，八成以為自己做了天大的善事。像這樣的破布塊就算丟在街上，我家祖先都不屑撿起來。可是人總是任人蹧蹋，教區的人也沒必要這樣跟莫莉過不去。孩子，妳大可以告訴他們，妳祖母穿的衣裳都比這好，都是店裡的新貨。」

「嗯。可我該怎麼給小姐回話？」黑喬治大聲問。

「我怎麼知道怎麼回話。」他老婆說，「你老是給家人找沒完沒了的麻煩。你忘了上回你獵那隻鷓鴣、害得我們全家慘兮兮嗎？我不是告訴過你千萬別進威斯頓先生家園子？幾年前我不是提醒你那會有什麼後果？可你就是死腦筋。沒錯，你就是，你這爛人！」

黑喬治基本上是個性情溫和的男人，不暴躁也不魯莽。可是他有種古人稱之為「易受激怒」的本質，他老婆如果有點智慧，就會敬畏他三分。他憑豐富經驗得知，暴風雨勁道猛時，爭辯就是強風，只是增強它的威力，不會減弱。所以，他手邊隨時準備著一根小鞭子，經常使用，可說是效力十足的解藥。而「爛人」二字就是解藥派上用場的暗號。

因此，他察覺症狀就要發作，馬上求助剛才提及的那種解藥。這種祕方向來十分靈驗，所以一開始病情似乎趨於惡化，卻很快能讓患者徹底放鬆平靜。

只不過，這帖靈藥專治馬匹，要有十分強健的體格才有辦法承受，所以只適合下層百姓使用，而且只適用於特殊狀況，也就是身分優越感發作的時刻。在這種狀況下，我覺得任何丈夫都有充分理由採用，只要不像使用某種毋須明說的藥品那樣卑劣就行，因為那會貶低污染使用的那隻手，任何紳士都無法容忍如此低賤可鄙的行為。

全家人很快找回絕對的平靜，因為這種祕方的好處就像電流，可以從某個人傳送到很多沒有實際接觸的人。坦白說，由於解藥與電流都靠摩擦運作，很難說二者之間究竟有沒有共通處。在這方面，弗里克先生[23]的書再版時，不妨好好研究一番。

家庭會議於是展開，幾經爭論後，莫莉還是堅持她不去當女傭，最後決議由媽媽出馬去服侍威斯頓小姐，再想辦法推薦大女兒去接任。大女兒躍躍欲試十分樂意。可嘆啊，命運女神好像是這個小家庭的敵人，阻攔了這樁美事。

23　指John Freke（一六八八～一七五六），英國外科醫生，曾針對電流與人體健康發表過著作。

第十章
牧師薩坡先生聊了一件地方事；威斯頓的洞見；他與蘇菲亞之間的父女情深

隔天早上湯姆跟威斯頓一起打獵，回來後應威斯頓之邀留下午餐。那天美麗的蘇菲亞顯得更興高采烈、更容光煥發，把渾身上下所有的嬌媚都拋向湯姆。只是，我猜她也不知道自己在做什麼。然而，如果她當真蓄意迷惑他，那麼她成功了。

歐渥希所屬教區的牧師薩坡先生也是賓客之一。他為人敦厚正派，以在餐桌上沉默寡言聞名，雖然過程中他嘴巴從沒閉攏過。換句話說，他有無人能及的好胃口。不過，等用餐完畢，他馬上會充分彌補先前的沉默，因為他生性開朗，談話幽默風趣，從不唐突失言。

他剛好比烤牛肉早一步到，一進門就說他剛從歐渥希先生家過來，在那裡聽說一件消息。這時他瞥見烤牛肉，忽然張口結舌，只能做點飯前禱告，說他必須向準男爵致意。他口中的「準男爵」就是沙朗牛排。

等用餐結束，蘇菲亞提醒他有事要說，他才娓娓道來：「小姐昨天在教堂晚禱時應該看見了一位年輕小姐，穿著妳的漂亮衣裳。我記得看過小姐穿那件衣服。只是，在鄉下地方，那樣的衣裳實在是『世間的罕見鳥兒，等同黑天鵝。』這是尤維納利[24]的詩句。回到我剛才的話題，我說這樣的衣裳在鄉下地方很少見。如果知道穿的人是誰，可就更稀奇了。我聽說那女孩是閣下的看守人黑喬治的女兒。我不得不說，黑喬治吃過那些苦，至少該學點教訓，不該把女兒打扮得花枝招展。她在教堂引起太多騷動，要不是歐渥希先生出面制止，只怕會影響禮拜儀式。因為我進行到第一段中間時，差點想停下來。禱告結束我就回家了，沒想到教堂墓園發生打鬥，災情慘重。其中有個流浪提琴手被打得腦袋開花，今早到歐渥希先生家申請逮捕令，那女孩被帶到歐渥希先生面前。歐渥希先生原想勸兩造和解，赫然發現那女孩（請小姐原諒）懷了個雜種臨盆在即。歐渥希先生問她孩子的生父是誰，她卻執意不說。我離開的時候，他正要簽發收監令，送她進感化院。」

「先生，你帶來的消息就是有個鄉下丫頭懷了野種？」威斯頓嚷嚷道，「我以為是什麼跟國家有關的公共事務。」

「這事的確太普通了點。」牧師答，「可是我覺得這整件事還滿值得聊一聊。至於國家大事，您懂得比我多得多。我只關心教區裡的事。」

「嗯，國家大事我倒是懂一點。」威斯頓說，「湯姆，喝啊，酒瓶在你面前。」

湯姆起身告辭，說他有特別的事要辦，說完就轉身，有點失禮地走了。威斯頓站起來伸手拉他，也沒攔住他。

威斯頓對他的背影狠狠咒罵一頓，又轉頭對牧師大喊，「有鬼！有鬼！湯姆一定是那野種的爸爸。牧師，你該記得當初就是他推薦那女孩的爸爸來我這兒打工。見鬼的，真是個狡猾的婊子。準是這樣錯不了，湯姆就是小雜種的爹。」

24 Juvenal（五五～一二七），古羅馬諷刺詩人，此句原文為 *Rara avis in terris, nigroque simillima cygno*，出自他的作品《諷喻詩》（*Satires*）。

「那可真遺憾。」牧師說。

「遺憾什麼？」威斯頓問。「這有啥大不了？難不成你要假裝自己沒有過野種？呸！你只是走運罷了，我敢說那種事兒你幹得不少。」

「先生真是愛說笑。」牧師說，「但我指的不只是他的罪行本身，雖然那確實可受公評。我擔心的是他的劣行會傷害他跟歐渥希先生的關係。而且我必須坦白說，雖然這個年輕人性子野了點，我卻沒見過他造成危害，當然也沒聽人說過，除了先生您剛才提到的這件事。另外，我也希望他在教堂的應答能更中規中矩些。整體來說，我覺得他好像『外表坦率，內心誠懇』。小姐，這句話是古語翻譯過來的，拉丁人和希臘人都非常推崇這樣的美德。我必須說，我認為這位年輕紳士（不管他出身如何，我覺得我都可以這樣稱呼他）是個非常謙遜有禮的孩子。萬一歐渥希先生因此嫌惡他，我一定會替他難過。」

「呸！」威斯頓說，「歐渥希！嫌惡！什麼話，歐渥希自己也愛蕩婦啊。全鄉誰不知道湯姆是誰的兒子？這種話你最好找別人說去，我可清楚記得歐渥希上大學時的花招。」

「我以為他沒上過大學。」牧師說。

「有的，有的，他上過。」威斯頓說，「我們倆一起玩過好些個小娘們。方圓五公里內最惡名昭彰的採花賊。不，不，你別操這個心，他不會為這種事生氣，任何人都不會，不然你問問小菲。女兒，妳不會因為一個男人有了野種就瞧扁他吧？不，不，這種人更討女人喜歡。」

這個問題對可憐的蘇菲亞真是殘酷。她注意到湯姆聽見牧師談那件事時臉色不變，又看見他突然倉促離開，就足以讓她相信爸爸的猜測不是無的放矢。此時她的心突然全盤揭曉那個先前一點一滴透露的祕密，她發現自己對這件事異常關切。在這種揪心時刻，她爸爸又拋出那種魯莽問題，害她臉上出現了些許困窘徵兆，足以令多疑的心警覺。不過，說句公道話，威斯頓沒有這種毛病。蘇菲亞站起來對爸爸說，如果希望她離開，暗示一下就行。他沒有攔她，只是面容肅穆地對牧師說，「女兒太保守總比太輕佻的好。」牧師聽了點頭如搗蒜。

接下來，威斯頓和牧師展開一場精彩的政治對談，題材不脫報紙新聞與政論手冊。兩人頻頻舉杯祝福國運昌隆，合力乾掉四瓶葡萄酒。之後威斯頓沉沉睡去，牧師點了菸斗，騎馬回家去了。

威斯頓結束半小時午睡醒來後，要女兒給他奏幾曲大鍵琴。但蘇菲亞說她頭疼得厲害，希望爸爸原諒一回。威斯頓欣然同意，因為他實在太疼愛女兒，只要她提出要求，他向來一口應允。只要女兒開心，他也就心滿意足了。他經常喊她「小寶貝」，她確實是他的心肝寶貝，也當之無愧，因為她也以最高度的敬意回應爸爸的寵愛。她事親至孝，從不違逆。這些事她做得甘之如飴，因為她實在太愛爸爸了。曾經有個女性朋友認為她對爸爸順從過了頭，取笑她把孝順看得太有價值。蘇菲亞答道，「小姐，如果妳認為我因為孝順自以為了不起，那妳誤會我了。因為一來我只是盡義務，二來也是為了讓自己開心。說實在話，讓我爸開心，是我最快樂的事。親愛的，如果我有點自豪，那是因為我擁有這種能力，而不是因為實踐它。」

只是，這天晚上可憐的蘇菲亞體驗不到這種快樂。她不但不想彈琴，也請爸爸允許她不吃晚餐。威斯頓雖然同意了，卻有點不情願，畢竟他除了跟他的馬匹、獵犬或酒瓶相處的時刻，很少讓女兒離開視線。儘管如此，他還是順了女兒的心意，只是，為免自己孤伶伶（如果可以這麼形容的話）吃晚餐，他請了鄰近的農場主人來陪他。

第十一章

莫莉驚險逃過一劫；我不得不深入刻畫人性

那天早上打獵時，湯姆騎的是威斯頓的馬，他的馬不在威斯頓家的馬廄裡，回家時只好仰仗自己的兩條腿。他十萬火急，半小時跑了五公里多路程。

他回到歐渥希莊園大門時，遇見警探等人押送莫莉出來，準備將她送往教導次等人學好學乖（也就是教他們尊敬服從上等人）的地方。畢竟他們一定得學會命運女神多麼刻意區分兩種人：一種需要矯正錯誤，另一種不需要。如果他們在感化院連這個都學不會，只怕其他也學不好，更別說提升他們的道德。

當律師的可能會覺得，歐渥希處理這件事時有點越權。坦白說，由於訴訟條件有欠充分，我不免懷疑他的裁決是不是完全合法。然而，由於他沒有一絲一毫不良意圖，在道德法庭上也算說得過去。畢竟每天有太多治安官做出獨斷獨行的判決，卻連個道德藉口都付之闕如。

湯姆聽完警探報告他們的去處後（其實他自己也猜到了），就把莫莉摟在懷裡，眾目睽睽之下深情擁抱她，直說哪個人敢碰她一根寒毛，他就取他性命。他要莫莉別哭，要她放心，無論她去哪裡，他就跟到哪裡。說完他轉向脫下帽子兩腿顫抖的警探，用溫和的語氣請警探耽擱一點時間，陪他回去見他父親（他這麼稱呼歐渥希）。他說他可以斷言，等他說出對這女孩有利的證詞，她就會獲釋。

警探毫不遲疑答應他，我相信就算湯姆要他交出人犯，他也不會反對。一行人回到歐渥希家大廳，湯姆請他們稍待片刻等他回來，就進去找歐渥希。他一找到養父，立刻跪倒在他面前，請他耐心聽他說。他坦承自己就是莫莉腹中胎兒的父親，請他同情莫莉。他說，如果這件案子裡有誰犯了罪，那個主嫌就是他自己。

「如果這件案子裡有誰犯了罪！」歐渥希不悅地說，「難道你是那麼放浪形骸的浪蕩子，竟然不認為破壞上帝和人間的法律、玷污毀壞可憐女孩的名節是罪行？我必須承認，這件事責任在你，而這個罪太重，你該知道它會毀了你。」

「我怎麼樣都無所謂，」湯姆說，「但請你放過那可憐女孩。我承認我破壞了她的貞節，可是她的人生會不會就此斷送，就看您了。父親，看在老天份上，收回您的收監令，別送她去一個會讓她萬劫不復的地方。」

歐渥希要他馬上傳喚僕人，湯姆說沒這個必要，因為他在大門口遇見他們，知道父親有一副好心腸，自作主張把他們都帶回來了。現在他們還在等父親做決定。他跪地請求，希望歐渥希做出對女孩有利的判決，讓她回到父母身邊，別讓她承受更大的恥辱與蔑視。他說，「我知道這個要求太過分，可是我才是罪魁禍首，可能的話，我會盡力彌補。如果您大發慈悲原諒我，我希望將來不會讓您失望。」

歐渥希遲疑片刻，最後說，「我可以撤銷收監令，讓警探來見我。」警探奉命來到，解除任務，莫莉也無罪開釋。

毫無疑問歐渥希一定會狠狠訓斥湯姆一頓，不過沒必要在此複述，因為我已經在第一卷忠實記錄他對珍妮．瓊斯說的那番話，那些話大部分內容對男女通用。湯姆畢竟並非十惡不赦之徒，這番責備讓他慚愧自責，整個晚上獨自待在房裡，意志消沉深思反省。

對於湯姆這次闖的禍，歐渥希實在非常生氣。雖然威斯頓指證歷歷，但歐渥希從來不曾在女色方面縱容自己，也嚴厲譴責別人的縱慾行為。事實上，有太多理由可以相信威斯頓說的話純屬捕風捉影，尤其他把時空背景設定在大學時代，因為歐渥希沒上過大學。事實上，威斯頓格外喜歡享受某種一般稱為「信口雌黃」的樂趣。不過，這種樂趣可以更得體地以另一個簡短得多的詞語表達，只是我們太常用別的字眼替代這個短詞。事實上，許多世人稱之為「機智」或「幽默」的東西，就語言的最高純淨度而言，都該用這個詞來稱呼比較恰當。不過，基於對高雅風俗的尊重，在此我就打住不提。

不過，無論歐渥希多麼憎惡這種或別種罪行，他的心都不會被蒙蔽，仍能看見犯罪者保有的任何美德，清楚得彷彿那人的性格裡沒有一點瑕疵。因此，雖然他為湯姆的踰矩行為震怒，卻也為他勇敢自首的正直與誠實感到高興。現在他腦海對湯姆生起這個好印象，我希望讀者也是如此。若是將他的過失與優點兩相評比，後者還是占上風。

史瓦坎立刻從布里菲口中聽說這起事件，對湯姆展開毫不留情的抨擊，卻沒有收到任何成效。歐渥希耐心聆聽他們的惡言惡語，冷冷答道，「湯姆這種心性的年輕人太容易犯這方面的過錯，相信經過我一番訓誡已經幡然悔悟，希望他從此不會再犯。」由於體罰的階段已經過去，史瓦坎只能動動嘴皮發洩怨氣，那是懦夫報復時最常運用的蹩腳手段。

斯奎爾雖然不像史瓦坎那麼暴力，城府卻深沉得多。而他很可能比史瓦坎更討厭湯姆，所以無所不用其極地破壞湯姆在歐渥希心中的形象。

讀者想必記得第二卷述及的鷓鴣、小馬與《聖經》那些小事。歐渥希非但沒有因此怪罪湯姆，反而更加喜愛他。任何人只要對朋友講義氣、慷慨大方、心地高潔（也就是內心還有一點良知的人），都能得到他的賞識。

斯奎爾很清楚那些善行會在歐渥希寬厚的內心造成何種印象，畢竟他雖然未必時時刻刻實踐美德，卻很清楚它的本質。史瓦坎的腦袋卻從沒想過這種事，究竟這是為什麼，我不擅自論斷，總之他認定湯姆是個壞胚子，也相信歐渥希與他有同感。他認為，歐渥希基於自尊與固執，不願意放棄一個他曾經疼愛的孩子，因為這麼做等於默認自己過去看走眼。

斯奎爾於是趁此機會抹黑那些事件，污損湯姆最敦厚的一面。他說，「先生，很抱歉，過去我也跟您一樣被騙了。我承認我忍不住為那些基於友誼做出來的事感到歡喜。雖然那些事做得過了頭，而所有過了頭的事都屬失當，有欠良善。不過年輕人情有可原。我完全沒想到，你我都以為他為了顧全朋友而說謊，事實上卻是為了放蕩墮落的肉慾而蹧蹋友誼。如今您可以清楚看見，湯姆當時對看守人全家的慷慨大方從何而來。他為那個父親挺身而出，只是為了玷污他的女兒；他接濟那個家庭吃穿用度，只是為了帶給其中某個人恥辱與沉淪。這就是友誼！就是慷慨！正如史迪爾爵士所說，『為珍饈美味付出高昂代價的老饕，很夠資格稱為慷慨。』[25]簡言之，經過這件事，我決定再也不姑息人性的弱點，任何行為只要無法吻合毫無偏差的正確法則，我就拒絕承認它是美德。」

歐渥希心腸太好，不會往這個方向思考。只是，當別人為他剖析這種見解，聽起來又是那麼貌似可信，很難倉促駁斥。事實上，這番話深深觸動他內心，連斯奎爾都看出他的不安。只是，他口頭上不願意承認，隨口敷衍兩句，就岔開話題。這些話讓他對湯姆產生第一個壞印象。也算湯姆走運，歐渥希是在原諒湯姆之後才聽見這種讒言。

25　Sir Richard Steele（一六七二～一七二九），英國劇作家。這句話出自他的劇本《清醒的戀人》（*The Conscious Lovers*）第五幕第三場。

第十二章
幾件更顯而易見的事；與前章所述系出同源

讀者想必十分樂意跟我一起回到蘇菲亞身邊。我們上次見到她之後，她度過一個不太愉快的夜晚：睡眠與她疏遠，夢鄉更是遙不可及。到了早晨，她的女僕阿娜準時來侍候她，卻發現她已經起床、著裝完畢。

在鄉下地方，相距三、五公里都算隔壁鄰居，某個人家發生的事，往往飛也似地傳到另一家。因此，阿娜已經聽說了莫莉的醜事，基於愛嚼舌根的天性，一踏進小姐閨房，就滔滔不絕說了起來：

「哎呀，小姐，妳倒說說這是什麼事。星期天妳在教堂看見、覺得挺好看的那個女孩。但如果妳近一點看她，就不會覺得她有多美。她大著肚子，被人帶到治安官面前。我倒覺得她看起來是個挺自以為是的騷貨，一口咬定她懷的是瓊斯少爺的種。整個教區都說歐渥希先生實在太氣瓊斯少爺，不肯見他。當然啦，瓊斯少爺也挺可憐，只是，他跟那種低賤丫頭在一起，辱沒了自己，實在也不值得同情。不過，他生得那麼俊，如果被趕出門，我也替他難過。我敢說那騷娘們自己也樂意得很，因為她向來就是個孟浪丫頭。如果騷丫頭主動投懷送抱，就不需要太責怪年輕男人，因為他們只是順應天性而已。話是沒錯，他們跟這種邋遢女人廝混，實在有失身分，不管後果如何，都算他們活該。當然啦，那些下作的婊子才是罪魁禍首。我真心希望她們都被抓起來，綁在板車後頭吃幾頓鞭子。因為這麼個標致少年就毀在她們手上，實在太可憐。誰敢說瓊斯少爺不是鄉裡數一數二的美男子……」

她嘮嘮叨叨說個不停，蘇菲亞突然以平時少見的惱火口氣打斷她，「拜託，妳為什麼拿這種事來煩我？瓊斯少爺做的事跟我有什麼關係？在我看來妳也差不多。妳現在這麼生氣，好像只是因為那女的不是妳。」

「我！小姐！」阿娜說，「我很遺憾，沒想到小姐把我看成那種人。我相信誰也不能這麼說我。我才不把這世上的漂亮男人放在眼裡。是因為我說他長得俊嗎？人人都這麼說呀。說實在話，我不知道說男人長得好看有什麼錯。我以後不會再覺得他好看啦，因為人美比不上心美。跟下賤的騷娘們鬼混！」

「廢話別多說了，」蘇菲亞大聲說，「去看看老爺要不要我陪他吃早餐。」

阿娜頭也不回地走出去，一路嘟嘟囔囔自言自語，只聽得清「真是夠了！我敢說……」

有關蘇菲亞的指控，阿娜是不是蒙受不白之冤，我沒辦法滿足讀者的好奇心。不過，我會彌補讀者，讓你知道蘇菲亞心裡在想些什麼。

讀者想必記得，蘇菲亞內心已經對湯姆產生一絲祕密情愫，等她察覺時，已經用情極深，不可自拔。一開始她意識到自己的感情時，心裡甜絲絲又喜滋滋的，沒有足夠的決心去抑制或驅逐，就這樣珍藏著一份自己從沒考慮過後果的愛情。

莫莉的事終於打醒她，她第一次看見自己的脆弱。雖然這件事讓她心亂如麻，卻也有著所有嘔吐藥的神效，暫時解除她的相思病。它的作用神奇又快速，就在阿娜離開這短暫片刻裡移除所有症狀，等阿娜傳達她父親的召喚時，她已經完全恢復平靜，不再為湯姆心緒紊亂。

心理的病幾乎各方面都跟身體疾病如出一轍。基於這個理由，我特此請求我衷心敬重的醫界博學之士原諒，因為我不得不粗暴運用某些專屬他們的字眼與詞語。少了這些文字，我的描述勢必語焉不詳。

心理的病跟身體的病有個最重要的共通點，那就是兩者都易於復發。有關這點，野心與貪婪這兩種重症都格外明顯。據我所知，野心這種病如果在宮廷屢次受挫（這是它唯一的解藥），就能痊癒，卻會在下一次巡迴公審角逐大陪審團主席時再度發作。我還聽說過有個人克服了貪婪，甚至施捨無數銀幣，臨死前卻又為了自己的後事跟殯葬業者討價還價，並且沾沾自喜，而那業者是娶了他獨生女的女婿。

至於戀愛這碼子事，為了徹底符合禁慾主義理念，我在這裡將視之為疾病。這種病也有極明顯的復發率，可憐的蘇菲亞就是如此。她下一次見到湯姆時，舊症全面復發。從那時此，她的心就冷熱交替循環發作。

她眼下的狀況跟過去迥然不同。以往是那麼細緻甜蜜的情感，如今變成她內心的毒蠍。因此，她全力抵抗，召喚出她所有理智（以她的年紀算是異常堅定），提出各種論點來壓抑它、驅除它。到目前為止她得到不錯的成效，進一步希望藉著時間和距離徹底治癒自己。她決定用盡一切方法避開湯姆，所以打算去探望她姑姑，她相信父親一定會答應。

可惜命運女神卻另有圖謀，製造一起意外破壞她的計畫，我們下章見分曉。

第十三章

蘇菲亞發生驚悚意外；湯姆的英勇表現，以及這種表現對蘇菲亞造成的更嚴重後果；簡短離題稱頌女性

威斯頓一天比一天疼愛蘇菲亞，連他最心愛的獵犬都幾乎退居第二。但他實在沒辦法放棄獵犬，於是硬要女兒陪他打獵，方便他同時享受獵犬與女兒的陪伴。

狩獵這種活動激烈又男性化，一點都不符合蘇菲亞的天性，她向來就不喜歡。但爸爸的話對她而言就是命令，她毫不猶豫答應了。她陪爸爸打獵，除了服從之外，其實還有另一個動機。她希望自己的加入可以緩和父親的衝動性格，避免他老是把性命當兒戲。

這件事唯一令她怯步的，就是先前的最大誘因，也就是會經常遇見她已經決心避開的湯姆。然而，狩獵季節已經接近尾聲，她希望之後去姑姑家小住一段時間，徹底消除內心不該有的情愫，等下個狩獵季開始，她已經可以坦然無懼地面對他。

她參加狩獵的第二天，騎著一匹脾性毛躁、需要更高騎術才能駕馭的馬匹。返程回到離家不遠處，馬匹突然活蹦亂跳，眼看著幾乎把她摔下地。當時騎在她後方的湯姆見狀，立刻奔上前去助她一臂之力。他趕到她身邊，跳下馬，拉住她那匹馬的轡頭。那匹任性的牲口突然騰起前腿直立起來，把背上的可人兒拋摔出去，湯姆連忙張開雙臂接住她。

湯姆殷切探詢她有沒有受傷，但她實在嚇呆了，一時半刻答不上來。幸好她迅速恢復冷靜，說她沒

事，也謝謝他救她一命。湯姆說，「小姐，就算我當真救了妳，那我也得到充足回報了。因為我可以向妳保證，只要能保護妳免受一丁點傷害，就算要我付出比此刻更大的代價，我都心甘情願。」

「什麼代價？」蘇菲亞焦急地問，「希望你沒受傷。」

「小姐，請別擔心。」湯姆說，「感謝上天妳毫髮無傷，因為剛才的情況實在太危險。比起剛才為妳擔驚受怕，斷條胳臂實在不算什麼？」

蘇菲亞驚叫道，「斷條胳臂！決不可能！」

「小姐，恐怕是的。」湯姆說，「不過我求妳允許我先照顧妳。我還有右手可以為妳服務，扶妳走到下一片田，到那時只要再走一小段路，就回到妳家了。」

蘇菲亞看見他右手扶著自己，左手在身邊晃盪，再無懷疑。她的臉色變得比剛才自己受驚嚇時更慘白，四肢劇烈顫抖，湯姆幾乎扶不住她。她實在太激動不安，忍不住深情款款地看了湯姆一眼，幾乎表露內心某種強烈情感。即使是最溫柔的女性，沒有情愛的助長，光靠感恩與憐憫交互作用，是無法激發出這種深情的。

意外發生時，威斯頓騎著馬走在前方，離他們有一段距離。這時他跟其他騎士一起折返。蘇菲亞連忙告訴他們湯姆發生了什麼事，求他們趕緊照顧他。威斯頓原本看見女兒的馬無人騎乘吃了一驚，發現女兒安然無恙後大喜過望，叫道，「幸好沒出更大的事。湯姆胳膊斷了，我們找個人幫他接好就是了。」

威斯頓跳下馬，陪女兒和湯姆步行回家。不知情的外人如果在路上遇見他們，光看他們各自的表情，會以為出事的是蘇菲亞。因為湯姆覺得自己或許救了蘇菲亞一命，代價只是斷了手臂，開心得不得了；威斯頓對湯姆的傷勢雖然並非漠不關心，但女兒僥倖逃過一劫，令他歡天喜地。

蘇菲亞寬大的胸懷將湯姆的行為解讀為大無畏的精神，在心中留下極深刻的印象。因為確實沒有其他男性特質比這點更令女性動心。如果我們採信一般見解，會認為這是基於女性天生膽小，誠如奧斯本先生所言，這種天性「如此強烈，以至於女人可說是上帝所造最懦弱的生物。[26]」這種言論與其說真實，不如說唐突。亞里斯多德在他《政治學》裡對女性公平得多，他說，「男女雙方的謙卑與堅毅各不相同。女性的適度堅毅，在男人身上就顯得懦弱；男性的適切謙卑，放在女性身上又形成驕慢。」有些人認為，女人之所以偏愛勇敢的男性，正是因為自己恐懼過了頭。在我看來，這種論調或許比較接近真實。貝爾先生[27]（好像是在他那篇關於海倫的文章裡）將這種現象歸因於女性對榮耀的熱愛，或許更為可信。關於這點，世上最洞燭人性的作家提出了權威說法，因為他的《奧德賽》[28]裡的女主角對丈夫表現出最真摯、最堅貞的愛，還說丈夫的榮耀是支撐她的愛的唯一原因。[29]

無論如何，這起意外終究對蘇菲亞產生深遠影響。事實上，經過多方探究，我傾向相信這回美麗的蘇菲亞也撥動了湯姆心弦。坦白說，他察覺到蘇菲亞難以抵擋的魅力已經有一段時日了。

26　Francis Osborne（一五九三～一六五九），英國作家。這裡引用的句子改寫自他的作品《給兒子的忠告》（*Advice to a Son*）。

27　Pierre Bayle（一六四七～一七〇六），法國哲學家兼作家，此處引言出自他的作品《歷史與評論辭典》（*Dictionnaire Historique et Critique*）。

28　Odyssey，古希臘文學家荷馬（Homer）創作的史詩，描述奧德修斯因為觸怒海神，漂泊了十年才回到家，妻子始終堅貞守候。

29　原注：英國淒在這篇詩中可能讀不出這點，因為這個見解在翻譯過程中消失了。

第十四章
醫生來到，動了手術；蘇菲亞與阿娜長談

他們回到威斯頓家大廳。蘇菲亞一路走得踉踉蹌蹌步履維艱，這會兒癱坐在椅子上，緊急用了鹿茸精，再喝點開水，才沒暈倒。等醫生到的時候，她精神已經好了一大半。威斯頓認為女兒的症狀都是摔馬所致，要她接受放血，以防留下病根。醫生贊同他的看法，還列舉許多放血的理由，也細數哪些病人因為沒有放血延誤疾病。威斯頓聽得心急如焚，堅決要蘇菲亞放血。

蘇菲亞雖然百般不情願，卻也不再堅持。其實她覺得自己的情況不像父親和醫生想像中那麼危險。但她還是伸出美麗的臂膀，醫生開始做準備。

僕人忙進忙出張羅需用物品，醫生發現蘇菲亞有點遲疑，認為她心裡害怕，開始安撫她，強調放血一點危險都沒有，因為這種治療不可能發生意外，除非由一竅不通的江湖郎中施行，關於這點，他要蘇菲亞放一百二十個心。

蘇菲亞告訴醫生，她一點都不擔心，還說，「如果你切斷動脈，我一定會原諒你。」

威斯頓叫道，「妳會原諒？我見鬼的才原諒他！如果他弄出一點兒意外，看我不把他心臟的血放乾！」

醫生答應絕不出錯，就動手為蘇菲亞放血。他果然手法熟練，迅速利落。他只放了一點血，因為多

次少量比一次多量來得安全。

蘇菲亞手臂包紮妥當後就離開了，不願意（可能也不合乎禮法）留下來看湯姆動手術。事實上，早先她之所以反對放血（雖然沒有明說），就是不想耽誤湯姆接受治療。在威斯頓心目中，只要牽涉到女兒，他一概不管不顧旁人。湯姆則「像一座耐心女神雕像，坐在那裡對哀傷微笑。」[30]說實在話，他看見蘇菲亞嬌嫩的手臂湧出鮮血時，根本忘了自己的傷。

醫生命湯姆脫去外衣露出整條手臂，再伸手拉過來檢查。他這一碰，疼得湯姆齜牙咧嘴，表情痛苦難挨。醫生見了十分訝異，嚷嚷道，「先生，怎麼了嗎？我不可能弄痛你呀。」之後他抓住湯姆的斷臂，就解剖學發表博大精深的長篇大論，正確解析單純骨折與複雜骨折，還推測湯姆的手臂會有哪幾種可能的斷法，並且詳加說明哪些狀況可能比目前好些，哪些又會麻煩得多。

他終於結束勞神費力的演說，現場聽眾雖然聽得專注又敬佩，卻沒有增長多少知識，因為他們其實一個字都沒聽懂。醫生開始手術，幸好結束比開場更迅速。

醫生吩咐湯姆臥床休息，暫時只能吃流質食物。威斯頓於是強迫湯姆住在他家養傷。

醫生治療斷臂時有不少人圍觀，阿娜就是其中之一。手術一結束，她就奉命回去見小姐。小姐問起湯姆的手術，她馬上讚不絕口地稱頌湯姆的表現「寬宏大量」（套用她的話），說道，「人長得這麼俊，風度又這麼好，實在迷死人了。」接著她又忘情地描述他如何一表人才，列舉他的各種特徵，終結在他白皙的皮膚。

這番話聽得蘇菲亞臉色陣陣緋紅，善於察顏觀色的阿娜只消看她一眼，肯定能發現異狀。不過，當

30 此句出自莎士比亞戲劇《第十二夜》（*Twelfth Night*）第二幕第四場。

時阿娜對面碰巧有一面鏡子，她因此有機會欣賞鏡裡那張百看不厭的臉蛋，所以說話時視線始終盯著那個可愛目標。

阿娜全副精神貫注在她喋喋不休的話題和鏡裡的身影，給了蘇菲亞時間克服內心的波動。等她鎮定下來，就笑著對阿娜說，「看樣子妳一定是愛上瓊斯少爺了。」

阿娜答道，「我愛上他，小姐！我發誓，小姐！我保證，小姐！天哪！我發誓我沒有！」

蘇菲亞說，「就算妳有，也沒什麼好丟人的。畢竟他確實長得挺好看。」

阿娜答，「是啊，小姐。他是很好看，我這輩子沒見過比他俊美的男人。是啊，確實沒錯，他是。還有，就像小姐說的，雖然他身分比我高，我有什麼好丟人的。說真格的，少爺跟我們僕人一樣，都是有血有肉的人。至於瓊斯少爺，雖然歐渥希先生把他養育成紳士，他的出身可沒有比我好。我儘管窮，至少身家清白，我爹娘是成了親的。很多人不管多麼高高在上，未必有資格這麼說。真是夠了！說真格的，是個比我低賤的傢伙，雖然皮膚挺白，而且是世上最白的那種。我跟他一樣是基督徒，沒人敢說我出身卑賤。我爺爺是牧師[31]，如果他知道自己的孫輩接收莫莉用過的低下男人，一定氣壞了。」

阿娜這麼口無遮攔地嘮叨個沒停，其中某些言語聽在蘇菲亞耳裡相當彆扭，蘇菲亞想必精神不濟，才沒辦法阻止。讀者應該也知道，要打斷阿娜可沒那麼容易。不過，阿娜的話好像沒完沒了，蘇菲亞終於決定打斷她，「我想不通，妳怎麼敢在我面前這樣評論我父親的朋友。至於那個丫頭，今後我不想再聽到她的名字。有關瓊斯少爺的出身，那些只能拿這件事攻擊他的人，最好別再提起這個話題，我希望妳未來也如此。」

「很抱歉我冒犯了小姐。」阿娜說，「我跟小姐一樣討厭莫莉丫頭。妳說我批評瓊斯少爺，家裡所有下人都可以幫我做證，只要有人聊起雜種的事，我一定替他說話。我對那些男傭人說，如果當雜種有機會變成紳士，你們誰不願意？我還告訴他們，我認為他是個非常高尚的紳士，他那雙手比誰都白，確實是這樣。我還說，他也是世界上脾氣最好、心地最善良的人。我還說，所有傭人和街坊都喜歡他。還有，我可以跟小姐說點事，但我怕惹妳不高興。」

蘇菲亞問，「阿娜，妳想說什麼？」

阿娜答，「不，小姐，他肯定沒別的意思，我看我還是別得罪小姐。」

蘇菲亞說，「拜託妳跟我說說，現在馬上說。」

阿娜說，「呀，小姐，上星期有一天我在這裡做事，他走進來。當時小姐的皮手籠就放在椅子上，就是小姐昨天才給我的那個，他把手伸進去。我說，『呀，瓊斯少爺，你會把小姐的皮手籠給撐破。』可他還是把手放在裡面，又拿起來親了一下。我這輩子沒看過那樣的吻。」

蘇菲亞說，「他應該不知道那是我的。」

阿娜說，「小姐慢慢聽我說。他親了又親，直說那是世上最好看的皮手籠。我說，『是啊，先生，您見過它上百次了。』他說，『是啊，阿娜！可是有妳家小姐在的時候，誰還能看見其他漂亮東西？』不，還有別的，但我希望小姐別生氣，我猜他沒別的意思。有一天，小姐給老爺彈大鍵琴的時候，他坐在隔壁房間，看上去好像有點傷心。我說，『呀，先生，怎麼啦？說來聽聽。』他好像從夢裡驚醒，說道，『阿娜，妳那天使般的小姐正在彈琴，我還能想什麼？』然後他捏捏我，說，『唉！阿娜，那個男人該有多幸福！』說完嘆了一口氣。不騙妳，他那口氣跟花兒一樣香甜。他說這話絕沒惡意，我希望

31 原注：這是本書第二個出身牧師家庭的卑微人物。但願未來基層牧師家庭能享有更好的待遇，減少目前這種奇特現象。

小姐一個字也別說出去。他給了我五先令讓我別說，還拿了一本書要我發誓。不過，我相信那本書不是《聖經》。」

除非世間出現比硃砂更美的紅色，否則我絕不描寫此時蘇菲亞的臉蛋。她說，「阿……娜，我……如果妳不再跟我說這些，也不告訴別人，我就會替妳保密……我是說，我不會跟妳生氣。可我擔心妳那根舌頭。妳會管不住它？」

阿娜答，「不，小姐，說真格的，我寧可剪掉舌頭，也不願冒犯小姐。說真格的，小姐不讓我說，我就不說。」

蘇菲亞說，「我希望妳從此別再提這些事了，免得傳到爸爸耳裡，他會生瓊斯少爺的氣。我真的相信妳說的，他沒別的意思。如果我胡思亂想，一定會生自己的氣……」

阿娜說，「是啊，小姐，我敢說他沒什麼特別意思。我覺得他說那些話時精神有點恍惚。連他自己都說他好像瘋瘋癲癲的，才會說那種話。我告訴他，『是啊，先生，我想也是。』他說，『沒錯，阿娜。』不過我請小姐原諒我，如果我冒犯妳，我可以把舌頭拔掉。」

蘇菲亞說，「說吧。妳可以把以前沒跟我說的話全告訴我。」

阿娜說，「好。他給了我那五先令之後，有一天又告訴我，『阿娜，我不是花花公子，也不是壞人。我只是把她當成我的女神，沒有別的想法。只要我活著一天，就會崇拜她、仰慕她一天。』小姐，我敢發誓，我記得的就這些了。本來我還有點跟他生氣，後來發現他沒有惡意。」

蘇菲亞說，「是啊，阿娜，我相信妳是真的愛護我。前些天我是被惹惱了，才警告妳。如果妳想留在我身邊，就留下來。」

阿娜答，「說真格的，小姐，我永遠都不想離開妳。說真格的，那天妳警告我，我哭得眼珠子差點沒掉出來。如果我想離開小姐，就是個忘恩負義的人，因為我再也找不到這麼好的差事了。我相信我會陪著小姐直到老死。因為，就像瓊斯少爺說的，那個男人會是天底下最……」

這時午餐鈴響起，打斷這場對談。蘇菲亞心情是如此混亂，或許比早上更感謝醫生幫她做的放血治療。至於她此時的心情，我要謹遵賀拉斯的規則：既然無法描述，不如不描述。我大多數讀者都能輕易想像得到，至於少數做不到的，即使我勉強訴諸筆墨，他們也無法理解，或者會說那樣造作不自然。

第五卷　大約半年多一點的時間

第一章
論寫作的嚴肅性；說明為何討論此議題

在這本皇皇巨著當中，讀者讀來最枯燥無味的部分，或許正是作者寫來最嘔心瀝血的部分。其中恐怕又以我附在每卷故事前頭的序章為最。我認為這些序章是這種由我首創的文體必備的一環。

關於這點，我不強迫自己提出理由，只表明我訂下了這個所有散文、喜劇、史詩作品都該遵守的規則，也就夠了。有誰曾經探究現今戲劇作品為何需要維持時空一致？[1] 又有哪個批評家曾經追問戲劇為何只能描寫一天內發生的事，而非兩天？又或者觀眾（假設他們像選民一樣可以免費從甲地到乙地）只能移動八公里，而非八十公里？某個古代批評家[2] 規定戲劇不多不少只能是五幕，有沒有哪個批評家好好說明其中原因？或者，如今健在的人們哪個曾經解釋何謂「低級」，因為當代戲劇批評家用這兩個字痛痛快快將所有幽默逐出舞台，把劇院變得跟民宅客廳一樣無趣！對於這些現象，世人似乎採用這條最高準則：「有本事就能當專家。」因為我很難想像，任何對某門藝術或學科沒有一定基礎的人，會敢放肆地訂定偏執的規則。有鑑於此，我傾向認定其中必有充足可信的理由，只可惜我識見短淺尚未察覺罷了。

事實上，世人過度讚譽批評家，將他們想像成比真實的他們更有深度。批評家受到世人以禮相待，竟壯起膽子獨攬大權，到目前為止得心應手，才敢以得自前輩作家的規則，套用在現代作家身上。正確說來，批評家不過是法院書記，他們的職責只是謄寫偉大法官訂下的規則與律法。那些法官之所以能在各自管轄的領域扮演立法者角色，是因為他們聰明穎悟。過去的批評家也只奢求書記的職責，沒有借助法官的權威，從來不敢擅自做出判決。

年深日久之後，在無知的年代裡，書記開始越權，要起頂頭上司的威風。寫作規則依據的不再是作家的實務經驗，而是批評家的命令。書記變成立法者；原本負責抄寫的人，獨斷獨行地制定起規則。

這就出現一個明顯、或許也無可避免的錯誤。這些批評家只是才能平庸之輩，輕易就將單純的形式誤認為實質內容。他們襲用法官的做法，抱守法條毫無生命力的文字，否決其精神內涵。某些作家偶然的神來一筆，卻被批評家推崇為主要價值，要求所有後繼者奉為圭臬。時間與無知是冒牌貨的兩大幫手，它們合力促成這些侵害行為。於是，許多虛偽不自然的寫作規則因此建立，徒然箝制創作天賦。就像如果舞蹈論著規定每個人必須綁著鐵鍊跳舞，那麼舞蹈大師也展現不出優美舞姿。

我不願意憑藉片面之辭為後世定下規則，坦白說，這種事我不大推崇。所以我要放棄先前提及的特權，向讀者說明我為什麼在這本著作裡安插這許多離題序章。

此時我必須呈現一條全新的知識脈絡，這條脈絡即使曾有人發現過，據我所知還沒有古代或當代作家鑽研過，那就是對比。造物者的一切手筆都有它的影子，或許很大程度也建構了我們所有關於美的概念（不管是自然界或藝術作品）。畢竟，還有什麼比事物的反面更能襯托出事物本身的優美與卓越？因此，有了黑夜與冬季，才能顯現出白天與夏日的美。我相信，如果有人只見過白天與夏日，恐怕很難體

1 指西方戲劇結構理論中的三一律（classical unities），最早由亞里斯多德提出，到了文藝復興時期變成規則，再由法國新古典主義推行。三一律規定戲劇的情節、時間與空間必須一致，亦即情節屬於同一主題，時間在一天之內，地點在同一場景。

2 指賀拉斯。見賀拉斯《詩藝》（*Ars Poetica*）。

會它們全部的美。

但我不想太正經八百。試問，即使是全世界最美的女人，在一個沒見過其他女人的男人眼中，難道不會失去所有魅力嗎？女士們太明白這個道理，無不積極尋找陪襯。何止，她們甚至扮演自己的陪襯。我就親眼見識過（尤其在巴斯）她們多麼努力讓自己在早晨顯得奇醜無比，只為了突顯她希望在入夜後展現的美貌。

大多數藝術家儘管不曾深入研究相關理論，創作時卻也能掌握這個祕訣。珠寶商深知最淨透的鑽石也需要旁物襯托；善用對比的畫家往往能博得盛讚。

我們之中有個偉大天才最能闡述這個現象。我沒辦法將他歸類於任何普通藝術家，因為他有資格名列

因創造了藝術而提升生命的人。[3]

這裡我指的是發明一般所謂「英國啞劇」這種最精緻娛樂的人[4]。這種娛樂包括兩個段落，發明者分別命名為「嚴肅」與「詼諧」。嚴肅段落的人物以異教神祇與英雄為主，這些角色肯定是觀眾所見過最差勁、最沉悶的，其實這是刻意鋪陳的效果（這是鮮為人知的祕密），只為了襯托表演的詼諧部分，好讓丑角的把戲顯得亮眼。

這或許有點委屈了那些神祇與英雄，不過，這種手法可謂高明，也頗收宏效。如果我們以「更枯燥」與「最枯燥」取代「嚴肅」與「喜劇」，就更清楚明白了。因為那些喜劇段落勢必比過去在台上呈現的一切更為「枯燥」，只能靠最枯燥的嚴肅段落來烘托。這些神祇與英雄實在乏味到叫人難以忍受，

丑角（英國丑角跟他們的法國親屬未必有血源關係，他的個性嚴肅多了）一上台就大受歡迎，因為他幫觀眾趕走更無趣的角色。

明智的作家向來能將對比作用發揮得淋漓盡致。我很詫異賀拉斯竟然挑剔荷馬這方面的技巧，事實上，他下一句話就自相矛盾：

我哀嘆偉大的荷馬是否偷空假寐，
但創作長篇巨著時難免打個瞌睡。[5]

這裡我實在弄不明白（或許有人知道），作家筆耕時是不是當真會打盹。讀者倒是真的常常被瞌睡蟲征服。然而，如果作品像歐德米森[6]的任何著作那般厚實，作者本身通常寫得興味盎然，不太可能睏倦。誠如波普先生所說，作者：

自己清醒無眠，卻讓讀者呼呼大睡。[7]

3　出自古羅馬詩人維吉爾（Virgil，西元前七〇～一九）的《埃涅阿斯記》（*Aeneid*）。
4　指約翰・理奇（John Rich，一六九二～一七六一），十八世紀倫敦重要導演兼劇院經理，他將古典啞劇帶進英國劇院，創造了英國啞劇，自己也粉墨登場。
5　出自賀拉斯《詩藝》。
6　指John Oldmixon（一六七三～一七四二），英國歷史學家。
7　此句摘自波普一七二七年的作品《愚人誌》（*The Dunciad*）。

說實在話，這些催眠片段是以許多嚴肅場景巧妙交織而成，以便對比並襯托其他場景。某位已故詼諧作家告訴大眾，他的作品若是枯燥乏味，其中必有深意，指的就是這個。

那麼，我希望讀者以這種真知灼見（或者該說不知所云）來看待這些序章。讀者收到我的提示後，如果自認能夠在本書其他部分找到足夠的嚴肅內容，那麼他大可略過這些詰屈聱牙枯燥乏味的序章，往後各卷直接從第二章開始閱讀。

第二章
湯姆養傷，許多人友善探視；以細膩筆觸描寫肉眼難以辨識的愛情

湯姆養傷期間有許多人前來探望，只是，其中某些人讓他不太愉快。歐渥希幾乎天天來看他。他同情湯姆的遭遇，對湯姆英勇救人的行為大加讚賞，卻也覺得這是湯姆反省失檢行為的大好機會。他覺得沒有比這段時間更適合對湯姆循循善誘的了，因為疾病和疼痛會讓心靈軟化，危險能讓人警醒，不再受那些引誘人去尋歡作樂的混亂激情迷惑。

因此，歐渥希只要跟湯姆獨處，而湯姆顯得放鬆自在時，他就把握機會提醒他過去的失誤。他會以最溫和、最親切的口吻訴說，而且只是提醒他將來務必謹言慎行。他告訴湯姆，「你未來的幸福，以及我這個養父會不會繼續對你好，完全取決於你將來能不能贏得我的好感。因為過去的事已經過去了，我會忘記那些事，也會原諒你。」他也勸湯姆善用這次意外事件，在苦難中學習成長。

史瓦坎也勤於探訪，認為病床是訓話的好場景。只是，他的口吻比歐渥希嚴厲得多。他告訴湯姆：「你要把斷了手臂看成上帝對你罪行的審判。你最好每天跪下來禱告，感謝上帝，你折斷的是胳臂，不是頸子。至於折斷脖子這事，很可能只是暫時保留到未來，而且那個未來多半不會太遙遠。至於我，過去我總納悶你為什麼還沒遭到天譴。從這次事件看來，上帝的懲罰雖然來得稍遲，卻必然發生。」他也勸告湯姆，「如果未來還繼續胡作非為，一定會再碰見更多像這樣的報應。唯一的避免方法就是徹底而

誠摯的悔改。只是，像你這種為所欲為、心靈徹底腐敗的年輕人絕對做不到那種深度悔改。然而，我的責任就是規勸你做到，儘管我明知再多的訓誡都是白費力氣，然而，就像拉丁諺語所說：『我的靈魂得救了。』雖然我憂心忡忡看著你今生注定悲慘收場，死後必下地獄。但我已經盡責管教你，對得起自己的良心了。」

斯奎爾的語氣截然不同。他說，「骨折這種意外實在不值得智者費心思維。只要明白禍福不由人，即使最聰明的人都可能碰上，而且整體來說算是好事，也就夠了。認定那些沒有違反道德的事是天譴，不無濫用詞語之嫌。這種意外事故最糟糕的後果就是疼痛，而疼痛又是世上最不足掛齒的事。」他還引用了不少西塞羅的《塔斯庫倫論辯集》[8]第二冊和偉大的沙夫茨伯里伯爵[9]的名言。有一天他太急於表達，不幸咬了舌頭，談話被迫中斷，他氣呼呼地咒罵了一兩聲。最糟的是，史瓦坎當時也在場，而他向來認為這些都是無神論或異教論調，正好趁此機會譴責斯奎爾一頓。他的惡意嘲弄實在太過火，惹得斯奎爾失去理智（如果我能如此形容），畢竟他咬到舌頭已經一肚子氣。斯奎爾沒辦法靠嘴皮子洩憤，也許會尋求更暴力的方式復仇，幸好當時醫生也在場，不顧私利居間調停，化解一場干戈。

布里菲極少探視湯姆，而且從不單獨前來。這位可敬的年輕人對湯姆表達深切的關懷，也對他的不幸深表同情，卻謹慎地保持距離。他經常暗示，這是為了避免自己冷靜的性格遭到污染。為此，他嘴邊經常掛著所羅門王遠離惡友的至理名言。他倒沒有像史瓦坎那麼尖銳，因為他總認為湯姆有希望改邪歸正。他說，「對於一個還沒徹底沉淪的人，我舅舅無與倫比的仁善這回一定能獲致成效。但如果日後湯姆再犯，我絕不會為他說情。」

至於威斯頓，他除了打獵或喝酒，幾乎都待在湯姆的房間。甚至，他偶爾會帶著啤酒來到病房，旁人好不容易才阻止他逼湯姆喝酒。他認為啤酒是萬靈丹，沒有哪個江湖郎中像他這樣對自己的膏藥深具信心。他說，啤酒的好處比藥房裡所有藥物都多。不過，經過再三勸說，他總算自我克制，沒有強行對湯姆施用這種藥劑。不過，每逢他出門打獵的早晨，沒人能阻止他在窗外用號角聲安撫病人。另外，他平常走進人群總是大喊一聲「哈囉」，如今進病房習慣難改，從不在乎病人究竟睡著或清醒。

他這種喧鬧行為並無惡意，所幸也沒有造成任何傷害。等湯姆能夠坐起來，威斯頓就帶著蘇菲亞來看他，讓他得到最甜美的補償。事實上，不久後湯姆就能夠去欣賞她彈奏大鍵琴。那時她會好心地連續幾個小時為他彈奏最優美的音樂，聽得他心神蕩漾。除非威斯頓覺得是時候打斷她，要她彈〈老西蒙〉或別的他最喜歡的曲子。

蘇菲亞雖然非常留意自己的言行舉止，偶爾卻不可避免地洩露自己的心事。因為在這種情況下，愛情同樣可以比喻為疾病：當它在某一方面受阻，肯定會從另一個管道爆發。因此，她的嘴唇沒有表達出來的，她的眼眸、紅暈和許多不由自主的小舉動都不經意表露了。

有一天蘇菲亞正在彈大鍵琴，湯姆在一旁聆賞，威斯頓走進來，嚷嚷道，「喂，湯姆，我剛才在樓下為了你跟那個蠢牧師史瓦坎吵了一架。他當著我的面跟歐渥希說，你弄斷胳膊是遭報應。我說，『該死的，這怎麼可能？他不是為了救我女兒才受傷的嗎？什麼報應！哼，只要他不做比這更糟的事，就會比全國所有牧師更有機會上天堂。他應該為這事感到驕傲，而不是慚愧。』」

湯姆說，「先生，我沒有理由驕傲或慚愧，如果因為這樣救了小姐一命，我會永遠把它當成我這輩

8　西塞羅（Marcus Tullius Cicero, 西元前一〇六～四三），古羅馬哲學家，《塔斯庫倫論辯集》（*Tusculan Disputations*）是他的哲學論集。

9　指安東尼・古柏（Anthony Ashley Cooper, 一六七一～一七一三），英國政治家、哲學家兼作家。

子最開心的事。」

威斯頓說，「竟然拿這事在歐渥希面前說你壞話！該死的傢伙！要不是他穿著襯裙，看我不痛扁他一頓！因為我太疼愛你了，孩子。任何事只要我辦得到，一定肯為你做。明天早上到我馬廄隨便挑匹馬，別選騎士和慵懶小姐就好了。」湯姆婉謝他的好意。

威斯頓又說，「這樣吧，你就挑蘇菲亞騎的那匹栗色母馬。我花五十基尼買的，今年春天滿六歲。」

湯姆氣憤地說，「就算牠花了我一千基尼，我也會拿牠去餵狗！」

威斯頓說，「啐！啐！什麼！因為牠害你胳膊斷掉嗎？」這時蘇菲亞打岔，結束他們的談話。她請爸爸允許她為他彈支曲子，這個要求威斯頓從不拒絕。

剛才談話過程中，蘇菲亞的表情不只一次轉變。有關湯姆對那匹母馬的痛恨，她的解讀很可能跟她父親大不相同。這時她的心情明顯慌亂，彈得其差無比，要不是她爸爸已經睡熟，肯定要說她兩句。不過，湯姆卻非常清醒，而且聽得清也看得明，瞧出蘇菲亞的異常表現。加上過去那些讀者或許還記得的事，經過通盤考量，他幾乎可以確定蘇菲亞芳心起了波瀾。關於這點，我相信許多年輕讀者可能會極端納悶，他為什麼過了這麼久才領會。坦白說，他太缺乏自信，也不夠冒進，察覺不到女性的示好。這種不幸只能靠時下十分普及的早期城市教育修正。

第三章
無情之輩會覺得本章純屬窮忙

讀者或許會認為，此時湯姆內心洋溢的情感想必甜蜜酣暢，能為他的心帶來歡欣與平靜，不會有我稍早提及的危險結果。事實上，這種情感無論多麼甜蜜，當事人察覺之初，內心難免波濤洶湧，發揮不了任何安撫作用。更甚者，以目前的情況來說，這些情感因為某些外在條件添加了苦味，跟原有的甜美摻合之後，調製成一劑苦中帶甜的飲品。由於再沒有任何東西比這更難以入喉，同理可證，也就沒有任何東西比它更亂人心緒。

首先，儘管湯姆有足夠理由為蘇菲亞流露的情意感到榮幸，卻不免擔心自己誤判情勢，擔心那些只是她的同情，頂多就是尊敬，而非溫柔的情愫。他一點都不敢樂觀地相信蘇菲亞與他兩情相悅，只要得到適度鼓勵與滋養，有朝一日這份情感終將開花結果。此外，即使他能成功擄獲蘇菲亞的心，也決計過不了威斯頓那一關。威斯頓雖然過著鄉紳的逍遙生活，只要牽涉到他的財富，卻十足地世故。他對自己的獨生女疼愛有加，經常在酒過三巡表示，女兒如果嫁入豪門，他會有多麼開心。湯姆好歹不是那麼虛榮無知的公子哥兒，不管威斯頓多麼賞識他，他都知道對方不會輕易放棄讓女兒飛上枝頭的念頭。他很清楚，即使是天下最慈愛的父母，在兒女的終身大事方面，主要（如果不是唯一）的考量始終是財富。畢竟，牽涉到利益時，朋友之間可以情義相挺；至於情感的滿足，通常會冷漠以對。確實如此，要想體驗情感帶來的喜悅，我們自己也必須擁有那份激情才行。他因此認為，既然威斯頓不可能同意，如果他還贏得佳人芳心，摧毀威斯頓此生重大夢想，既蹧蹋了他的熱情款待，也忘恩負義，對不起他給自己的許多小恩小惠（不管給得如何粗暴）。想到這樣的結果，湯姆已經滿懷驚恐與鄙夷，等他考慮到歐渥希的反應，更是無比震驚。

湯姆對歐渥希不只有人子義務，更懷著超乎尋常的孝心！他深知歐渥希十分厭惡各種卑劣或背叛的行為，任何人只要動一點這種念頭，在他眼中就會變成無恥之徒，光是提起姓名都令他反胃。不管湯姆內心的渴望多麼強烈，這些難以克服的難題就足以令他絕望。

更何況，他對另一名女子的同情也壓抑著這份渴望。此時莫莉的可愛身影浮現他眼前。他曾發誓對她不離不棄，她也說如果他離開她，絕不會活下去。他彷彿看見莫莉的各種驚悚死狀，甚至想像她必然淪落風塵後的悲慘人生。他覺得這是他兩種行為造成的後果：先是誘拐她，後又拋棄她。因為他非常清楚街坊鄰居（甚至她自己的姊妹）對她的恨意，也知道那些人會如何踐踏凌辱她。確實如此，他為她招來的嫉恨多於恥辱，或者該說，是嫉恨為她引來恥辱。因為很多女人嘴裡罵她下賤，心裡卻為她的情人和她擁有的飾品而嫉妒她，樂意付出相同代價取得這些東西。因此，他可以預見，如果他拋棄可憐的莫莉，她不可避免會邁向毀滅，這個念頭狠狠刺進他心裡。

湯姆認為，誰也無權對別人的貧窮與不幸落井下石。他不會因為她的地位卑微，就無視她的悲慘遭遇，更不會以此開脫自己害她沉淪的罪愆，或減輕內心的罪惡感。但我何必說什麼「開脫」？他的心不容許他去毀滅一個他認為深愛著自己、更為了這份愛犧牲清白的女孩。他的善心為她辯護。這顆善心扮演的不是唯利是圖的冷酷律師，而是事件裡的利害關係人，對主人帶給他人的痛苦感同身受。

這位振振有辭的律師將可憐的莫莉描繪得景況堪憐，成功激發湯姆的同情心之後，又巧妙地召喚另一種熱情來助陣，在莫莉身上添加青春、健康、美麗等宜人風采，讓她既是男人垂涎的目標，更顯得楚楚可憐，至少對那些好心人是如此。

可憐的湯姆就這麼思前想後，一整夜輾轉難眠。到了天明，他決定忠於莫莉，對蘇菲亞斷念。

隔天整個白天裡，他抱定這份良善決心，無比珍愛地想著莫莉，把蘇菲亞逐出腦海。可惜就在那命定的夜晚，一件不足掛齒的小事又害得他舉棋不定，甚至徹底改變心意。我認為應該另起章節詳加描述。

第四章
篇幅頗短，述及事件也頗小

湯姆養傷期間還有許多其他人前來探視，讚揚他英勇救人的行為，其中一個就是阿娜。根據早先她說過的話，讀者或許會以為她對湯姆懷有特殊情感，事實不然。湯姆一表人才，阿娜向來喜歡俊俏男人，卻對他們一視同仁。過去她曾愛上某個貴族的男僕，兩人論及婚嫁後，對方卻卑鄙地拋棄她。走過這樣的坎坷情路，她收拾起破碎的心，從此對男人緊閉心扉。她以同等的尊重與善意對待所有美男子，就像審慎正直的人看待一切良善之輩。或許我們可以說她愛所有男性，就像蘇格拉底愛所有人類；她以軀殼的美醜決定喜愛程度，就像蘇格拉底以心靈的特質為依據。不過，她從不允許這份喜愛擾亂內心的平靜。

我在前一章看見湯姆那番天人交戰的隔天，阿娜走進他房間，發現房裡沒有旁人，話匣子於是打開，「喲，先生，你猜我剛從哪兒過來？我跟你保證你猜不出來，不過就算你猜到了，我也絕不能告訴你。」

湯姆答，「啊，既然是妳不能告訴我的事，我就更好奇想問個清楚，我知道妳不會殘忍拒絕我。」

阿娜說，「我也不知道我為什麼要拒絕你，而且，說真格的你反正不會跟別人提起。而且，就算你知道我剛從哪裡來，除非你知道我在那裡做什麼事，否則也沒什麼差別。哎，我也不知道我為什麼把那件事當成祕密，因為她真是世界上最好的小姐。」湯姆聽到這裡，苦苦哀求她說出祕密，也指天誓日說他一定會保密。她才又說，「先生，小姐派我去探望莫莉，看看那丫頭有沒有缺什麼。說真格的，我真不願意去。可是當僕人就得聽主人吩咐。瓊斯少爺，你怎麼會這麼看輕自己？小姐派我去，還帶上幾塊布料和別的東西。她心腸太好。那種不知廉恥的丫頭最好送進感化院。我告訴她，『小姐，妳這是在鼓勵別人懶惰。』」

湯姆說，「我的蘇菲亞當真這麼善良？」

阿娜叫道，「『我的蘇菲亞！』天哪！我敢跟你打包票，但如果你什麼都知道……說實在話，如果我是瓊斯少爺，至少會找個比莫莉那種花癡更好的貨色。」

湯姆問，「妳剛才說『如果你什麼都知道』，是什麼意思？」

阿娜說，「就這個意思。你記不記得那天你把手塞進小姐的皮手籠？如果我可以確定小姐聽不到，真的很想說出來。」

湯姆忙不迭地嚴正地聲明絕不洩露。阿娜才又說，「那麼說真格的，小姐把那副手籠送給我了。可是等她聽見你做的事……」

湯姆打岔，「妳告訴她了？」

阿娜說，「先生，就算我說了，你也不必跟我生氣。很多男人為了讓小姐聽見這種事，掉腦袋都甘願。如果他們知道……因為，說真格的，全國最高貴的大人都會覺得驕傲。不過，不行，我可不想告訴你。」

湯姆說好說歹懇求她，很快就哄得她接著說，「先生，那麼你就得知道，小姐原本已經把那個皮手籠送給我。可是我告訴她那件事之後一、兩天，她跟新手籠鬧得不愉快，那可是我所見過最漂亮的手籠。她說，『阿娜，這副手籠真討厭，太大了，我沒辦法戴。我找到新手籠以前，妳先把舊的那副還我，妳在屋裡的時候可以戴這副。』因為她個性太好，不好意思把送人的東西收回去，這是真話。當然啦，我把舊的那副拿來還她。我敢說，從那時起她幾乎沒脫下來過。八成趁沒人的時候親了好幾口。」

他們的談話被威斯頓打斷，他來找湯姆去聽大鍵琴，湯姆緊張得臉色蒼白、渾身發抖。威斯頓發現了，但他看見阿娜在場，想歪了，用半開玩笑半認真的口吻咒罵湯姆一聲，要他到別處去打野食，別在他的兔子窩盜獵。

這天晚上蘇菲亞顯得美豔絕倫，我相信此時她在湯姆眼中更是嫵媚動人，因為那個手籠就戴在她右手臂上。

威斯頓倚著女兒座位的椅背，聽她彈奏最心愛的曲子。不巧手籠滑落到蘇菲亞的指頭，打斷她的琴音。威斯頓火冒三丈，一把搶走手籠扔進火爐，伴隨一聲痛快咒罵。蘇菲亞登時跳起來，慌忙搶救火堆裡的手籠。

在許多讀者看來，這或許只是無關緊要的小事。然而，事情雖然不起眼，對可憐的湯姆卻產生重大影響，所以我自認有責任記上一筆。事實上，明智的史家太常忽略這類小事，但這些事往往牽扯出重要後續。這個世界確實可以比擬為一部龐大機器，那些巨大的輪子原本就是仰賴一些極其微小的零件帶動，唯有最敏銳的目光才能看見那些小零件。

因此，蘇菲亞無與倫比的魅力、燦爛明亮的眼神與含情脈脈的秋波、柔美的嗓音、美麗的外表；她的聰慧、和善、高尚的心靈與溫婉的性格，都比不上這起微不足道的手籠事件更能征服並擄獲湯姆的心。正如詩人如此溫柔歌誦特洛伊：

戴奧米迪斯、海神忒提斯的英雄兒子、
千艘戰艦乃至十年圍城都無濟於事，
虛假的眼淚和奉承的話語卻攻下了城池。[10]

湯姆的堡壘在奇襲中淪陷。他近來運用作戰策略，在通往內心的各處要道設置了榮譽與審慎的衛兵，如今都棄守崗位，愛神以勝利之姿長驅直入。

10 戴奧米迪斯（Diomede）與海神忒提斯（Thetis）之子阿基里斯（Achilles）都是特洛伊戰爭的英雄。此詩摘自古羅馬詩人維吉爾的《埃涅阿斯記》（*Aeneid*）。

第五章
篇幅非常長，敘述一件非常重大的事

出師告捷的愛神輕而易舉驅逐湯姆心中那些公開敵人，卻發現很難取代祂自己布局在那裡的駐軍。我就不打啞謎了：莫莉的未來讓湯姆深感煩亂迷惘。莫莉的美貌徹底被蘇菲亞優越的條件遮蔽（或者消滅），湯姆對她的愛消逝後，繼之而起的卻是同情，而非輕蔑。他深信莫莉全心全意愛著他，也把未來的幸福託付給他。他知道這是他用滿懷柔情換來的，知道自己曾利用各種方式讓她相信他決不會變心。莫莉也表示從不懷疑他的承諾，神情肅穆地起誓，將來她究竟會變成最幸福的女人，或最悲慘的女人，就看他選擇實踐或背棄這些諾言。親手把另一個人推落痛苦深淵，這種念頭他連想都不敢想。他認為莫莉把僅有的一切都獻給了他，自我犧牲為他帶來愉悅，或許此時此刻正在滿懷感傷思念他。他問自己，莫莉殷切期待他康復，日夜盼著跟他相聚，難道他非但不肯滿足她衷心期待的歡欣雀躍，甚至要一把將她推落淒苦與絕望的深淵？他可以當這樣的惡棍嗎？就在這個可憐的莫莉似乎更勝一籌的時刻，蘇菲亞明確無疑的愛慕湧入他腦海，清除了所有障礙。

最後他忽然想到，或許他可以用別種方法補償莫莉，也就是說，給她一筆錢。然而，他又不敢奢望莫莉會接受，因為莫莉經常信誓旦旦地說，就算給她全世界，也彌補不了失去他的傷痛。話說回來，莫莉一貧如洗，更重要的是她極度愛慕虛榮（讀者已經略知一二），他因此懷抱一絲希望：儘管她口口聲聲海枯石爛，只要耐心勸說，或許終有一天她會願意接受一筆超出她預期的財富，靠這筆錢過著比同等人更優渥的生活，滿足她的虛榮心。於是，他下定決心一有機會就找她談。

有一天他手臂復元得差不多，只要綁條肩帶就可以正常走路，於是趁威斯頓忙著打獵，偷溜出門去會情人。他到的時候莫莉的媽媽和姊妹們正在喝茶，她媽媽說莫莉不在家，後來她姊姊又不懷好意地笑著說，莫莉在樓上睡覺。湯姆不介意情人還沒起床，立刻爬上樓梯往她的房間去。等他來到頂樓，卻愕然發現房門鎖著，喊了半天也沒人回應。事後莫莉說她睡得太熟。

據說極度的大悲或大喜會引發類似反應：當我們突然面臨其中任何一種，通常會陷入嚴重的混亂與困惑，全身官能失去作用。那麼也就難怪，湯姆的意外出現對莫莉的衝擊是如此強烈，她整個人怔了好幾分鐘，表達不出讀者預期她此時該感受到的狂喜。至於湯姆，他一看見心愛的情人，頓時意亂情迷，簡直樂不思蜀，暫時把蘇菲亞拋到腦後，自然而然也忘了他此行的目的。

不過，他很快就回想起來。久別重逢的溫存過後，他開始循序漸進地表示，歐渥希嚴格禁止他再來見她，萬一他發現他繼續跟她維持這種關係，他們的愛情肯定不會有結果。只要他繼續來找她，一定會被身邊的敵人發現，那時他就毀了，當然連她也會被拖累。既然殘酷的命運要他們分開，他希望她堅強面對，也發誓在未來的人生中，只要他有能力，一定會讓她過上超乎她期待、甚至不敢奢望的好日子，藉此表達對她的真摯情意。最後他說，也許很快就有男人願意娶她，從此過著更幸福快樂的生活，總比跟他在一起遭人恥笑好得多。

莫莉沉默了半晌，之後涕泗縱橫，聲淚俱下地控訴他：「你把我毀了，然後拋棄我，這就是你對我的愛！我跟你說過多少次了，男人都是空口說白話，一旦目的達到，馬上就膩了。你又發誓過多少次，說你絕不會拋棄我！你當真就是個愛情騙子嗎？失去你，就算給我全世界的錢又有什麼用？你把我的心給偷走了，偷走了……你何必跟我說什麼別的男人？我只要活著一天，就不會愛上別的男人。其他人我都不在乎，就算明天全鄉最有錢的鄉紳來追求我，我也不肯接受。不會的，因為你，今後我會痛恨、會瞧不起天底下所有男人。」

她哭訴得正起勁，舌頭的長才施展一半，就被一起意外事件打斷。莫莉住的這個房間——應該說閣樓——是在樓梯盡頭處，也就是屋子最頂端。房間天花板是斜的，有點像希臘第四個字母的大寫[11]。為了方便英國讀者理解，我換個說法：房間裡的人只有在正中央才能站直身子。這個房間少了一座衣櫥，莫莉於是用釘子把一塊舊地毯掛在屋梁上，隔出一個小角落，彌補這個缺憾。她把最好的衣裳（包括早先提起的那件衣裳的碎片）、幾頂無邊帽和她最近新添的幾樣東西都掛在裡面，避免沾染灰塵。

這個小空間緊貼她的床尾，舊地毯掛得離床鋪很近，順便發揮布簾的功能。不知是莫莉盛怒之下踢到舊地毯，或湯姆碰到了，或掛地毯的別針或釘子自行脫落，我說不上來。總之，莫莉說出剛才那最後一句話時，那塊不安好心的地毯鬆脫開來，露出藏在裡面的一應物品。在眾多女性用品之間（我寫來羞愧，讀者讀來想必感傷）赫然出現哲人斯奎爾的身影，他的站姿（因為那地方容不下他直立的身軀）滑稽至極。

事實上，他當時的姿勢倒像被人用繩子捆綁脖子和腳踝的士兵，也像我們常在倫敦街頭看見的某些人，他們那樣站著不是因為身體不適，而是犯錯受處罰。他頭上戴著莫莉的睡帽，地毯掉落的那一刻，他兩隻大眼睛直盯湯姆。看見眼前這人的姿勢，想到他的哲學觀點，任誰都會忍不住捧腹大笑。

毫無疑問，讀者此時想必跟湯姆一樣納悶。這位睿智又嚴肅的男人為何出現在此時此地，明顯跟他過去在人們心目中建立的形象太不協調。

然而，說老實話，這種不協調可說源於想像，並非真實。哲學家跟所有人類一樣，都有七情六慾。

無論他們的理念多麼純淨、多麼優美，他們跟所有凡人一樣，難免有實際上的弱點。我早先也暗示過，哲學家跟普通人的差別只在於理論，而非實務。這些偉大人物雖然思想比凡人更周延、更有智慧，他們的行為卻與常人無異。他們深知該如何克制欲望與情感，也鄙視痛苦與歡愉，輕易就能掌握這些知識，也從中獲得沉思冥想時的樂趣。只是，這些知識實踐起來既惱人又麻煩，因此，智慧教導他們明白這些道理，同樣也告訴他們最好別身體力行。

讀者應該記得莫莉穿著漂亮衣裳在教堂引起騷動那件事，當天斯奎爾碰巧也在教堂。那是他第一次看見她，很為她的美貌傾心，因此要湯姆和布里菲改變原訂的兜風行程，取道莫莉的家，希望能再看她一眼。由於他當時並沒有表明原因，我因此覺得不便向讀者透露。

在斯奎爾的觀點裡，各種違反合理性的事物之中，危險與困難居其二。一開始他認為占有莫莉恐怕難度頗高，萬一消息走漏，更會危及他的事業，因此不敢造次。只要能經常看看她，享受美貌帶來的愉悅，也就心滿意足了。那些最嚴肅的男人享用過正氣凜然的沉思大餐後，都會允許自己來一客這樣的甜點。基於這個原因，某些書籍與圖畫溜進了他們書房最隱密的角落，而自然哲學中某些香豔話題也經常成為他們談話的主題。

一兩天後，斯奎爾聽說貞節的堡壘早被攻陷，便允許自己懷抱更進一步的欲望。他的胃口倒不是太講究，不至於排斥別人嘗過的美食。簡言之，那女孩失了貞節，他其實更歡喜。如果她玉潔冰清，反倒是他享樂的阻礙。於是他展開追求，也順利得手。

讀者若是以為莫莉喜歡斯奎爾勝過湯姆，那可就誤會了。恰恰相反，如果兩人之中她只能擇其一，

11　即Δ，讀為Delta。

那麼雀屏中選的肯定是湯姆。她接受斯奎爾，也不是基於多多益善的原則（當然這也是一大誘因）。湯姆養傷是其中一個不幸因素，這段期間斯奎爾精挑細選的禮物軟化並攻占莫莉的心，大好良機難以抗拒，斯奎爾因此順利征服莫莉心中所剩無幾的矜持。

湯姆來探望情人、當場撞見她和斯奎爾共處一室時，兩人成其好事已經大約兩星期。這就是為什麼莫莉的母親會否認女兒在家，畢竟莫莉拿到的好處，她也分了一杯羹，自然會鼓勵並掩護女兒。莫莉的姊姊雖然也分享了妹妹的戰利品，對妹妹卻滿懷嫉恨，寧可犧牲一點好處，也要從中作梗，才會告訴湯姆，妹妹在樓上睡覺，希望湯姆撞見莫莉躺在斯奎爾懷裡。不過。莫莉做了預防措施，緊緊鎖了門，拖延了一點時間，讓情人躲進地毯後方，最後終究不幸露餡。

斯奎爾一現身，莫莉立刻撲倒在床上，哭嚷著她完蛋了，讓自己陷入絕望境地。這可憐的女孩在這方面終究有欠老練，少了城裡女人那種臨危不亂的完美自信。城裡的女人有些會隨口編個理由，有些會厚著臉皮跟丈夫攤牌。她們的丈夫或者為了息事寧人，或者擔心名譽掃地，有時甚至是擔心那野男人或許像戲劇裡的康斯坦特先生[12]一樣，隨身帶著佩劍，只得閉上雙眼，摘下頭上的綠帽塞進口袋。相反地，莫莉發現事跡敗露，不敢吭聲，就此放棄她投資無數淚水與海誓山盟爭取的目標。

至於掛毯後方那位先生，他驚愕的程度也不在話下。他愣在原處好一陣子，好像也無話可說，連眼睛都不知該看哪裡。湯姆或許是三個人之中最驚訝的一個，卻最先恢復鎮定。剛才莫莉連串控訴帶給他的不安瞬間消退，他忍不住哈哈大笑，向斯奎爾行個禮，上前拉起他的手，將他從藏身處解救出來。

斯奎爾走到房間正中央，總算能站直身子。他用肅穆的表情看著湯姆，說道，「嗯，先生，看來這個大發現逗得你心花怒放。我敢說你一定開心地想著要揭發我。不過如果你公平地思考這整件事，就會發現你才是罪魁禍首。我可沒有破壞別人的貞操。站在正確法則的角度，我沒有做出任何可受公評之事。合理性取決於事物的本質，而非習俗、形式或自治法規。所有合乎自然的事，絕不會不合理。」

湯姆說，「老傢伙，說得有道理。不過你為什麼認為我想要揭發你？我跟你保證，我這輩子從沒像現在這麼喜歡你。除非你自己想對外宣揚，這件事我永遠守口如瓶。」

斯奎爾說，「不，湯姆，我還不至於低估名譽的價值。好名聲是『至美』之物，不適合忽視它。再者，摧毀自己的名聲等於自殺，是可鄙又可憎的罪惡。如果你選擇隱瞞我的缺點（我想必有這樣的東西，畢竟人非聖賢），我就答應你永遠不會拆自己的台。有些事只適合做，不適合吹噓。因為一旦落入世人的扭曲評價，即使是單純應受讚揚的事，也可能遭受譴責。」

湯姆叫道，「說得對！還有什麼事比呼應自然欲望更單純？還有什麼比繁殖後代更值得讚揚？」

斯奎爾說，「說正經的，我的看法向來如此。」

湯姆說，「當初我跟這女孩的事被發現時，你的看法可不是這樣。」

斯奎爾說，「我必須承認，當初是那個牧師史瓦坎片面之詞造成我的誤解，我才會譴責毀人清白的行為。就是這樣，先生，就是這樣。還有，你得知道，考量到事物的合理性時，極小的因素，先生，極微小的因素都可能會造成重大差別。」

湯姆說，「那好吧。總之，就像我剛才說的，如果你在外面聽說這件事，那一定是你自己說出去的。對這女孩好一點，我絕不會跟任何人提起這件事。還有，莫莉，只要妳對妳的朋友忠心，我不但會原諒妳對我的背叛，也會盡我的能力協助妳。」說完，他匆匆告辭，一溜煙下樓離開。

12 Mr. Constant，英國建築師兼劇作家凡布勒（Sir John Vanbrugh，一六六四～一七二六）的作品《憤怒的妻子》（*The Provoked Wife*）的主角。

斯奎爾發現這件事不至於引發任何惡果，喜出望外。至於莫莉，等她擺脫混亂之後，開始責備斯奎爾害她失去湯姆。不過斯奎爾很快找到化解她怒氣的方法，一部分是肢體安撫，一部分是從錢包取出的一小帖靈藥，神奇有效地清除心火，找回好心情。

接著她對新情人表達了許多柔情蜜意，把她對湯姆說的話和湯姆這個人拿來取笑。還鄭重宣稱，雖然湯姆曾經得到她的人，卻只有斯奎爾擁有她的心。

第六章
跟前章稍做對照之後，讀者或許會修正早先對「愛」這個字的些許錯怪

湯姆發現莫莉對他不忠，即使當場怒不可遏，也是理所當然。就算他從此拋棄她，相信也沒多少人會怪罪他。當然，湯姆還是以同情的眼光看待莫莉。他對她的愛不是那種會因為她移情別戀而傷心的情感，只是，想到自己畢竟害她失身，內心仍然飽受折磨。他認為她如今的自甘墮落，都是因為失去清白。

這種念頭讓他飽受煎熬，直到一段時間後，莫莉的姊姊好心向他透露一件事，消除他這塊心病。原來莫莉的第一個男人不是他，而是一個名叫威爾．巴恩斯的傢伙。至於莫莉生下的那孩子，雖然湯姆一心一意認定是自己的骨肉，卻很可能也有資格喊巴恩斯一聲爸爸。

湯姆一聽到這個消息，立刻著手調查。過不了多久，他就確定莫莉的姊姊說的是真話。因為不但巴恩斯親口向他證實，連莫莉本人都坦承不諱。

這個巴恩斯是鄉里間的花花公子，在情場上贏得的獎盃之多，不輸英國任何皇家海軍或律師助理。事實上，他曾經害幾個女人墮落沉淪，也有幾個人為他心碎，甚至有個可憐女孩死狀淒慘，可能是自己投水自盡，也可能被他推下水溺斃。

巴恩斯縱橫情場的眾多斬獲之中，就包括莫莉的姊姊貝蒂。他跟貝蒂相好的時候，莫莉年紀太小，

還不夠格加入他的愛情遊戲。後來他拋棄貝蒂，轉而勾引莫莉，而且不費吹灰之力就到手。事實上，莫莉真正愛的只有巴恩斯，湯姆和斯奎爾同病相憐，都只是她追求利益與榮耀的祭品。

正因如此，貝蒂才會對妹妹懷著那股憤憤不平的怒火。當時我覺得不需要太早交代這些過節，因為光是嫉妒就足以導致那些結果。

湯姆得知莫莉這個祕密之後，心裡的陰霾一掃而空。只是，對蘇菲亞的愛卻讓他失去平靜。何止，他根本陷入強烈的混亂。容我打個比方，此時他的心徹底騰空，蘇菲亞全面進駐。他毫無保留地愛著她，也清楚看見她對他的一番柔情。然而，他深知她父親不可能同意，又不願用任何卑劣或狡猾的手段得到她，因此，即使擁有她的愛，也驅走不了內心的絕望。

想到這件事會對威斯頓造成何種傷害，又會帶給歐渥希多麼大的困擾，他白天痛苦折磨，夜裡輾轉難眠。他的心始終在道義與渴求之間擺盪，彼長我消。只要蘇菲亞不在眼前，他就下定決心要搬出她家，再也不見她；同樣地，只要她一出現，他又馬上反悔，決定不顧生命危險、放棄更重要的一切追求她。

過不了多久，他內心的衝突開始引發強烈而明顯的效果，他失去平日的活潑與開朗，獨處時鬱鬱寡歡，跟人相處時也顯得沮喪氣餒、心不在焉。即使他強顏歡笑迎合威斯頓的心情，也顯得格外吃力。原想藉由偽裝隱瞞的心事，反倒欲蓋彌彰。

究竟是他掩飾情感的技巧不夠高明，或他誠實的天性刻意揭發他，很難說得清。那些技巧讓他在蘇菲亞面前有所保留，禁止他跟她說任何話，甚至小心翼翼避免接觸她的目光。然而，他的天性卻也沒閒著，想方設法跟他唱反調。只要蘇菲亞一靠近，他就臉色慘白，如果事出突然，甚至嚇一大跳。萬一不經意與她對望，血液就會衝上他雙頰，漲得滿臉通紅。如果基於禮貌必須跟她說話，比如在餐桌上舉杯祝她健康，他的舌頭必定會打結。萬一碰觸到她，他的手、甚至全身都會顫抖。如果話題稍微觸及愛情，他總是不由自主地從內心深處發出一聲嘆息。他的天性每天辛勤不懈地用這類大小事件折磨他。

威斯頓並沒有察覺湯姆這些異狀，蘇菲亞卻不然。她很快發現湯姆心神不寧，也輕易猜到原因，因為她自己的心也有相同症狀。這應該就是情人之間常見的心有靈犀，也充分說明她的觀察力為什麼比她父親敏銳得多。

不過，說實在話，要解釋為什麼某些人比其他人更明察秋毫，還有一個更簡單、更顯而易見的說法。這種說法不但適用於情人之間，也適用所有人。為什麼流氓無賴通常比別人更容易辨識出別人的無恥行徑，見識豐富多的正派人士反倒輕易被矇騙？無賴跟無賴之間心意未必相通，也不像共濟會員之間有共同的溝通暗號。事實上，那純粹是因為他們腦子裡裝著同樣的東西，思緒自然而然也就朝同一個方向發展。因此，蘇菲亞能看見湯姆的相思症狀，威斯頓卻看不到，其實一點也不足為奇。畢竟威斯頓腦子裡完全沒有愛情這種念頭，而蘇菲亞腦海裡除了愛情，什麼都沒有。

蘇菲亞明白湯姆受到強烈情感的折磨，也知道自己就是他愛慕的對象，當然猜到他目前行為背後真正的原因。這點大幅提升她對湯姆的好感，讓她對湯姆產生兩種男人最夢寐以求的情感，那就是敬重與憐憫。天底下最冷酷無情的女性，肯定也能諒解她這樣同情一個為她受罪的男人，更不會責備她去敬重一個基於崇高理由、明顯努力壓抑內心愛苗的男人。那份愛苗就像聞名於世的斯巴達賊贓[13]，正一步步啃食吞噬他的生命。於是，他的退縮、迴避、冷淡與沉默，變成了最激進、最殷勤、最溫馨、最具說

13 典故出自希臘哲學家普魯塔克（Plutarch, 四六～一二〇）的作品《雷古格斯》（*Lycurgus*），一名斯巴達男孩將偷來的狐狸藏在斗篷底下，寧可讓狐狸咬破他的肚腸，也不肯招供認罪。

服力的辯護，對她敏感纖柔的心產生如此強烈的作用，她很快對他產生端莊高潔女性會有的所有溫柔情意。簡單說，就是在最優雅的教養容許範圍內，因敬重、感激與憐憫，對心儀男子所能產生的所有情感。換句話說，她愛他愛得不可自拔。

有一天，這對小情人在花園不期而遇。當時他們各自走在依傍圳溝的步道上，就是當年湯姆冒著溺水危險幫蘇菲亞抓飛走的小鳥那條溝。

近來蘇菲亞經常來到這裡，苦樂參半地回想當年的情景。那起事件儘管微不足道，但如今在她心裡發芽茁壯的愛情，即可能就是當時栽下的種子。

他們就這麼相遇了。兩人直到幾乎面對面，才察覺到對方。旁觀者輕易就能從他們的表情觀察到內心的慌亂，他們自己卻因為心情太激動，反倒看不出什麼。湯姆的震撼稍稍退卻後，開始用些尋常話語問候對方，蘇菲亞也適度給了回應。兩人照例聊起美麗的晨光，話題又轉到花園的迷人景致，在這方面湯姆毫不吝惜讚賞連連。

兩人一起走到他摔下圳溝的那棵樹時，蘇菲亞忍不住聊起那次意外，說道，「瓊斯先生，你看見圳溝裡的水，心裡應該有點害怕吧。」

湯姆說，「小姐，我向妳保證，那次事件我最掛心的，是妳失去心愛小鳥的哀傷。可憐的小湯咪！當時牠就是站在那根樹枝上。愚蠢的小東西，我有幸幫牠找到那麼溫暖的家，怎麼傻得要飛走呢？牠的命運就是牠不知感恩應受的懲罰。」

蘇菲亞說，「瓊斯先生，你的英勇也差點害你跟牠走上相同命運。你想起那件事肯定心有餘悸。」

湯姆答，「小姐，如果說那次事件有什麼地方讓我難過，那可能就是溝裡的水不夠深，否則我就可以避開命運女神為我安排的許多傷心難過。」

蘇菲亞說，「咄！瓊斯先生，你一定是在說笑。你故意說得人生無趣，只是跟我客氣罷了。因為你兩度為我冒險，所以不希望我覺得欠你人情。當心還有第三次。」她說最後一句話時，臉上帶著笑，語氣裡有一絲難以言喻的溫婉。

湯姆嘆息道，「現在提防只怕已經太遲了。」說完他深情又堅定的看著她，大聲說，「噢，威斯頓小姐，妳希望我活下去嗎？妳要我過著這麼痛苦的日子嗎？」

蘇菲亞視線向下，略顯遲疑地答，「瓊斯先生，我不希望你受苦。」

湯姆激動地說，「唉，我太清楚妳無懈可擊的好心腸，天使般的仁慈，世間沒有任何特質比它更迷人。」

蘇菲亞說，「不，我不懂你的意思。我得走了。」

湯姆喊道，「我……妳不會了解的！沒有人能了解！我不知道自己在說什麼。沒想到會在這裡碰見妳，一時失了防備。如果我說了什麼話冒犯妳，看在老天份上原諒我！我不是有意的。真的，我寧可死……不，光是想到可能冒犯妳，我就活不下去……」

蘇菲亞說，「我太驚訝了，你怎麼會覺得你冒犯了我呢？」

湯姆答，「小姐，恐懼一不小心就淪為瘋狂，天底下沒有什麼比害怕冒犯妳更讓我恐懼的了。那麼我該怎麼說呢？不，別用憤怒的眼神看著我，妳只要皺個眉頭，就能毀了我。我沒什麼意思。怪我的眼睛，或者怪妳的美。我在說什麼？如果我說得太多，請原諒我，我的心已經泛濫。我跟我的愛搏鬥得心力交瘁，努力隱藏侵蝕我五臟六腑的熱病，希望不久的將來我再也不能冒犯妳了。」

湯姆全身顫抖，像是瘧疾發作打擺子。

蘇菲亞的情況也好不到哪兒去，她答：「瓊斯先生，我不會假裝不明白你的話，我太明白了。可是，看在老天份上，如果你對我有一點情意，請讓我盡快回到屋子，但願我有力氣可以自己走回去。」

湯姆自己幾乎都站不穩，還是伸出手臂。蘇菲亞一面伸手扶住他，一面請他暫時別再跟她說這種話。他答應了，只請她寬恕愛情未經他同意強迫他說出的話。她說，他知道該如何以未來的表現取得她的原諒。兩人就這麼步履蹣跚、顫顫巍巍往前走。湯姆雖然拉著蘇菲亞的小手，卻握都不敢握一下。

蘇菲亞立刻回到自己的房間，緊急向阿娜和鹿茸精求援。至於可憐的湯姆，他混亂心情唯一的解藥卻是一個壞消息。這個消息跟讀者最近熟知的情節本質上大不相同，留待下一章分曉。

第七章
歐渥希臥病

湯姆手臂的傷早就好了，但威斯頓實在太喜歡他，捨不得跟他分開，而湯姆本人不知是基於對打獵的喜好，或其他原因，輕易就被挽留下來。偶爾他會接連兩星期不曾回到歐渥希家，甚至不知道那邊的任何消息。

近日歐渥希風寒未癒，伴隨輕微發燒，他卻不以為意。平時只要不是病得下不了床，或喪失身體某些機能，他就不予理會。我一點都不認同這種行為，也不建議讀者效法。因為從事亞希彼斯[14]那門行業的先生們說得對，當疾病從一扇門進來，醫生就得從另一扇門進來。「病症初發，著手對治。」這句拉丁古話的意思不就是要人及時對症下藥？這麼一來，醫生和疾病才能勢均力敵。然而，如果我們給疾病時間，它就會像法國陸軍築起堡壘開鑿壕溝，醫術精湛的大夫就會發現敵軍難以對付，甚至毫無勝算。更甚者，疾病得到充裕時間後，會採用法軍的戰略，引誘天性投奔敵營，屆時可就藥石罔效了。我記得傑出的米索賓大夫[15]說過類似的話，他曾經悲傷地感慨病人太晚向他求助，操一口濃濃的法國腔埋怨

14 Aesculapius，羅馬神話中的醫療之神。
15 指 John Misaubin（一六七三～一七三四），法籍江湖郎中，是費爾丁嘲弄的對象。

道，「我的老天！我的病人八成把我當成殯葬業者了，總是等到被別的醫生弄死，才找上我。」

歐渥希的病因為一時輕忽迅速惡化，終於因為高燒不退而求醫。醫生見了病人直搖頭，只說真希望能早點叫他來，甚至暗示病情不樂觀。歐渥希已經把世間事務都處理妥當，也充分做好心理準備迎接死亡，聽了醫生的宣判顯得異常平靜，不為所動。說實在話，他只要躺下來休息，就跟悲劇史詩裡的凱圖一樣說出：

就讓罪咎與恐懼
壞他人安寧：凱圖不受干擾。
無論睡眠或死亡，對他無所區別。[16]

事實上，比起凱圖或其他古今能人，歐渥希有十倍的理由與信心可以說出這話。因為他不但沒有恐懼，甚至可以算是忠誠的勞動者，秋收結束之際，被召喚到慷慨的主人面前，領取他的報酬。

他立刻召集家中所有人來到病床前。那段時間家人全部都在，只除了布莉姬在倫敦小住，湯姆不久前還在威斯頓府跟讀者見面，蘇菲亞回房後，他就收到這個通知。

湯姆一聽說歐渥希病危（僕人說他就快死了），馬上把愛情拋到九霄雲外，忙不迭跳上來接他的馬車，要車夫用最快的速度趕回去。我相信一路上他想都沒想過蘇菲亞。

此時全家大小，也就是布里菲、湯姆、史瓦坎、斯奎爾和幾名僕人（根據歐渥希的要求）都圍在歐渥希床邊。他坐在床上，正要開始說話，布里菲開始啜泣，大聲哭訴他內心的哀痛。

歐渥希拉住外甥的手，說道，「孩子，別為人間最普通的事傷心成這樣。朋友遭受不幸時，我們可以哀傷，因為那些都是有機會避開的事件，可能會讓某個人的命運變得比其他人更悲慘。但死亡肯定是無法避免的，也是世人唯一的共同宿命。它發生的時間也不是很重要。如果世上最聰明的人將生命比喻為一段時間[17]，那麼我們應該可以將它視為一天。我的命運是在傍晚離開，但那些早些離去的人只是損失幾小時，沒什麼值得哀悼的，何況那幾小時通常只是勞動與疲累，痛苦與哀傷。我記得有個羅馬詩人將我們離開人世比喻為走出一場盛宴。每當我看到人們想盡辦法延長宴席，爭取多一點跟親友相聚的時光，就會想到這個比喻。唉！其中最漫長的饗宴其實何其短暫啊！最早離開跟最晚退席的人之間，又有多大不同呢！這還是從最美好的角度來看待人生。不願意離開朋友，是對死亡的恐懼最正向的動機。然而，即使最長久的享受，其實還是微不足道的時間，智者是不屑一顧的。我知道很少人會這麼想，在死神敲門以前，很少人會想到死亡。儘管步步進逼的死神看起來是那麼的碩大驚悚，卻沒有人能夠從遠處看見。不只如此，當人們面臨死亡的危機，就會極度驚慌害怕，一旦危機解除，他們腦海裡連一絲恐懼都不會留下。可嘆哪！暫時逃離死神掌心的人並沒有獲得赦免，只是得到緩刑，延遲短短的一天。

「所以，親愛的孩子，別再為這件事哀傷了，這種事每個小時都可能發生，我們周遭所有自然力，不，所有區區小事，都可能觸發它。到最後它必定、不可避免地落在我們身上。不需要訝異，也不需要悲傷。

「醫生告訴我（我感謝他的仁慈）我可能很快就會離開你們大家。我發現我的病情急遽惡化，所以

16 出自英國作家約瑟夫・艾迪森（Joseph Addison，一六七二～一七一九）的悲劇《凱圖》（*Cato, A Tragedy*）。

17 最聰明的人指的是西元前十世紀以色列的大衛王，他創作的《聖經・詩篇》第三十九第五節提到：「我一生的日子在你面前恍如無物。」

想趁還有力氣時，跟你們說幾句道別的話。

「我不想耗掉太多元氣，今天主要想談談我的遺囑。我很久以前就把遺囑寫好了，覺得還是應該當面跟你們說清楚。如果知道你們對我的安排感到滿意，我也就安心了。

「外甥，我把大部分家產留給你。有一份每年五百鎊的資產要等你母親過世後才會轉到你名下。另一份年收五百鎊的田產和六千鎊現金，我做了以下分配：

「湯姆，我把那份五百鎊的田產留給你，我知道手頭沒有錢會造成不便，所以另外留給你一千鎊現款。我不知道這個數字超過或未達你的期待。也許你會覺得我給你太少，世人卻會怪我給你太多。但我不在乎世人的責備，至於你，我這一生常聽說慷慨餽贈招來的往往不是感激，而是索求，而且是最無窮無盡、最難滿足的索求。但這只是某些人吝於施捨的藉口，我相信你不是這樣的人，請原諒我提到這個。」

湯姆撲倒在歐渥希腳邊，急切地拉起他的手，告訴他不管過去或現在，他對他都太仁慈了。他說自己不配，也不敢奢望，沒有任何言語可以形容他內心的感受。他說，「我向您保證，您對我的慷慨讓我更加擔心您的安危。噢，我的朋友！我的父親！」說到這裡，他哽咽住了，連忙轉身，隱藏湧現眼眶的淚水。

歐渥希輕輕捏他的手，接著又說，「孩子，我相信你是個善良、大方、講道義的人，只要你再多點謹慎和信仰，一定會有幸福人生，因為前三項特質代表你值得擁有幸福，後兩種才能幫助你得到幸福。

「史瓦坎先生，我給你一千鎊。我相信你不期待，也不缺這筆錢，但我希望你收下，當做我們友誼的紀念。如果你覺得這筆錢太多，我相信你的虔誠會教導你該如何處置。

「斯奎爾先生，我也留給你同樣的數額，希望你能用這筆錢闖出一番事業。我發現窮困引來的多半是鄙視，而非憐憫。特別是商場上的人，他們認為貧窮代表沒有能力。我留給你的那一小筆錢將能帶你脫離過去的困境，相信將來你一定能享有你這樣的哲學家所需要的富足生活。

「我覺得有點虛弱，剩下的部分你們就看我的遺囑。我的僕人都能在遺囑裡找到我留給他們的紀念品，我還指定了一些慈善捐款，相信遺囑執行人會忠實處理。祝福你們大家，我要先走一步。」

這時有個男僕匆匆進房來，說有個從索爾茲伯里來的律師帶來特別的消息，要親自跟歐渥希先生談。僕人說那人好像急得火燒眉毛，直說他還有很多事要處理，就算把自己切成四份都不夠用。

歐渥希對布里菲說，「孩子，你去吧。看那位先生有什麼事。我能處理的，或者他能告訴我的，現在都跟你比較有關係。再者，此時此刻我真的沒有體力見任何人，也打不起一點精神。」接著他對大家說，也許還有機會再見到他們，現在他說太多話，身子乏了，想休息一下。

有些人離開時流了幾滴淚水，哲學家斯奎爾雖然有淚不輕彈，卻也抹了抹眼睛。至於管家黛博拉，她珠淚漣漣，像阿拉伯樹滴落藥脂[18]。這位女士遇上恰當情景，從不省略這樣的儀式。

歐渥希重新躺下，閉上雙眼靜靜休息。

18 此句出自莎士比亞《奧賽羅》第五幕第二場。

第八章
本章內容合乎人性卻未必討喜

黛博拉兩座高聳顴骨之間湧出串串珠淚，除了為主人哀傷，還有另一個原因。她一回到自己房間，就開始以下碎唸：「我以為老爺待我應該跟其他僕人有點兒差別。我猜他要我為他服喪，可是，什麼嘛！只給我那一點，就讓魔鬼替我給他穿喪服好了。我要讓他知道我不是乞丐。我在這裡工作，前前後後幫他省了五百鎊，到頭來卻受到這樣的待遇。這倒是個鼓勵僕人誠實的好辦法。說真格的，就算我偶爾拿點小東西，別人拿的是我的十倍，結果我分到的跟他們一樣。如果是這樣，那就這樣吧，就讓那遺產跟給的人一起去見魔鬼吧。不，我不要放棄，這樣會便宜了某些人。不，我要拿來買件最漂亮的禮服，穿到那吝嗇老頭墳上跳舞。當年全鄉都取笑他，說他用那樣的方式養自己的野種，我總是替他說話，他卻這樣回報我。不過現在他就要去付出代價了。他死到臨頭應該要懺悔才是，而不是那樣炫耀，把祖傳的家產分給外面偷生的野種。被扔在他床上，跟真的一樣！可真能編！是啊，是啊！掩藏的人自然知道上哪兒找出來。上帝原諒他！如果真相被揭開來，我敢說他還有很多沒認的野種哩。慶幸的是，在他要去的地方，這些事沒有一件能瞞得住。『我的僕人都能在遺囑裡找到我留給他們的紀念品。』他就是這麼說的，就算我再活一千年，也絕不會忘記。是啊，我會記得你把我跟其他僕人混為一談。再怎麼樣也該把我跟那個斯奎爾相提並論。他確實是個紳士，可是他剛來的時候窮得連件像樣的衣裳都沒有。我呸你個紳士！他在這裡住了那麼多年，我相信家裡沒有哪個傭人拿過他的賞錢。就讓魔鬼替我去服侍這樣的紳士吧。」她又自言自語念叨了許多諸如此類的話，不過這些就夠讀者品嘗了。

史瓦坎和斯奎爾都不滿意自己分到的遺贈。兩人雖然都沒有大聲埋怨，從他們臉上的不悅神情和以下對話，我們猜到他們並不是那麼歡天喜地。

眾人離開病榻約莫一小時後，斯奎爾在大廳遇見史瓦坎，上前對他說，「先生，我們離開後，你有你朋友的最新消息嗎？」

史瓦坎答，「如果你指的是歐渥希先生，我寧可說他是你朋友，因為在我看來他好像比較配當你朋友。」

斯奎爾說，「他也是你朋友。雖然他給的不多，對你我卻一樣慷慨。」

史瓦坎說，「如果你沒說起這事，我絕不會主動提，我得告訴你，我的看法不一樣。主動施惠和獎賞之間有明顯差異。我為他的家所盡的責任，我對他那兩個孩子的教導，換做某些人，肯定會要求更多回報。但你也別以為我對他不滿。聖保祿教導我知足常樂。就算他給得更少，我還是懂得守本分。不過，雖然《聖經》教我少欲知足，卻並沒有禁止我看見自己的功勞。在我受到不公平待遇時，也沒有阻止我意識到自己受了傷害。」

斯奎爾回應道，「既然你先拿話刺激我，我不得不說受傷的是我才對。我沒想到歐渥希先生是這麼看輕我跟他的友誼，把我跟領他薪水的人一概而論。我知道這是為什麼，都是因為你長期以來不斷灌輸他那些狹隘觀念，他才會蔑視一切偉大高尚的事物。友情的美好與可愛無法用模糊的眼睛看見，也只能仰賴永不失誤的正義法則去體察。你卻經常嘲弄正義法則，因此扭曲了你朋友的觀點。」

史瓦坎氣呼呼地叫嚷，「但願……為了他的靈魂，但願你那些該死的理論沒有扭曲他的信仰。我認為他目前的行為都是這樣來的，一點都不像個基督徒。除了無神論者，任何人都會在離開人世之前結清總賬，會坦白認罪，得到赦免。他很清楚自己家裡就有一個合格人選可以接受他的悔罪。等他發現自己欠缺這些必要條件，一切都太遲了，他已經到了充滿哀號與痛楚的地獄。到那時他才會明白，你和其他當代自然神論者崇拜的異教神祇，還有那種美德，對他有多大的幫助。等他想召喚他的牧師，已經找不到人了，那時他就會悲嘆自己沒有得到能保一切罪人平安的赦免。」

斯奎爾答，「如果這事那麼重要，你為什麼不主動為他做？」

史瓦坎叫道，「那樣沒用，請求寬恕必須擁有足夠的恩典。不過我何必跟一個不信神的異教徒白費唇舌？你灌輸他這些觀念，自己已經在人世間得到充分報酬，我相信你的門徒很快也會在另一個世界收到他應得的。」

斯奎爾說，「我不懂你所謂的『報酬』是什麼意思，如果你指的是他留給我的那一丁點可悲的友誼紀念品，我不屑一顧。如果不是因為我目前的不幸處境，我才不會接受。」

這時醫生來了，問正在脣槍舌戰的兩人，樓上情況如何。

史瓦坎答，「很悲慘。」

醫生說，「正如我的預期，請告訴我，我離開後又出現了什麼症狀？」

史瓦坎答，「經過我們道別時的那些事，恐怕很堪慮，我覺得希望渺茫。」

這位治療肉體的醫生或許誤解了這位心靈治療師的話，雙方還沒來得及解釋清楚，布里菲面容哀戚地走進來，告訴他們，他帶來壞消息，他母親在索爾茲伯里過世了。她在回家的路上痛風侵襲腦部和胃，幾小時就宣告不治。

醫生說，「天哪！果真禍福難料。但願我當時在場，有機會幫她治療。痛風這種病的確難纏，但我治起來倒是得心應手。」

史瓦坎和斯奎爾分別向喪母的布里菲致哀：一個要他勇敢承擔，像個男子漢；另一個要他像個基督徒。布里菲說，他很清楚有生必有死，他會節哀順變。但他忍不住埋怨自己命運如此坎坷，冷不防面臨這麼重大的苦難，偏偏又是在這個他隨時隨地擔心命運要給他最大打擊的時刻。他說，眼下的情況正好考驗他從兩位先生那裡學到的優秀概念。如果他有辦法順利度過這次災難，一定是拜兩位的諄諄教誨之賜。

接下來討論該不該讓歐渥希知道妹妹過世的消息。醫生極力反對。我相信所有醫生都會贊同他。可是布里菲說，舅舅曾經三番兩次明確告訴他，絕不要因為擔心擾亂他的心情而對他有所隱瞞，所以不管後果如何，他都不敢不遵從。他說，以他舅舅的宗教與哲學觀點，他覺得醫生的擔憂實屬多餘，所以他決定告訴舅舅。因為如果他舅舅病癒（他衷心祈禱奇蹟發生），絕不會原諒他對他隱瞞這麼重大的事。

那兩位學識淵博的先生高度讚賞這個決定，醫生無奈被迫接受。於是布里菲和醫生一起到病人房間，醫生先進去，走到床邊為病人把脈。把過脈後，他立刻宣稱，病人已經好很多，他上一帖藥發揮神效，已經成功幫病人退燒。他說，先前他有多擔憂，現在就有多樂觀。

說實在話，歐渥希病情並沒有像醫生的危言聳聽那麼嚴重。不過，不管敵人軍力多麼單薄，明智的統帥從不輕敵；同樣的道理，疾病不管多麼輕微，醫生也絕不會等閒視之。統帥會繼續維持嚴明紀律、重兵防守，派出斥候打探軍情，就像面對強敵一般。醫生同樣會表情沉重，煞有介事地搖頭嘆息，彷彿面對沉疴重症。雙方的策略同樣基於許多充實理由，其中之一就是：如果他們取得勝利，就能博得更多榮耀；萬一不幸落敗，蒙受的恥辱也會減輕。

歐渥希抬眼看醫生，感謝上天給他復元機會，布里菲馬上靠過來，神情無比沮喪，拿塊手帕遮住眼睛，不知是為了揩抹淚水，或實踐羅馬詩人奧維德在某個地方說過的這句話：「如果沒有，就擦掉那空無。[19]」他告訴舅舅讀者剛才聽說的那件事。

歐渥希懷著關切與耐心，坦然接受這個消息，落了幾滴淚，又恢復平靜表情，最後說，「一切都聽從上帝的旨意吧！」

這時他問起傳達消息的人，布里菲說他根本留不住他。那人顯得十分倉促，彷彿有許多要事待辦，直發牢騷說他忙得馬不停蹄，分身乏術，而且反覆說，如果能把自己砍成四段，每一段都不會閒著。

歐渥希命布里菲處理母親的後事。他說他只要求把妹妹葬在自己的禮拜堂，至於其他事項都由布里菲全權處理，只提到希望由哪位牧師主持儀式。

第九章
淺評伊斯契尼斯[20]的名言「寶鏡照容顏，酒醉見人心」，附帶其他事項

湯姆在前章銷聲匿跡，讀者想必納悶不已。事實上，他的行為跟前章裡其他人迥然不同，我決定不把他的名字跟其他人混淆。

歐渥希交代完遺言後，湯姆最後一個離開病人房間。他回到自己房間抒發滿懷的憂慮，可是他心神不寧，沒辦法在房裡待太久，於是又悄悄溜回歐渥希的臥房。他站在門外聆聽許久，除了響亮的鼾聲外，房裡沒有別的動靜。他因為過度恐懼，錯把鼾聲誤判為痛苦呻吟，驚嚇之餘忍不住進房去。他發現歐渥希在床上睡得安詳，看護坐在床尾呼呼大睡，發出適才提及的鼾聲。他擔心這樂音會吵到歐渥希，立刻採行消滅這種低音的唯一方法。之後文風不動地坐在看護身邊，直到布里菲和醫生走進來，叫醒歐渥希，方便醫生為他診脈。布里菲向舅舅報惡耗。如果湯姆事先知道這事，這個消息恐怕沒那麼容易傳進歐渥希耳裡。

湯姆聽見布里菲告訴歐渥希那件事，非常氣惱布里菲的莽撞，幾乎壓抑不住胸中的怒火，尤其醫生

19 原文為 Si nullus erit pulvus, tamen excute nullum，出自奧維德的作品《愛的藝術》。

20 Aeschines（西元前三九〇～三一四），古希臘政治家。

在一旁猛搖頭，說他不希望病人聽到這個消息。幸好，他的脾氣還不至於讓他失去判斷力。他深知這時跟布里菲起衝突，對病人是多大的刺激，因此暫時隱忍。後來他發現這個消息並沒有產生不良後果，就此釋懷，允許胸口那股惡氣消失於無形，再也沒對布里菲提起。

當天醫生在歐渥希府用餐，午餐後再去探視病人，回來告訴大家，他現在總算能用十足的把握宣布，病人已經脫離險境，他已經解決發燒問題，只要再投點金雞納，就不必擔心復發。

湯姆聞言喜出望外，開心過了頭，幾乎可說是沉醉在喜悅中，這種陶醉會大幅度增加葡萄酒的效力，而他也毫無節制開懷暢飲（他喝了好幾大杯祝賀醫生身心康泰，也連連舉杯祝酒），很快就酩酊大醉。湯姆天生精力旺盛，在酒精作用下，情緒更是振奮高亢，導致誇張的舉止。他親了醫生一口，還非常親熱地摟住他，直說全天下除了歐渥希先生本人，他最愛的就是他。他又補了一句，「醫生，政府應該出資幫你塑一尊雕像，因為你救了一個所有好人都敬愛的人，那人也是社會的福氣，國家的驕傲，人性的榮耀。我愛他勝過愛自己的靈魂，否則我就下地獄。」

史瓦坎叫道，「那你就更可恥。他給你留了一大筆財產，你當然有理由愛他。不過，某些人最好別活太久，免得面臨將來不得不回收贈禮的窘境。」

湯姆用難以想像的鄙夷看著史瓦坎，答道，「那麼你這卑鄙的傢伙認為我會在乎這種事嗎？才不呢。就讓地球裂開，吞下它所有的塵土（就算我有一百萬畝土地，也會這麼說），也別帶走我親愛的養父。」

什麼樣的謙遜[21]與分寸，
能約束我們對如此好友的渴慕。

這時醫生介入，化解湯姆與史瓦坎之間擦槍走火的危機。之後湯姆哈哈大笑，又唱了兩三支情歌，做出了許多因過度歡喜產生的狂放不羈行為。這時的他根本無意跟人吵架，而且，比他清醒時還幽默十倍（假使可能的話）。

一般認為喝醉酒後壞脾氣愛吵架的人，清醒時都是非常可敬的人士。坦白說，這話實在錯得離譜。因為事實上酒精並不能逆轉本性，也無法憑空製造出原本沒有的情感。酒醉使人失去理智的防衛，迫使我們展現出清醒時巧妙隱藏的特徵。酒精會提升或引燃我們的情緒（通常是我們內心最主要的那些），於是易怒、多情、寬厚、和善、貪婪，以及其他所有人類性情，都在酒酣耳熱之際暴露無遺。

然而，沒有哪個國家比英國發生更多酒後爭執，特別是在底層百姓之間。說實在話，對英國人來說，喝酒跟吵架根本是同義詞。我不願因此認定英國人是現今世上最壞脾氣的族群。或許背後的原因是喜愛榮耀吧。那麼我們就可以公平地推斷，我國同胞比其他國家的人更自豪，也更英勇。更確切地說，由於這種爭執通常不涉及任何不寬厚、不公平或壞心眼的事，不只如此，兩造起衝突時甚至會祝福對方，因此，儘管他們飲酒作樂通常以打鬧收場，他們的鬥毆多半也以友誼終結。

言歸正傳。雖然湯姆無意冒犯，布里菲卻對這種跟他自己嚴肅審慎性格極不協調的行為深感不悅。他顯得非常不耐煩，因為他覺得那樣的行為在這種時機非常失禮。他說，「家母過世，這個家算是喪宅。如果蒙上帝恩典，舅舅康復有望，那麼大家最好用感恩來表達內心的喜悅，而不是喝酒鬧事。喝酒鬧事只會引來上帝的震怒，而非避開它。」史瓦坎喝的酒比湯姆多得多，卻絲毫不顯醉態，連聲附和布

21 原注：此處「渴慕」（desiderium）一詞不易迻譯。它包括我們想要親近朋友的渴盼，還有伴隨這種渴盼而來的憂傷。

里菲這番孝道高論。斯奎爾始終悶不吭聲，原因讀者想必猜得到。

湯姆並沒有爛醉如泥，他聽見布里菲提及喪母之事，立刻回想起來。再也沒有人比他更勇於承認並譴責自己的失誤，他把手伸向布里菲，請求他原諒，說道，「父親病癒，我開心得什麼都忘了。」

布里菲滿臉鄙夷，拒絕跟湯姆握手，悻悻然說道，「這沒什麼好奇怪的，瞎子原本就看不見悲傷的事。我不幸知道自己親生父母是誰，自然而然得承受喪親之痛。」

湯姆雖然生性樂天，卻也有些剛烈。他氣得從椅子上跳起來，揪住布里菲衣領大罵，「你這該死的無賴，你這是在拿我不幸的身世羞辱我嗎？」他說這些話時動作頗為粗魯，布里菲不愛爭執的個性也禁不起刺激，兩人展開一場扭打，如果不是史瓦坎和醫生出手制止，後果恐怕不可收拾。斯奎爾的哲學讓他超越一切情緒，平靜地抽著菸斗。每逢周遭發生爭端，除非他咬在嘴裡的菸斗有被打斷的危險，否則他一概隔山觀虎鬥。

兩名當事人復仇的欲望遭到攔阻，受挫的怒火只好訴諸其他管道，用威脅與蔑視發洩。每當發生肢體衝突，命運女神總是站在湯姆那邊，這時祂卻一面倒偏袒他的對手。

經過中立第三者居間調停，雙方總算同意休戰。大家重新坐回餐桌，湯姆應旁人要求，再次向布里菲道歉，布里菲經過眾人勸說也接受了。和平重新降臨，一切似乎恢復原狀。

爭執的雙方表面上似乎前嫌盡釋，但愉快的用餐氣氛已經消失無蹤。歡樂就此終結，接下來的談話涉及的都是嚴肅的具體事物，以及各種同樣嚴肅的評論。這種談話雖然不失莊嚴又深具啟發性，卻毫無娛樂效果。由於我打算只為讀者描述趣味內容，所以選擇略過。直到最後其他人陸續離席，只留下斯奎爾和醫生，兩人聊起年輕人之間的衝突，話題才稍稍活潑起來。醫生覺得兩個年輕人都比痞子好不到哪兒去。對於醫生的用詞，哲人斯奎爾睿智地搖頭晃腦，深表贊同。

第十章
證實奧維德與其他嚴肅作家的許多觀點，他們不容置疑地表明，酒後多半會亂性

湯姆離開剛才我們看見的那些同伴後，走到田野間，想在戶外散散步，讓頭腦清醒一下，再去看歐渥希。早先他因為恩人病危，暫時忘卻他親愛的蘇菲亞，現在終於可以好好思慕那位可人兒，不料卻發生了一起事件。這件事寫來憂傷，讀來必然也令人感嘆。然而，我曾誓言忠於史實，不得不在此說予後人知。

這是六月底某個舒適薄暮，咱們的主角走在沁人心脾的小樹林裡。習習和風輕拂樹梢，伴隨著潺潺小溪的悅耳清音與夜鶯的嚦嚦啼囀，共同譜出最動人心弦的樂章。在這種令人心醉神馳的氛圍裡，他思念著心愛的蘇菲亞。他恣肆的遐思無邊無際地幻想她的美貌，生動的想像力描繪著她迷人的萬千手姿，溫柔的心融化在繾綣深情裡。最後，他索性倒臥在輕聲呢喃的小溪旁，情不自禁說出這些話：

「噢，蘇菲亞，如果上天讓我擁妳入懷，我會有多麼幸福！可惡的命運女神將妳我阻隔。就算妳只有一身破衣裳，只要能擁有妳，天底下還有誰值得我羨慕！就算是佩戴印度所有珠寶的切爾克斯[22]第一美人，在我眼中是多麼可鄙！但我何必提及別的女人？如果我的雙眼還能愛憐地注視其他女人，我的手

22 Circassian，指定居高加索地區的切爾克斯族，據說出美女。

就會將它們挖出來。不，我的蘇菲亞，假使殘酷的命運將我們分開，我的心也永遠屬於妳。就算此生無緣跟可愛的妳長相左右，我也會堅貞地愛著妳在我內心的影像。世上只有妳能占有我的思想、我的真情、我的靈魂。噢！我溫柔的心填滿妳的柔情，就算是絕代佳人，對我也毫無魅力。面對她們，我比任何隱士更坐懷不亂。蘇菲亞，我只要蘇菲亞一個。這名字多麼令人痴迷！我要把它刻在每棵樹上。」

說到這裡，他站起來，看見了……不是他的蘇菲亞。不，也不是鄂圖曼蘇丹後宮穿戴珠翠羅綺的切爾克斯佳麗。不，這位沒有華服，只有一身最粗糙的荊釵布裙。身上也不算太乾淨，散發著一日勞動後的汗臭，拿著乾草叉迎面走來，正是莫莉本尊。湯姆手裡握著小刀，是他為了在樹皮上刻字掏出來的。莫莉走到他面前，笑著對他說，「先生，你拿刀不是想殺我吧！」

湯姆答，「妳怎麼會以為我要殺妳？」

她說，「哎，我們最後一次見面時，你對我那麼壞，殺我已經算仁慈了。」

兩人就這麼聊開了。我認為沒有必要在此複述，因此略過不提。只要表明兩人交談十五分，聊完相偕鑽進樹蔭深處就夠了。

部分讀者可能會覺得這件事不合常理。然而，事實就是如此。以下理由應該能夠充分解釋：湯姆可能認為一個女人勝過沒有女人；而莫莉覺得兩個男人強過一個男人。湯姆此時的行為，除了我剛才猜測的動機外，讀者或許記得另一個對他有利的因素，那就是他此刻暫時無法完全掌握理智的神奇力量。所有莊嚴明智的人都是靠這份力量壓抑內心難以駕馭的激情，謝絕一切不當消遣。這會兒酒精徹底解除他的這種力量。以他目前的情況，如果理智出面干預，即使只是好言相勸，可能只會得到許多年前克雷斯特拉杜斯[23]回答某個蠢人的話。那蠢人問他，「醉成這樣不覺得丟臉嗎？」他回答，「你責備醉漢，不覺得丟臉嗎？」說實在話，在審判法庭上酒醉也許不能拿來當犯錯的藉口，在良心法庭上卻恰恰相反。古希臘皮塔庫斯[24]規定酒醉者應處兩倍刑罰，亞里斯多德深表讚揚，認為這條法令雖然未必公平，卻是極佳策略。若說有哪些酒後罪行值得寬宥，那肯定就是湯姆此時犯下的這種。在這方面，如果有任何高深見解足以娛樂讀者，或讓他增長一點見聞，我一定引經據典盡情發抒。不過，為了讀者著想，我還是把我的滿腹學問留給自己，繼續說故事。

有人說，命運女神向來一不做二不休。坦白說，不管她決定隨順或拂逆某人，她乖張的作為必是無遠弗屆。我們的主角帶著他的狄多[25]才剛躲進林間，「布里菲與他的聖潔導師就來到同一個山洞。[26]」史瓦坎與布里菲正經八百地在附近散步，來到樹林入口的台階旁，布里菲遠遠瞥見湯姆和莫莉進入林子裡。儘管彼此相隔超過一百公尺，布里菲仍然一眼就認出湯姆，他同樣確認湯姆身邊那人的性別，只是看不出她是何許人。他愣了一下，在胸前畫了十字，無比嚴肅地驚嘆一聲。

史瓦坎對這突如其來的情緒變化感到驚訝，探詢原因。布里菲答道，他清楚看見一對男女鑽進前面的樹叢，肯定有什麼見不得人的勾當。至於湯姆的身分，他選擇避過不提。他究竟為什麼這麼做，就交由英明的讀者自行評斷。只要沒有百分之百把握，我從不妄加論斷他人的行為動機。

史瓦坎不但極端潔身自愛，對他人的放蕩行為也深惡痛絕，聽見布里菲的話暴跳如雷。他要布里菲馬上帶他過去，一路上忿忿不平地揚言懲治，也哀嘆世風日下，甚至拐彎抹角指責歐渥希，暗示都是因

23 Cleostratus（約西元前五二〇～四三二），古希臘天文學家，月球上有一座環形山即以他命名。
24 Pittacus（西元前六四〇～五六八），古希臘七賢之一。
25 Dido，古代迦太基女王，一手創建迦太基城。古羅馬詩人維吉爾在《埃涅阿斯記》裡將她描寫成埃涅阿斯的情人。
26 此句是作者改寫《埃涅阿斯記》詩句而來，原句中的狄多與埃涅阿斯被布里菲與史瓦坎取代。

為他對野種大發慈悲，又疏於執行處罰失檢女子的各項公正嚴明法令，無形中鼓勵犯罪，才造成鄉里間這種淫蕩歪風。

兩名獵人追逐獵物的路途上荊棘遍布，不但大大阻礙他們的步伐，沙沙作響的枝葉也給了湯姆足夠的示警，不至於猝不及防。事實上，史瓦坎根本克制不了內心的憤懣，每走一步就高聲斥責，光是這點已經足夠讓湯姆意識到自己（套用狩獵術語）在窩裡被逮個正著。

第十一章
以波普先生所謂的「一哩長句」[27]，描繪一場不涉及兵器的最血腥搏鬥

如果適逢發情期（此詞有欠文雅，是庶民百姓用來形容漢普夏多產[28]森林裡雌雄獸類之間的卿卿我我），頂著雄偉犄角的公鹿正想尋歡作樂，兩頭幼獸——或其他不友善動物——閒盪到獸界愛神的聖殿附近，嚇得標致的母鹿不敢逗留，可能是因為害怕或嬉鬧、拘泥或受驚。這些是造物者賦予雌性動物的特質（或至少教導她們做做樣子），以免因為雄性的粗魯，薩摩斯不傳之祕[29]遭到褻瀆的目光偷窺，因為當慶典進行中，維吉爾（他本人當時可能也忙於此類慶典）筆下的女祭司跟女方一起吶喊：

女祭司叫道，
不潔的靈魂，速速遠離這片樹林。[30]
——德萊頓譯

27 波普以「一哩外的句點」（a period of a mile）嘲弄當時的主教賀德利（Hoadley，一六七六～一七六一）的爭議性作品。

28 原注：這個詞（well-wooded）模稜兩可，既可代表林木蓊鬱，也可指稱砍伐殆盡。

當公鹿與牠的情人如火如荼地從事所有生物共通的神祕儀式，若有任何不懷好意的獸類靠得太近，只要驚惶的母鹿稍做表示，公鹿立即衝到樹叢入口處，扮起情人的守衛，腳蹄重踏地面，一對犄角在空中揮舞，氣勢昂揚地向來侵犯的敵人宣戰。

因此，湯姆發現敵方逼進，以更驚人的氣勢往前衝刺。他向前奔跑了好幾步，以便隱匿顫抖女伴的藏身處。可能的話，掩護她逃離現場。

史瓦坎冒火的雙眸噴出幾道憤怒的閃電後，又發出雷鳴般的吼叫：「呸！呸！真不像話！瓊斯先生，沒想到竟然是你。」

湯姆答，「我在這裡並不奇怪。」

史瓦坎問，「跟你在一起那不檢點的娼婦是誰？」

湯姆答，「如果真有個不檢點的娼婦跟我在一起，我多半不會告訴你她是誰。」

史瓦坎怒道，「我命令你立刻告訴我！年輕人，雖然你已經過了受教育的年齡，不要以為老師就沒有資格管教你。師生關係就像其他所有關係，永遠不會改變，因為這些關係都源自天國。所以你現在還是得聽我的，就跟我教你基礎課程時一樣。」

湯姆大聲說，「你當然這麼認為，可惜那是不可能的事，除非你還能拿教鞭來說服我。」

史瓦坎說，「那麼我就明白告訴你，我一定要找出那個賤女人。」

湯姆回應，「那麼我就明白告訴你，我決心不讓你找到。」

史瓦坎舉步往前走，湯姆拉住他手臂，布里菲連忙幫史瓦坎脫困，宣稱「我不能眼睜睜看著老師受辱。」

湯姆發現自己以一敵二，覺得有必要盡快撂倒其中一個。他選擇比較弱的那個下手，於是放開史瓦坎，朝布里菲胸膛猛捶一拳，幸運擊中目標，布里菲應聲倒地。

史瓦坎滿腦子只想找出那女人，發現自己脫困，立刻轉身踏進蕨類植物叢裡，不太在乎布里菲的命運。可是他才鑽進樹林沒幾步，就被順利解決掉布里菲的湯姆趕上，湯姆拉住他的外套下襬往回拖。

史瓦坎年輕時是個打鬥專家，念中小學和大學時，靠一雙拳頭打遍天下無敵手。的確，他已經多年未曾演練這門高尚技藝，但他的勇氣仍然像他的信仰一般卓絕，身子骨也依舊硬朗。再者，讀者或許已經察覺到，他脾氣也有些暴躁。他回過頭來，看見布里菲像屍體一樣躺在地上，過去任憑自己宰割的湯姆竟然大膽暴力相向（真是斯可忍孰不可忍）。他的耐心終於消失，立即擺出應戰架勢，召喚全身力量，用過去攻擊湯姆後臀的同等狠勁捶向他前胸。

湯姆發揮過人的勇氣、面不改色地挨了敵人這一拳，胸口發出「咚」的一響。他立即以同樣猛烈的勁道還以顏色，目標同樣鎖定史瓦坎胸口，卻被史瓦坎巧妙一撥，拳頭往下擊中腹部。當時那裡面裝著兩磅牛肉和等重布丁，沒有發出空洞回響。接下來雙方拳來腳去好不精彩，現場觀賞肯定比閱讀或描寫輕鬆愉快得多。最後，兩人重重摔倒，湯姆把膝蓋壓在史瓦坎胸膛，史瓦坎無力還擊，勝負幾乎底定。可惜布里菲已經恢復元氣，重新投入戰局。他絆住湯姆，給史瓦坎一點時間醒醒腦袋，喘喘大氣。

現在他們倆合力攻擊湯姆。湯姆剛才跟史瓦坎一番激戰已經耗損太多體力，出拳的力道大幅衰退。史瓦坎執起教鞭後，面對人體這種樂器時雖然更習慣獨奏，過去的功力倒還留有幾分，彈起二重奏也毫

29 Samean mysteries，希臘薩摩斯島（Samos）據說是天神宙斯的妻子希拉的出生地，當地最有名的建築就是希拉神廟。希拉主掌生育之事。

30 摘自英國作家約翰・德萊頓（John Dryden，一六三〇～一七〇〇）譯的《埃涅阿斯記》。

不含糊。

根據當代風俗，勝敗多半取決於人數。只是，這場戰鬥卻驟然冒出第四對拳頭，而且馬上招呼了史瓦坎。拳頭的主人也大聲嚷著，「你們不丟人嗎？真該死，兩個打一個！」

為了以示區別，這場戰鬥不妨稱之為「大混戰」，短短幾分鐘就戰況激烈，直到布里菲再次被湯姆打趴。史瓦坎只得屈尊向新對手認輸，赫然發現那人原來是威斯頓。剛才一團混亂之中，沒人認出他來。

原來，午後個性耿直的威斯頓跟幾個同伴出來散步，碰巧經過血戰現場。他看見打架的總共三個人，認定其中兩個肯定同一陣線，連忙快步上前，不顧一切投入弱勢的一方，只為打抱不平。他的厚道很可能解救了湯姆，避免他成了憤怒的史瓦坎與尊師重道的布里菲的受害者。畢竟，湯姆除了人單勢孤，手臂受傷後體力也還沒完全恢復。有威斯頓助陣，勝負立刻揭曉，湯姆和他的戰友贏得勝利。

第十二章
史瓦坎、布里菲身上的鮮血，或再來二十個這種人，都創造不出如此感人肺腑的畫面

打鬥結束時，威斯頓的同伴正巧來到現場。他們是早先我們在威斯頓家餐桌有過一面之緣那位誠摯牧師、蘇菲亞的姑姑威斯頓女士，最後則是可愛的蘇菲亞本人。

此時血腥戰場的情景如下：戰敗的布里菲躺在一邊，臉色慘白，氣息微弱；征服者湯姆站在附近，全身血跡斑斑，其中一部分是他自己的，其他那些前不久還屬於史瓦坎；史瓦坎站在另一邊，像敗給亞歷山大大帝的印度波魯斯國王，繃著臉臣服於征服者。畫面中最後一個人是威斯頓大帝，對手下敗將展現他的寬大為懷。起初，看似奄奄一息的布里菲是眾人關心的焦點，特別是威斯頓女士，她從口袋裡取出一瓶鹿茸精，準備親自湊到他的鼻孔前。突然間，可憐的布里菲被眾人遺棄，他的靈魂如果有意，大可趁這個機會不告而別，瀟灑地逃往另一個世界。

因為這時有個更哀傷、更美麗的軀體一動不動躺在眾人面前，那就是迷人的蘇菲亞。她或許因為看見鮮血，或者為父親擔心，或基於其他原因，暈倒在地，誰也來不及扶住她。

威斯頓女士最先看見，驚聲尖叫。馬上有兩三個人同時叫嚷：「威斯頓小姐死了！」眾人七嘴八舌，同時呼叫鹿茸精、水和各式解藥。

讀者可能記得，我描述這片林子時，曾提到一條淙淙小溪。那條溪會在這裡出現，絕非像流過傳奇

小說那些溫和溪流，只為了呢喃低吟。非也！命運女神決定賦予這條小溪光榮使命，讓它比流過世外桃源那些溪流更崇高。

湯姆擔心自己下手太重，正在搓揉布里菲的額頭。耳畔猛然響起「威斯頓小姐」和「死了」這些字眼，驚得跳了起來，放任布里菲自生自滅，飛奔到蘇菲亞身邊。那時眾人急得像熱鍋上的螞蟻，在小徑上奔前跑後，你衝我撞，到處找不到水。他一把抱起蘇菲亞，拔腿奔向剛才提到的那條小溪，自己跳進河裡，捧起溪水把她的頭臉和頸子澆得濕淋淋。也算蘇菲亞走運，她的同伴亂成一團什麼都幫不了她，同樣也阻止不了湯姆。他抱著她跑到半路，大家才意識到他在做什麼。等他們跟到小溪旁，他已經將她救醒。她父親、姑姑和牧師抵達時，她正好伸直雙臂，睜開眼睛，叫道，「噢！天哪！」

湯姆一直把可愛的蘇菲亞抱在懷裡，這時才放下來，還趁機溫柔地撫摸了她一下。當時蘇菲亞如果神志清醒，一定會察覺。由於她沒有對湯姆的放肆行為表達任何不悅，我猜那時她多半還沒清醒。

原本的悲劇場景剎時間轉為歡欣，我們的主角當然是其中的主要人物。他救活了蘇菲亞，開心的程度恐怕勝過被救活的蘇菲亞。他得到的恭賀也比她多得多，特別是來自威斯頓。威斯頓抱了女兒一兩回之後，開始對湯姆又摟又親，說他是蘇菲亞的救命恩人，還說除了蘇菲亞或他的財產，什麼都可以給他。事後想想，他又排除了他的獵犬，他的兩匹馬騎士和慵懶小姐（這是他幫最心愛的母馬取的名字）。

蘇菲亞已經脫險，眾人關心的目光鎖定湯姆。威斯頓說，「哎呀，孩子，把外套脫了，把臉洗乾淨。你那模樣太嚇人，沒騙你。快，快，洗洗乾淨，跟我回家去，我幫你找件外套。」

湯姆馬上照做，扔了外套，走進溪裡，把臉和胸膛清洗一番，因為他的胸膛也露了出來，而且一樣沾滿鮮血。雖然溪水洗清了血跡，卻洗不去史瓦坎在他臉部和胸口留下的青紫瘀腫。蘇菲亞見狀，深深嘆了一口氣，用無法言傳的深情眼神望著他。

她這些反應湯姆都看在眼裡，引發了比先前那些挫傷更強大的效果。這種效果跟皮肉痛大不相同，因為它是如此輕柔、如此撫慰人心，就算他挨的那些都是刀傷，至少幾分鐘內他會渾然不覺。

一行人開始往回走，不久來到史瓦坎和已經被他弄醒扶起的布里菲身邊。在這裡我不禁虔誠期盼，天底下的爭執都能只靠造物者提供給我們的武器解決，畢竟造物者最清楚什麼才適合我們。我也期盼冰冷的鐵器只用來挖掘大地的肚腸，而非人類的。這麼一來，供獨裁君王消遣的戰爭就不至於造成死傷。只要幾位顯赫女士喜歡，兩支大軍就可以上場廝殺，那些女士們和國王自己也可以在場邊觀戰。戰場上某一時刻可能布滿屍首，到了下一刻，那些死人會依照事先約定，全部（或很大一部分）像貝耶斯先生[31]的軍隊一樣站起來，聽著軍鼓或提琴樂音前進。

可能的話，在此我會避免使用滑稽口吻，以免某些嚴肅人物或政治家嗤之以鼻，我深知這些人開不起玩笑。話說回來，要決定戰爭的勝負，難道不能用許多頭破血流、鼻血直噴、眼圈青腫取代更多殘破屍首？攻城掠地不能也採用這種方法嗎？說實在話，人們或許認為這種方式會損及法國利益，因為這麼一來他們的工兵優勢就失去用武之地。不過，我一想到法國人的俠義與厚道，就覺得他們不會反對跟敵人地位平等，或者像俗話所說，讓自己跟對手旗鼓相當。

可惜，這種改革只能心嚮往之，很難懷抱希望，所以我暫且說到這裡，回到我們的故事。

這時威斯頓問起打鬥的原因。布里菲和湯姆悶不吭聲，史瓦坎卻不客氣地答，「原因離這裡不遠，只要你在樹叢裡找找，可能會找到她。」

31 Mr Bayes，一六七一年在倫敦上演的諷刺劇《排演》(*The Rehearsal*) 裡的人物，劇本以匿名方式發表，旨在嘲諷約翰．德萊頓。

威斯頓說，「找到她？什麼！你們為女人打架？」

史瓦坎說，「問那位沒穿外套的先生，他心裡有數。」

威斯頓叫道，「那麼肯定是個丫頭。啊，湯姆，湯姆，你真是個好色傢伙。不過先生們，大家和好吧，跟我回家，喝杯酒握手言歡。」

史瓦坎說，「先生，請見諒。像我這樣的人被年輕人無禮對待又拳腳相向，實在非同小可。何況我只是盡我的職責，想揪出那個浪蕩婊子，讓她接受法律制裁。不過，始作俑者是你跟歐渥希先生，如果你們盡本分執法，就能清理這些地方上的害蟲。」

「我更希望獵光地方上的狐狸。」威斯頓說，「我們每天在戰場上損失那麼多壯丁，應該鼓勵生育增加人口。不過她人在哪裡？湯姆，帶我去找她。」他開始敲打樹叢，發出的聲音和手部的動作都像在找母兔。最後他喊道，「呵！小姑娘離這兒不遠。她剛才一定躲在這裡，不過我應該可以大喊『溜掉啦！』」確實如此，因為他找到莫莉先前的藏身處，後來湯姆他們打起來，她趁機跑掉了，逃跑時跟母兔奔跑時一樣四肢著地。

這時蘇菲亞請她父親回家，她說覺得身子很虛，擔心又要昏倒了。威斯頓馬上同意女兒的請求（因為他是最疼孩子的父親）。他熱誠邀請在場所有人到他家用餐，布里菲和史瓦坎堅定拒絕。布里菲說必須婉謝主人盛情，有些理由恕他不便當眾說明。史瓦坎則說（也許合情合理），以他的身分，眼下的狀態不適合出現在任何公開場所。湯姆沒辦法拒絕跟他心愛的蘇菲亞相處的機會，於是跟著威斯頓、兩位女士一起走，牧師殿後。這位牧師曾主動表示願意留下來陪伴他的弟兄，他擔心同領聖職的史瓦坎，不忍棄他而去。史瓦坎謝絕他的好意，有點失禮地推他一把，要他跟威斯頓走。這場流血爭執就此結束，順道為這部歷史第五卷畫下句點。

第六卷　歷時大約三星期

第一章
論愛情

本書第四卷的內容不得不以愛情為主，接下來這一卷必須更廣泛探討這個話題。因此，我不妨趁此機會檢視某個當代學說。提出這種學說的思想家宣稱他們有諸多高明發現，其中之一是：人類心靈沒有愛情這種東西。

那些思想家會不會就是某個有幸被已故斯威夫特博士[1]提及、語不驚人死不休的學派，那些人只靠天生的才華，不需要借助任何形式的後天學習，甚至不需要翻閱書本，就發現「神不存在」這個深奧又珍貴的祕密；或者他們是幾年前驚天動地地聲稱人類天性沒有所謂的美德或良善、人類之所以行善都是為了自豪的那些人，我不在此妄下斷言。事實上，我大膽猜測，這幾批自稱發現真理的人，其實跟人們戲稱「淘金客」那些掏糞坑的沒兩樣。不管尋找真理或掏糞坑，用的方法如出一轍。換句話說，他們都在某個骯髒的地方探索、翻找、檢視。坦白說，尋找真理的人探尋的地方最是骯髒齷齪，那就是**腐敗的心靈**。

不過，我們以方法（也許還包括獲致的成果）來比較尋找真理的人和掏糞坑的人，或許還算允當。但如果論及謙遜度，雙方卻天差地別。畢竟，有誰聽說過掏糞坑的人沒掏到黃金，會厚顏又愚蠢地斷言世上沒有黃金？反觀真理追尋者，他們掏遍自己心靈這個糞坑，找不到一丁點神性，也沒有美德與良善，沒有被愛的價值和愛人的能力，就做出自認公正、真實且合理的結論，宣稱全體人類都沒有那些東西。

為了避免跟這些思想家（這是他們自封的頭銜）引發論戰，也展現本書作者與人為善的秉性，我願意在這裡稍做讓步，也許能夠終止爭端。

首先，我認同世上有很多人內心原本就沒有絲毫愛情，也許那些思想家正是如此。

其次，一般所謂的「愛情」，指的是需要一定數量的人類細皮嫩肉才能滿足的貪婪胃口。那絕非我在此論述的情感。那種胃口更適切的說法是「飢渴」，正如老饕從不恥於用「愛」這個字形容他的口腹之欲，說他「愛」這道或那道料理，因此追求這類「愛情」的人也可以大方地宣告他們對這種或那種女人充滿「飢渴」。

第三點，我相信也是最為人接受的一點。我承認我擁護的這種愛情也跟我們最鄙俗的胃口一樣，需要追求它自己的滿足，只是它追求滿足的方式細膩得多。

最後一點，當這種愛鎖定某個異性為目標，為了得到絕對的滿足，通常會呼求我剛才提及的那種飢渴的協助。在這種情況下，愛情非但不會減弱，它帶來的喜悅甚至會升高到某種境界，那些只嘗過肉慾滿足的人永遠無法想像。

對於我的讓步，我希望那些思想家給我一點回報，認同以下論點。首先，某些人（我相信不在少數）確實擁有善良仁慈的天性，他們會因為帶給別人幸福感到心滿意足。其次，正如同善待朋友、孝敬父母，甚至一般善行，這種滿足感本身就能產生美好而強烈的喜悅。另外，除了「愛」，我找不到其他

1　指 Jonathan Swift（一六六七～一七四五），英國神職人員兼諷刺作家。

字眼來描述這種情感。再者，這種純粹的愛帶來的愉悅如果摻雜了情慾，的確會變得更濃烈、更甜美。但它也能獨自存在，更不會因為涉及情慾遭到破壞。最後，正如青春與美貌會激發情慾，尊重與感恩也是愛情的合適動機。因此，當老化與疾病來襲，情慾或許自然而然消失，愛卻不受影響。在美好的心靈裡，感受與激情以感恩與尊重為基礎，愛不會動搖或消失。

生活中不乏這種情感的展現，我們卻要否認它的存在，未免古怪又荒唐，這種現象無非源於我稍早提到的自我譴責。這未免太不公平！一個人如果在自己內心找不到任何貪欲或野心，就可以因此斷定人類天性裡沒有這種特質嗎？我們評斷他人的善與惡時，為什麼不能審慎地遵循同一種規則？或者，不管在什麼情況下，套句莎士比亞的話，我們為什麼要「以自己的觀點論斷整個世界」[2]？

在我看來，問題恐怕出在過度的虛榮。虛榮是我們恭維自己心靈的方式之一，而且舉世皆然。因為天底下的人不管如何唾棄逢迎拍馬之輩，讚美自己時卻毫不保留。

因此，我要請那些符合我描述的仁人君子為我做證，看看我說得對不對。

高尚的讀者，請檢視你的心靈，看看你能不能跟我一樣相信上述論點。如果你相信，就可以繼續往下讀，看看我提出的實例。如果你不相信，那麼你讀的已經超出你的理解範圍，你不如去忙自己的事，或做別的消遣（想必乏善可陳），別再花時間閱讀你既不能欣賞、也無法理解的文字。向你宣說愛的效力，荒唐的程度恐怕不亞於跟先天失明的人討論顏色。因為你對愛的見解，可能像盲人心目中的鮮紅色一樣謬誤。盲人覺得鮮紅色想必類似號角聲；同樣地，你應該會覺得愛多半就像一碗湯或一塊烤沙朗。

第二章

本章專屬威斯頓女士；略述她的學問和閱歷，以及她如何發揮長才洞悉某件事

讀者知道威斯頓帶著妹妹、女兒、湯姆和牧師回家，其中大多數人和樂融融地度過愉快的夜晚。事實上，只有蘇菲亞一個人心事重重。湯姆的心房此刻又被愛情占滿，想到恩人康復，情人又在眼前時不時情不自禁地向他投送溫柔目光，他心花怒放，跟其他三個可說是世界上最快樂的人開懷暢飲。

隔天早上吃早餐時，蘇菲亞還是一臉肅穆，也比平常提早退席，留下爸爸和姑姑獨處。威斯頓沒發現女兒有什麼不對勁。坦白說，雖然他也算半個政治人物，曾經兩度出馬參加地方選舉，觀察力卻不算敏銳。他妹妹可就不同了，她經常出入宮廷，算見過世面，通曉上流社會交際應酬該懂的知識，又精通儀態、習俗、禮節和時尚。她的才學可不只如此，她還藉由閱讀大幅提升心靈，不只讀過所有當代戲劇、歌劇、以聖經故事為題材的清唱劇、詩歌和傳奇故事，甚至夠資格點評分析。她讀過拉賓的《英格蘭史》[3]，艾卡德的《羅馬史》[4]和無數法國稗官野史。除此之外，她也博覽過去二十年來出版的政治

2 摘自莎士比亞作品《無事生非》（*Much Ado About Nothing*）第二幕第一場。

3 Paul de Lapin（一六六一～一七二五），法國歷史學家，他撰寫的《英格蘭史》（*History of England*）在當時頗具影響力。

4 Laurence Echard（約一六七〇～一七三〇），英國歷史學家兼神職人員。

手冊和刊物，對政治事務知之甚詳，論起歐洲情勢可說言之有物。

此外，有關愛情這門學問，她更是博古通今，比任何人都清楚誰跟誰是一對。她在這方面的求知路無比順遂，因為自己從來不必為談情說愛分心。一來可能是她自己沒有意願，二來也許是因為從來沒人追求過她。第二種原因可能性比較高，因為她雖然是女兒身，卻生得一副男子體格。將近一米八的身高搭配她的舉止和學識，男人很難把她當女人看。由於日積月累的系統化鑽研，儘管自己沒有親身演練過，卻完全能掌握現今上流社會名門淑女鼓舞男人或掩飾情意的諸多技巧，比如巧笑倩兮、美目盼兮、秋波媚眼等不一而足。總而言之，沒有任何掩飾或偽裝瞞得過她的耳目。然而，如果是發乎真情的單純舉動，因為她不曾見識過，反倒一無所知。

基於這種博古通今的長才，威斯頓女士覺得她看穿蘇菲亞的心事。她的第一條線索來自蘇菲亞目睹先前那場打鬥時的反應，而當天晚上和第二天早上觀察到的現象進一步印證她的猜測。不過，她擔心自己會錯意，格外慎重處理，把這個祕密藏在心裡整整兩星期，只是時不時拐彎抹角地拋個暗示，比如假笑、眨眼、點頭，偶爾含沙射影旁敲側擊。這些小動作嚇得蘇菲亞心驚肉跳，她爸爸卻渾然不覺。最後，她對自己的判斷有了十足把握，趁某天早上跟哥哥獨處時，用底下的談話打斷哥哥的口哨小曲。

「哥哥，你最近沒有發現我姪女有什麼不一樣嗎？」

威斯頓答，「沒有。她出了什麼事嗎？」

她答，「我看是有事，而且是大事。」

威斯頓大聲說，「什麼，她什麼都沒說呀！何況她得過天花了。」

她說，「哥哥，除了天花，女孩子也可能染上其他病症，有些可能比天花嚴重得多。」

這時威斯頓緊張萬分地打斷她，直說如果他女兒得了什麼病，一定得立刻告訴他。接著又說，「妳該知道她是我的命根子，就算派人到天涯海角，也要幫她找到最好的醫生。」

他妹妹笑著說，「不，不。她的病沒那麼嚴重。不過哥哥，你該知道我見過世面，我跟你打包票，蘇菲亞一定是愛得死去活來了，否則就是我這輩子第一次看走眼。」

威斯頓激動地嚷嚷，「什麼！談戀愛！談戀愛！沒讓我知道！我要跟她斷絕關係，把她光溜溜趕出家門，一毛錢也不給她。我這麼疼她，對她這麼好，結果她都不跟我說一聲就談戀愛？」

他妹妹說，「可是你還不確定她喜歡的人是不是合你心意，不可以隨便把你的心肝寶貝趕出門。如果她看上的剛好是你中意的人選，你應該不會生氣了吧？」

威斯頓答，「不會，不會，那就不一樣了。只要她給我挑個好女婿，她想愛誰都隨她，我一點都不在乎。」

他妹妹說，「這才像聰明人說的話。我相信她看上的就是你會幫她選的人。如果不是這樣，我從此不再自誇見過世面。哥哥，你應該不否認我的確有點見識。」

威斯頓答，「當然啊，妹妹，我當然相信妳的見識跟所有女人一樣多，而且妳懂得都是女人的事。妳知道我不愛聽妳聊政治。政治是男人的事，妳們這些穿裙子的女人不該插手。不過妳倒說說，那男人是誰？」

她說，「哼！你自己慢慢去調查吧。你這種偉大的政治家，什麼事辦不成。既然你這麼英明睿智，能看穿王公大臣的內閣事務，更知道推動歐洲各國政治機器的巨輪背後那股祕密力量，要弄清楚單純無知女孩的心事肯定不費吹灰之力。」

威斯頓喊道，「妹妹，我跟妳說過多少次了，別跟我耍那些宮廷嘴皮。實話告訴妳，我聽不懂那些古古怪怪的話，不過我看得懂雜誌，也能讀《倫敦晚報》。可能偶爾有那麼一兩句我看不懂，那是因為漏掉一半字母。我能明白裡面的意思，也知道我們國家目前狀況不太好，因為那些貪污腐敗之類的。」

他妹妹說，「我發自內心同情你這鄉巴佬的無知。」

威斯頓答，「是嗎？我也同情妳的都市人見地。我混得再糟，也不要像某些人出入宮廷、又是長老會信徒，還支持漢諾威王朝。」

她說，「如果你說的是我，哥哥，你也知道我只是個女人，我是什麼人又有什麼大不了。何況……」

威斯頓打岔，「我當然知道妳是女人。幸虧妳是女人，如果妳是男人，我老早賞妳一頓鞭子了。」

她回應，「哎，是啊！你們自以為是的優越感就靠那根鞭子了。你們男人比我們強的不過就是力氣，不是腦子。相信我，幸虧你們拳腳上贏我們，否則，以我們高超的理解力，你們早就跟那些勇敢、聰明、機智又懂禮貌的人一樣，任憑我們差遣了。」

威斯頓答，「多謝妳告訴我妳的高明見解，這事我們以後再談。現在趕緊說說我女兒看上哪個男人？」

他妹妹答，「你先等等，我先嚥下對你們男人的無限鄙夷，否則我連你也看不順眼。好了，我想盡辦法吞下肚了。現在，高貴的優秀政治家，你覺得布里菲先生如何？那天在外面，她看見他半死不活躺在地上，不是擔心得要暈過去？等他醒過來，我們走到他身邊，她臉色不是又變白？還有，那天晚上和第二天早上她悶悶不樂，到現在還是一樣，又是為了什麼？」

威斯頓大叫，「天啊！聽妳這麼一說，我全想起來了。的確是這樣，我太高興啦。我就知道小菲是我的乖女兒，不會愛上我不喜歡的人來惹我生氣。我這輩子沒這麼開心過，因為我們兩家的田產老早就連在一起啦，有什麼比這更省事的。這事兒我也想了一段時間了，因為我們兩家田產也算已經結親家啦，如果硬生生拆散它們，實在太可惜了。沒錯，國內還有更大的田產，可是都不在咱們這地方。我寧可眼光放低點，也不要把女兒嫁給陌生的外地人。再者，那些大筆田產都在貴族手上，我光聽到那些傢伙的名字就討厭。不過妹妹，這種事還是妳們女人拿手，妳覺得我該怎麼做。」

他妹妹說，「我的大老爺，謹遵吩咐，感謝你承認我們女人還有一點能力。高貴的政治家，既然你開金口問我的意見，我建議你親自向歐渥希先生提親。這種事不管由男方或女方家長提出都不失禮。波普先生在《奧德賽》裡寫到，亞西諾王主動表示要把女兒嫁給尤里西斯。既然你是這麼高明的政治家，我應該不需要提醒你，別告訴人家你女兒愛上對方，那就有失體統了。」

威斯頓說，「那好，我去提親。如果他拒絕，我就賞他一頓鞭子。」

他妹妹大聲說，「別擔心，他不會拒絕這麼好的親事。」

威斯頓說，「這可難說，歐渥希那傢伙是個怪胎，錢財很難打動他。」

他妹妹說，「哥哥，你的精明真叫我吃驚。人家說什麼你都信嗎？歐渥希先生嘴裡說他視金錢如糞土，你就相信他比別人不屑金錢嗎？只有我們女人這樣的弱者才會這麼輕信，你們這些夠格當政治家的天之驕子不該是這樣。說真格的，哥哥，你很適合出任法國大使。他們三兩下就能讓你相信，他們攻占別人的城池是為了保衛國土。」

威斯頓輕蔑地答，「攻占城池這種事就留給妳那些宮廷朋友去傷腦筋。妳是個女人，我不怪妳。我相信他們還算有點腦子，不會把國家機密告訴女人。」他邊說邊笑，笑聲裡滿是嘲弄，威斯頓女士再也隱忍不住。她哥哥說的話字字句句挑戰她的忍耐力，因為她對政治事務確實瞭如指掌，而且立場強硬。這時她壓不住怒火，大罵哥哥是小丑、是蠢蛋，她不願意繼續住在他家。

威斯頓雖然沒讀過馬基維利[5]，在很多方面卻是不折不扣的權謀家。他恪守交易巷政治逍遙學派[6]反覆宣揚的那些明智信條。他很清楚金錢的合理價值與唯一的運用方法，那就是存起來。他同時深知繼承權與預期財產的正確價值，他經常核計妹妹的財富，以及他或他的後代繼承那筆財富的可能性。他絕不會蠢到為一點小嫌隙犧牲這種龐大利益。因此，當他發現自己說得太過火，決定設法挽回。這倒不是什麼難事，畢竟威斯頓女士太愛哥哥，更愛姪女。雖然她很以自己的政治見解為傲，不喜歡在這方面被人看扁，本質上卻是個善良、好脾氣的女人。

威斯頓先到馬廄對馬兒下手，除了窗子，所有出入口一律關緊，誰也不許離開，之後再回頭對付妹妹。他不但收回自己先前的話，斬釘截鐵地反駁自己那些惹惱她的議論，藉此軟化她、安撫她。他也借重蘇菲亞的辯才助陣。蘇菲亞一番話說得得體又中聽，加上姑姑原本就偏愛她，輕易就打動姑姑。

經過一番努力，威斯頓女士展露溫柔笑容，說道，「哥哥，你真是個如假包換的克羅埃西亞傭兵。克羅埃西亞傭兵在女王陛下的軍隊還有點功能，你也不是一無是處，所以我再一次跟你簽訂和平條約，只希望你別片面毀約。話說回來，既然你是這麼傑出的政治家，我相信你會跟法國人一樣，除非為了自己的利益，否則不輕易背棄盟約。」

第三章
兩度挑戰批評家

上一章提到，威斯頓順利安撫了妹妹，馬上急著想找歐渥希談親事。由於歐渥希臥病在床，他妹妹費了好一番工夫才阻止他為這種事打擾病人。

歐渥希生病以前已經約好要跟威斯頓餐敘，因此，醫生宣布他病體康復後，他立刻實踐諾言。不管對象顯貴或卑下，他向來一視同仁信守承諾。

從前章那段對話到雙方餐會這天的期間裡，蘇菲亞因為姑姑那些有意無意的暗示，覺得精明的姑姑已經發現她對湯姆的愛意，決心利用這個機會掃除姑姑的猜疑，好好約束自己的一舉一動。

首先，她裝出最輕快活潑的表情和最興高采烈的舉止，隱藏一顆鬱鬱寡歡的心。其次，這一整天她只對布里菲說話，完全不理會可憐的湯姆。

威斯頓看見女兒這樣的表現喜出望外，午餐幾乎什麼都沒吃，只忙著找機會跟妹妹使眼色點頭，傳

5　Machiavel（一四六九～一五二七），義大利文藝復興時期重要人物，被譽為近代政治學之父。他提出「政治無道德」的權謀思想，是為「馬基維利主義」。

6　交易巷是倫敦一條街道，早期沒有股票交易所，各種交易多在這條街道的咖啡館進行。逍遙學派指的是亞里斯多德學派，因為亞里斯多德常在散步時講學。

達他的認同。只是，一開始威斯頓女士對蘇菲亞的表現卻不像哥哥那麼滿意。

簡言之，蘇菲亞矯枉過正，以至於她姑姑有點動搖，懷疑姪女在演戲。然而，由於她自己就是個裝模作樣的女人，很快就斷定這只是蘇菲亞裝模作樣過了頭。她想到自己曾經多番給蘇菲亞暗示，讓姪女明白她懷疑她心有所屬，所以蘇菲亞才會故意對布里菲熱情親切，想藉此扭轉姑姑的看法。這點從蘇菲亞故意裝得歡天喜地不難看出來。這裡我不得不說句話：如果蘇菲亞在倫敦的貴族住宅區格羅夫納廣場附近住過十年，這樣的猜測或許比較有根據。格羅夫納廣場周遭的年輕小姐的確深諳調情勾引這些把戲，但在這個距離倫敦幾百公里的林蔭深處，愛情卻是非常嚴肅的事。

說實在話，要想識破別人的欺瞞，重點在於我們必須把自己的水平（容我用這個比喻）調整到跟對方相當。因為那些非常狡猾的人有時會誤判情勢，把別人看得太聰明，換句話說，看得太奸詐。這番道理特別深奧，所以我用底下的小故事略加說明。有三個鄉下人在布倫福追一個威爾特郡小偷。其中最笨的那個人看見一塊招牌底下寫著「威爾特客棧」，建議兩個同伴一起進去找，因為小偷可能會在裡面。第二個人腦筋好一點，取笑他的無知。三人之中最聰明那個說，「我們進去，因為他可能認為我們不相信他敢躲在同鄉開的店。」於是他們進客棧去找，就這麼錯過抓到小偷的機會。其實當時小偷就在他們前面不遠，而他們都知道小偷不識字，只是一時忘記了。

我離題揭發這麼珍貴的祕辛，讀者想必能夠諒解，因為所有賭徒都認同，要想攻破對手的招數，先得弄懂對方的袖裡乾坤。另外，這還可以說明為什麼聰明人經常被笨人要得團團轉，而樸實天真的人常被人誤會曲解。最重要的是，這更充分說明蘇菲亞為什麼能騙過滿腹心計的姑姑。

午餐結束後，所有人來到花園，威斯頓這會兒已經完全相信妹妹的推論，把歐渥希拉到一旁，直白地提出布里菲和蘇菲亞的親事。

歐渥希不是那種聽見意外之財的消息就樂暈頭的人。他以男子漢和基督徒自居，不會假裝自己跳脫人世間的苦樂悲喜，卻也不輕易為一時的劇變或運勢的起起落落心緒不定。他聽見威斯頓的提親，顯得冷靜安詳，表情也沒有任何變化。他說這門親事他樂觀其成，並且極力讚揚蘇菲亞的優點，直說這門親事對雙方都有利。他謝謝威斯頓這麼看得起他外甥，他最後說，只要兩個年輕人情投意合，他很樂意促成這樁姻緣。

威斯頓覺得歐渥希的答覆不如他預期中熱絡，有點失望。另外，歐渥希說要看年輕人是否情投意合，他嗤之以鼻地說，「父母才能幫子女挑選最好的對象。我就會要求女兒絕對服從；如果有哪個小伙子拒絕這麼好的床伴，那就當我沒說，希望沒有造成您的困擾。」

歐渥希連忙又說了許多好話讚美蘇菲亞，化解威斯頓的怒氣。他說他相信布里菲一定會同意，可惜他說什麼都沒用，威斯頓始終回他，「我不說了，但願沒有造成您的困擾，就這樣。」到談話結束時，這句話他重複至少一百次。

歐渥希太了解威斯頓，不會被他的態度惹惱。他向來反對為人父母強硬安排子女的婚事，所以老早打定主意在這方面尊重外甥的意願。儘管如此，他對這門親事其實相當滿意，因為蘇菲亞在地方上人見人誇，他自己也格外欣賞她出眾的人品和外貌。當然，這裡我們不妨加上她龐大的家產，因為歐渥希雖然夠冷靜，不至於被錢財沖昏頭，卻也夠理智，不會任意唾棄。

說到這裡，我不得不無視世間批評家的叫囂，離題聊聊真正的智慧。在這方面歐渥希是個最佳典範，正如他的仁慈也足為表率。

不管霍加斯畫作裡的窮詩人寫過多少貶抑財富的詩篇；不管那些豐衣足食的有錢牧師在講壇上如何勸人遠離享樂，真正的智慧卻不是表現在對財富或享樂的鄙視。一個人家財萬貫，智慧卻可能跟街上的乞丐不相上下；一個人擁有嬌妻益友，也可能跟埋藏自己的才能、餓著肚皮使勁抽打後背的酸腐天主教隱士一樣有智慧。

坦白說，有智慧的人反而更有機會獲得更多世俗的福氣，因為他們懂得節制，不但能獲得有益的財富，更能學會品味人生。智者懂得滿足自己的所有胃口與激情，愚人卻會為了滿足某種欲望，葬送其他的一切。

也許有人要提出反駁，說某些智者貪得無厭出了名。我的回答是，那種人算不上有智慧。可能也有人會說，某些最有智慧的人年少時也曾縱情聲色。我的答覆是：當時他們還沒有智慧。

那些沒進過智慧之門的人總說智慧這門學問太高深，很難學得會。其實智慧只教我們一條普世皆知、陋巷通行的簡單準則，並且要我們把這個準則擴大應用到日常生活以外。那個準則就是：買東西別付出太高代價。

那麼，任何人只要懂得帶著這條準則闖蕩世界這個廣大市場，經常運用在榮譽、財富、娛樂和這個市場提供的所有商品上，我敢斷言這人是個智者，而且世人都會認同他的智慧。因為他談得到最好的交易，付出最少的價金，把我提到的那些好東西都帶回家，在此同時又能保有健康、純真和名譽這些其他人交易時付出的代價。

由於他懂得節制，還能學到另外兩個寶貴課程，人格也會因此趨於完善。首先，當他做了好交易，絕不會得意忘形；其次，即使市場沒有好商品，或者商品太貴買不起，也不會垂頭喪氣。

但我可別忘記自己在寫什麼，不能離題太遠，考驗好脾氣批評家的耐心。所以，本章到此為止。

第四章
描述五花八門的怪事

歐渥希回到家以後就找布里菲私下談話，幾句閒聊後引入正題，說起威斯頓提親的事，他也告訴布里菲他非常贊同這樁婚事。

布里菲對蘇菲亞的迷人魅力毫不傾心。他並不是心有所屬，也不是對美貌無動於衷，更不是討厭女性。只是，他的情慾原本就不算強烈，可以透過哲學、讀書或其他方法輕易壓制。至於我在本卷第一章探討的那種愛情，在他全身上下可說一丁點都找不到。

以蘇菲亞的品德和姿色，肯定是我在第一章討論的那種複雜情感的屬意對象。布里菲雖然絲毫不受那種情感干擾，卻滿懷其他截然不同的熱情，而蘇菲亞的家產必定能滿足這種熱情，那就是貪婪與野心。這兩種熱情在他的心靈各據一方，難分高下。他曾經想過，如果能擁有那筆資產會是多麼可喜的事，也曾經幻想過得到那筆財產的可能性。只是，他覺得自己和蘇菲亞年紀都還小，更重要的是，他擔心威斯頓可能再婚生下更多子嗣，所以有點遲疑，不急著展開追求。

如今威斯頓主動提親，布里菲最主要的擔憂幾乎移除了，所以他略微遲疑之後對歐渥希說，他還沒考慮過婚姻大事，但他感念舅舅的待他親切，像父親般疼愛他，無論什麼事，只要能讓舅舅開心，他都願意做。

歐渥希天生熱情洋溢，他目前的嚴肅來自真正的智慧和哲思，而非冷漠無情。年輕時的他也是熱血沸騰，娶了一個真心相愛的美嬌娘，此時外甥的冷淡回應令他怏怏不樂。他忍不住又稱讚蘇菲亞幾句，也質疑哪個年輕男子看見這樣麗質天生的美人會不動心，除非那人心裡已經有別人。

布里菲向舅舅保證自己心裡沒有別人，接著他陳述自己對愛情與婚姻的看法，說得頭頭是道又滿懷虔誠，就算是他的親生父親、宗教信仰不如他舅舅堅定，聽見這番話也不好再說什麼。最後歐渥希終於心滿意足，他認為外甥對蘇菲亞不但沒有任何不滿，反倒懷有一份敬重。對於審慎善良的心靈，這份敬重正是友誼與真愛的基石。他深信短時間內布里菲就會贏得佳人心，也預見這樁門當戶對的婚姻將會為雙方家族創造幸福快樂。徵得布里菲同意之後，隔天早上他寫信給威斯頓，告訴威斯頓他外甥感恩又歡喜地接受這門親事，只要小姐願意接見他，他隨時可以上門拜訪。

威斯頓收到這封信喜出望外，馬上寫了回信，事先沒有知會女兒一聲，就約布里菲當天下午到家裡來，小倆口第一次正式約會。

他派人把信送出去以後立刻去找妹妹，發現妹妹正在讀《倫敦公報》，邊讀邊為薩波牧師解說內容。他強忍衝動天性、咬牙苦撐聽了將近十五分，才終於找到機會告訴妹妹有重要事跟她談。威斯頓女士答道，「哥哥，我隨時奉陪。北方情勢非常樂觀，我心情好得不得了。」

牧師告退。威斯頓對妹妹說明事情經過，要她去轉告蘇菲亞。他妹妹笑嘻嘻一口答應。不過，威斯頓可能要感謝樂觀的北方情勢，因為他妹妹開心之餘，沒有數落他一頓，畢竟這件事他確實辦得太過草率倉促。

第五章
蘇菲亞與姑姑的一席對談

蘇菲亞正在自己房裡讀書，威斯頓女士突然走進來。她一看見姑姑，馬上闔上書本。她動作太急，威斯頓女士忍不住問她在看什麼書，為什麼遮遮掩掩？

蘇菲亞答，「姑姑，請相信我，我讀這本書一點也不覺得丟臉，更不怕別人知道我讀過。這是一位上流社會年輕女士的作品，我覺得她很有見地，可以為女人爭光，她的善心更是人性的榮耀。」

威斯頓女士拿起書看一眼又放下，馬上說，「沒錯，作者出身名門，本人倒是不怎麼樣。這本書我沒讀過，因為一流批評家說這本書乏善可陳。」

蘇菲亞說，「姑姑，我不敢反駁一流批評家的意見，不過我倒覺得這本書用不少篇幅描寫人性，很多地方展現真正細膩的情感，我感動得流了不少眼淚。」

威斯頓女士說，「喔，那麼妳很愛哭囉？」

蘇菲亞答，「我喜歡體會真摯的情感，隨時願意為它灑幾滴淚水。」

威斯頓女士說，「那麼跟我說說，我進來的時候妳讀到哪一段，我相信那裡面一定充滿柔情，想必也有熾熱的愛情。親愛的蘇菲亞，妳臉紅了。哎呀，孩子，妳該讀些教妳虛偽做假的書，妳才能學會隱藏自己的念頭。」

蘇菲亞答，「姑姑，我沒有什麼羞於見人的念頭。」

威斯頓女士叫道，「羞於見人！我相信妳沒有什麼可恥的念頭。只是啊，孩子，我剛才說到『愛情』妳就臉紅。親愛的蘇菲亞，妳腦袋裡有什麼東西我都一清二楚，就像我國軍隊還沒行動，法國人就已經瞭如指掌。孩子，妳以為妳騙得過妳爸爸，就騙得過我嗎？妳以為我看不出妳昨天為什麼故意對布里菲特別親切嗎？我見過太多世面，沒那麼容易被騙。不，不，別又臉紅。妳不需要為這份感情臉紅。我不反對，也已經爭取到妳爸爸的認可。說實在話，我唯一的考量是妳的心意，可能的話我會盡量滿足妳的願望，即使要因此放棄其他更好的機會。好啦，我有好消息要告訴妳，妳聽了一定開心極了。把妳心裡的祕密都告訴我，我一定想辦法讓妳如願以償。」

蘇菲亞露出這輩子最裝傻的表情，「我不知道有什麼好說的，姑姑，妳為什麼覺得我有祕密？」

威斯頓女士答，「少來，別撒謊了。別忘了我也是女人，而且是妳的親姑姑，希望妳知道我一切都為妳好。還有，妳只是說出我已經知道的事。妳昨天唱作俱佳演了那場戲，那些世面見得不夠透徹的人都被妳騙過去了，我卻看得清楚明白。最後，妳要知道我完全贊成妳的選擇。」

蘇菲亞說，「哎，姑姑，妳這麼突然，人家沒有一點心理準備。姑姑，說實在話，我不是瞎子……當然，如果在某個人身上看見所有人類優點是一種錯……妳跟我爸爸真的看法跟我一樣嗎？」

她姑姑答，「我告訴妳，我們確實完全同意。妳爸爸已經幫妳安排好了，今天下午就可以見妳的情人。」

蘇菲亞無比震驚，臉色轉白，「我爸！今天下午！」

她姑姑說，「沒錯，孩子，就是今天下午。妳也知道妳爸爸性子有多急躁。妳在野外暈倒那天我就發現妳愛上那個人。妳暈倒就是明顯線索，醒來以後透露更多，那天吃晚餐和隔天吃早餐我也都看得出來。孩子，妳知道姑姑是見過世面的。我把這事告訴妳爸爸，他馬上要去找歐渥希先生談。昨天他正式提親，歐渥希先生同意了，妳該知道他一定也很高興。今天下午妳要好好施展魅力。」

蘇菲亞驚叫道，「今天下午！親愛的姑姑，我被妳嚇得六神無主。」

威斯頓女士說，「親愛的孩子，妳的心很快就會鎮定下來，因為他是個風度翩翩的少年郎，一點也不假。」

蘇菲亞說，「我坦白說，我沒見過比他更完美的人。那麼勇敢、那麼溫柔、那麼機智，從不冒犯人，宅心仁厚、彬彬有禮，文雅又帥氣！有這麼多優點，就算他出身卑微又怎樣？」

威斯頓女士追問，「出身卑微！妳這話什麼意思？布里菲先生出身卑微？」

蘇菲亞一聽見這個名字就臉色發白，虛弱地重複一次他的名字。

她姑姑嚷嚷道，「布里菲先生。是啊，是布里菲先生，不然我們說的是誰？」

蘇菲亞幾乎要暈了，「我的天！我以為我們在說瓊斯先生。我相信再沒有任何人值得……」

她姑姑大喊，「我必須說現在是妳嚇到我了。那麼妳的意中人是瓊斯先生，不是布里菲？」

蘇菲亞答，「布里菲！妳一定是在開玩笑，如果不是，我就是全天下最悲慘的女人。」

威斯頓女士不發一語站在原地，直眉瞪眼目露凶光。最後她扯開嗓門，吼出以下鏗鏘有力的語句：「妳竟然想嫁給私生子讓家族蒙羞？威斯頓家的血統可以這樣被污染嗎？如果妳頭腦不清醒，克制不了這種荒謬至極的感情，那麼妳至少應該看重家族榮耀，不會愛上這麼低賤的人。我萬萬沒想到妳竟然敢當著我的面說出來。」

蘇菲亞顫抖地說，「姑姑，那些話都是妳逼我說的。我從沒在任何人面前稱讚過瓊斯先生，如果不是以為妳贊成，我剛才也不會說出來。不管我對那可憐又不幸的年輕人有什麼想法，我原本都打算帶進墳墓。現在我只想躺進那個墳墓求一點安寧。」說到這裡，她頹然坐下，哭得梨花帶雨，那無語問蒼天的悲慘景象，幾乎可以打動任何鐵石心腸。

然而，她的嬌弱與哀傷卻激不起姑姑的疼惜。相反地，威斯頓女士憤怒到了極點，她用最凶悍的口氣咆哮，「我寧願跟著妳進墳墓，也不要看妳嫁這樣的人，丟光自己和家族的臉。老天哪！我活了大半輩子，怎麼想得到會聽見姪女告訴我她愛上那樣的人？妳是第一個，是的，威斯頓小姐，妳是咱們家族第一個有這種見不得人的念頭的人。我們家族的女性是穩重端莊出了名的……」接下來她滔滔不絕罵了十五分鐘才停，倒不是氣消了，而是喘不過氣來。最後她嚷嚷著要馬上去告訴她哥哥。

蘇菲亞趕緊跪在姑姑面前，拉住姑姑雙手，淚流滿面求姑姑別把從她嘴裡套出來的祕密說出去。她說父親脾氣暴躁，不管她喜歡什麼人，都不會做出惹父親生氣的事。

威斯頓女士站在原地望著姪女，慢慢鎮定下來，說道，「要我保守祕密可以，妳要答應我一個條件，那就是今天下午妳要好好以情人的身分接見布里菲先生，要把他當成未來夫婿看待。」

可憐的蘇菲亞完全受制於姑姑，只好答應她的任何要求。她勉為其難答應接見布里菲，也會盡可能客氣有禮。另外，她求姑姑別太急著辦婚事。她說，「我一點都不喜歡布里菲先生，希望妳能說服父親，別讓我變成天底下最痛苦的女人。」

威斯頓女士果斷地告訴她，「這件婚事已經說定了，不該也不會有任何事可以阻止。我必須承認，這件事我原本只想冷眼旁觀。不，也許該說我不算太滿意。不過當時覺得既然是妳中意的人，我才勉強同意。現在我倒覺得這是世上最合適的親事，而且我會全力避免拖延。」

蘇菲亞答，「姑姑，希望妳和爸爸大發慈悲，至少緩一緩。現在我非常討厭那個人，請妳至少給我一點時間調整心情。」

威斯頓女士答，「我見過太多世面，沒這麼容易受騙。現在我既然知道妳心裡愛著別人，就會催妳爸爸早早辦了婚事。敵方的援軍已經來到，如果不加快速度攻城，就不是高明策略。不，不，蘇菲亞，現在我知道妳愛上一個敗壞門風的對象，就得趕緊把妳嫁出去。等妳出嫁以後，那些就是妳丈夫的問題了。孩子，我希望妳識大體，永遠別做出丟人現眼的事。萬一妳把持不住，至少婚姻可以避免女人身敗名裂。」

蘇菲亞明白姑姑話裡的暗示，卻不便開口回答。不過，她決定接見布里菲，也要盡量以禮相待，她知道只有這樣做，姑姑才會幫她保密。她的祕密與其說是姑姑設計套出來的，不如說是自己運氣不好，不小心洩露出去。

第六章

蘇菲亞和阿娜的對話，也許可以稍微平撫前一章的情景在仁慈讀者心中引發的感傷

威斯頓女士如前章所述取得姪女承諾，轉身離開蘇菲亞房間。她前腳才走，阿娜後腳跟進來。阿娜原本在隔壁房間做事，被前面那段對話裡某些叫嚷聲召喚到房門的鑰匙孔，一直留在那裡直到對話結束。她進房以後看見蘇菲亞一動不動地站著，淚水滑落臉頰，立刻也召喚數量相當的淚水湧現眼眶，說道，「哎喲喂呀，我親愛的小姐，妳怎麼了？」

蘇菲亞答，「沒事！」

阿娜說，「沒事！噢，親愛的小姐！妳就別瞞我了。瞧瞧妳現在這副模樣，剛才又跟威斯頓女士鬧了一陣。」

蘇菲亞說，「別取笑我。我說了我沒事。老天爺啊，我為什麼要出生？」

阿娜說，「不對，小姐，我不相信妳會平白無故說這種傷心話。我是個下人沒錯，可是說真格的，我向來對小姐忠心耿耿。為了小姐，我連命都可以不要。」

蘇菲亞說，「親愛的阿娜，這件事妳幫不了我。我這輩子完了，誰也救不了我。」

阿娜說，「但願不會！不過就算我幫不上忙，也拜託小姐跟我說說，我心裡至少安慰一點。求求妳，小姐，告訴我出了什麼事。」

蘇菲亞大聲說，「我爸爸要我嫁給一個我最瞧不起、最討厭的人。」

阿娜說，「天哪，小姐，那個壞男人是誰？那人一定是壞透了，否則小姐不可能瞧不起他。」

蘇菲亞答，「他的名字會弄髒我的嘴。反正妳很快就會知道了。」

坦白說，阿娜已經知道了，所以也就不再追問。她接著說，「我不敢說我可以教小姐怎麼做，我只是個下人，小姐懂得比我多得多。不過呀，呸！全英格蘭沒有哪個當爹的可以逼我嫁給不喜歡的人。還有，說真格的，老爺是大好人，如果他知道小姐瞧不起又討厭這個男人，一定不會叫妳嫁給他。如果小姐答應讓我去跟老爺說。說真格的，由小姐自己開口更合適，可是小姐不想說那人的下流名字弄髒嘴。」

蘇菲亞說，「阿娜，妳弄錯了，我爸連問都沒問我一聲，就做決定了。」

阿娜叫道，「那他就更丟臉了，要跟那男人睡同一張床的是妳，不是老爺。一個男人就算為人正正當當，也不是每個女人都覺得他俊俏。我敢說這件事一定不是老爺自己的意思。有些人實在不該多管別人的閒事，我敢說，換做他們自己，一定不喜歡別人這樣對他們。我雖然沒嫁過人，也知道不是所有男人都一樣討人喜歡。小姐如果不能開開心心跟自己覺得最英俊的男人在一起，有那麼多財產又有什麼用？我什麼都沒說，只是可惜某些人出身不夠高貴。不對，換做是我就不會在乎這種事。可是那人也沒錢，那又怎樣？小姐的錢足夠兩個人用了。小姐的錢還能有比這更好的用途嗎？因為所有人都會覺得他是全世界最英俊、最迷人、最斯文、最高大、最得體的男人。」

蘇菲亞板著臉問，「妳為什麼囉哩囉嗦跟我嘮叨這些？我什麼時候允許妳這麼隨便了？」

阿娜答，「沒有，小姐，請妳原諒，我沒有惡意。不過今天早上我看見那可憐的少爺以後，他就一直在我腦海裡。說真格的，如果小姐剛才看見他了，一定也會同情他。可憐的少爺！希望他別出什麼事，因為他一整個早上把雙手抱在胸前走來走去，看起來哀傷極了。我對天發誓，看見他那副模樣，我眼淚都掉下來了。」

蘇菲亞問，「看見誰？」

阿娜答，「可憐的瓊斯先生。」

蘇菲亞激動地說，「看見他！妳在哪兒看見他？」

阿娜答，「小姐，就在圳溝旁。他在那裡來來回回走了一早上，最後才躺下來。我敢說他現在還在那裡。說真格的，如果不是我生性害羞，畢竟我還沒嫁人，我一定會上前跟他說說話。小姐，讓我再去看看他還在不在那裡，我只是好奇。」

蘇菲亞說，「呿！什麼話！不，不，他待在那裡做什麼？一定早就走掉了。還有，妳為什麼……怎麼……為什麼要去看他？還有，我有事要妳做。去，幫我把帽子和手套拿來，午餐前我要跟姑姑到樹林裡散散步。」

阿娜馬上把東西拿來，蘇菲亞戴上帽子，在鏡子前照了照，覺得帽子的緞帶不襯她的膚色，要阿娜去拿另一種顏色的緞帶。她千交代萬叮嚀要阿娜絕對不可以放下針線活不管，因為她急著要，當天一定要做好。她又喃喃念叨著要去樹林子散步，出了大門卻往相反方向去，邁著纖弱顫抖的雙腿，用最快的速度朝圳溝走去。

正如阿娜所說，那天早上湯姆確實在圳溝旁，他在那裡逗留兩個小時，滿腹愁思地想念他的蘇菲亞。蘇菲亞從另一扇門走進花園時，他剛巧從另一扇門出去。所以換緞帶那不幸的幾分鐘害這對戀人擦身而過，真是可惜。我的女性讀者想必可以從中學到寶貴教訓。在此我嚴格禁止所有男性批評家發表議論，因為這件事我只說給女士們聽，也只有女士們有資格置評。

第七章
寥寥幾筆描繪理應精簡的登門拜訪過程；詳述另一幕更為深情的畫面

有個人（或許更多人）曾經中肯地指出，災禍總是接二連三。此時蘇菲亞印證了這句睿智箴言：她出門找意中人未果，滿懷失望，又得著裝打扮接待她討厭的男人，更是懊惱。

那天下午威斯頓第一次向女兒透露自己對這樁婚事的看法。他說她姑姑想必已經告訴她了。蘇菲亞一臉肅穆，眼裡噙著幾滴珠淚。威斯頓說，「得了，得了。別害臊啦，我什麼都知道，妳姑姑都跟我說啦。」

蘇菲亞問，「姑姑真的洩露我的祕密了嗎？」

威斯頓說，「洩露妳的祕密！什麼話！妳自己昨天午飯時什麼祕密都洩露啦。誰都看得出來妳談戀愛啦。不過妳們這些小女孩根本不知道自己在做什麼。妳現在掉眼淚是因為我要把妳嫁給妳愛的男人！我記得當年妳媽也是這樣哭哭啼啼，不過我們結婚後二十四小時內就沒事了。布里菲這年輕人開朗活潑，不用多久就會逗得妳眉開眼笑。好了，開心點，開心點，他應該馬上就到了。」

現在蘇菲亞知道姑姑果然信守對她的承諾，她下定決心咬牙熬過這個痛苦的下午，絕不要引起父親的任何疑心。

不久後布里菲就到了，威斯頓也找個藉口離開，讓小倆口單獨相處。

兩人沉默了將近十五分，因為應該先開口的布里菲太靦腆，矜持過了頭。他幾度想說點什麼，話到嘴邊又吞回去。最後才像急流般爆出連串天馬行空、牽強附會的讚美話語。蘇菲亞只是眼皮低垂、微微點頭，偶爾客套地應一聲。布里菲一來對女人不夠了解，二來對自己太有信心，以為蘇菲亞的反應是含蓄地接受他的追求。然後，蘇菲亞再也無法忍受，乾脆起身離開。他也認為她只是害羞，安慰自己日後一定能有更多時間跟她相處。

他自信滿滿，覺得成功在望。戀愛中的人通常渴望獨占佳人芳心，他卻不曾有過這種念頭。他追求的目標只是她的財富和她的人，也深信人財兩得是指日可待的事。畢竟威斯頓一心一意要促成這門親事，蘇菲亞又是唯父命是從，不管什麼天大的事，她都會順從父親的意思。他心想，蘇菲亞肯定還沒有意中人，又聽父親的話，加上他自認一表人才、能說善道，抱得美人歸是遲早的事。

他對湯姆當然沒有絲毫妒意，我倒覺得這事難以想像。也許他認為地方上公認湯姆是全英格蘭最放蕩的傢伙（是否公允請讀者決斷），像蘇菲亞這種端莊的大家閨秀一定非常討厭他。也許他們三個相處時，蘇菲亞和湯姆的表現引不起他的任何疑心。最後，可能也是最關鍵的一點，他自信蘇菲亞身邊沒有比他優秀的追求者。他自認對湯姆無所不知，瞧不起湯姆的見識，因為湯姆不夠在乎自身利益。但他不知道湯姆愛上了蘇菲亞。至於金錢的誘因，他覺得像湯姆這種傻瓜根本不會為這種事心動。再者，他以為湯姆還跟莫莉在一起，也預期他們兩個終究會步入禮堂。湯姆從小就把布里菲當好兄弟，對他無話不說。不過，歐渥希臥病期間布里菲的行為令湯姆太失望，之後兩人吵了一架，到現在還沒和好，所以布里菲還不知道湯姆跟莫莉之間的最新進展。

基於上述原因，布里菲覺得自己跟蘇菲亞的親事水到渠成，他認定所有女人初見情郎都是這種表現，所以這次登門拜訪的結果完全符合他的期望。

威斯頓刻意攔住即將離去的布里菲。他發現布里菲喜形於色，不但深深愛上蘇菲亞，對蘇菲亞的表現也相當滿意，開心得在自家門廳手舞足蹈、蹦蹦跳跳，還做了各種滑稽動作表達內心的狂喜。他原本對自己的情感就毫無自制力，心裡冒出任何喜怒哀樂，都會以最誇張的行為表現出來。

他用連番熱情擁吻送走布里菲後，馬上去找蘇菲亞，一見到女兒就喜不自勝地表達內心的歡喜，要她把喜歡的衣服首飾全買回來。他說他的錢唯一的用途就是讓女兒開心，接著他百般疼愛地摟她抱她，用各種親暱的稱呼喊她，直說她是他唯一的開心果。

蘇菲亞看見爸爸父愛洋溢，雖然不明白原因（因為這種事並不少見，只是這次顯得格外激烈），卻覺得這是表白心事的天賜良機，至少也要說出她對布里菲的感覺，她很清楚遲早都得把話講清楚。因此，她先謝謝父親的疼愛，又用難以形容的溫柔眼神看著父親，說道，「爸爸真的覺得只要女兒快樂，您就快樂嗎？」

威斯頓指天誓日地賭咒，又親了女兒一口，強調確實如此。蘇菲亞於是拉住父親的手，雙膝跪地，先訴說自己對父親的無限敬愛與孝心，再求父親「不要逼我嫁我最討厭的人，讓我變成全世界最悲慘的女人。親愛的爸爸，我求您這件事，既為了您，也為了我，因為您說只要我幸福，您就開心。」

威斯頓凶狠地瞪著她，「怎麼！什麼！」

蘇菲亞又說，「爸，不只您可憐女兒的幸福，我的命，我的人生，就看您肯不肯答應我的要求了。我沒辦法跟布里菲生活，逼我嫁給他等於要我的命。」

威斯頓問，「妳沒辦法跟布里菲生活？」

蘇菲亞答，「對，我無論如何辦不到。」

威斯頓一腳踢開她，大吼，「那就去死，下地獄去吧。」

蘇菲亞拉住父親外套衣角哭喊，「爸，可憐可憐我，我求求您。別對我這麼殘忍，看見您的小菲這麼難過，您也無動於衷嗎？世上最慈愛的爸爸要讓我心碎嗎？您要用最痛苦、最殘酷、最緩慢的方法折磨我到死嗎？」

威斯頓大聲說，「呸！呸！一派胡言，都是小女孩花招。要妳的命，跟真的一樣！結個婚會要妳的命？」

蘇菲亞答，「爸，這種婚姻比死還糟糕。我不只不喜歡他，甚至恨他，厭惡他。」

威斯頓說，「就算妳討厭他到了極點，還是得嫁他。」說到這裡，他用一句不便在此複誦的驚悚詛咒表達決心，又說了許多決絕的狠話，最後做出結論：「這件事我已經決定了。如果妳不答應，就別想要我的錢，我一分錢都不會給妳。沒錯，就算我看見妳幾乎餓死在街頭，也不會施捨妳一口麵包。這就是我的決定，妳自己好好想一想。」說完，他用力推開她，害她的臉撞上地板。他氣沖沖地走出去，留下可憐的蘇菲亞倒臥在地上。

威斯頓來到門廳碰見湯姆。湯姆發現威斯頓怒容滿面臉色蒼白，幾乎喘不過氣來，忍不住問他在生什麼氣。威斯頓立刻把事情的來龍去脈都告訴湯姆，最後狠狠地責罵蘇菲亞，咬牙切齒地說，生養女兒的父親是天底下最可憐的人。

湯姆原本還不知道威斯頓打算把蘇菲亞嫁給布里菲，現在忽然聽見這事，幾乎給嚇死。等他稍稍恢復鎮定，就對威斯頓提出人類史上最厚顏的請求。根據他自己事後坦承，當時那麼做純粹出於絕望：他要求去見蘇菲亞，詭稱也許他可以勸蘇菲亞回心轉意聽從父命。

威斯頓是出了名地眼拙，就算他善於察顏觀色，現在也因為急怒攻心亂了方寸。他謝謝湯姆願意幫他去說服女兒，說道，「去吧，去吧，拜託你盡全力。」之後他又連聲咒罵，直說如果她拒絕婚事，一定要趕她出家門。

第八章
蘇菲亞與湯姆見面

湯姆馬上去找蘇菲亞，那時她已經從地上爬起來，淚水直流，嘴唇流血。他大步奔到她身邊，用既溫柔又驚恐的嗓音說，「我的蘇菲亞！妳怎麼變成這副嚇人模樣？」

蘇菲亞溫柔地看了他半晌，才說，「瓊斯先生，你怎麼會到這裡來？走吧，我求你馬上走。」

他說，「別對我這麼狠心，我的心流了比妳的嘴唇更多的血。蘇菲亞！只要能保住妳寶貴的一滴血，我全身的血隨時可以流光。」

蘇菲亞說，「你已經救我太多次，我相信你說的是真話。」說完她又深情款款看了他將近一分鐘，緊接著痛苦萬分地哭著說，「瓊斯先生！你為什麼要救我？我死了，我們兩個都會比較快樂。」

湯姆叫道，「我們兩個會比較快樂！我死在拷問架上或處刑輪下，都不比我的蘇菲亞……我說不出那可怕的字眼。如果沒有她，我還能活下去嗎？」他說這些話的時候，聲音和面容都帶著難以言喻的深情，也輕輕握住她的手。她沒有把手縮回去，坦白說，當時她已經渾然忘我，什麼痛苦都消失了。

他們兩個就這樣靜靜站了幾分鐘，期間湯姆始終深情望著蘇菲亞，蘇菲亞則是低頭望著地板。最後她終於恢復一點理智，再次要他離開，因為萬一被人發現他們在一起，她就完蛋了。

她又說，「瓊斯先生！你不知道，你不知道今天下午發生了什麼殘酷的事。」

湯姆答，「我的蘇菲亞，我什麼都知道。妳那狠心的爸爸都告訴我了，是他叫我來找妳的。」

蘇菲亞震驚地說，「我爸派你來找我！你一定是在做夢。」

湯姆答，「但願這只是一場夢！蘇菲亞，妳爸派我來幫我那個可惡的情敵當說客，來勸妳接受那個人。我不擇手段只為了見妳一面。我的蘇菲亞，跟我說說話！我的心在淌血，給我一點安慰。沒有哪個人像我這樣愛得不可自拔。求妳行行好，別抽走這可愛、纖細又溫柔的小手，也許一轉眼他們就會永遠拆散我們。如果不是碰到這麼殘酷的事，我絕不可能克服對妳的尊重和敬畏、壯起膽子來見妳。」

她怔怔站著，不知所措。然後抬起視線柔情地看著他，說道，「瓊斯先生想要我說什麼？」

湯姆激動地說，「答應我，妳永遠不會嫁給布里菲。」

她說，「別跟我提起那可憎的名字。如果我有權做決定，一定不會嫁給他。」

湯姆又說，「既然妳這麼好心，就請妳大發慈悲，多給我一點希望。」

蘇菲亞說，「哎！瓊斯先生，你想把我逼到什麼地步？我能給你什麼希望？你也知道我爸的心意。」

湯姆說，「可是我知道他不能強迫妳答應。」

她說，「你可知我不答應會引來多麼嚴重的後果？我在乎的不是我自己。想到父親會多麼傷心難過，我就受不了。」

湯姆說，「那是他自找的，他沒有權力決定妳的婚姻大事。妳想想，如果我失去妳，我會有多悲慘，看看哪一邊比較值得同情。」

她答，「你想想！如果我答應你，就會毀了你，你以為我不知道嗎？就是因為這點，我才要求你永遠離開我，別斷送自己的一生。」

他答，「我不怕毀了一生，只怕失去蘇菲亞。如果妳不想讓我受那種煎熬，請把那句話收回。我不能失去妳，真的不能。」

他們兩人就這樣默默地站著，渾身發抖，蘇菲亞沒有力氣把手縮回來，湯姆也幾乎握不住。這一幕（我相信讀者也覺得已經持續夠久了）被性質截然不同的另一種情景打斷，我們留到下一章再說明。

第九章
相較前章，本章情節偏火爆

我們繼續談這對小情人的後續以前，也許應該先說說他們互訴衷情時，門廳發生了什麼事。

威斯頓讓湯姆去找蘇菲亞後不久，他妹妹來找他，他說起他跟蘇菲亞那場對話。

威斯頓女士認為，蘇菲亞這種行為等於違約在先，她也就不需要為她保密，因此她有權把蘇菲亞愛上湯姆的事告訴哥哥。她馬上把整件事和盤托出，不加一點前言或贅述。

威斯頓從沒想過要把女兒嫁給湯姆，即使在他最喜歡湯姆的時刻、或因為某些事引起疑心、或其他任何情況都一樣。在他心目中，門當戶對是婚配不可或缺的元素，就跟主角必須是一男一女或其他必要條件一樣。他從來不擔心女兒會愛上窮小子，就像不擔心她會愛上其他種類的動物。

因此，聽完妹妹的話，他整個人驚呆了。一開始他一句話都說不出來，因為他太震驚，差點喘不過氣來。幸好他的呼吸很快恢復，而且就跟其他呼吸中斷的情況一樣，氣息變得加倍猛烈狂暴。

他從震驚中回過神來，馬上發揮第一波唇舌功力，連珠砲似地發誓與詛咒。之後連忙趕到蘇菲亞和湯姆所在的那個房間，沿路喃喃有辭（其實是大聲咆哮），嚷嚷著要報仇雪恨。

當一對鴿子，或一對斑鳩，或斯垂芬和菲麗絲[7]（這個比喻最恰當）躲進幽靜宜人的樹林，耳鬢廝磨你儂我儂。內向的牧童在公開場合木訥寡言，跟人獨處時卻是個好伴侶。這時氣氛無比祥和恬靜，不料稀疏雲層之間突然爆出粗嘎雷聲，轟隆隆響徹天際。少女嚇得從青苔河岸或翠綠草地跳起來，愛神在她臉上點染的紅暈瞬間消退，換成驚悚的死白。恐懼撼動她全身，情人幾乎扶不穩她搖搖欲墜的顫抖身子。

或者當兩名外地男士來到索爾茲伯里某家客棧或酒館，正在開懷暢飲。偉大的道迪哐哐噹噹晃動鐵鍊，他扮瘋子，幾個慫恿他的人扮傻子，沿著樓座粗聲粗氣嚷嚷著要抓人。兩名酒客不知道當地有這號狂人，被那恐怖怪聲嚇得站起來，想找個安全地方躲避步步進逼的危險，幸虧窗子鎖得牢靠，否則他們一定寧可摔斷脖子，也要逃離那令人毛骨悚然的怒吼。

可憐的蘇菲亞聽見父親殺氣騰騰賭咒連連，咆哮著要把湯姆碎屍萬段，嚇得渾身顫抖臉色慘白。坦白說，我覺得這時候湯姆如果懂得明哲保身，應該會撒腿就跑。不過他太愛蘇菲亞，只想著要分擔她的苦難，壓根兒沒考慮到自己的安危。

威斯頓猛地推門進來，看見蘇菲亞面無血色地暈倒在湯姆懷裡，對湯姆的一腔怒火登時熄滅。他一看見這幕悲慘畫面，所有憤恨都拋到九霄雲外，扯開嗓門大聲叫人，先跑到女兒身旁，又跑到門口喊人拿水，又跑回女兒身邊，絲毫沒想到女兒躺在誰的懷裡，也許甚至不記得世上還有湯姆這個人，因為我相信此時此刻他滿腦子只想得到女兒。

這時威斯頓女士和大批僕人已經帶著水、果汁和這種情況用得上的各式物品趕到。這些東西果然發揮奇效，幾分鐘內蘇菲亞就悠悠醒轉，恢復所有生命跡象。她醒來後馬上被貼身女僕和威斯頓女士帶走。威斯頓女士離去前慎重地勸諫哥哥收斂一下那惹事生非的暴躁脾氣，不過她的用詞是「瘋狂」。

7 斯垂芬（Strephon）泛指害相思病的男子：菲麗絲（Phyllis）則是維吉爾《牧歌》（*The Eclogues*）裡的牧女。

威斯頓可能沒聽懂妹妹的忠告，因為她表達的方式是擠眉弄眼又聳肩，外加幾句讚美的話。至少，就算他心領神會，顯然也沒從中獲益，因為女兒清醒以後，他早先的暴怒捲土重來，立刻想對湯姆動手。所幸身強體壯的牧師薩波剛巧在場，出手攔住他，才沒上演全武行。

蘇菲亞離開以後，湯姆開始苦苦哀求被牧師抱住的威斯頓，請他冷靜，因為如果他還是這麼激動，就沒辦法聽到滿意的解釋。

「我揍你一頓就滿意了。」威斯頓說，「把衣服脫掉。你不是男人，我要狠狠揍你一頓。」緊接著他對湯姆破口大罵，用的都是鄉間男士意見不合時招呼對方的流利用語，三番兩次要湯姆向他身體某個部位致敬。英格蘭下層階級男士在賽馬場、鬥雞場和其他這類公開場合意見相左時，也經常會提及那個部位，或者用暗喻的方式取笑別人。這裡我相信一般人都沒能領略其中的趣味。事實上，它的趣味在於，你才威脅要踢對方的屁股，馬上又要別人吻你屁股。而我正確無誤地觀察到，沒有人會希望別人踢他屁股，也沒人會主動要求吻別人屁股。

同樣叫人驚奇的是，任何人只要跟鄉間男士談過話，想必都聽過數以千計形式互異的這類邀請，我相信沒有人見過被邀請的人遵命照辦，這算是鄉下人禮貌不周的一大證據。因為城裡的上流紳士每天都對地位比他們高的人做這種事，而且從來不需要對方開口。

對於威斯頓的連串妙語，湯姆無比平靜地答道，「先生，您這些話或許會抵銷過去您對我的恩情，卻永遠改變不了一個事實：我絕不會因為您的辱罵，就對蘇菲亞的父親動粗。」

威斯頓聽見這番話，更是火冒三丈。牧師因此拜託湯姆趕快離開。他說，「先生，你也看到了，你留在這裡只會惹他生氣，所以我請你別再逗留。他現在怒氣正盛，根本聽不進你說的話，你最好趕快離開。就算你還有什麼話想說，也只能改天再找機會。」

湯姆接受牧師的建議，向他道謝後就走了。威斯頓雙手終於重獲自由，氣也消了一大半，直說多虧牧師攔住他，否則他一定會打得那小子爆腦漿，「為這種無賴上絞刑架，可就太不值得。」

牧師調停有功得意非凡，又長篇大論說起生氣的壞處，個性急躁的人若是聽見，恐怕不但不能消氣，反而會七竅生煙。他這篇演說引用了許多古人的至理名言，尤其是塞內卡[8]。塞內卡確實把怒氣剖析得十分精闢，只要不在盛怒之下，讀他的文章都能心悅誠服，獲益匪淺。牧師最後用亞歷山大大帝與克萊圖斯[9]的故事終結自己的滔滔宏論。不過，我發現這篇故事以「酒醉」為標題被我列為陳腔濫調，因此不再贅述。

威斯頓沒理會那篇故事，也許牧師說的話他一句話也沒聽進去，因為牧師還沒說完，他就大聲命人拿來一大杯啤酒。他發現生氣會讓人口乾舌燥，這大概是對急怒攻心這種症狀最準確的描述。

他灌了一大口酒之後，馬上開始數落湯姆，聲稱隔天一早就要去告訴歐渥希。牧師基於一片好心，勸他別這麼做，可惜他的勸告只是引來威斯頓一大串賭誓咒罵，震驚了他虔誠的耳朵。但他不敢直言進諫，因為威斯頓認為罵人是自由英格蘭人的特權。說句老實話，牧師為了在威斯頓家餐桌取悅自己的味蕾，只好委屈自己的耳根子偶爾忍受這種暴虐言語。他自我安慰地尋思，他並沒有鼓舞威斯頓的惡口，就算他沒進過威斯頓家門，威斯頓也不會少罵一句。然而，雖然他不曾失禮地在別人家非難主人，卻常在布道時拐彎抹角地提出告誡。坦白說，他的一番苦心沒能改正威斯頓的行為，卻有效提升他的道德

8 指 Lucius Annaeus Seneca（約西元前四～西元六五年），古羅馬斯多葛學派哲學家。

9 克萊圖斯在西元前三三四年的格拉尼克斯之役（The Battle of the Granicus River）救了亞歷山大大帝一命，亞歷山大卻在六年後一場酒宴上失手殺死克萊圖斯。

觀：只要有人惡言辱罵他人，必定受到嚴厲懲治，到頭來整個教區只有治安官自己可以肆無忌憚地咒罵。

第十章
威斯頓拜會歐渥希

歐渥希跟布里菲吃過早餐，聽說他拜訪蘇菲亞的圓滿結果，感到心情愉快。因為他非常中意這門親事，主要是因為蘇菲亞的人品，而非她的家產。

這時威斯頓突然衝進來，劈頭就說：「看吧，你真是幹了一件大大的好事！你把雜種養大，果然沒有白費工夫。我相信這件事跟你無關，也就是說，你不是故意的，可是我家現在被攪得一團亂啦。」

歐渥希問，「威斯頓先生，出了什麼事？」

威斯頓答，「實在糟糕透頂的事，我女兒愛上你的雜種，就這樣。不過，我半塊錢也不會給她，連個銅板都免談。我老想不通，為什麼把雜種養成紳士，又讓他成天往別人家裡鑽。我沒逮到他算他走運，否則看我不揍得他鼻青臉腫，看他還怎麼到處發情。我會好好教訓那個婊子養的，叫他不敢再亂碰主人家的吃食。今後他別想吃我家的一口飯菜，也別想我給他一個銅板去買。如果她要跟他，那她身上的襯衣就是她的嫁妝。我寧可把財產捐給償債基金，讓人拿到漢諾威去搞垮我們自己的國家[10]。」

10 償債基金（Sinking Fund）由英國政治家羅伯特・渥波爾（Robert Walpole，一六七六～一七四五）於一七一七年為清償國家債務而設立。一七四〇年代英王喬治二世把基金拿到漢諾威打仗，引起反對派抨擊。

歐渥希震驚地說，「我真的很抱歉。」

威斯頓毫不客氣地說，「見鬼的抱歉。抱歉有什麼用，我失去我的獨生女，我可憐的小菲，我的心頭肉，我往後的希望和寄託。我一定要趕她出門，讓她去討飯，死在街頭。別想從我這兒拿到一分錢，一個銅板子兒。那個婊子養的老是摸得到伏窩的母兔，去死吧。我完全沒想到他看上的是誰，不過我保證他這輩子再也找不到比這個更糟的，比一塊爛肉好不到哪兒去。除了一副臭皮囊，什麼都沒有。你把這話告訴他。」

歐渥希說，「我都聽迷糊了，我外甥和令嬡昨天不是還相處得好好的。」

威斯頓說，「是啊，先生，這件事就是你外甥跟她見面後才拆穿的。布里菲一走，那個婊子養的就偷偷摸摸溜進我家。以前我那麼欣賞他的打獵本事，沒想到他一直在盜獵我女兒。」

歐渥希說，「是啊，先生，真希望你沒給他那麼多機會接近令嬡。還有，請你說句公道話，我雖然沒想過會發生這種事，但過去我是不是反對他經常待在你家。」

威斯頓嚷嚷說，「是啊，咄！誰想到會發生這種事？她跟他能打上什麼交道？他是來跟我打獵，不是來勾引她。」

歐渥希問，「可是你經常看見他們在一起，難道沒看出一點跡象嗎？」

威斯頓叫道，「老天做證，我沒見過。我從沒見過他親她，更沒見過他追求她。有她在的時候，他通常比平時安靜。至於小菲，她對他不像對其他來家裡的年輕男孩那麼客氣。在這方面我不會比別人好騙，鄰居，你別把我瞧扁了。」

歐渥希聽見這話幾乎憋不住笑，不過他強忍下來，因為他太了解人性，加上修養好又宅心仁厚，不會在這種情況下冒犯威斯頓。這時他問威斯頓希望他怎麼做。

威斯頓答，「我要你別讓那無賴再上我家來，我回家會把我女兒關起來。不管她怎麼反對，我一定要她嫁給布里菲。」這時他跟布里菲握手，發誓他不要別人當女婿，說完就告辭離開。他家現在亂糟糟，他得馬上趕回去，免得女兒逃跑。至於湯姆，他發誓如果在他家逮到他，一定會閹了他。

現在又只剩歐渥希和布里菲，兩個人沉默了一段時間，期間布里菲不停嘆息，部分原因是失望，主要是因為恨，因為比起失去蘇菲亞，湯姆贏得美人心更令他咬牙切齒。

最後歐渥希問他打算怎麼做，他說出以下這番話：「哎，舅舅，當理智和感情背道而馳，深陷情網的人還能怎麼辦？處在這種兩難境地，我相信誰都會感情用事。理智要我放棄一個愛上別人的女人，感情卻要我懷抱希望，等她回心轉意愛上我。只是，這其中還有一個問題點，如果不能徹底化解，我沒有辦法繼續追求。我的意思是，當那顆心已經被別人占據，橫刀奪愛好像不太公平。只是，威斯頓先生似乎心意已決，如果我繼續堅持，好像對大家都好，不但可以幫威斯頓先生免除最大的痛苦，也可以救另外那兩個人，因為他們的結合只會玉石俱焚。那位小姐一定會兩頭落空，因為她拿不到她父親的大部分財產，又嫁給一個要飯的，就算她自己有點私房錢，也會被湯姆拿去給外面那個小娼婦花用，據我所知他們還在暗通款曲。不，這還是小事。因為我知道他是世上少見的壞蛋，如果舅舅知道我隱瞞的那些事，早就把那個無法無天的傢伙趕出門了。」

歐渥希驚叫道，「什麼！難道他還做了我不知道的壞事嗎？馬上告訴我。」

布里菲說，「不，事情都過去了，也許他自己也知錯了。」

歐渥希繼續追問，「我命令你解釋清楚。」

布里菲說，「舅舅，您知道我從來不敢違逆您。很抱歉我這時候提起這件事，因為聽起來像在報復。不過感謝上天，我沒有一點報復的念頭，如果您一定要我說，我必須先請您答應我原諒他。」

歐渥希說，「我什麼都不答應。我已經對他太好，也許比對你還好。」

布里菲說，「他不值得您那麼疼愛，因為在您病危那段時間，我和全家人都傷心流淚，他卻在家裡胡鬧狂歡，喝酒、唱歌、大聲咆哮。我只是和顏悅色暗示他這種行為不太恰當，他就惱羞成怒連聲咒罵，說我是渾蛋，還出手打我。」

歐渥希叫道，「什麼，他竟敢打你？」

布里菲說，「我老早就原諒他了。但願我也能那麼快忘記他如何對天底下最善良的恩人忘恩負義。即使如此，我還是希望您能原諒他，我猜當時他一定是著了魔，因為那天晚上我陪史瓦坎先生在外面散步，為您大病初癒喜不自勝，卻不幸撞見他跟一個女孩幹著不適合說出口的事。史瓦坎先生大膽上前去斥責他，沒想到他（很遺憾我必須告訴您）竟然撲向先生，毫不留情地下手痛毆他，先生的瘀傷恐怕到現在還沒好。我想盡辦法保護先生，也挨了他好幾拳。不過我早就不跟他計較了。不只如此，我還請求史瓦坎先生原諒他，並且對您保密，因為一旦您知情，他一定會完蛋。舅舅，今天我不小心透露這件事，又應您要求一五一十說出來，請允許我代他向您求情。」

歐渥希說，「哎呀，孩子，你隱瞞這種天理不容的惡行，我真不知道該責怪你或讚賞你的好心。不過史瓦坎先生人在哪裡？我不是要找他查證你說的話，我只是要檢驗所有證據，好讓世人明白我為什麼要懲戒這樣的惡魔？」

不久史瓦坎奉召前來，附和布里菲所說的一切，甚至展示胸口的紀錄，那裡還清楚留有湯姆的青紫色拳跡。最後他告訴歐渥希，要不是布里菲極力勸阻，他老早就揭發這件事。他說，「他真是個好孩子，不過這樣寬容敵人實在太過火。」

當時布里菲費了一番唇舌才攔下史瓦坎，避免這件事太早曝光。他這麼做其實別有用心，因為他知道人一旦生病，心腸會變軟，不像平時那麼嚴厲。再者，他猜想如果這件事一發生立刻告訴歐渥希，當時醫生還在家裡，可能會說出事情真相，那麼他就不能利用這件事來詆毀湯姆。另外，他決定暫時按下這件事，直到湯姆又惹出其他麻煩，到時候接二連三的罪狀必定能徹底打垮他。從那時起他就一直等待命運女神好心為他安排的這種機會。最後，一直以來他煞費苦心在歐渥希面前營造他對湯姆有情有義的印象，他請求史瓦坎暫時隱瞞這件事，正好為自己提供佐證。

第十一章

篇幅不長，內容卻足以撼動善良讀者

歐渥希從來不在盛怒下處罰任何人，甚至包括辭退僕人。因此，他決定下午再對湯姆宣判。

可憐的湯姆一如往常進來吃午餐，可是他的心太沉重，食不下嚥。歐渥希的嚴峻表情更加深他的傷痛，他猜想威斯頓已經把他跟蘇菲亞的事說出來了。至於布里菲的背後中傷，他一點都不知情，因為那些事絕大部分他都沒做過，至於其他那一小部分，他已經原諒他了，也忘得一乾二淨，所以一點也不會疑心到那上頭。午餐結束僕人退下以後，歐渥希開始訓話，滔滔不絕細數湯姆犯下的各種劣行，尤其是當天他才聽說的那些。最後他告訴湯姆，「除非你能證明自己的清白，否則我決心把你趕出這個家門，從此不再見你。」

基於種種不利條件，湯姆無法為自己辯白。不只如此，他連自己被控什麼罪名都不知道，因為歐渥希說到自己生病期間湯姆喝醉酒的事時，不好意思把有關自己的那部分說得太詳細，但那卻是真正的罪狀所在，所以湯姆無從反駁。再者，湯姆的心幾乎碎了，心情低落到極點，沒辦法為自己抗辯，只好什麼都認了，然後像萬念俱灰的罪人似地請求寬恕。他說，「我知道我做了很多衝動的蠢事，可是我相信我並沒有做出應該被逐出家門的事，那對我而言是世上最嚴厲的懲罰。」

歐渥希說，他已經原諒湯姆太多次，一來同情他年少無知，二來希望他能改過向善。現在他知道湯姆是個無可救藥的惡棍，再給這種人支持和鼓勵，可說是犯罪行為。他告訴湯姆，「不行，你膽大妄為想誘拐鄰家小姐，我不得不處罰你來展現我的原則。人們總說我對你太仁慈，如果這次我再原諒你，他們理所當然會認為我默許這種卑劣的獸行。你不會不知道我多麼憎惡這種事，如果你對我的心情、名譽和我對你的情義有那麼一丁點在乎，當初就會三思而行。可鄙啊，年輕人！再多的處罰都無法抵銷你的過錯，我現在竟然還要給你東西，連我自己都覺得說不過去。不過，既然我把你當親生孩子養大成人，就不能讓你身無分文流落街頭。所以，等你打開這個皮夾，會發現你只要夠勤奮，裡面的金額足以讓你正正當當過日子。如果你把這些揮霍掉，我絕不會再資助你，因為我已經下定決心，從今天起不再基於任何理由跟你接觸。我不得不說，你的各種劣行之中，我最痛恨的是你對那個善良年輕人（指布里菲）的惡意，畢竟他對你可說仁至義盡。」

最後這幾句話實在太苦澀，湯姆幾乎嚥不下肚。他現在淚如泉湧，說不出話，更無法動彈。過了大半晌，他才有辦法遵從歐渥希無情的驅逐令。他先是懷著無比真摯、難以形容的情感親吻歐渥希的手，才無奈地離去。

讀者如果站在歐渥希當時的角度看待湯姆，還認為他對湯姆的處罰太嚴苛，他的心腸就太軟了。附近鄰居也許正是心腸太軟，或者基於其他更糟糕的動機，指責歐渥希的處分太嚴厲，簡直殘酷到了極點。不，這些過去批評歐渥希對私生子（根據普遍見解，還是他自己的私生子）太仁慈、太寬容的人，現在同樣大聲抨擊他把自己的親生孩子趕出門。地方上的女性尤其異口同聲為湯姆抱不平，還編出許多故事，可惜本書篇幅有限，無法一一收錄。

有件事倒是不能忽略，那就是，鄰居們大發議論的同時，沒有人提起歐渥希送給湯姆那筆錢的金額。那裡面足足有五百鎊，鄉親們卻說他身無分文被趕出家門，甚至有人說他赤條條走出那個冷血養父的家。

第十二章
情書及其他事項

湯姆奉命立刻離開那個家，被告知日後他的衣物和個人物品會送往他指定的地點。

他就這樣離開了，走了將近二公里。他不在乎、也不知道要往哪裡去。最後被一條小溪擋住去路，他索性躺在溪邊，氣不過地喃喃念叨，「父親總不會拒絕讓我在這裡歇歇腳吧！」

這時他哀痛莫名，扯掉不少頭髮，也做出不少人在發瘋、暴怒、絕望時會做的行為。

他第一波情緒發洩過後，總算恢復一點理智，內心的悲傷也改以比較溫和的方式表現出來。最後他總算夠冷靜，能夠用理智說服自己的情感，開始考慮該如何面對眼下的悲慘處境。

現在最大的問題是，蘇菲亞的事該怎麼辦。想到要離開她，他的心幾乎化成碎片。可是想到自己可能會害她失去一切，乞討為生，更是心痛不捨。就算他屈服於對她的強烈愛意，不去考慮她的下場，卻也不確定她是否願意為了跟他廝守付出這麼高昂的代價。再想到歐渥希會有多生氣，心情會有多煩亂，他更覺得應該放棄。最後，就算他不顧一切追求愛情，也知道成功機率微乎其微，這點考量終於讓他徹底清醒。於是，道義得到絕望的聲援，加上對恩人的感激之情和對情人的真愛，他終於戰勝熾烈的渴求，決心放棄蘇菲亞，不要害她步向毀滅。

湯姆想到自己戰勝情感，心中頓時湧起一股熱烘烘的暖流，沒有過這種體驗的人恐怕無法理解。他現在非常自豪，也許甚至感受到極致的快樂，可惜為時短暫：蘇菲亞的倩影重新浮現他心頭，徹底抹除那股勝利的快感。就像仁慈的將軍看見血淋淋的屍首堆積如山，想到那就是他勝利光環的代價，內心想必痛苦不堪。因為他對蘇菲亞的千般柔情萬分愛戀，都成了他這場勝利的犧牲品。

不過，既然決心追尋這份偉大榮耀（套用偉大詩人李伊[11]的說法），他決定寫封訣別信給蘇菲亞，於是走到附近某戶人家，拿到紙筆等物品，就寫了以下內容：

小姐：

當妳知道我寫這封信時的處境，我相信以妳仁慈的天性，一定能包容我信中矛盾與荒誕的言辭，因為信紙上傳達的一切，都來自一顆滿溢的心，再多的筆墨也無法描述那份情感。

小姐，我決心遵照妳的吩咐，永遠離開我心愛的、可愛的妳。妳的指示確實殘忍，可更殘忍的是命運，不是我的蘇菲亞。為了妳的幸福，命運要求妳必須忘掉我這樣的苦命人。

相信我，假使我可以確定我的遭遇不會傳到您耳中，就絕不會在這裡提到隻字片語。我知道妳向來慈悲善良，對可憐人的痛苦感同身受，所以我絕不願意惹妳傷心。噢，但願妳聽說我遭逢的厄運時，不會感到絲毫傷悲，因為失去妳以後，我什麼都不在乎了。

蘇菲亞！離開妳太難，請求妳忘記我更難。然而，真誠的愛要求我做這兩件事。原諒我冒昧地認為妳想到我會心緒不寧。如果可憐的我當真有這份榮幸，那麼為了妳內心的平靜，就當我是個無情無義的

11　指英國劇作家納森尼爾・李伊（Nathaniel Lee，一六五三～一六九二），這裡引用的文字出自他的劇本《*Theodosius: or, The Force of Love*》。

人吧。就當我沒愛過妳；就當我真的一點都配不上妳；鄙視我吧，因為我如此放肆，再多的懲罰也不為過。我寫不下去了。願守護天使永遠保護妳！

這時他翻遍口袋找不到封信的蠟，事實上他口袋裡什麼都沒有，因為他剛才情緒失控時把所有東西都扔了，包括歐渥希送他的那筆錢。那個皮夾他始終沒打開來看，直到這時才想起。

那戶人家給他一點膠糊，他封好信馬上趕回小溪旁，想找回遺失的物品。他在路上碰見老朋友黑喬治，黑喬治衷心安慰湯姆，因為他已經聽說他的事，其實消息已經傳遍鄰里。

湯姆告訴黑喬治他丟了東西，黑喬治馬上陪他回到小溪旁尋找，兩個人翻遍每一片草地，把湯姆之前走過或沒走過的地方都找一遍，卻白忙一場，什麼也沒找到。事實上，那些東西當時的確就在現場，只是他們沒去找它們真正的藏身處，那就是黑喬治的口袋。黑喬治不久前撿到那張紙，幸運地查看內容物的價值，小心翼翼地據為己有。

黑喬治找得格外認真，一副真心想找到似的，還要湯姆想想有沒有去過別的地方。他說，「如果東西才丟掉不久，這會兒一定還在，因為這地方幾乎不會有過路人。」確實如此，黑喬治會來到這裡也是天大的巧合，他是為了佈置陷阱抓野兔，隔天早上要賣給巴斯的肉販。

湯姆已經放棄找回東西的希望，幾乎也把那些東西拋到腦後，他轉向黑喬治，懇切地問他能不能幫他一個大忙。

黑喬治有點遲疑，「少爺，您知道您可以吩咐我做任何我能力所及的事，我也真心希望我有能力為您做任何事。」黑喬治其實被湯姆的要求嚇到，他在威斯頓家看守獵場，靠賣獵物攢了不少錢，擔心湯姆找他借錢。不過他的擔憂立刻解除，因為湯姆只是請他把信交給蘇菲亞，他滿心歡喜地答應下來。坦白說，我相信他願意幫湯姆做很多事，因為他盡最大的能力感恩湯姆，為人也跟那些把金錢看得比世上任何東西都重要的人一樣正直。

他們兩個商量之後，認為這封信最好請阿娜轉交給蘇菲亞，說完就各奔東西：黑喬治回威斯頓家，湯姆走路到八百公尺外的酒館等消息。

黑喬治回到主人家就遇見阿娜，他先跟她談了幾件事，再把給小姐的信交給她，並且拿到小姐寫的信。阿娜說這封信她帶在身上一整天了，一直找不到人送，幾乎要放棄了。

黑喬治趕緊開開心心帶著信回去找湯姆。湯姆拿到信馬上走開，急著拆開來讀。信的內容如下：

先生：

我無法表達跟你見面後的心情，你為我承受家父的殘酷羞辱，我永遠不會忘記對你的虧欠。你也知道他的脾氣，我請求你看在我的面子上避開他。但願我能帶給你一點安慰。請你相信，我寧死也不會把我的手或我的心交給那個你不希望我接納的人。

這封信湯姆讀了上百遍，也吻了上百遍，對蘇菲亞的柔情蜜意重新填滿他的心。他後悔寫了我先前描述的那封信，更後悔利用等黑喬治的空檔寫信差人送給歐渥希，他在信中真心誠意地保證會放棄對蘇菲亞的愛。不過，等他冷靜下來，就明白蘇菲亞的短箋並沒有修正或改變任何事，只是給他小小的希望，知道她會堅定不移，日後或許會出現轉機。他因此找回決心，向黑喬治告別，出發前往將近八公里外的一座小鎮，因為他已經請歐渥希把他的東西送到那裡，除非歐渥希願意收回對他的判決。

第十三章

當前處境下蘇菲亞的表現；有相同表現的女性想必不會苛責她；討論良心法庭的棘手議題

蘇菲亞度過了慘絕人寰的二十四小時，其中很大一段時間在聆聽姑姑訓話，要她謹言慎行，要她效法上流社會的榜樣。她說在目前的上流社會，愛情根本就是笑話，女人看待婚姻，就像男人看待公職，只是追求財富、提升社會地位的手段。她針對這個話題侃侃而談，口沫橫飛地講了幾小時。姑姑的這番高見，蘇菲亞既不感興趣也不愛聽，但相較之下，她自己腦海裡的念頭卻更擾人。那些念頭在她腦海裡翻來覆去一整夜，害得她也輾轉難眠。

雖然她躺在床上既睡不著也沒辦法休息，卻也不想起身。直到她父親從歐渥希家回來，她還沒下床，當時已經上午十點多。他直接闖進女兒閨房，打開門，看見女兒還躺在床上，大聲說，「噢！妳還在，那麼我決定保持現狀。」說完，他把門鎖上，鄭重其事地將鑰匙交給阿娜。他說只要阿娜盡忠職守，他重重有賞；萬一阿娜違背他的心意，一定會遭到嚴厲懲罰。

阿娜接到的命令是，除非老爺允許，否則不准讓小姐踏出房門一步；除了老爺和威斯頓女士，誰也不准進小姐房間。但阿娜要盡心盡力服侍小姐，除了紙和筆墨，小姐要什麼就給什麼。

中午威斯頓命令蘇菲亞換裝打扮陪他吃午餐，蘇菲亞乖乖照辦，依照慣例在餐桌上待到午餐結束，又被帶回自己的牢房。

到了晚上，獄卒阿娜把當天黑喬治送來的信交給小姐。蘇菲亞專注地讀了兩三遍，而後撲倒在床上，哭得肝腸寸斷。阿娜看見小姐這樣的反應非常震驚，忍不住追問小姐為什麼這麼激動。

蘇菲亞起初不肯回答，不久後又突然跳起來，抓住阿娜的手，哭著說，「阿娜！我完了。」

阿娜叫道，「天哪！早知道我燒了那封信，不要拿來給小姐。我以為那封信可以給小姐一點安慰，否則我無論如何也不會碰它一下。」

蘇菲亞說，「阿娜，妳是個好女孩，我不怕讓妳知道我多沒用，我竟然愛上一個拋棄我的男人。」

阿娜說，「瓊斯先生難道是那種始亂終棄的男人嗎？」

蘇菲亞答，「他寫那封信，就是跟我告別，說永遠不再相見。他甚至要我忘了他。如果他真的愛我，會要我忘了他嗎？他會有這種念頭嗎？會寫得出這種話嗎？」

阿娜嚷嚷道，「不，小姐，當然不能。說真格的，如果全英格蘭最好的男人要我忘了他，我一定照他的話做。哼！可惡！小姐能看上他，是給他天大的面子。以小姐的條件，想要什麼男人得不到。說真格的，如果我可以放肆說幾句沒見識的話，小姐還有布里菲先生，他不但身世光明正大，以後也會是鄉裡有頭有臉的紳士。說真格的，我覺得他英俊得多、斯文得多。再者，他個性沉穩，鄰里間誰也說不出他一點壞話。他不會迷上臭婊子，更不會有人偷偷生下他的野種放在他家門口。要小姐忘了他！我呸！謝天謝地，我還沒悲哀到有個男人連續兩次要我忘掉他。如果男人只會對我說這種冒犯的話，只要英國男人沒死光，我就絕不會再見他。說真格的，像我剛才說的，還有布里菲先生……」

蘇菲亞叫道，「別跟我提起那個討厭的名字！」

阿娜說，「好，小姐。如果小姐不喜歡他，還有很多英俊男人肯追求小姐，只要妳給他們一丁點鼓勵。只要小姐給點暗示，我相信我們郡裡的男人都會馬上跑來求親，連隔壁郡也一樣。」

蘇菲亞大聲說，「妳把我看成什麼低賤女人，敢跟我說這些不三不四的話！我討厭天底下所有男人！」

阿娜說，「是，那是當然。小姐，妳受的罪夠多了，對他們太厭煩了。被那種窮要飯的雜種辜負。」

蘇菲亞大叫，「閉上妳的髒嘴！妳怎麼敢這麼無禮地在我面前批評他？他辜負我？他沒有。他寫出那些殘酷的語句時，他可憐的心在淌血，受得苦比我讀信時還多。他像英雄一樣勇敢，像天使一樣善良。我為我自己的懦弱覺得慚愧，竟然責怪我該敬佩的行為。阿娜！他只考慮到我的幸福。為了我著想，他寧可犧牲我跟他的愛情。他太擔心會毀了我，才會放棄希望。」

阿娜說，「我很高興小姐能想到這一層，因為說真格的，妳如果還想著一個被趕出家門、身上連個銅板都沒有的人，下場一定會很淒慘。」

蘇菲亞急忙問，「趕出家門！怎麼！這話什麼意思？」

阿娜答，「哎呀，小姐，老爺跑去告訴歐渥希先生，瓊斯先生向小姐求愛，歐渥希先生就叫他脫得光溜溜，把他趕出門了！」

蘇菲亞說，「原來！是我這個倒楣鬼、掃把星害慘了他！光溜溜被趕出門！來，阿娜，把我的錢全拿出來，還有我手上的戒指，我的錶。來，全拿去，馬上去找他。」

阿娜說，「我的老天，小姐，請妳想一想，萬一老爺發現這些東西不見了，我就得負責，所以我求小姐留下錶和首飾。再者，給他那些錢太夠了，而且老爺絕不會發現錢不見了。」

蘇菲亞急著說，「那就把我所有的錢都拿去，馬上找到他，交給他。去，去，一刻都別耽擱。」

阿娜照小姐的吩咐去辦，在樓下找到黑喬治，把錢包交給他。裡面總共十六基尼，是蘇菲亞手邊全部現金。她父親給她錢從不手軟，但她生性太慷慨，存不了多少錢。

黑喬治拿到錢包立刻出發前往酒館，走到半路大腦突然冒出一個念頭：該不該把這筆錢也納入私囊？不過，他的良心聽見以後嚇了一跳，責備他對恩人不知感恩。對此，他的貪念反駁說，先前他占有可憐的湯姆那五百鎊時，良心早該出來說話了。當時一聲不吭默許那種大事，現在卻為這點小事說三道四，實在荒謬，甚至根本虛偽。良心像個盡職的律師，辯稱此刻他是受託轉交物品，沒做到就是背信；先前只是撿到東西沒有物歸原主，兩者情況不同。貪念對這種辯解嗤之以鼻，說這兩件事根本異曲同工，一口咬定只要曾經放棄榮譽與美德，沒有任何前例顯示下次能找回來。簡言之，可憐的良心明顯處於劣勢，幸虧恐懼拔刀相助，費盡唇舌告訴貪念，這兩種行為真正的差別不在品格的高低，而在安全：偷藏那五百鎊風險極低，占有這十六基尼卻有被揭發的高風險。

在恐懼的善意協助下，良心在黑喬治腦海裡大獲全勝，它三言兩語讚揚黑喬治的誠實可靠之後，逼迫他把錢交給湯姆。

第十四章
篇幅不長，敘述威斯頓與妹妹的談話

威斯頓女士外出一整天，回來時碰見哥哥，向哥哥問起蘇菲亞，他說他把她看得緊緊的。「我把她鎖在房裡，鑰匙交給阿娜保管。」他說這些話時臉上的表情像在炫耀自己多麼英明睿智，似乎期待妹妹對他所做的事拍手叫好。

不過，他真是失望透頂，因為妹妹一臉鄙夷地嚷嚷道，「哥哥，你真是最沒用的男人。你處理我姪女的事之前為什麼不先問問我，你為什麼要插手？我煞費苦心才說得她回心轉意，這下子我的努力全部化為烏有。我好不容易教會她謹言慎行，你卻刺激她反抗。哥哥，我感謝上帝，英國女性不是奴隸，不能像西班牙或義大利女人被丈夫關起來。我們跟你一樣有權力享有自由。我們只能用道理勸服，不接受暴力控制。哥哥，我見過世面，知道該怎麼跟她講道理，要不是你的愚蠢從中搞破壞，她就會聽從我過去教她的那些規矩，表現得穩重又端莊。」

威斯頓說，「是啦是啦，我做什麼都錯。」

他妹妹說，「哥哥，只要你不干涉你不懂的事，就不會出錯。你必須承認我見過很多世面，姪女以前跟著我的時候，一直過得開開心心。都是回家來跟你住，才學到愛情那些有的沒的浪漫念頭。」

威斯頓叫道，「妳該不會以為那些東西是我教她的吧？」

她答，「哥哥，套句偉大的米爾頓[12]的話，你的無知幾乎磨光我的耐性。[13]」

威斯頓罵道，「該死的米爾頓！如果他敢當著我的面說這種話，不管他多偉大，我一定揍他一頓。耐性！妹妹，既然妳提起這事，我就是太有耐性，才會被妳當成大孩子耍。妳真以為沒出入過宮廷的人都沒有一點見識嗎？見鬼了！如果除了那一小撮圓顱黨[14]和漢諾威派鼠輩之外的人都是傻子，這個世界就麻煩大了。見鬼了！等時候到了，換我們好好耍他們一回，每個人都有出頭天的日子。最好別等到那些漢諾威鼠輩啃光我們的玉米，只留小蘿蔔給我們填肚皮。」

他妹妹答，「哥哥，我現在真弄不懂你了。你瞎扯什麼小蘿蔔或漢諾威鼠輩，我聽起來根本是胡言亂語。」

他叫道，「我知道妳不愛聽這些，可是總有一天國家利益還是要占上風的。」

女士說，「我倒希望你多想想你女兒的利益，因為我相信她的現況比國家還危急。」

威斯頓說，「妳剛才還怪我管她的事，要我把她交給妳。」

她答，「如果你答應再也不插手，我基於對姪女的愛護，願意擔起責任。」

威斯頓說，「那就做吧，我向來相信女人的事還是交給女人最妥當。」

說完，威斯頓女士就走了，嘴裡喃喃有辭不屑地念叨什麼女人和國家之類的事。她馬上去蘇菲亞的

12 指約翰・米爾頓（John Milton，一六〇八～一六七四），英國詩人，最知名的作品是以史詩形式撰寫的《失樂園》（*Paradise Lost*）。

13 原注：如果在米爾頓的作品裡找這句話，也會磨光耐性。

14 Roundhead，指英國清教徒革命時期支持國會與英國國王對抗的議會派人士，這些人多屬中下階層，蓄短髮，露出頭形，因而得名。

房間，被監禁了一天的蘇菲亞終於獲釋。

第七卷　為時三天

第一章
人生與舞台的比較

人生經常被拿來跟劇院做比較，不少嚴肅的作家（以及詩人）認為人生就像一場大戲，幾乎各方面都類似據說由塞西庇斯[1]發想、在文明國家廣受讚譽與喜愛的戲劇表演。

這種觀點已經行之久遠，又普遍流傳，以至於某些詞彙原本通行於劇場、偶爾以譬喻方式在人世引用，如今已經無所分別地運用在這兩種情境。於是，當我們談論人生時，會常使用「舞台」和「場景」這類詞語，就像討論戲劇表演時一樣。當我們提到「幕後活動」，更常聯想到的會是聖詹姆士宮[2]，而非皇家劇院所在的德魯里巷。

只要想到戲劇舞台不過是人間的呈現，或者像亞里斯多德所說，是對真實世界的模仿，這種現象也就不難理解。有些人能夠透過文字或表演忠實描摹人生，以至於他們描繪的畫面經常造成混淆，甚至被誤認為真實版，對於這些人我們理應給予高度讚譽。

可是，現實生活中我們卻不太喜歡稱讚這些人。我們對待這些人就像孩子對待玩具，相較於讚美，我們更樂於給他們批評或打擊。當然，我們會拿塵世與舞台相比擬，還有其他理由。

有人認為大多數人類都是演員，扮演不屬於他們自己的角色，正如扮演國王或皇帝的人也沒有權力要求別人把他們的角色當真。這麼說來，偽君子也應該視為演員。事實也是如此，希臘人就用同一個名詞稱呼這兩種人。

生命的短暫也是引發這種對照的原因，所以不朽的莎士比亞才說：

> 生命是個可憐演員，
> 在舞台上唱作俱佳，
> 而後銷聲匿跡[3]。

為了彌補前述陳腐引文，我再提出一段高貴文句，我相信很少人讀過。那是摘自一首題為〈神祇〉[4]的詩，大約九年前發表的作品，已經幾乎被人遺忘，足以證明好書也跟好人一樣，未必比低劣者長命。

> 人類所有行為都起源於祢[5]，
> 包括王者的隕落與帝國的興起！

1 *Thespis*，西元前六世紀希臘詩人，據說創作第一部悲劇，也是第一個以劇中人角色登台演出的演員。
2 *St James's*，十六世紀英王亨利八世下令興建的皇宮，是英國歷史最悠久的皇宮，也是十八世紀漢諾威王朝宮廷所在。
3 摘自莎士比亞的名劇《馬克白》第五幕第五場。
4 *The Diety*，英國詩人薩繆爾・鮑伊斯（*Samuel Boyes*, 約一七〇二～一七四九）的作品。
5 原注：指神祇。

看廣大的時間舞台盡力搬演，
昂首闊步的英雄前仆後繼！
光芒四射的人物華麗登場，
領袖凱歌高奏，君王人頭落地！
每個角色都遵照祢的旨意，
他們的榮耀與熱血，都由祢決定：
前一刻還功成名就輝煌耀眼，
祢點個頭，幻影煙消雲散；
絢麗場景不留痕跡，
過往繁華已成追憶。

以上這些，以及其他所有將人生比喻為舞台的說法，總是從舞台的角度出發，尋找二者的共通點。據我所知，從來沒有人探討過這場大戲的觀眾。

然而，由於造物者經常為滿場觀眾上演祂最精彩的戲碼，因此，觀眾的行為也該跟演員一樣，符合上述比擬。在時間這座廣大劇院裡坐著讚賞者和批評者，這邊鼓掌喝采，那廂是噓聲和埋怨。簡言之，就是你在皇家劇院看見或聽見的一切。

我用一個例子來深入說明。比如造物者在本書第六卷第十二章，安排黑喬治侵吞他朋友兼恩人的五百鎊，廣大的觀眾會有什麼反應。

我深信那些坐在世間劇場上層樓座[6]的觀眾照例會鼓譟叫囂，所有罵人的粗鄙言語盡數出籠。

如果我們往下看看下一層的觀眾，可能會看見同樣深惡痛絕的神情，只是少了點叫罵聲與污言穢語。不過，這裡的善心婦人都會把黑喬治送到魔鬼面前，也預期惡魔先生隨時會現身把自己的同道中人抓走。

正廳後座一如往常意見分歧：欣賞高尚品德與完美人格的人認為在舞台上搬演這種惡行，不能不嚴加懲處，以儆效尤。某些認同作者的人喊道，「先生們，這傢伙是個壞人，壞人都是這樣的。」還有當代的所有年輕批評家，比如辦事員或學徒之流，都說這種情節太卑劣，怨聲載道。

至於包廂觀眾，他們表現出一貫的禮儀，大多數人都在忙別的事。少數那些專心看戲的人斷言黑喬治品行不端；另外一些人要先聽過一流批評家的評論，才願意發表高見。

我身為獲准一窺造物者偉大劇院幕後情景的作家（作家如果沒有這種特權，就只能編編字典或讀寫教材），可以譴責黑喬治的行為，卻不會對他這個人產生一絲一毫的憎惡。因為造物者也許不會讓他在每一齣戲裡都演壞人。在這方面，人生跟舞台最為相似，往往同一個人既演英雄又演壞蛋。今天受你敬佩的人，也許明天又遭你唾棄。正如加里克[7]（我認為他是有史以來最傑出的悲劇演員）偶爾也放下身段演傻子；據賀拉斯說，許多年前大西阿庇和智者萊里亞斯[8]也都扮演過傻子。不只如此，西塞羅甚至說他們演得「難以想像地幼稚」。他們跟我的朋友加里克一樣，演傻子只是為了逗樂。可是有不少知名人物數不清多少次在自己人生中演傻子演得異常起勁，甚至讓人懷疑他們究竟是聰明還是傻，想不通他們

6 上層樓座票價最低廉，之後依序是中層座位、正廳後座和包廂。

7 David Garrick（一七一七～一七七九），本書創作年代的知名演員，是費爾丁的好友，曾演出費爾丁的作品。

8 大西阿庇（Scipio the Great）是古羅馬名將；智者萊里亞斯（Laelius the Wise）則是古羅馬傑出政治家。

比較夠格贏得掌聲或責備、讚賞或鄙視，究竟該愛他們或恨他們。

任何人只要曾經在這座偉大劇院的後台停留過一段時間，既熟知演員在後台使用的各種偽裝，也見識到「情感」（它是這座劇院的經理和導演，因為「理智」，這位真正的劇院負責人是出了名的懶漢，幾乎很少出力。）各種詭奇多變的行為，通常會明白賀拉斯那句名言[9]，用英語說就是「無動於衷」。人不該因為一次惡行被論斷為壞人，正如在舞台上演一次反派角色，也不會從此都演惡人。人的情感就像劇院裡的經理，經常逼迫人去扮演某個角色，沒有事先徵詢他們的意見，偶爾甚至沒有考慮他們的專長。因此，那個人（以及那個演員）可能會譴責他自己演出的內容。不只如此，我們經常看見某些人做起壞事笨手笨腳，就像相貌忠厚的威廉．密爾斯先生[10]扮演奸惡的伊阿高[11]。

總而言之，處事公正通情達理的人絕不輕易責難他人。他能譴責他人的缺點，甚至罪行，卻不會對那個失檢的人發怒。一言以蔽之，不論在舞台上或人生中，引發謾罵怒吼的，都是同樣的痴傻、同樣的幼稚、同樣的粗野、同樣的惡意。最卑劣的人嘴邊常掛著「惡棍」、「壞人」這些罵人的話；正如最可恥的人最常在正廳後座大喊「可恥」。

第二章
湯姆與自己的對話

湯姆一早就收到歐渥希差人送來的物品，附帶以下回函：

先生：

奉家舅囑咐回覆閣下，他對您採行的處置經過深思熟慮，既然事實證明您不值得原諒，無論您做什麼，他都不會改變心意。您在來信中聲稱決心放棄某位小姐，家舅深表訝異，畢竟那位小姐出身與家世與您判若天淵，您不該痴心妄想。最後，我奉命告訴您，您如果有心順從家舅的心意，唯一能做的就是盡快離開本郡。身為基督徒，停筆前我不得不奉勸閣下，希望您認真思考如何改過向善。我會衷心祈禱，願神的恩典引導您迷途知返。

布里菲敬上

9 原文是nil admirari，出自古羅馬詩人賀拉斯的作品《書信集》（*Epistles*）。

10 William Mills，當時的演員，費爾丁的朋友。

11 Iago，莎士比亞劇本《奧賽羅》裡設計陷害奧賽羅的角色。

湯姆讀完信，各種矛盾情緒相互衝擊，最後柔情戰勝憤慨與暴怒，撲簌簌的熱淚適時趕來助陣，或許就這麼幫他逃過發瘋或心碎的命運。

然而，他很快又為自己這樣以淚洗面感到羞愧，猛地站起來大聲說，「好吧，我就做唯一那件順從歐渥希先生心意的事。我馬上就走。可是上哪兒去？管它呢，就讓命運帶路吧，反正天底下沒有人在乎這可憐的傢伙變成怎樣。我就獨自關心這個沒人……哈！我怎麼會認為沒人關心我呢？有個全世界最珍貴的人！我可以……我必須相信我的蘇菲亞在乎我變成怎樣。我要離開這唯一的朋友嗎？何況還是這樣的朋友？我不該留在她身邊嗎？我要住哪裡，要怎麼留在她身邊？雖然她也想見我，但如果我見了她，豈不是害她惹她父親生氣？何況見面又有什麼用？我能夠請求這樣的可人兒走向她自己的毀滅嗎？我該不顧一切代價滿足自己的渴望嗎？我該懷著這樣的意圖，像個小偷似地在附近躲躲藏藏嗎？不，我鄙視、我憎惡那樣的念頭。保重，蘇菲亞。保重，我最親愛的、最可愛的……」這時情緒堵住他的嘴，在他的雙眼找到出口。

既然下定決定離開本郡，他開始跟自己辯論該往哪裡去。正如米爾頓所說，廣大的世界就在眼前[12]。湯姆跟亞當一樣，找不到一個能給他安慰或協助的人。他認識的人都是歐渥希的朋友，如今他失去了歐渥希的疼愛，自然不奢望那些人能對他伸出援手。品德高尚的好人實在不該任意拋棄依附他的人，因為那個不幸被拋棄的人勢必舉目無親。

他接下來考慮的是該怎麼謀生，也就是從事什麼行業。可惜前景黯淡無光。每一種職業、每一門生意都需要花時間學習或經營，更糟的是，還需要投入金錢。因為世事就是如此，「無中不能生有」不只適用於物理現象，在謀生方面也是如此。越是一貧如洗的人，越沒有機會賺到錢。

最後，大海這個天涯淪落人的熱情朋友展開寬闊的雙臂接納他，他馬上下定決心接受它的邀請，說得直白些，他決定出海當水手。

這個念頭一起，他立刻採納，雇了馬匹就前往布里斯托了。

我們陪他踏上旅程之前，先花點時間回到威斯頓府，看看可愛的蘇菲亞的遭遇。

12 這句話出自米爾頓的《失樂園》，描寫亞當和夏娃被逐出伊甸園後的情景。

第三章 幾段對話

湯姆離開的那天早上，威斯頓女士把蘇菲亞叫到她房間。她先告訴蘇菲亞，她已經幫她爭取到行動自由，然後針對婚姻這個主題長篇大論地說教。她心目中的婚姻不是詩人描寫的那種以愛為基礎、浪漫幸福的關係。有關牧師教導人們把婚姻視為神聖的結合，她也隻字不提。她認為婚姻是一種基金，方便精明的女人把自己的財富放在最有利的地方，換取在別的地方得不到的最高利息。

訓話結束後，蘇菲亞說，「姑姑不論知識或經驗都比我豐富得多，我沒有能力跟您爭辯，特別是婚姻這種我幾乎沒想過的話題。」

她姑姑答，「跟我爭辯！孩子，我可沒打算跟妳爭辯。如果我跟妳這樣年紀的人爭辯，那我就白見了那麼多世面。古代的哲學家，比如蘇格拉底、阿西比亞德那些人，從來不跟學生爭辯[13]。孩子，妳要把我當成蘇格拉底，我沒問妳的意見，只是告訴妳我的看法。」根據最後這些話，讀者想必會猜測，不管阿西比亞德或蘇格拉底的學說，這位女士都沒讀過。不過，關於這個問題，我沒辦法為讀者解惑。

蘇菲亞說，「姑姑，我從來不敢無禮反駁妳的意見。何況像我剛才說的，我從來沒想過婚姻這件事，也許永遠不會想。」

她姑姑說，「蘇菲亞，在我面前說這種假話實在太愚蠢。我不相信妳沒有認真考慮過結婚這事，就像我不相信法國人說他們占領別人的城市是為了保衛自己的國土。孩子，妳明知道我很清楚妳愛上哪個人，怎麼會騙我妳沒有過結婚的念頭？再者，妳喜歡的對象不合常理又對妳不利，就像荷蘭單獨跟法國結盟一樣[14]！不過，如果妳還沒想過結婚的事，那麼現在正是時候，因為妳爸爸已經決定立刻完成妳跟布里菲先生的婚事，而我算是這件事的保證人，負責說服妳。」

蘇菲亞說，「姑姑，只有這件事我不能答應妳和我爸爸，因為這是我會毫不考慮就拒絕的婚事。」

威斯頓女士說，「如果我不是像蘇格拉底那麼偉大的哲學家，早就對妳失去耐性。妳能有什麼理由反對那個年輕人？」

蘇菲亞回答，「在我看來是非常充分的理由：我恨他。」

她姑姑說，「妳永遠學不會遣詞用字嗎？孩子，妳真該查查貝利的字典[15]。妳不可能恨一個沒傷害過妳的人。所以，妳所謂的『恨』，指的是『不喜歡』，那不是拒絕嫁他的充分理由。我認識很多夫妻彼此討厭，仍然過著相敬如賓的愉快生活。孩子，相信我，這些事我懂得比妳多。我相信妳也認同我交遊廣闊，我所有朋友都寧可別人認為她們不喜歡自己的丈夫。喜歡自己的丈夫這種浪漫幻想已經過時了，那種念頭光想想都太嚇人。」

13 阿西比亞德（Alcibiades，約西元前四五〇～四〇四）是雅典著名的政治家與將軍，不是哲學家。蘇格拉底以對話教學著稱，對學生提出的問題，他通常反問學生，不直接給答案。

14 作者寫這本書的時候，英國正在參與奧地利王位戰爭，英軍跟荷蘭結盟，反對荷蘭單獨跟法國簽定和平條約。

15 指由 Nathan Bailey（?～一七四二）編纂、一七三〇年出版的《不列顛辭典》（*Dictionarium Britannicum*），收錄四萬五千則辭條，是當時流通極廣的辭典。

蘇菲亞回答，「姑姑，我絕不會嫁給我不喜歡的男人。如果我答應爸爸將來挑選對象一定會尊重他的意願，那麼我認為我也可以希望他不會違反我的意願逼我結婚。」

「意願！」威斯頓女士語氣有點激動，「意願！妳的臉皮厚到叫我震驚！像妳這種年紀的年輕女孩、還沒結婚，跟人家談什麼意願！不過不管妳有什麼意願，妳父親已經下定決心。既然妳口口聲聲『意願』，我最好勸他趕快把事情辦了。意願！」

這時蘇菲亞跪下來，晶亮的眼眸湧出傷心的淚水。她懇求姑姑，「可憐可憐我，我只是不願意讓自己陷入痛苦，別因為這樣就殘酷地討厭我。」她不停地說，「這是我自己的事，也只有我的幸福面臨威脅。」

正如手握拘捕狀的執行官，逮到某個倒楣的債務人後，對方流再多淚都事不關己。那可憐的犯人苦苦求情，指著他即將失去丈夫的妻子、牙牙學語的兒子和驚惶失措的女兒，都激不起執行官的同情。高貴的執行官看不見也聽不著人間一切苦難，冷漠的心不為人情所動，一心一意要把他可憐的獵物送到獄卒手裡。

這位精於世故的姑姑同樣看不見姪女的眼淚、聽不見她的苦苦哀求，同樣一心一意要把顫抖的蘇菲亞送進獄卒布里菲懷裡。她氣急敗壞地說，「小姐，這絕不是妳自己的事，這件事跟妳最沒關係，妳在裡面最不重要。這樁婚事牽涉到的是妳家族的榮譽，妳只是工具。小姐，妳難道以為兩國聯姻，比如法國公主嫁到西班牙[16]，考慮到的只有公主？不是！那是兩國之間的婚姻，而不是兩個人之間的婚姻。國內的豪門也是一樣，兩個家族的結合才是重點。妳該多考慮家族的榮耀，不要只想著自己。就算法國公主的例子沒辦法在妳心中激發出這種高貴思想，至少妳的婚姻大事跟天底下的公主一樣，這總沒什麼好抱怨的吧。」

蘇菲亞的音量稍微拉高，「姑姑，我希望我永遠不會做出有辱門風的事，至於布里菲先生，不管後果如何，我決定拒絕到底，誰也不能強迫我接受他。」

威斯頓在外面聽見上述大部分的談話，這時他已經失去耐性，怒不可遏地衝進房間，嚷嚷著，「妳不嫁他試試看，妳不嫁試試。就這樣，妳不嫁試試。」

威斯頓女士憋了一肚子怒火，原本要對蘇菲亞發洩，這時全數轉到哥哥身上。她說，「哥哥，你已經把事情交給我處理，這時又跑來攪局，實在讓人想不通。我出面調解這件事，是為了整個家族的榮耀，也要矯正你教育女兒的錯誤方式。因為，哥哥，都是你，都是你那些荒誕乖戾的教導，把我過去在她軟弱內心播下的種子全都清除掉了。是你自己教會她反抗。」

威斯頓氣得嘴角噴白沫，「見鬼了！妳真是連魔鬼都能惹毛！我教過我女兒反抗嗎？她就站在這裡，女兒，妳說實話，我曾經教妳反抗我嗎？我難道不是用盡方法逗妳開心、讓妳滿意，好讓妳聽我的話？她還很小的時候的確非常聽我的話，那時妳還沒帶她去倫敦，是妳寵壞她、往她腦子塞一大堆宮廷鬼話。還有，我剛才就親耳聽見妳要她像個公主一樣？妳把這孩子變成輝格黨員[17]，我或者別的什麼人，還能奢望她乖乖聽話嗎？」

他妹妹語氣滿滿的不屑，「哥哥，我簡直說不出我對你的做事方法有多鄙視，不過我同樣要請問我姪女，我有沒有教過她反抗。姪女，恰恰相反，我是不是苦心教導妳認識一個人在社會上立足該明白的

16　一七三九年法王路易十五把女兒露易絲嫁給西班牙王子菲利浦。

17　Whig，是 whiggamore（意為趕牲畜的鄉巴佬）的簡稱，十七世紀英國議會為詹姆斯二世的王位繼承權掀起論戰，反對派被貶為 whiggamore，他們不以為忤，自稱輝格黨。

種種關係？我是不是不辭勞苦告訴妳，大自然法則規定為人子女必須孝順父母？我是不是告訴過妳，柏拉圖對這個主題有什麼見解？妳剛去我家的時候，在這方面無知到了極點，我根本認為妳不明白父親跟女兒是什麼樣的關係。」

威斯頓說，「騙人！我女兒沒那麼笨，長到十一歲還不知道她是我的女兒！」

他妹妹說，「天哪！你真是比野蠻人還無知！至於你的禮貌，哥哥，我不得不說你欠一頓打。」

威斯頓大叫，「什麼，那麼如果妳夠本事，就要打我嗎？我猜妳姪女很願意幫妳的忙。」

他妹妹說，「哥哥，我說不出我多瞧不起你，也不想再忍受你的傲慢，叫人把我的馬車準備好，我決定今天早上就離開你家。」

威斯頓說，「我落得清靜。既然妳說到傲慢，我也受不了妳的傲慢。見鬼了！成天聽妳在我女兒面前說妳瞧不起我，我女兒當然會瞧扁我。」

他妹妹說，「不可能，不可能，誰也沒辦法瞧扁大老粗。」

威斯頓應道，「豬！我不是豬，也不是驢。不，女士，我也不是鼠輩。記住，我不是鼠輩。我是真正的英國人，不是你們那些把國家啃光的漢諾威種。」

她大聲說，「你就是那種聰明人，用那些愚蠢的原則搞垮國家，在國內不讓政府放手去做，在國外又打擊盟友、鼓勵敵人。」

威斯頓說，「呵！又說起妳的政治來啦？在我聽來，妳那些理論連個屁都不如。」說到最後那幾個字，他還搭配最具臨場效果的動作。

真正激怒威斯頓女士的究竟是哪個字眼，或他對她那些政治觀點的不屑，我不予置評。只見她勃然大怒，罵出不適合在這裡重複的話語，立刻衝出大門。

她哥哥和姪女都沒想到要攔她，也沒追出去，因為他們兩人一個滿腹憂愁，一個一肚子怒火，都只能一動不動站在原地。

不過，威斯頓倒是用一聲「赫啦！」送妹妹一程，他打獵時見到被獵犬驚嚇的野兔逃跑，就會發出這種吼叫。他是這種吼功的大師，生活中不論大小事，他都有合適的「赫啦！」可用。

像威斯頓女士那種見過世面、又通曉哲學與政治的女性，會懂得善用威斯頓當前的情緒，趁機批評惹惱威斯頓的人，拐彎抹角讚揚他的見識。可憐的蘇菲亞腦筋太簡單。我說「簡單」，並不是在向讀者暗示蘇菲亞笨，畢竟「笨」通常被視為「頭腦簡單」的同義詞。蘇菲亞其實是個非常明智的女孩，她的見識也高人一等，但她欠缺一般女人用來在生活中謀取好處的手腕。那些手腕與其說來自大腦，不如說來自心，所以通常是最愚笨女人的特質。

第四章
從生活面描繪鄉間仕女

威斯頓吼完他的「赫啦」，喘一口氣，開始哀怨地感嘆男人的不幸。他說，「男人永遠都像獵犬，被這個或那個該死的臭婆娘拿著鞭子趕來趕去。我身為男人，被妳母親整得也夠慘了。好不容易擺脫她，現在又來一個妹妹在我後頭窮追不捨。我見鬼的絕不會就這樣被她們搞垮。」

在布里菲這起不愉快事件發生以前，蘇菲亞從來沒有反駁過父親，唯一的例外是為母親辯護，因為她母親雖然在她十一歲時就離開人世，她卻非常愛媽媽。威斯頓夫人在世時一直是丈夫最忠實的總管，威斯頓給她的回報就是扮演世人口中的「好丈夫」。他極少咒罵她（一星期可能不超過一次），從沒打過她，也沒做過讓她吃醋的事。另外，她可以自由運用自己的時間，不會受到丈夫打擾。因為他上午時刻都在戶外活動，晚上又跟朋友飲酒作樂，除了用餐時間，兩人幾乎不會見面。用餐時，她有幸負責分切她親手調理的食物，等餐點布置妥當和僕人退下後，她會多待個五分鐘，只為了敬「海外的國王」[18]一杯酒。這似乎是威斯頓的命令，因為他認為女人應該跟著第一道菜一起上餐桌，在第一杯酒後離席。奉行這些命令也許並不困難，因為席間的對談（如果稱得上「對談」的話）幾乎不是女士們感興趣的話題，主要是扯扯嗓門、唱唱歌、聊聊打獵或豔史，罵罵女人和政府。

不過，威斯頓也只有在這些場合才見到妻子，因為等他上床就寢時，多半已經醉得什麼都看不清。

到了打獵季節，他起床時天都還沒亮。所以威斯頓夫人可以隨意支配自己的時間，家裡也有一部四駕馬車供她使用。可惜的是，附近是窮鄉僻壤，路況又奇差無比，馬車根本派不上用場。因為愛惜生命的人不會願意走那些鄉道，愛惜時間的人則不肯去串門子。

實話跟讀者說吧，對於丈夫的種種厚愛，她沒有給予足夠的回報。當年她會下嫁威斯頓，也是受慈父逼迫，百般無奈，因為威斯頓的家產每年有三千鎊收益，而她的總資產只有八千鎊。也許是因為這樣，她心情始終有點鬱悶，與其說她是個好太太，不如說是個好僕人。另外，威斯頓見到她都格外歡欣鼓舞，她卻難得露出善意的笑容。更糟的是，偶爾她還會插手管閒事，比如丈夫飲酒無度，她會利用他給她的少數機會，用最溫和的語氣勸諫。有一次她懇求丈夫帶她到倫敦住兩個月，他一口回絕。不只如此，從此以後他只要談起這事就會發火，因為他非常確定倫敦的已婚男人個個都戴綠帽。

基於最後這件事，還有其他很多原因，威斯頓終於對妻子深惡痛絕，在妻子過世以前從不隱瞞對她的憎恨，妻子死後也沒有忘記。生活中只要任何事不順心，比如追不到獵物，獵犬不聽話，或其他類似的倒楣事，他就臭罵死去的妻子來發洩怒氣，「如果我老婆還在，見到這事一定開心極了。」

他特別喜歡在蘇菲亞面前辱罵過世的妻子，因為他雖然愛女兒勝過世上其他人，卻也氣女兒愛媽媽勝過愛他。偏偏他只要罵亡妻，蘇菲亞就更惹他生氣，因為他不只用對亡妻的謾罵折磨女兒的耳朵，也強迫女兒贊同他的謾罵，可惜不管他如何威脅利誘，蘇菲亞都拒絕服從。

18 一七四五年英格蘭國王詹姆斯二世之孫查爾斯・愛德華・斯圖亞特（Charles Edward Stuart, 一七二〇～一七八八）利用英國參加奧地利王位戰爭機會發動政變，企圖恢復斯圖亞特王朝，隔年戰敗逃出英格蘭。英格蘭的詹姆斯黨（Jacobite）為免遭到當政者迫害，以各種暗號表達對查爾斯的效忠，敬「海外的國王」（the King over the water）就是一例。他們會在餐桌上擺一盆水，隔水敬酒，強調查爾斯才是他們心目中的國王。

那麼某些讀者或許會想，威斯頓會不會像痛恨妻子那般痛恨女兒。我不得不敬告那些讀者，即使有嫉妒這個媒介，愛的結果仍然不會是恨。的確，善妒的人極有可能殺害他們嫉妒的對象，他們卻不恨那些對象。這種觀點不容易消化，而且有點自相矛盾，我們決定留給讀者反芻咀嚼，直到本章結束。

第五章
蘇菲亞對待姑姑的寬大胸襟

前一章威斯頓說那些話時，蘇菲亞自始至終保持沉默，頂多偶爾以一聲嘆息回應。威斯頓弄不懂女兒的沉默與嘆息（他說那些都是「眼睛說的外國話」），非得要女兒開口認同他的看法才滿意。他用平時的習慣語氣對女兒說，「我看不管哪個人反對我，妳都會站在他那邊，就像以前妳總是站在妳媽媽那個臭女人那邊一樣。」蘇菲亞仍然不發一語，他叫道，「怎麼了，妳是啞巴嗎？為什麼不說話？妳媽媽難道不是個死掉的臭女人？回答我啊！看來妳連自己的爸爸都瞧不起了，是不是覺得我不配跟妳說話？」

「天哪，爸！」蘇菲亞答道，「別這麼殘忍地曲解我的沉默，我死也不願意對您有任何不敬。可是我怎麼敢說話，因為我說的話如果不是冒犯親愛的爸爸，就是對世上最好的媽媽不知感恩又不孝，因為我可以確定我媽媽永遠會是我心目中最好的媽媽。」

「我猜妳也認為妳姑姑也是我在世上最好的妹妹吧！」威斯頓說，「妳能不能行行好，告訴我，她是個臭婆娘？我這點要求不過分吧？」

「爸，」蘇菲亞回答，「事實上，我欠姑姑很多，她就像我第二個母親。」

「也像我第二個老婆。」威斯頓說，「那麼妳也要站在她那邊！妳不認為她是世界上最惡毒的妹妹吧？」

「爸，說實在話，」蘇菲亞回答，「如果我那麼說，就是昧著良心說話。我知道您跟姑姑很多想法都不一樣，可是我經常聽她說她非常愛您。我相信她不是世界上最差勁的妹妹，甚至沒有人比她更愛自己的哥哥。」

「妳說了老半天，」威斯頓說，「意思就是錯的人是我。沒錯，是啊。沒錯，女人當然是對的，男人永遠都是錯的。」

蘇菲亞急忙回答，「原諒我，爸，我沒那麼說。」

「妳沒說？」威斯頓答，「妳有膽子說她沒錯，不就是說我有錯？也許我真的錯了，讓這麼一個漢諾威派長老會教徒進我家門。說不定她懷著鬼主意想害我，要把我的財產捐給政府。」

蘇菲亞說，「爸，恰恰相反。姑姑不但不會害你或你的財產，我相信如果她昨天過世，一定會把所有財產都留給你。」

蘇菲亞是不是故意這麼說，我不敢妄加論斷，可以確定的是，她最後那句話深深穿透她父親耳朵，喚回他的理性，效果比她說的其他那些話都好。他聽見那些話的反應，就像男人腦袋挨了子彈，怔了一下，無比驚惶，臉色煞白，整整一分多鐘說不出話來，之後才結結巴巴地說，「昨天！昨天她會把財產留給我！是嗎？一年有那麼多天，為什麼是昨天？如果她明天死了，我猜她會把財產留給別人，也許還留給外人。」

蘇菲亞大聲說，「姑姑脾氣很暴躁，我說不準她生氣的時候會做出什麼事來。」

「妳說不準！」威斯頓說，「妳倒說說她生氣是為了誰？還有，到底是誰惹她生氣？我進房間以前妳不是正跟她鬧得不愉快？再者，我會跟她吵架不都是為了妳？這麼多年來除了妳的事，我沒跟妹妹吵過架。現在妳倒是怪起我來，一副她是被我氣得把財產留給外人。我早該想到妳會這樣做，不管我對妳多好，妳都是這樣回報我。」

蘇菲亞激動地說，「那麼爸，我求求您，我跪下來求您，既然你們是為了我吵架，請您去跟我姑姑和好，別讓她盛怒之下離開我們家。她個性很隨和，只要說幾句好話就會回心轉意。我求求您了，爸爸。」

「那麼我還得為了妳的錯去道歉，是嗎？」威斯頓說，「妳把野兔追丟了，我得想盡辦法找回來？說真的，如果我確定……」他說到這裡打住，蘇菲亞趁機繼續哀求，終於說動他。他對女兒說了兩三句冷嘲熱諷的話，就趕緊出去追正在等馬車套鞍轡的妹妹。

蘇菲亞回到她的悲傷臥房，盡情享受（如果我可以用這個詞）滿腹愁思。她不只一次重讀湯姆的信，她的手籠也派上用場，用無數珠淚浸濕這兩樣東西和她自己。在這個時刻，親切的阿娜挖空心思安慰痛苦萬分的蘇菲亞。她細數許多年輕男士的名字，極力稱讚他們的才幹與相貌，跟蘇菲亞說她想愛誰都不成問題。這種方法想必有效地治好過類似症狀，否則阿娜這麼高明的醫者絕不會輕易採用。我聽說在貼身女僕心目中，這帖藥方跟婦科診所的所有藥物一樣神效。不過，也許蘇菲亞的病症表面上看起來跟其他類似病症沒兩樣，內在卻大不相同，這點我不敢打包票。總之，阿娜的一片好心的效果卻適得其反，最後她惹惱了小姐（這可不太容易），被小姐大聲趕出房間。

第六章 內容五花八門

威斯頓在妹妹正要上馬車那一刻趕到，連拉帶哄，終於勸得妹妹同意讓人把馬拉回馬廄。他其實沒有勸得太辛苦，因為正如我先前暗示過，威斯頓女士性情非常溫和，她雖然瞧不起哥哥的才華（或者該說瞧不起哥哥沒見過世面），卻非常愛這個哥哥。

可憐的蘇菲亞一手促成這對兄妹和解，現在卻成了這場和解的犧牲品。他們一致譴責蘇菲亞的行為，共同向她宣戰，開始商議如何用最強悍的手段打這場仗。對此，威斯頓女士建議不但要立刻跟歐渥希締結盟約，也要馬上把婚事辦了。她說，「只有用強硬手段才能逼蘇菲亞就範。我所謂的『強硬』，指的是迅速，無論監禁或暴力都不可取。我們的策略必須是攻其不備，而不是製造混亂。」

他們剛把事情談妥，布里菲就來見蘇菲亞。威斯頓一聽說布里菲來訪，就照妹妹的吩咐進去命令蘇菲亞好好接待她的未來夫婿，蘇菲亞不願意，他就惡聲惡氣斥責辱罵。

威斯頓的暴怒橫掃千軍，正如他妹妹未卜先知的預料，蘇菲亞抵擋不了父親的氣勢，同意見布里菲。只不過，她已經沒有精神或力氣說話，只是默默應允。說實在話，蘇菲亞是因為太愛父親，才沒辦法斷然拒絕他的要求。如果不是因為這樣，即使她沒那麼堅強的意志力，也不會輕言讓步。只不過，這種行為通常會被視為屈服於恐懼，而不是因為愛。

於是，蘇菲亞遵從父親專橫的命令見了布里菲。根據我的觀察，像這樣的場景如果忠實描述，讀者讀來可能有如嚼蠟。因此我要嚴格遵行賀拉斯提出的規則：作者碰上無法發揮長才的情景時，不妨直接略過不提。我認為這條規則對歷史學家和詩人一體適用，如果確實執行，至少有個好處，那就是很多大麻煩（所有大部頭書籍都有這個稱號）都會變成小麻煩。

這次會面，布里菲心機用盡，如果換成別的男人，大有可能贏得蘇菲亞信任，向他傾吐內心深處所有祕密。可惜蘇菲亞對他印象太糟，早已經下定決心不相信他，畢竟單純的人一旦有心防衛，成效絕不輸給狡猾之輩。因此，她對他的態度完全是身不由己，也完全符合待嫁少女第二次正式會見成親對象該有的表現。

雖然布里菲對威斯頓表示他對蘇菲亞的態度非常滿意，可是威斯頓跟妹妹在門外監聽整個過程，卻不是很滿意。他聽從精明的妹妹的建議，決心加速促成這門親事，因此，他先大喊一聲「赫啦」，再用打獵術語對未來女婿說，「跟緊，孩子，跟緊去。圍住，圍住，這就對了，乖孩子。抓到了，抓到了，抓到了。別害臊。我也不能在這裡發呆，對吧？下午我就跟歐渥希把事情談妥，明天就辦婚禮。」

布里菲用臉上的表情傳達最高度的滿意，他說，「先生，在這世界上我最想做的除了迎娶最溫柔、最珍貴的蘇菲亞之外，就是跟貴府結親。您不難想像我多麼急於滿足我這兩個最高期待。您該知道，我之所以沒有向您提出要求，是擔心太早提出這件天大的美事，沒有嚴格遵守相關的禮法和體統，因而冒犯了小姐。不過，如果先生能勸她省略某些禮節……」

「禮節！見鬼的禮節！」威斯頓說，「呸，都是些廢話！我告訴你，明天她就嫁給你。等你到我這年紀，就會明白的。孩子，女人除非不得已，絕不會答應，沒有人會那樣做。如果當年我傻等她媽媽點頭，多半到現在還是個大光棍。去抓她，去抓她，就這樣，好小子。明天早上她就是你的人啦。」

經過威斯頓一番強力勸進，布里菲半推半就地接受，同意威斯頓下午就去找歐渥希把事情定下來。於是布里菲告辭返家，離開前再三懇求威斯頓別為了倉促成事對小姐使用暴力，他這種做法有點像天主教裁判所的法官，自己先對異教徒判刑，移交犯人時卻又請求政府執法人員別使用暴力。

還有，布里菲確實已經將蘇菲亞判刑，因為雖然他表面上對威斯頓說他滿意小姐的接待，心裡其實不是那麼回事，除非他所謂的「滿意」指的是他確認小姐對他的憎恨與鄙視，而他自己也因此對小姐產生同等的憎恨與鄙視。也許有人要問：那麼他為什麼不馬上中止這門親事？我的答案是，理由正是那份憎恨與鄙視，當然還有其他同樣重要的理由，容我為讀者詳述。

雖然布里菲個性跟湯姆不同，也不是見到女人就想吃了對方，卻未必沒有一般認為是所有動物共通特質的那種胃口。在這方面他同樣擁有那種指導男人選擇喜愛物品或美食的獨到品味，這種品味告訴他蘇菲亞是最可口的佳肴，所以他看見蘇菲亞，就像老饕看見圃鵐[19]一樣垂涎三尺。

蘇菲亞目前的哀傷非但沒有損及她的美貌，反倒增添她的韻味。她的眼眸因淚水而更明亮，胸脯隨著嘆息更為高聳。事實上，嬌美的容顏往往在愁眉深鎖時，才能展現最極致的嫵媚。因此，在布里菲眼中，蘇菲亞這隻人類圃鵐比上次見到時更秀色可餐，即使他發現蘇菲亞對自己百般嫌惡，這份欲望也沒有稍減。

相反地，蘇菲亞的嫌惡反倒強化他奪取她美色的快感，因為他不但滿足了色慾，還能體會到勝利感。不只如此，他想得到蘇菲亞的人，其實還有其他目的，但那些目的太卑劣，我不屑提及。另外，復仇也是他的目的：跟湯姆競爭，取代湯姆在蘇菲亞心中的地位，給了他追求蘇菲亞的另一種動機，也讓他在享受成果時得到額外的滿足。

某些正經八百的人會覺得他這些想法未免太惡毒，不過他倒是還有另一個企圖，想必大多數讀者都不會太反感，那就是威斯頓的家產將來勢必全數留給他女兒和子孫。因為威斯頓這位慈父實在太愛女兒，只要女兒同意跟他相中的女婿過著悲慘日子，他花再多代價都不足惜。

基於上述原因，布里菲實在太想結這門親，決定騙蘇菲亞，他愛她；也騙自己的舅舅和威斯頓，蘇菲亞愛他。他這麼做算是實踐史瓦坎教導的虔誠，因為史瓦坎主張只要結果不違反信仰（婚姻自然是如此），手段再卑劣都無妨。至於其他事，他向來採用斯奎爾的哲學，因為斯奎爾告訴他，只要手段公正、符合道德正確性，結果不重要。說句實話，人生中幾乎所有事，他都可以靈活運用這兩位偉大教師的訓誡。

對付威斯頓倒是不需要太多欺騙，因為他跟布里菲一樣，根本不在乎蘇菲亞的意願。歐渥希的性格倒是大不相同，因此絕對有必要瞞他。這方面布里菲得到威斯頓的大力協助，不費吹灰之力就達成目的。威斯頓告訴歐渥希，蘇菲亞對布里菲頗有好感，而過去有關湯姆那些事全都不是真的。這麼一來，布里菲唯一要做的就是確認這些說詞，他說的時候語帶含糊模稜兩可，既為自己的良心保留一點空間，也成功在不說謊的前提下向舅舅傳達謊言。

歐渥希向他問起蘇菲亞的意願時說，「我絕不願成為強迫年輕小姐違反意願結婚的幫凶。」

布里菲答，「年輕小姐真正的心意不容易探知，不過她對我的態度顯得十分熱情，完全符合我的心意。如果她父親的話可信，那麼她對我已經有了戀人之間該有的愛。至於湯姆，雖然他對待您的態度簡直像個惡棍，但我不願意那樣稱呼他。他可能基於自己的虛榮，或者其他某些不良企圖，才會說出那些謊話。因為如果威斯頓小姐真的愛上他，以她龐大的家產，他絕不會輕易拋棄她，您也知道他的確已經

19 ortolan，一種體型嬌小的鳴禽，過去是法國美食家夢寐以求的珍饈。一九七九年歐盟列為保育類動物。

棄她而去。最後，舅舅，我向您保證，如果我不確定這位小姐對我產生我希望她有的那些情感，就算給我全世界，我也絕不會同意娶她。」

像這樣含糊其辭加上虛假言語，只用心機、不弄髒唇舌，實在是高明騙術，也安撫了無數知名騙徒的良心。不過，如果我們想到這些騙術欺騙的其實是全知的上帝，那麼再高明的手法也只能提供膚淺的安慰，而且不值得大費周章巧妙又細微地區分拐彎抹角騙人與說謊之間的差別。

歐渥希十分滿意威斯頓和布里菲傳達的一切，因此，短短兩天時間就談妥了婚事。接下來只要找律師處理好相關文件，就可以直接進教堂找牧師。不過，律師那關恐怕曠日費時，威斯頓同意簽下各種契約，只求不耽誤小倆口的良辰吉時。他催得實在太急太猛，不知情的人還以為他才是婚禮的主角。不過他個性原本就急躁，無論辦什麼事都是這麼莽撞，彷彿只要把事辦成，他就死而無憾。

由於這對準翁婿心急如焚，向來樂於成全別人好事的歐渥希也樂觀其成，最後是蘇菲亞從中阻撓，採取行動終結這樁親事，害得教堂和稅務單位這兩個合法利用人類繁殖大業收取稅金的睿智機構少了一筆收入。詳情請見下章。

第七章
蘇菲亞不可思議的決心，阿娜更不可思議的妙計

雖然阿娜最在乎的是自己的利益，但她對蘇菲亞也不是沒有一點情義。說實在話，認識蘇菲亞的人很難不喜歡她。因此，阿娜聽說了一件消息，覺得這件事對小姐非常重要，馬上忘了兩天前被小姐趕出房間的不愉快，匆匆跑去通知小姐。

她沒頭沒腦地衝進房間，同樣沒頭沒腦地直嚷嚷，「噢，親愛的小姐！妳有什麼想法？說真格的，這可把我給嚇傻了。不過就算可能會惹小姐生氣，我還是覺得有必要告訴小姐。因為我們做下人的經常不知道什麼事會惹惱小姐。因為，說真格的，小姐凡事都會怪罪到下人身上。我們的小姐如果心情不好，我們當然一定要挨罵。不過，如果小姐真的不高興，也沒什麼好奇怪的。小姐甚至會很驚訝，是啊，可能會嚇一跳。」

蘇菲亞說，「好阿娜，別再說那麼多，直接告訴我吧。我跟妳保證，沒有什麼事能讓我驚訝，更少事情能嚇到我。」

阿娜說，「親愛的小姐，說真格的，我無意間聽到老爺跟薩坡牧師說下午可以拿到證書，而且我當真聽見他說小姐明天早上就出嫁。」

蘇菲亞聽得臉色發白，心急地重複，「明天早上！」

忠實的阿娜答道，「我敢發誓我親耳聽見老爺這麼說。」

蘇菲亞說，「妳說的話太讓我驚訝，也嚇了我一大跳，我幾乎喘不過氣，渾身無力。我碰上這麼恐怖的事，該怎麼辦？」

阿娜說，「但願我能給小姐出點子。」

蘇菲亞說，「幫我出個點子，拜託妳，親愛的阿娜，教教我。想想看如果這是妳自己的事，妳會怎麼做。」

阿娜表示，「實話說，小姐，我真希望可以跟小姐交換身分。我這話對小姐沒有惡意，因為我不希望妳倒楣到當下人。我這麼說是因為如果是我，就不覺得這事有什麼困難。因為以我的粗淺看法，布里菲少爺迷人、親切又英俊。」

蘇菲亞大聲說，「別說這些廢話！」

阿娜說，「這不是廢話！哎呀，好吧。說真格的，某個男人看著是肉，另一個男人看著卻是毒藥；這種道理在女人身上也說得通。」

蘇菲亞說，「阿娜，要我嫁給那個可恥的壞蛋，我寧可拿刀刺自己心臟。」

阿娜說，「天哪！小姐！這下子我可真被妳嚇傻啦。求求小姐別動這麼恐怖的念頭。噢，上帝！我可真是嚇得全身發抖啦。親愛的小姐，妳想想，死後不能用天主教儀式下葬，屍體被插上木樁埋在大馬路旁，就像種田的哈夫潘尼埋在奧克斯路口。說真格的，他的鬼魂到現在還在那裡遊蕩，好多人都見過。說真格的，只有魔鬼能把這種念頭放進任何人的腦子裡，因為傷害自己比傷害全世界都邪惡，我聽過不只一個人這麼說。如果小姐有這麼強烈的反感，這麼討厭那位年輕少爺，沒辦法跟他睡同一張床鋪。我相信的確有人會這麼討厭另一個人，寧可摸癩蛤蟆，也不願意碰那人一下。」

蘇菲亞太專心思考，沒有心思聽阿娜那番精闢言論，因此她沒有做出任何回應，直接打斷阿娜，說道，「阿娜，我決定了，我今天晚上就離家出走，如果妳像平時說的那樣愛護我，就跟我一起走。」

阿娜說，「小姐，我願意追隨妳到天涯海角，可是我求小姐做出倉促行動前先考慮後果。小姐能上哪兒去？」

蘇菲亞說，「倫敦有個身分高貴的夫人，跟我有親戚關係，我曾經跟我姑姑在鄉下住過幾個月，那段期間她對我非常友善，說她非常喜歡跟我相處，一直要我姑姑答應讓我跟她去倫敦。這位夫人名聲響亮，我很容易就能找到她，也相信她會非常歡迎我。」

阿娜指出，「我請小姐別太有自信，我服侍的第一位女士經常熱情邀請別人上門，可是事後如果對方當真要來，她就會避開。再者，雖然這位夫人見到小姐會很開心，因為說真格的，任何人見到小姐都會很開心。可是，等她聽說小姐逃家……」

蘇菲亞說，「阿娜，妳錯了。她非常鄙視父親的權威，當初她極力邀我去倫敦，我說沒有父親同意我不能去，她取笑我一頓，說我是鄉下的傻丫頭，還說既然我是這麼聽話的女兒，一定會是個鍾愛丈夫的妻子。所以我相信她不但會接納我，也會保護我。說不定等我爸爸發現他沒辦法擺布我，會願意講道理。」

阿娜說，「嗯，可是小姐，妳打算怎麼逃出去？妳要上哪兒找馬或車？所有下人都知道老爺和小姐吵架，除非老爺親口下令，否則羅賓寧可死掉，也不肯讓小姐的馬離開馬廄。」

蘇菲亞答道，「我打算趁門開著的時候，靠我自己的雙腿走出去。感謝上天，我的雙腿夠強壯，即使舞伴不怎麼討人喜歡，它們也能隨著提琴聲起舞，陪我度過許多漫長夜晚。它們現在肯定也能幫我逃離這麼可憎的終生伴侶。」

阿娜說，「噢，老天！小姐！妳知道自己在說什麼嗎？妳敢三更半夜一個人在鄉下到處闖嗎？」

蘇菲亞說道，「我不是一個人，妳答應要陪我。」

阿娜大聲說，「是啊，話是沒錯，我可以陪小姐到天涯海角，可是小姐幾乎也算一個人，因為萬一碰上強盜、壞人，我沒辦法保護小姐。不是，我會跟小姐一樣害怕，因為他們肯定會把我們倆都抓走。還有，小姐，妳要想想，現在晚上有多冷，我們都會凍死。」

蘇菲亞回答，「快步走路就不怕冷。阿娜，如果妳不能幫我抵擋壞人，我可以保護妳，因為我會帶著手槍。客廳隨時都有兩把裝了子彈的槍。」

阿娜叫道，「親愛的小姐，我越來越害怕啦。小姐不會真的開槍吧！我寧可冒所有危險，也不希望小姐開槍。」

蘇菲亞笑著說，「為什麼？阿娜，萬一有人想奪妳的貞操，妳也不敢開槍嗎？」

阿娜嚷嚷說，「說真格的，小姐，貞操確實很重要，尤其我們這些可憐的下人可以說靠它吃飯。可是我真的很討厭槍，因為有太多意外跟槍有關。」

蘇菲亞說，「好，好，我相信我不需要帶槍，也能輕輕鬆鬆守護妳的貞操。我打算走到第一座小鎮就雇馬，在那之前我們不太可能碰到壞人。阿娜，妳聽好，我決心要離開，如果妳願意陪我走，將來我一定會盡最大的力量報答妳。」

蘇菲亞最後一句話比前面那些更能打動阿娜。阿娜見小姐心意已決，就不再勸阻，兩人開始討論計畫該如何執行。這時她們碰上一個非常棘手的難題，那就是很多東西帶不走。蘇菲亞比阿娜更輕鬆就克服這個問題，因為年輕小姐一旦決心奔向情人，或逃離情人，所有的阻礙都是小事。

可是阿娜沒有這類動機，既沒有喜悅可以期待，也沒有恐懼需要避開。她的私人物品主要是衣服，除了衣服本身的價值之外，她對幾件長衣和其他幾樣物品愛不釋手。有些是因為穿在她身上特別好看，有些是某個特別的人送的，有些她剛買不久，有些跟她很久了，或者其他同樣重要的原因，所以她無法忍受把這些可憐的東西留給老爺處置，她相信它們會壯烈犧牲在氣急敗壞的老爺手上。

足智多謀的阿娜鼓起三寸不爛之舌勸小姐打消念頭，卻發現小姐不可能改變心意，才終於採取以下策略帶走她所有衣裳，那就是，當天晚上讓自己被攆走。蘇菲亞非常贊成這個辦法，只是不確定阿娜怎麼辦得到。

阿娜叫道，「噢，小姐，這點妳大可以放心。我們當下人的很清楚該怎麼請老爺夫人們幫我們這個忙。不過，說實在話，有時候他們手頭上的現金不夠付我們的工資，就會忍受我們所有的無禮，無論我們怎麼辭工，都不會答應。不過老爺不缺現金，既然小姐決定晚上離開，我保證下午就被辭退。」

她們說好阿娜打包自己的東西時順便幫小姐帶幾件襯衣和一件睡衣。至於其他衣裳，蘇菲亞毫不遲疑就割捨下，就像水手為了自救把別人的東西拋下海一樣乾脆。

第八章
一場爭吵，不算特別罕見

阿娜才剛離開蘇菲亞，忽然有某種東西（我不願意像奎維多[20]作品裡那位老婦人，以不實指控誣陷魔鬼，何況這回魔鬼也許真的是無辜的）……我說是某種東西提醒她，如果犧牲小姐，向老爺說出所有祕密，也許可以發一筆橫財。很多因素鼓吹她去告密。她向老爺提供這麼重大又稱心的服務，一定能拿到可觀的獎賞，她貪婪的心為此躍躍欲試。

此外，陪小姐逃家危險重重，結果未必會成功，黑夜、寒冷、強盜、強姦犯，在在令她膽怯。她承受不住這些恐懼，幾乎決定馬上去找老爺，把事情都說出來。不過，她是處事公正的法官，不會憑一方說詞定罪。

首先，倫敦之行強力為蘇菲亞辯護。阿娜一直想看看倫敦，她想像倫敦充滿各種迷人事物，痴迷的程度只略遜於滿腦子天國的狂喜聖徒。其次，她知道小姐為人比老爺慷慨得多，所以忠貞帶來的回報會比背叛豐饒。這時她又交叉檢視天平另一邊那些引起恐懼的事物，發現經過仔細掂量，那些東西其實也沒什麼。天平兩邊幾乎不相上下，這時她對蘇菲亞的愛加入正直的那邊，形成明顯優勢。

她腦海突然冒出一個念頭，如果這個念頭的全部重量都投進另一邊，可能導致危險後果。那就是蘇菲亞可能要等上不少時間，才能履行承諾給她獎賞。因為要等到老爺過世，小姐才能繼承母親留給她的遺產，另一筆某個叔伯給她的三千鎊也要等到她成年才拿得到，那都是很久以後的事，誰曉得在那之前會發生什麼意外來阻礙蘇菲亞兌現她大方的承諾。而老爺的回報卻馬上可以到手。她正在思索這個念頭的時候，蘇菲亞的守護精靈，或者守護阿娜的正直精靈，或者只是偶然，用一起事件維護阿娜的忠貞，甚至助她達成被辭退的目的。

威斯頓女士的侍女基於幾個原因，自認自己的地位比阿娜優越。首先，她出身比較高貴，外曾祖母跟某個愛爾蘭貴族是不算遠的表親。再者，她的工資高一點；最後，她到過倫敦，理所當然見過比較多世面。所以，她在阿娜面前總是擺高姿態，對待阿娜的態度就像所有女性對待地位比自己低的女性一樣，要求一定程度的敬意。不過，阿娜未必同意這種安排，也經常失了對方堅持的禮數，威斯頓女士的侍女因此不太喜歡跟她打交道。她格外渴望回到女主人的家，在那裡她可以隨心所欲對其他下人作威作福。所以，這天早上威斯頓女士臨走前改變心意，她大失所望，一直處於俗話所謂「拉長著臉」的心情。

她在這種不太甜美的心情下走進房間，阿娜正如我們先前所說，她在跟自己爭辯。阿娜一看見她，就用以下的客氣態度說，「喲，小姐，看來我們還有機會跟妳多相處一陣子，原本我還擔心我家老爺和妳家女主人吵架，我們就沒那份榮幸了。」

那侍女說，「小姐，我不明白妳滿口『我們、我們』指的是誰。我可告訴妳，這屋子沒有哪個下人配跟我平起平坐，我不管什麼時候往來的人都比他們高尚。阿娜大姐，我說的不是妳，妳倒還算有點禮

20 Francisco Gómez de Quevedo（一五八〇～一六四五）西班牙貴族兼諷刺作家，此處作者引用的是他的作品《幻夢》（*Los Sueños*）。

貌，只要妳多見點世面，我跟妳一起走在聖詹姆斯公園也不覺得沒面子。」

阿娜氣呼呼地說，「哎喲！看來小姐架子挺高的。『阿娜大姐』！跟真的一樣！我說小姐，妳可以稱呼我的姓。雖然我家小姐總喊我阿娜，我跟大家一樣也有個姓氏。跟我走在一起沒面子！哼！我跟妳沒什麼不一樣。」

對方說，「對妳客氣妳當隨便，既然如此，我就把話跟妳說明白，阿娜大姐，妳比我差得遠了。我在鄉下不得不跟一些低三下四的人打交道，可在城裡，我只跟貴婦人的女僕往來。阿娜大姐，但願我跟妳確實不是同一個水平。」

阿娜答，「我也這麼希望。我們年紀不一樣，長相也不一樣。」她說到最後一句時，趾高氣揚從對方身邊走過，揚起下巴、甩一下腦袋，用自己的裙環猛地擦過對方的裙環，神態無比輕蔑。

那個侍女以最鄙夷的惡毒口氣說，「賤東西！不值得跟妳生氣。憑妳這種不知天高地厚的莽撞娼婦，罵妳只會髒了我的嘴。賤丫頭，我可得告訴妳，妳的行為證明妳出身低下、沒有教養，也因為這樣，妳就只配服侍鄉下女孩。」

阿娜叫道，「別罵我家小姐，我不准妳說她的不是。她比妳家主人好得多，一來她年輕，二來她臉蛋兒好看一千倍。」

這時厄運（或者該說好運）召喚威斯頓女士來看她淚漣漣的侍女，那些淚水是在她出現後才嘩啦啦落下。威斯頓女士問她為什麼哭，她馬上說是被那邊那個粗魯的賤東西（指阿娜）氣哭的，接著又說，「還有，小姐，她跟我說什麼我都不在乎，可是她竟然大膽冒犯您，說您長得醜。沒錯，小姐，她當著我的面說妳是醜八怪老貓。我聽不得別人說小姐醜。」

威斯頓女士說，「這種無禮的話妳為什麼一說再說？」然後又轉頭問阿娜，「妳哪來的膽量竟敢用這種不敬的態度提到我的名字？」

阿娜叫道，「不敬！我壓根沒提到您的名字，我只是說某人不像我家小姐那麼好看，這點您自己心裡一清二楚。」

威斯頓女士說，「賤丫頭，我要讓妳這莽撞娼婦知道妳沒有資格拿我說三道四。如果我哥哥不馬上攆妳走，我永遠不會再住在他家。我這就去找他，要他馬上辭退妳。」

阿娜大聲說，「辭退我！就算真被辭退了，我多的是地方去。謝天謝地，好僕人不怕找不到事做。我可告訴妳，如果不覺得妳好看就要被趕走，妳早晚找不到下人。」

威斯頓女士回應（應該說咆哮）了幾句話，不過她氣得口齒不清，我不太確定她究竟說了什麼，所以就略過一段無論如何不能大幅提升她人格的話語。說完，她就去找她哥哥，怒髮衝冠的模樣看起來一點也不像人類，倒像復仇女神。

兩名侍女再次獨處，展開第二回合口角爭執，動口迅速演變成動手。主人地位較低的那位打了勝仗，只是免不了損失些許鮮血、髮絲，也扯破了身上的衣裳。

第九章

威斯頓擔任治安官的明智作為；簡單向治安官說明書記的必備條件；父母無與倫比的瘋狂與子女的極端孝順

邏輯學家證明論點偶爾會過猶不及；政治人物耍手腕經常弄巧成拙。阿娜也是如此，不但幾乎沒能帶走其他衣服，連身上那件也差點保不住，因為威斯頓聽說她辱罵妹妹，就詛咒連連地說要把她送進感化院。

威斯頓女士為人向來厚道，通常也寬大為懷，前不久她搭乘的驛馬車摔進水溝，她沒有追究車夫的責任。不只如此，她甚至違法姑息一名攔路劫匪，那人不但搶了她的錢和耳環，還咒罵她：「像妳這麼標致的婆娘不需要首飾來襯托，妳下地獄吧。」只是，人的脾氣難以預料，每個時刻的我們都跟自己大不相同，這回她絕不輕饒，不管阿娜怎麼裝後悔，蘇菲亞又如何為自己的女僕求情，她都堅持要哥哥嚴懲（這個詞聽起來是比『處罰』嚇人）那個村姑。

幸虧書記具備擔任治安官必備的條件，也就是對這方面的法律略知一二。他在治安官耳畔悄聲說，如果把那女孩送進感化院，就會逾越職權，畢竟她沒有做出擾亂治安的行為。他說，「先生，只因為某人教養不好就將她送進感化院，恐怕於法不合。」

如果情節重大，特別是跟打獵有關的案件，治安官未必會聽從書記這類勸告。事實上，不少治安官在執行有關狩獵方面的法令時，會擴大自己的自由裁量權，往往為了阻止狩獵活動，任意擅闖他人產業搜索或沒收獵具，偶爾甚至犯下重罪。

不過這起案件情節輕微，對社會不構成危險，治安官因此願意接納書記的意見。事實上他已經兩度被告發到最高法庭，所以沒有興趣嘗試第三次。

因此，威斯頓先是「嗯」、「呃」幾聲，再用最睿智、最意味深長的表情對妹妹說，經過深思熟慮，他認為，「既然沒有妨害治安，比如法律上所說的破門而入、破壞籬笆、敲破腦門，或其他類似的破壞行為，案情不至於構成重罪、擅闖或損害，法律沒辦法處罰。」

威斯頓女士說，「法律我懂得不少，也知道曾經有下人因為冒犯主人，受到非常嚴厲的處分。」她以倫敦某位治安官為例，「只要男女主人提出，那位治安官隨時可以把下人送進感化院。」

威斯頓說，「也許吧，在倫敦也許是那樣，可是鄉下的法律不一樣。」接下來兩兄妹就法律問題展開一場博大精深的辯論，如果我覺得大部分讀者聽得懂，就會抄錄在這裡。只不過，最後兩造請書記定奪，書記支持治安官的論點，威斯頓女士只好退而求其次，只要求哥哥辭退阿娜。對於這個結果，蘇菲亞滿心歡喜地同意。

就這樣，命運女神循往例轉身耍了兩三個小把戲後，總算讓事情朝對女主角有利的方向發展。蘇菲亞第一次說謊，表現也算是可圈可點。坦白說，我經常發現，世上的老實人如果蓄意騙人，或覺得值得惹那個麻煩，通常能把狡猾的人耍得團團轉。

阿娜也把她的角色發揮得淋漓盡致。起初她聽見感化院嚇得魂飛魄散，得知自己被送進去的危機解除，早先被恐懼壓抑的氣焰登時死灰復燃。她說她不幹了，表現得稱心如意、甚至一臉鄙夷，儼然像是掛冠求去的高官。如果讀者不介意，我寧可說是她主動辭職，因為「辭職」向來被視為被開除或被趕走的同義詞。

威斯頓要求她用最快的速度收拾行李，因為他妹妹聲明她一天也不願意再跟這無禮的潑婦同住一個屋簷下。於是阿娜奉命去收拾東西，她動作相當俐落，天剛黑就收拾妥當，領了工資後提著大包小包走了。這是個皆大歡喜的結局，最開心的莫過於蘇菲亞，她跟阿娜約好在離家不遠的某個地點會面，時間就在最恐怖、最陰森的午夜十二點，自己也著手準備離家事宜。

不過，她還得痛苦萬分地聆聽兩場訓話，一是她姑姑，另一個是她父親。她姑姑先開口，態度比先前強硬，她父親更是聲色俱厲大發雷霆，嚇得她假裝遵從他的意願。威斯頓見女兒服軟，大喜過望，深鎖的眉頭換成笑顏，威脅變成許諾。他說他一心一意為她著想，她肯答應（他認為她說的「父親，您也知道，我不該、也不能拒絕服從您的命令。」這番話代表同意），讓他變成全世界最快樂的人。之後他給她一張大面額銀票，要她想買什麼就買什麼。他無比慈愛地親她抱她，幾分鐘前還對他最心愛的寶貝噴著怒火的雙眸，此時竟流下開心的眼淚。

為人父母者這種表現稀鬆平常，我相信讀者對威斯頓的行為一點也不驚訝。如果讀者感到震驚，我不得不說我也無法解釋，因為威斯頓對女兒的愛無庸置疑。其他很多父母也用同樣方式將子女推入痛苦深淵，雖然普天之下的父母幾乎都是這樣，我卻始終認為，人類這種奇妙動物大腦裡產生的各種奇思怪想之中，就屬這種最難解釋。

威斯頓轉嗔為喜後的行為對蘇菲亞的溫柔心扉造成極大震撼，她腦海因此興起一個念頭。不管她精明的姑姑說了多少至理明言，她父親給她多少威脅，都不可能會有這種效果。她太孝順父親，也太愛父親，她最快樂的事，就是帶給父親歡笑，甚至更高層次的滿足，因為他幾乎每天都能聽見別人稱讚蘇菲亞，也都開心得不能自已。因此，她深深感受到，如果答應婚事，父親會有多快樂啊。再者，她信仰極其虔誠，像這樣聽從父命來展現極致孝道，深深打動她的心。最後當她想到自己會承受多少痛苦，等於是孝道與責任的犧牲品，或烈士，內心不由得生起某種愉快的感受。那種感受雖然與信仰或美德沒有明顯關係，卻總能好心地鼎力協助達成信仰與美德的目標。

蘇菲亞滿腦子沉浸於這種英勇行為，開始提前稱讚自己，不料躲在手籠裡的愛神突然悄悄溜出來，像義大利木偶劇裡的龐奇尼洛[21]似地大顯神通。事實上（我不屑欺騙讀者，也不願以超自然現象為女主角的行為辯白），她想到心愛的湯姆，想到某些跟湯姆有關的期望（不管多麼遙遠），以至於孝道、信仰和榮耀煞費苦心聯手激發的高貴情操頓時一掃而空。

我們繼續談蘇菲亞以前，必須先回頭看看湯姆。

21 義大利木偶戲《*Punchinello and Joan*》裡的主人翁，是個又矮又胖滑稽可笑的丑角。

第十章
幾件稀鬆平常卻流於低俗的事

讀者想必記得，本卷開頭我們說到湯姆啟程前往布里斯托，打算出海發展，或者該說是逃離岸上的厄運。

他雇了一名嚮導帶路，沒想到（這種事不算罕見）那人很不幸地不認識路，走錯方向也不好意思向人打聽，一整天來來回回瞎闖。眼看夜幕低垂，天色開始變暗，湯姆猜到發生什麼事，對嚮導提出他的憂慮。那人卻一口咬定他們沒走錯路，還說，如果他不知道往布里斯托的路，就太奇怪了。事實卻是，如果他知道往布里斯托的路就更奇怪了，因為他這輩子還沒走過那條路。

湯姆對嚮導的信心不夠，到了某個村莊就向第一個碰見的人打聽，問對方他們走的是不是往布里斯托的路。

那人驚訝地問，「你們打哪兒來？」

湯姆連忙說，「那不重要，我只想知道這條是不是往布里斯托的路？」

那人搔著腦門嚷嚷道，「往布里斯托的路！哎呀，先生，你們走這條路今晚到不了布里斯托。」

湯姆答，「那就拜託你告訴我們，該走哪一條路。」

那人說，「哎呀，先生，你們一定是在哪兒走錯路啦，這條是去格洛斯特的路。」

湯姆說，「那麼哪一條路才會到布里斯托？」

那人回答，「你們走的是相反方向。」

湯姆問，「那麼我們要往回走？」

那人答道，「對，沒錯。」

湯姆又問，「我們走到山頂上的時候，該走哪一條路？」

那人回說，「直走就好啦。」

湯姆說，「可是我記得那裡有兩條路，一條向右，另一條向左。」

那人答，「你們先走右邊那條，再直直往前走。別忘了先向右轉，再向左轉，再向右轉，就可以走到鄉紳的宅子。之後你們就往前直走，然後左轉。」

這時來了另一個人，問湯姆要去哪兒。湯姆告訴他，他先是搔搔腦袋，然後倚著手中的木棍，說道，「你們要走右邊那條路，走大約一點五公里，或兩公里，或差不多的距離，馬上左轉，就會到吉恩·畢爾尼斯先生家附近。」

湯姆問道，「畢爾尼斯先生家是哪一棟？」

那人回答，「什麼！你不認識畢爾尼斯先生？你打哪兒來的？」

那兩人幾乎擊垮湯姆的耐性，這時來了個衣著樸素、相貌堂堂的男人（那人其實是貴格會教徒），對湯姆說道，「朋友，看來你們迷路了，如果你願意接受我的勸告，今晚別繼續找路。天快黑了，往布里斯托的路不好找，何況那條路最近發生了幾起搶案。附近有家可靠的客棧，你們和馬兒都可以在那裡歇息一宿。」湯姆在眾人勸說下，終於同意在這地方過夜，跟著那個貴格教徒去客棧。

客棧老闆為人謙虛客氣，他告訴湯姆，「小店設備簡陋，請別介意。因為我太太不在家，她幾乎把所有東西都鎖上，還把鑰匙帶走。」實際的情況是，他太太最疼愛的女兒剛結婚，當天早上跟新婚夫婿走了，那個女兒和媽媽兩人聯手，幾乎把可憐老闆的東西和錢都給捲走了。他們雖然還有幾個子女，可是他太太只考慮她最疼愛的這個女兒的幸福。為了討好這個女兒，她把其他孩子連同丈夫都犧牲了。

雖然此時的湯姆不太想跟人打交道，寧可一個人待著，卻拒絕不了那個老實的貴格教徒的要求。那人想陪湯姆坐坐，因為他注意到湯姆的表情和舉止顯得十分落寞，想陪他說話解悶。

他們共度了一段時光，過程中老實的貴格教徒大可以想像自己是在參加教會的默禱。這時貴格教徒不知哪來的靈感，或者純粹好奇心使然，說道，「朋友，我看得出來你碰上了傷心事，不過請你別難過。我猜可能是你朋友過世。如果是，你該知道我們都不免一死，何況你明知道你再怎麼傷心，對你朋友都沒有好處，那又何必傷心？我們生來就要受苦，我自己也跟你一樣碰上不幸的事，也許比你更不幸。我的產業一年有一百鎊收入，我要的也就這麼多。感謝上帝，我這一生問心無愧，身強體壯，沒欠人錢，也沒傷害過別人。不過，我相信你的情況不會比我悲慘。」說到這裡，他嘆了一大口氣。

湯姆馬上接著說，「先生，不管你碰上什麼不幸，我都為你感到遺憾。」

那人答道，「啊！朋友，都是因為我的獨生女。這世上我最愛的就是她，可是這星期她跟人跑了，不顧我的反對成了親。我幫她找了個穩重又有錢的好對象，她偏要自己選，跟一個身無分文的傢伙跑了。如果她跟你朋友一樣死掉了，我會開心點。」

湯姆說，「先生，你這話實在很奇怪。」

那人說，「有什麼奇怪，她死掉不是比當乞丐好？像我剛才說的，那傢伙是個窮光蛋，她也別指望我會給她一毛錢。不，既然她為愛結婚，我就看愛情能不能讓她填飽肚子。讓她拿著愛情到市場上去，看看有沒有人會拿銀幣或半便士銅板跟她換。」

湯姆說，「先生，你的事你自己最清楚。」

那人又說，「他們從小就認識，一定很久以前就預謀要騙我。我總是教我女兒別被愛情沖昏頭，我告訴她談戀愛又傻又麻煩，說過不只一千次。那個狡猾的丫頭假裝聽我的話，總說她鄙視肉體的享受，最後卻打破三樓窗子逃出去。因為我開始起疑，小心翼翼把她關在家裡，打算第二天一早讓她嫁給我中意那個女婿。可是她不到幾小時就害我失望，逃去找她自己選的愛人，一刻也沒耽擱，短短一小時內就成了親、上了床。不過他們要為那一小時內做的事後悔，因為不管他們挨餓、討飯或一起去當小偷，我一毛錢也不會給他們。」

這時湯姆激動地大聲說，「請你包涵，我希望你走開。」

那人說，「別這樣，朋友，別喪氣。世上不只你一個傷心人。」

湯姆說大聲說，「我知道世上有瘋子、傻子和壞蛋。我給你個忠告，去把你女兒和女婿找回家，別害那些你口口聲聲疼愛的人受苦。」

那人大聲嚷嚷，「把她和她丈夫找回家！我寧可把我最痛恨的仇人請回家！」

湯姆說，「那就回家去，或上別的地方去，我不想跟你這種人待在一起。」

那個人答，「朋友，我也不屑硬逼別人跟我打交道。」說完，他把手伸進口袋掏錢，卻被湯姆使勁推出房間。

那個貴格教徒說的話深深影響湯姆的心情，談話過程中，他一直用狂野的眼神盯著對方。貴格教徒也察覺到了，他綜合考量湯姆的其他行為，認定湯姆應該得了失心瘋，所以他不但不怪罪湯姆的無禮行為，甚至更同情他的不幸遭遇。他跟客棧老闆說了湯姆的情況，也請老闆好好照顧湯姆，把他當上賓對待。

客棧老闆答，「我不會把那人當成什麼上賓。他雖然穿著鑲邊背心，身分卻不比我高貴，只是某個沒人要的野種，被離這裡五十公里的某個大善人養大，現在被趕出來（八成幹了什麼壞事）。我最好盡快把他送走。萬一我真的丟東西，也要把損失降到最小。不到一年前我才丟了一根銀湯匙。」

貴格教徒說，「羅賓，你說什麼沒人要的野種？你一定是弄錯對象了。」

羅賓答，「絕沒弄錯。那個嚮導告訴我的，他很清楚他的底細。」確實如此，那個嚮導走到廚房爐火前一坐下，馬上把他知道和聽說過的有關湯姆的一切告訴在場所有人。

貴格教徒聽店東親口確認湯姆出身低賤又沒錢，對他的所有同情頓時煙消雲散，帶著一肚子氣回家，憤慨的程度不輸公爵受到下等人冒犯。

店東自己也對湯姆產生同等的鄙夷，所以湯姆搖鈴表示他要就寢時，得到的答覆是店裡沒有床鋪供他使用。羅賓不但瞧不起湯姆落魄的處境，更強烈懷疑湯姆另有所圖，那就是想找機會下手行竊。事實上他根本不需要操這個心，因為他妻子和女兒已經慎重地採取預防措施，把家裡拿得走的東西都拿走了。不過他天性多疑，自從遺失銀湯匙以後更是如此。簡而言之，他太害怕遭竊，完全忘了自己已經一無所有，沒什麼好擔心的。湯姆得知沒有床鋪可睡，就心滿意足地躺進一把燈心草編的大椅子裡。連日來在更舒適的臥房裡始終不見蹤影的睡眠，現在卻大方降臨他這間陋室。

店東則是太擔心害怕而不敢回房睡覺。他重新回到廚房爐火旁，因為在那裡可以監看通往湯姆睡覺那間房（「洞穴」或許更貼切）的唯一一扇門。至於那個房間的窗子，任何體型比貓大的動物都不可能鑽得出去。

第十一章
一群士兵的際遇

店東選了正對廂房門的椅子坐下，決定徹夜在那裡看守。嚮導和另一個人陪他值勤很長一段時間，不過他們不知道店東的心思，自己也沒有特別的想法。他們陪著守夜的真正原因，最後也終結了他們的守夜，那就是啤酒的美味與威力。他們一杯接一杯開懷暢飲，扯開嗓門吆喝叫嚷，最後都沉沉睡去。

可是美酒平撫不了羅賓的憂懼。他繼續清醒地坐在椅子上，目不轉睛盯著湯姆房間那扇門，直到外面的大門響起砰砰砰的敲門聲，他才不得不起身去開門。他才把門打開，廚房立刻擠滿身穿紅色外套的男士。那些人以驚天動地的聲勢衝進來，彷彿打算用最猛烈的攻勢拿下他的小小城堡。

店東被迫離開他的崗哨，去幫這一大群客人取酒，因為他們十萬火急地要酒喝。他第二或第三次從酒窖回來時，看見湯姆也跟那群士兵一起站在爐火前。想當然耳，突然來了這麼一大群人，再酣暢的睡眠都會被打斷，除非是那場只有最後號角才能喚醒的長眠[22]。

士兵們解了渴，接下來就該付錢了，這件事在中下階層的男士之間經常惹出爭端與不和，因為基於公平分配原則，每個人都要按照自己喝的量付費，可是誰也算不清誰喝了多少。眼下就是如此，而且情

22 意指死亡。典故出自《聖經・哥林多前書》第十五章第五十二節，最後號角一響，死人就會復活。

況更嚴重，因為某些人趕時間，喝了一杯就急忙上路，完全把酒錢這件事拋到腦後。

眾人因此發生激烈爭吵，他們說出的每個字可以說都搭配了一個罵人字眼，因為咒罵的字數並不少於大家說的話。所有人七嘴八舌同時開口，每個人好像都打定主意要少分攤點，因此最可預見的結果是，有一大筆酒資必須由店東分攤，或者（應該沒什麼不同）變成呆帳。

這段時間湯姆一直在跟帶隊的中士聊天，因為根據流傳已久的慣例，這位軍官享有免付酒錢的特權，因此跟眼前這場糾紛毫無關係。

爭吵愈來愈厲害，眼看著就要升級為軍事行動，這時湯姆往前跨出一步，大聲宣布這筆酒錢（總共不過三先令四便士）全算在他頭上，眾人頓時安靜下來。

湯姆這個舉動贏得全場道謝與鼓掌，「可敬」、「高貴」、「傑出紳士」這些讚美充斥整個房間。不只如此，連店東都開始對他刮目相看，幾乎不相信嚮導說的那些話。

中士告訴湯姆，他們要去攻打叛軍，將來會投入威武的坎伯蘭公爵麾下。讀者應該看得出來（先前我們認為沒有必要提起這件事），這段期間先前那場叛變鬧得如火如荼。那些壞蛋正在向英格蘭推進，據說準備攻打國王的部隊，也要揮軍進逼首都。

湯姆天生有些英勇特質，也衷心希望以自由與新教信仰為號召的一方能獲勝。他目前的處境原本就可以隨心所欲去做更富浪漫色彩、更瘋狂的事，所以他會決定志願從軍也不是奇怪的事。

帶頭的中士聽見湯姆這麼說，馬上極力鼓舞，進一步激發湯姆的熱血。中士大聲宣布湯姆的崇高決定，士兵們聞言歡聲雷動，紛紛叫道，「上帝保佑喬治國王和你的榮耀。」又連連起誓：「我們要跟你們兩個同進退，直到流光最後一滴血。」

那個整晚在廚房喝酒的男士也被某個下士說動，決定為國效命。湯姆的行李放上軍隊的行李車後，大夥準備出發，這時嚮導走到湯姆面前說，「先生，希望你能考慮一下我的馬在外面過了一整夜，我也帶你走了一大段路。」

湯姆對這種厚臉皮行徑感到震驚，把實情都告訴那些士兵，士兵們眾口一致譴責嚮導不該這樣敲紳士竹槓。有人說該把他五花大綁，也有人說該判他夾道鞭打。中士對著嚮導揮舞手杖，直說但願他是他部下，那麼他就可以拿他殺雞儆猴。

不過，湯姆覺得只要不讓他得逞也就夠了，就這麼跟著新袍澤走了，留下嚮導無奈地詛咒謾罵他。店東也來加入他的陣容，說道，「哎呀呀，就這麼個貨色。長得人模人樣，從軍恰恰好，確實是塊穿鑲邊背心的料。有句老話說沒錯，閃亮亮的未必都是黃金。總算把這瘟神送走啦。」

湯姆一整天都跟中士走在一起，中士為人圓滑，跟湯姆說了許多參軍打仗的精彩故事，事實上他根本沒上過戰場，因為他前不久才從軍，靠著靈巧的手腕討得長官歡心，才升上中士。其實長官賞識的主要是他的募兵能力，他這方面的才華可說不同凡響。

行軍時士兵們有說有笑熱鬧騰騰，很多人說起前一次駐紮時的許多趣事，毫不忌諱地拿自己的長官取笑，有些笑話流於粗鄙，幾乎稱得上是醜聞。這種情況讓湯姆想起書中描述古代希臘與羅馬的習俗，在某些節慶或重要場合，奴隸享有數落主人的言論自由。

這支小小軍隊由兩連步兵組成，這會兒來到這天晚上過夜的地方。中士向他的中尉指揮官報告，他們在行軍過程中招募了兩個新兵。他說，其中一個（指那個酒客）體格十分健壯，身高有一百八十公分，比例勻稱，四肢結實；另一個（指湯姆）挺適合編在後排當勤務。

兩名新兵被帶到指揮官面前，指揮官看了看那個酒客（因為他排在前面），然後才看見湯姆。他第一眼看見湯姆顯得有點吃驚，因為湯姆儀表堂堂又文質彬彬，散發出一股高貴氣質，這在平民百姓之間並不多見，即使在上層階級都未必人皆有之。

「先生，」中尉說，「我的中士告訴我，你有意加入目前由我指揮的這支步兵。如果是，我們很歡迎像您這樣的紳士拿起武器為我們這支部隊增光。」

湯姆答稱，「我從來沒說過我要從軍，我只是認同你們這次出兵的光榮使命，希望能當個志願軍。」最後他恭維了中尉幾句，說他非常榮幸能接受他的指揮。

中尉也客氣回應，讚賞他的決心，跟他握了握手，邀請他和其他軍官一起用餐。

第十二章
一群軍官的際遇

我們在前章提到的那位負責帶領這支部隊的中尉已經年近六十。他年紀輕輕就從軍，曾經以准尉身分投入馬爾普拉凱之役[23]，在戰場上兩度受傷，立下彪炳戰功，戰爭結束後立刻被馬爾博羅公爵拔擢，晉升中尉。

此後他一直擔任這個職位，換句話說，已經將近四十年。這段期間他看著許多人升官變成他的上司，不得不忍受被年輕人指揮的屈辱。想當年他投身軍旅時，那些年輕人的父親都還在吃奶呢。

他官運受阻倒不是因為沒有人脈，而是很不幸地得罪他的上校。那個上校多年來一直是這支軍團的指揮官。然而，上校之所以對他產生根深柢固的敵意，倒也不是因為他在職務上有什麼疏失或不足，更不是因為他個人的過錯，一切都要怪他夫人做事欠考慮。中尉的夫人是個大美人，雖然非常愛她的丈夫，卻不肯答應上校的某些要求，來為丈夫爭取上司好感。

更不幸的是，可憐的中尉雖然隱約意識到上司的敵意，卻不知道、也不曾懷疑長官真的對他不滿。

23 battle of Tannieres（Taisnières），即指一七〇九年的Battle of Malplaquet，是西班牙王位戰爭中的一場戰事，英國在此役打敗法國。

因為他自認沒做過惹惱長官的事，自然不會懷疑長官對他心懷怨隙。他夫人擔心愛惜榮譽的丈夫會有什麼反應，寧可保有貞節，也不願享受征服男人的虛榮。

這位倒楣的軍官（我覺得也許可以這麼稱呼他）除了在軍職上表現出色，還有其他許多優點。他信仰虔誠、不欺暗室、個性敦厚，擔任指揮官領導有方，不只受到自己部屬的愛戴，整個軍團的軍士都敬重他。

跟他在同一支部隊裡的軍官有一個法國中尉，那人離開法國太久，已經忘了自己的母語，在英國又待得不夠久，還沒學會英語，所以說得一口四不像的言語，即使最一般的溝通，都很難清楚表達自己的意思。另外還有兩個准尉，都是年輕小夥子，其中一個成長在律師家庭，另一個的母親是某個貴族的管家的妻子。

晚餐一結束，湯姆就向軍官們說起行軍途中的趣事，他說，「雖然他們吵吵鬧鬧，我敢說面對敵軍的時候，他們的表現一定比較像古希臘人，不像特洛伊人。」

其中一個准尉說，「古希臘人和特洛伊人！他們見鬼的是哪裡人！歐洲每一支軍隊我都聽說過，就沒聽過這兩種。」

「諾塞頓先生，別故意裝無知。」可敬的中尉說，「就算你沒讀過波普翻譯的荷馬，也一定聽說過古希臘人和特洛伊人。現在聽這位先生說起，我才想到荷馬把行軍中的特洛伊部隊比喻為嘎嘎叫的野雁，也大大讚揚古希臘軍隊的肅靜。我以個人名譽保證，這位後勤兵的看法很客觀。」

那位法國中尉英法夾雜說道，「是啊，我清楚記得他們。上學讀達西爾夫人[24]書，古希臘人、特洛伊人，為一個女人打架，有，有，那些我全部讀過。」

「去他的荷馬，」諾塞頓說，「我屁股上還有他害的傷疤。咱們軍團裡的湯瑪斯口袋裡時常帶著一本荷馬，見鬼了，如果那書落在我手上，看我不燒了它。還有一個叫寇德里厄[25]的，見鬼的雜種，害我挨了不少板子。」

「諾塞頓先生，這麼說你上過學？」中尉問。

「唉，真該死，是啊。」諾塞頓答，「我老子著了魔送我進學堂。老頭要我當牧師，可是我心想，去他的，老傻瓜，我就來騙騙你，我會聽你的話才有鬼。咱們軍團裡那個吉米・奧利佛，他也差點變成牧師，真是那樣，就太可憐了。他見鬼的可不是世上最好看的傢伙，不過他對付他老頭比我更狠，因為他不會寫字也不識字。」

「我敢說你把你朋友形容得真好，也夠貼切。」中尉說，「不過諾塞頓，我拜託你改掉這種又蠢又差勁的咒罵習慣。如果你以為這樣說話顯得聰明或有禮貌，我跟你保證你弄錯了。還有，我也希望你聽我勸告，別再辱罵神職人員。不管中傷或非議哪一種身分的人，一定是不合理的，特別是針對這麼神聖的團體。因為辱罵那個身分的人，就是辱罵那個團體。你自己想想，以一個為保護新教信仰而戰的人，這種行為說得過去嗎？」

另一個准尉名叫阿德利，大家說話時他一直坐在椅子上晃著腳，哼小曲，好像根本沒在聽，這時他開口用法語說，「啊，長官，打仗的時候不談宗教。」

諾塞頓說，「說得好，阿德利。如果打仗的目的只為了宗教，就讓那些牧師自己來替我上戰場吧。」

24　這裡指的是將荷馬著作《伊里亞德》和《奧德賽》譯為法文的安・達西耶（Ann Dacier, 一六四五～一七二〇），法國中尉口誤說成 Daciere。

25　這裡指的是寇蒂耶（Mathurin Cordier, 一四八〇～一五六四），拉丁文教科書作者。此處諾塞頓口誤為 Corderius。

「各位，」湯姆說，「你們怎麼想我不清楚，不過我認為人一生中所做的事，就屬捍衛宗教最高貴。在我讀過為數不多的歷史書之中，我發現為宗教而戰的士兵，在戰場上表現最英勇。至於我自己，我相信我跟國內每個人一樣敬愛我們的國王，熱愛我們的國家。不過我之所以當志願軍，維護新教也是重要動機。」

這時諾塞頓對阿德利眨眨眼，狡猾地在他耳畔低語，「捉弄那個裝模作樣的傢伙，阿德利，捉弄他。」之後又轉身對湯姆說，「先生，我很慶幸你選擇到我們軍團當志願軍，萬一哪天我們的牧師喝多了，我看你有資格頂替他。先生，我猜你上過大學，能不能請教你上的是哪所大學？」

「先生，」湯姆說，「我不但沒上過大學，甚至比你更厲害，我根本沒進過學堂。」

諾塞頓驚呼，「可是你聽起來似乎學識淵博。」

湯姆答，「一個人沒進過大學也能有點知識，就像進過學校的人也可能沒知識。」

中尉說，「年輕人，說得好。照我說，諾塞頓，你最好別惹他，因為你說不過他。」

諾塞頓不太欣賞湯姆言語中的諷刺，卻又覺得不能為這區區的言語刺激打人，或罵人無賴或混球（當時他腦子裡能想到的就這些）。所以，他選擇不吭聲，決心只要找到機會，馬上罵湯姆一頓還以顏色。

現在輪到湯姆敬酒，他忍不住想提到他親愛的蘇菲亞，也就這麼做了，因為他覺得現場不可能有誰猜得出他指的是誰。

主持餐會的中尉不滿意他只說出名字，要湯姆說出她的姓氏。湯姆猶豫了一下，就改口向蘇菲亞·威斯頓敬酒。諾塞頓准尉說他拒絕共同舉杯，除非有人為這位小姐做證。他說，「我認識一個蘇菲亞·威斯頓，巴斯半數以上年輕小夥子都跟她上過床。也許是同一個女人。」

湯姆嚴肅地向他保證絕對不是，說他敬酒的那位小姐出身高貴、家財萬貫。

諾塞頓說，「是啊，是啊。我說的那個也是，見鬼了，就是同一個女人。我敢賭半打葡萄酒，咱們軍團的湯姆．法蘭屈可以在布里吉斯街[26]任何一家酒館找她來陪酒。」然後他開始描述蘇菲亞的模樣（因為他見過蘇菲亞和她姑姑），最後說道，「她老子在薩默塞特郡有一大片產業。」

熱戀中的人一點都容不下別人拿自己的心上人說笑。不過，湯姆在性格上雖然充滿柔情也不乏俠骨，聽見這些中傷卻沒有立刻表現出應有的憤怒。說實在話，他平時很少聽見這種戲謔言語，一時之間不太理解，而且一直覺得諾塞頓把他的心上人誤認為別人。現在他板起臉孔對諾塞頓說，「先生，請你拿別的事情說笑，我絕不接受任何人開這位小姐的玩笑。」

諾塞頓嚷嚷道，「說笑！我這輩子他媽的從沒這麼認真過。咱們軍團的湯姆．法蘭屈在巴斯睡了她跟她姑姑。」

湯姆大聲說，「那我必須認真地告訴你，你是世上最無禮的渾蛋。」

他話一出口，諾塞頓就拿起酒瓶砸向他腦袋，同時爆出連串粗口。湯姆右邊鬢角上方被酒瓶擊中，應聲倒地不起。

旗開得勝的諾塞頓看見敵人一動不動地躺在面前，額角血流如注，覺得這個戰場已經無功可立，決定走為上策。不過中尉插手干預，走到門口切斷他的退路。

諾塞頓說好說歹求中尉放他一馬，強調他留下來會有不好的後果，也反問中尉他怎麼可能不動手。「咄！我只是跟這傢伙開開玩笑，我從沒聽過威斯頓小姐的壞話。」

26 Bridges Street，倫敦的花街柳巷。

中尉說，「你沒聽過？那你真的該上絞刑架，一來是因為開那種玩笑，二來因為拿酒瓶砸人。先生，你被捕了，從現在開始你哪兒都別去，等人來抓你吧。」

諾塞頓被中尉的氣勢震住，剛才打暈可憐的湯姆那股蠻勇化為烏有，就算此時此刻他身上掛著佩劍，都不敢拔出來對付中尉。眾人的劍原本掛在牆上，這場口角發生之初，那個法國中尉已經把所有的劍都收走，諾塞頓只好面對事件的最後結果。

法國中尉和阿德利奉指揮官之命把湯姆從地上扶起來，他們發現湯姆幾乎沒有生命跡象，又鬆手讓他掉回地板上。阿德利咒罵湯姆害他的背心染上血跡，法國中尉說，「可惡，我不再碰這英國人，我聽過英國法律，最後碰上那人被吊死。」

早先可敬的中尉走向門口的時候，順便也拉了鈴，跑堂馬上來到，中尉派他去找一隊火槍手和一名外科醫生。跑堂帶著中尉的命令和自己的描述，不但順利請來火槍手，連客店老闆、老闆娘、僕人，以及當時碰巧在客店的所有人都給引來了。

當時所有人同時開口說話，我必須有四十枝筆，而且能夠同時拿來書寫，才有辦法敘述接下來那一幕的每個細節，或記錄所有對話。因此，讀者只好將就一點，看看最重要的事件就好，其他那些事也許不如不知道。

第一件事就是拘捕諾塞頓。他被由一名下士帶領的六名士兵逮捕，從一個他非常想離開的地方，送到一個他很不幸地非常不願意去的地方。坦白說，人的野心就是這麼捉摸不定，諾塞頓才剛獲取前面敘述的榮耀，就心滿意足地想躲到世界某個角落，不想聽見自己那番豐功偉業創造的名聲。

我覺得很驚訝（或許讀者也一樣），善良可敬的中尉優先處理的事竟是逮捕諾塞頓，而不是救治傷者。我之所以提這件事，倒不是為了說明這種古怪行為，而是以防某些批評家因為發現這個細節沾沾自喜。我希望這些先生們知道我跟他們一樣，也有能力看出違反常理的行為，只是，我的責任是忠實呈現事件原貌，一旦我做到了這點，接下來就請博學多聞的讀者自行參考造物者的原始創作，因為本書每個段落都是以它為根據，只是未必清楚交代我的資料引用自哪一頁。

後來趕到的那批人性情大不相同，他們對諾塞頓的好奇心要等到他再度成為關注焦點才會生起，目前他們全副心思與關懷都集中在地板上那具血淋淋的身軀。那身軀已經被扶起來、坐直在椅子上，開始恢復些許生命跡象和動作。眾人看見這些生命跡象（大家原本以為湯姆死了），連忙爭相為他開藥方，因為現場沒有醫生，所以每個人都盡情施展自己治病的本事。

眾人異口同聲主張應該放血，可惜現場沒有人有這方面的技術。大家都喊「把理髮匠找來」，卻沒有人移動半步。大家又提議幾種醒神藥酒，結果一樣光說不練。最後店東命人送來一大杯啤酒和一片烤麵包，說這是全英國最好的醒神藥。

這段時間唯一幫上忙的是老闆娘，只有她好像真正做了有用的事。她剪了一小把自己的頭髮敷在傷口上止血，搓揉湯姆的太陽穴，對於丈夫的啤酒她極其不屑，她派女僕去她衣櫥拿一瓶白蘭地。白蘭地拿來以後，她倒了些給湯姆，當時湯姆剛醒轉過來，喝了一大口。

不久後，外科大夫就到了，他看看傷口，搖搖頭，指責大家採取的所有處置，命人馬上把傷者送上床。我覺得最好讓湯姆在床上休息一段時間，所以本章到此為止。

第十三章

老闆娘的一席高論；醫生的專業素養；可敬中尉的高明詭辯

受傷的湯姆被送上床後，這起事件掀起的混亂騷動慢慢平息。老闆娘對中尉說，「先生，看來這個年輕人八成做了不該做的事，讓您沒面子。萬一他死了，我看也是活該。當然，先生們願意跟下等人相處，那些人就該懂分寸。不過，像我第一任丈夫說的，那些人幾乎都不懂禮數。換做是我絕不容許下等人自己跑去跟先生們平起平坐。原本我以為他也是個軍官，後來中士告訴我，他只是新兵。」

「老闆娘，」中尉說，「妳弄錯了。那個年輕人一點錯都沒有，我相信他為人比辱罵他那個准尉高尚多了。如果那個年輕人死了，也只有出手傷他的那個人會後悔，我們軍團樂得擺脫這樣一個有損軍方名譽的麻煩人物。如果他沒有受到法律制裁，那就是我的錯。」

老闆娘說，「哎呀！真是太不幸了。誰會想到事情竟是這樣。哎，哎，哎，幸好有先生您主持公道，做錯事的人都該受罰。上等人殺了可憐人也不能不償命，可憐人跟上等人一樣都是人啊。」

「老闆娘，說實在話，」中尉說，「妳看錯那個志願兵了，他沒有一點失禮，而且我相信他的身分比欺負他的那位軍官高尚。」

「哎呀！」老闆娘答，「原來是這樣。我第一任丈夫是個聰明人，他以前常說，光看外表未必知道內在是什麼樣。不過這也難怪，我見到他時他已經渾身是血。誰能想得到啊？可能是哪個失戀的年輕人吧。真可憐，萬一他死了，他父母該有多傷心！那個壞傢伙八成是著了魔，才會幹出這種事。沒錯，就像先生說的，他給軍隊丟人啦，因為我見過的軍官們都不是這樣的人，都跟一般人一樣不會傷害基督徒的性命。當然，我指的是文明社會，像我第一任丈夫以前說的。當然，等他們上了戰場，就非得殺人啦，不過那時誰也不會怪罪他們。他們在戰場上殺的敵人越多越好，我全心全意希望他們把敵人殺光光。」

「喲，老闆娘，」中尉笑著說，「『殺光』也太殘忍了。」

「一點也不，先生。」老闆娘說，「我絕不是殘忍的人，只有對敵人才會，這沒什麼大不了的。說真格的，希望敵人死掉是最正常的事，那樣的話戰爭就可以結束，我們才能少繳點稅。我們現在付的稅實在高得嚇死人。您看吧，窗子採光就要超過四十先令[27]，所以我們差不多把窗子都給封了，整間屋子可以說是瞎掉了。我告訴收稅員，我說，您也該對我們高抬貴手，我們都是政府的好朋友，我們肯定是的，因為我們繳給他們很多錢。不過我老是覺得，政府對待我們好像跟那些一毛錢也不繳的人一樣。哎呀呀，這世道就是這麼回事。」

她正在大發議論時，醫生走了進來，中尉馬上探詢病人的情形。醫生的回答卻是，「如果沒找我來，他的情況應該會糟一點。就算是這樣，如果能再早一點找我來會更好。」

中尉說，「醫生，希望他的頭骨沒裂。」

醫生說，「嗯，頭骨碎裂未必是最危險的症狀。挫傷導致瘀血和撕裂傷引發的症狀通常比骨頭碎裂更嚴重，後果也更致命。那些什麼都不懂的人總以為只要頭骨沒裂，就不會有事，我寧可病人的頭骨碎

27　英國政府一六九七年開始徵收的建築物稅，建築物每開一扇窗就得繳納一定稅額，被譏為「光與空氣稅」。

成一片片，也不願意看見某些我見過的挫傷。」

中尉說，「希望病人沒有那些症狀。」

醫生答，「症狀未必有規律，也不會固定不變。我見過一些早上還很不樂觀的症狀，到了中午就變得樂觀，一到晚上又變回不樂觀。『沒有人會一夕之間變成壞蛋』，這句拉丁語很適合用來形容外傷。我記得我曾經治療一個脛骨嚴重挫傷的病人，傷口的真皮層撕裂，引發大量出血。底下的內膜嚴重撕裂，傷口裡面明顯可以看見骨頭。病人也出現熱症（因為心跳極快，顯示出血嚴重），我擔心很快會發生壞疽。為了避免這種結果，我連忙在病人左臂打開一個孔洞，放了二十盎司血。原本我以為那血液會又稠又黏，或者根本凝固了，就像肋膜炎病人一樣。不過我很驚訝，因為那血卻是健康鮮紅，跟正常人的血液沒什麼差別。所以我對傷處進行熱敷，效果十分顯著。大約複診三、四次以後，傷口開始流出濃稠的膿液，那代表癒合……不過我說的你都聽明白了嗎？」

中尉說，「不太明白，我一個字也沒聽懂。」

醫生說，「那麼先生，我就不再考驗您的耐心。總之，我的病人六星期內就可以健步如飛，就跟他沒受傷前一樣。」

中尉說，「醫生，我只希望你告訴我，這個年輕人不幸遭受的這個傷害沒有致命的危險？」

醫生回答，「先生，第一次治療就要判定這個傷有沒有致命危險，只會是毫無根據又愚蠢的預測。我們都會死，治療過程中往往會發生一些即使神醫都無法預料的變化。」

中尉又問，「那麼你認為他有危險嗎？」

醫生大聲答道，「危險！唉，當然，即使我們這些沒病沒痛的人，也不能說沒有一點危險。所以，傷勢這麼嚴重的人能夠說完全沒有危險嗎？目前我唯一能說的是，幸虧你們找我來，如果更早找我來會更好。明天一早我再來看他，這段期間千萬別打擾他，讓他多喝點稀粥。」

老闆娘問，「能給他喝點牛奶酒嗎？」

醫生答，「哎呀，牛奶酒，可以，只是別太多。」

老問娘又問，「那麼再來一點雞湯？」

醫生答道，「行，行，雞湯很好。」

老闆娘再問，「那我不如再幫他做點果凍。」

醫生說，「好，好，果凍對傷口好，可以促進癒合。」幸好她沒提到湯或濃醬，因為醫生為避免失去酒館這個大客戶，什麼都會答應。

醫生剛離開，老闆娘馬上對中尉宣揚醫生的名氣。中尉跟醫生僅僅一面之緣，對醫生的治病能力沒有老闆娘和街坊鄰里那般讚賞。也許眾人讚賞有理，醫生雖然說話稍嫌浮誇，卻可能是個優秀的外科醫生。

中尉從醫生廣博的言論中獲知湯姆處於險境，命人嚴密看守諾塞頓，決定隔天早上親自將他移送給治安官，部隊則是交由法國中尉帶往格洛斯特。法國中尉雖然沒辦法讀、寫或說任何語言，卻是個稱職的軍官。

那天晚上中尉派人去問湯姆，如果方便的話，他想去探望他。湯姆對中尉的好意表達感恩，中尉於是上樓來到他房間，發現湯姆比他想像中好很多。不只如此，湯姆告訴中尉，如果不是因為醫生嚴格要求他躺著休息，他早就下床了，因為他覺得自己已經完全恢復，傷口沒有造成任何不便，只是右邊腦袋疼得厲害。

中尉說，「如果你真像你自己說的完全康復了，我會很高興，因為那樣的話你就可以馬上為自己討公道。既然雙方沒有和解的可能（比如像這樣出手傷人），你越早向他報仇越好。可是我擔心你的身體沒有你想像中恢復得那麼好，他會占太多便宜。」

湯姆說，「你不介意的話，我無論如何都要試試。也請你借我一把劍，因為我沒有劍。」

中尉吻了湯姆一下，說道，「親愛的孩子，我的劍隨時願意為你服務。你是個勇敢的孩子，我喜歡你的氣魄。不過我擔心你的體力，因為腦袋挨了這麼一下，又流了那麼多血，身體一定很虛弱。你躺在床上當然覺得體力很足，可是你只要揮一兩下劍，就會發現自己沒有足夠力氣。我不同意你今晚找他決鬥，我希望幾天後你能趕上我們，我保證你一定能為自己復仇，否則傷害你的那個人絕不能繼續留在我們軍團。」

湯姆說，「既然你提起這件事，我就沒辦法再等下去，我希望今晚可以把事情了結。」

中尉說，「別這麼想，等個幾天沒什麼差別。榮譽受損跟身體受傷不一樣，延誤治療也不礙事。再等個一星期，復仇的快感也不會減弱。」

湯姆說，「可是萬一我傷勢惡化，最後死掉了呢？」

中尉回說，「那你的榮譽損失就沒有求償的必要了。我會親自為你的人格做證，向世人證明只要你身體康復，一定會為自己討回面子。」

湯姆說，「我還是不希望拖延。你是個軍人，所以我不敢向你提起，我雖然生性狂放不羈，不過在我最嚴肅的時刻，以及我內心深處，我是個虔誠基督徒。」

中尉表示，「我向你保證我也是。而且我充滿狂熱，所以晚餐時聽你說你參軍是為了捍衛宗教，心裡很高興。年輕人，你現在竟說你不敢在別人面前坦承自己的信仰，我聽著可不太開心。」

湯姆說，「可是神清楚明白禁止我們懷恨他人，身為虔誠基督徒卻違反神的旨意，豈不是很糟糕？

我怎麼能躺在病床上想這些事呢？還有，我心裡懷著這種對我有害的念頭，將來死後要怎麼面對審判？」

中尉說，「我相信神確實有這樣的旨意，但是愛惜榮譽的人卻無法遵守。如果你要參軍，就一定得是個愛惜榮譽的人。有一次我跟軍隊牧師喝酒時談起這件事，他不否認這的確有些為難，不過他說，軍人在這方面應該享有一點彈性空間。我們也有責任這麼想，因為有誰能忍受失去榮譽？不，不，親愛的孩子，有生之年都要當個好基督徒，但也要愛惜榮譽。永遠不要容忍侮辱。再多的經典，再多的牧師都不能勸我那麼做。我熱愛我的宗教，但更愛我的名譽。經書一定是在文字上，或者翻譯，或者理解，或別的什麼地方出了差錯。無論如何，男人必須冒這個險，因為他必須維護自己的榮譽。所以今晚先別著急，我保證你一定有機會討公道。」說到這裡，他熱情吻了湯姆一下，跟他握握手，轉身離開。

中尉對自己這番大道理感到心滿意足，卻沒有說動湯姆。湯姆經過一番思前想後，終於做出決定，答案就在下一章。

第十四章

實在是最恐怖的一章，不建議夜間展讀，尤其孤身一人時

湯姆喝掉一大碗雞湯（公雞熬的湯），他胃口奇佳，即使給他燉湯那隻公雞再加一磅燻肉，他都能吞下肚。現在他覺得身強體健精力充沛，決定下床去尋仇。

他先派人去請中士過來，就是這群軍官之中他最早認識的那位。很不幸地，可敬的中士喝得酩酊大醉，已經上床睡了一段時間。他鼾聲大作，任何送進他耳朵的聲音都被他鼻孔呼出的聲音淹沒。

然而，由於湯姆堅持要見他，大嗓門的跑堂終於想辦法吵醒他，順利轉達湯姆的口信。中士聽明白了以後連忙起身，因為他和衣就寢，所以一下床馬下去找湯姆。湯姆覺得最好別跟中士透露自己的意圖，不過，就算他說了也不會有事，因為中士是個愛惜榮譽的人，也曾經殺死過仇人。所以，他一定會幫湯姆保守這個祕密。事實上，只要沒有賞金可領，任何祕密他都守得住。只是，湯姆跟中士相識不久，不知道對方這些美德，如此謹慎行事也許是值得讚賞的明智之舉。

他對中士說，如今他已經加入軍隊，卻還沒有身為軍人最需要的裝備，也就是劍，覺得很慚愧，不知道能不能拜託中士幫他找一把。他說，「我會付你合理價錢。我不一定要純銀劍柄，只要是好劍，適合軍人佩戴就行。」

中士很清楚先前發生的事，也聽說湯姆傷勢危急，他心想，湯姆受了重傷，又大半夜派人給他送口

信，肯定精神錯亂。他平時也算有點小聰明（這裡用的是這個詞的一般含義），於是想趁人之危占湯姆便宜。他說，「先生，這件事包在我身上。我身邊就有一把上好的劍，劍柄的確不是純銀，因為就像你說的，那不適合軍人佩戴。我那把劍的劍柄也挺稱頭，劍身是歐洲的上等貨。那個劍身……劍身……簡單說，我馬上去幫你拿來，你可以親眼瞧瞧，親手試試。我很高興看見你康復這麼快。」

沒多久他帶著劍回來，交給湯姆。湯姆拔劍出鞘，告訴中士這劍很合適，要他開個價。

這時中士自賣自誇地吹噓起自己的劍。他說（不只，他還指天畫地地發誓），「這把劍是在德廷根戰役時從某個法國高級軍官身上摘下來的。我敲了他腦袋，再親手從他腰間摘下來。劍柄原本是純金，不過我把它賣給我國某位紳士。不瞞你說，有些人覺得劍柄比劍身更重要。」

湯姆打斷他，請他開個價。中士認為湯姆精神已經徹底失常，也活不久，擔心開價太低有損家族榮譽。他琢磨片刻後，終於開出二十基尼這個滿意的價格。他還發誓，就算賣給親兄弟，價格也不會更便宜。

「二十基尼！」湯姆無比震驚。「你一定是以為我瘋了，或者以為我這輩子沒看過劍。二十基尼，跟真的一樣！我沒想到你會這樣坑騙我。拿去，劍還你。不對，現在想想，我得留著這把劍，等天亮拿給你的長官看，告訴他你要賣我多少錢。」

我說過，中士算有點小聰明（依這個詞的一般含義），現在看清楚湯姆並沒有發生他擔心的那種症狀，馬上裝得跟湯姆一樣震驚，「先生，我開的價格一點也不離譜。再者，你要知道我只有這把劍，我把自己的劍賣了，還得冒著惹長官生氣的風險。說實在話，考量到這種種情況，我覺得二十先令一點也不過分。」

「二十先令！」湯姆驚叫道，「你剛才跟我要二十基尼。」

中士叫道，「什麼！先生你一定是聽錯了，或者我自己說錯了，我腦子的確還沒完全清醒。二十基尼，真是！難怪先生你發這麼大的脾氣。我說成了二十基尼。不，不，我要說的是二十先令，沒騙你。先生你考量各種情況，應該不會覺得這個價錢太貴。沒錯，你買把武器確實不需要花這麼多錢，可是……」

這時湯姆打斷他的話，「我不但不跟你討價還價，還要多給你一先令。」他給中士一基尼，要他回自己房間去，也祝福他行軍順利。他說他希望在部隊抵達伍斯特之前趕上他們。

中士謙恭有禮地告退，非常滿意自己談成這筆交易。而他因為誤判湯姆的病情差點鑄成大錯，卻能巧妙地扭轉劣勢，內心得意非凡。

中士離開以後，湯姆立刻下床，把全套衣裳連同外套都穿上。他的外套是白色的，鮮明地掛著從他頭上流下的一道道血跡。他帶著剛買的長劍，正準備動身，突然想到自己即將做出什麼事，又停住腳步。他心想，再過幾分鐘他就可能取走某個人性命，或者害自己喪命。

他說，「好吧，我為什麼要冒這個危險？當然是為了我的榮譽。對方是什麼人？是個毫無理由就羞辱我、傷害我的惡棍。可是上帝不是禁止復仇嗎？沒錯，可是人間主張討公道。嗯，但我該遵從人間、違反上帝的旨意嗎？我該為了避免被人看成懦夫或無賴而觸怒上帝嗎？我不要再想了。我已經下定決心，我必須找他決鬥。」

鐘敲了十二下，除了諾塞頓房門外那個衛兵，客棧裡所有人都睡了。湯姆事先向酒保打聽過諾塞頓被囚禁的地點，這時悄悄打開自己房門，往仇人的房間走去。誰也想像不出比此時的湯姆更嚇人的形影。我說過，他穿著血跡斑斑的淺色外套，他的臉因為少了那些血（以及醫生抽走的二十盎司），一片慘白。他頭上纏著許多紗布，看上去倒像纏頭巾。他右手握著劍，左手拿蠟燭。那副模樣連渾身是血的班戈[28]都甘拜下風。事實上，我相信沒有任何從教堂墳場冒出的鬼魂比他更可怕，即使聖誕夜圍在爐火旁的薩默塞特郡善良百姓都想像不出這麼驚悚的畫面。

衛兵看見湯姆走近，軍帽底下的毛髮微微豎起，兩腳的膝蓋也開始相互碰撞。他全身不住打顫，抖得比發瘧疾還厲害。他開了一槍，旋即面朝下撲倒在地。

他開那一槍究竟是因為害怕或勇敢，或者想射擊那個嚇人的東西，我也說不清。然而，如果他真想射擊那個東西，幸好他沒有命中目標。

湯姆看見那人昏倒，猜到他害怕的原因，忍不住偷笑，一點都沒想到自己多麼命大逃過一劫。他走過依然趴在地上的衛兵，進入諾塞頓被囚禁的房間。他發現桌上擺著孤單的空酒壺，桌面濺了些許啤酒，看起來這間房原本有人住，只是目前已經人去樓空。

湯姆猜想房裡可能有通往其他房間的門，找了一圈卻只有他進來的那扇門，而門外有衛兵看守。他喊了幾次諾塞頓的名字，他的呼喚沒有得到回應，唯一的作用是加深門外衛兵的恐懼。衛兵因此深信那個志願兵已經傷重而亡，現在變成鬼魂回來找凶手，繼續驚恐萬分地趴在地上。我衷心希望日後扮演驚嚇過度的角色的某些演員能見到這個衛兵，因而學會師法自然，而不是表演一些古怪的花招或動作來取悅觀眾討掌聲。

湯姆看見鳥兒已經飛了，知道一時之間抓不回來，合理地擔心槍聲會驚醒整棟屋子的人，連忙吹熄蠟燭，偷偷溜回自己房間，躺回床上。他還沒回到房間，衛兵站崗的那條走廊已經幾乎擠滿人，有些只穿襯衫，另一些衣衫不整，個個著急地打聽到底出了什麼事。幸好當時跟湯姆住同一層樓的只有另一位

28 Banquo，莎士比亞作品《馬克白》裡的人物，他被馬克白派人暗殺後冤魂不散地糾纏仇人。

痛風臥床不起的男性房客，否則他的行蹤一定會被發現。

一如我先前的描述，衛兵仍舊以同樣姿勢趴在原地。好幾個人動手要拉他起來，也有人認為他死了，卻立刻發現自己弄錯了。因為他不但反抗那些伸手拉他的人，還發出公牛似的吼聲。事實上他以為有好多鬼或惡魔在抓他，因為他滿腦子恐怖幽靈，把看見的或觸摸到的所有東西都想像成妖魔鬼怪。最後他寡不敵眾，終於被拉起來。有人點亮蠟燭，他看見兩三個同袍，才稍微鎮定一點。不過，人們問他出了什麼事，他說，「我死定了，就這樣，我死定了。我看見他了，我沒救了。」

有個士兵問他，「傑克，你看見什麼了？」

傑克答，「我看見昨天被打死那個志願兵啦。」接著他發下毒誓，說他真的看見志願兵全身是血，嘴巴和鼻孔噴著火，從他身邊經過，進入諾塞頓准尉的房間，掐住准尉的脖子，在一聲雷鳴中帶著他一起消失。

現場的人聽得驚呼連連。女人都深信不疑，祈求上帝保護她們別被殺死。男人之中也有幾個相信衛兵的話，其他人則是拿來揶揄嘲弄。有個在場的中士冷冷說道，「年輕人，你站崗時睡覺做夢，等著受罰吧。」

衛兵說，「您愛罰就罰吧，不過當時我跟現在一樣清醒。如果我沒看見那個死掉的傢伙兩隻眼睛瞪得大大的，像巨無霸火把，就讓魔鬼把我抓走，像抓走諾塞頓准尉一樣。」

這時軍隊指揮官和客棧指揮官同時抵達，因為事情發生時軍隊指揮官還沒睡著，聽見衛兵的槍聲，雖然不擔心會出什麼問題，仍然覺得有責任立刻起床。相較之下客棧指揮官就驚慌得多，擔心她的湯匙和大啤酒杯沒有經過她同意就擅離職守。

在那可憐衛兵心目中，中尉的出現並沒有比他認為自己看見的鬼魂更叫他安心，他把那段恐怖經歷重新敘述一遍，添加了大量鮮血和火焰。可惜後到的這兩位指揮官都不相信他的說詞。因為中尉是個虔誠教徒，不相信鬼魂之說。再者，他不久前才跟湯姆說過話，一點都不相信他已經死了。至於老闆娘，雖然並不篤信宗教，也不排斥怪力亂神，卻深知衛兵的故事有一點與事實不符，我很快會向讀者說明。

不管諾塞頓究竟是在雷聲或烈焰中被抓走，或用什麼方法消失，總之他確定不在房裡。在這種情況下，中尉得出跟先前那位中士類似的結論，認為衛兵值勤打瞌睡，立刻命人將他拿下。因此，基於命運的不可思議的逆轉（在軍中倒不算罕見），獄卒反倒淪為階下囚。

第十五章 前述事件的結局

中尉不只懷疑衛兵打瞌睡，甚至懷疑他犯了更重大的罪，那就是背叛。衛兵說的鬼故事他一個字都不信，他猜想那些都是衛兵編出來騙他的，真相是衛兵接受諾塞頓的賄賂，放他逃走。中尉覺得自己做出正確推測，因為衛兵的害怕有點反常，畢竟他在軍團裡是出了名的勇敢大膽，參加過幾次行動，受過幾次傷，總之，是個英勇的好戰士。

為免讀者也對衛兵產生不良印象，我馬上來幫他洗刷罪嫌，恢復名譽。

如我先前所說，諾塞頓很滿意那勝利的一擊為自己贏得光采。他或許已經看見、或聽見、或猜到名氣總會引來嫉妒。這裡我無意影射他有異教傾向、相信或敬拜復仇女神，因為我相信他根本沒聽說過她的名諱。再者，他生性活潑好動，對於治安官可能分派給他的格洛斯特堡壘密閉房間格外反感。更甚者，他也不是不害怕某種木造結構。這裡我配合人們的見解，諱言那種結構的名稱，只是，我認為人們不該為這種結構感到羞恥，反而應該以它為榮，因為這種結構（或它的建造）比其他任何建築物都有益於社會。總之，我不再為諾塞頓的行為多做解釋，只強調他很希望當天晚上離開，唯一要做的就是找出方法，這點顯然並不容易。

年輕的諾塞頓雖然品德稍嫌歪曲，身材倒是絕對挺直，體格無比健壯，臉蛋在一般婦女眼中也稱得上俊俏，因為他方頭大耳，臉色紅潤，牙齒長得倒也齊整。老闆娘當然不至於忽視這樣的相貌，因為這正是她欣賞的典型。事實上她非常同情諾塞頓，聽醫生說志願兵傷勢不太妙，她覺得諾塞頓的未來十分堪慮。於是，她找個理由獲准去探望諾塞頓。當時諾塞頓憂鬱落寞，聽見老闆娘說志願兵幾乎必死無疑，心情更加沮喪。老闆娘拋出幾個暗示，諾塞頓毫不遲疑地回應，兩人迅速達成共識，商定諾塞頓聽見某種暗號後就爬上銜接廚房的煙囪，再從那裡往下爬，她會事先幫他支開閒雜人等。

有些讀者觀點不同，可能因此倉促譴責所有的同情心都太愚蠢，對社會有害無益，我覺得應該在這裡提出另一個可能也有點關係的因素。當時諾塞頓身上碰巧帶著五十鎊，其實那是這支部隊的公款，由於隊長跟中尉吵了一架，把管帳的責任移交給諾塞頓。不過，諾塞頓覺得這筆錢應該交給老闆娘，也許是充當保釋金，或確保日後他會回來面對指控。不管實際情況如何，可以確定的是老闆娘拿到了錢，諾塞頓得到了自由。

老闆娘既然生得一副慈悲心腸，讀者可能會認為她明知可憐的衛兵無辜被拘禁，一定會馬上出面為他澄清。不過，不知她的慈悲心是不是已經在前述事件用完，或者衛兵的相貌（儘管跟諾塞頓相去不遠）引不起她的同情，我說不準。總之，她不但沒替衛兵說話，還在中尉面前加油添醋，她把眼珠子和雙手往上一拋，聲稱她無論如何都不願意牽扯上放走殺人犯這種事。

客棧再度歸於平靜，多數人都重新回到床上。老闆娘不知是天生愛熱鬧或擔心她的碗盤，沒有一點睡意，於是邀請大約一小時後就要出發的軍官們跟她喝點水果酒。

這段期間湯姆一直清醒地躺在床上，聽見大部分的吵吵嚷嚷，想多知道一點細節。他拉鈴叫人，可是拉了至少二十次都沒人來。老闆娘跟一群酒友喝得正開心，除了她自己的聲音，什麼都聽不見。跑堂和女侍一起坐在廚房（因為他不敢一個人坐在廚房，她也不敢一個人躺在床上），鈴聲響得愈急他們愈害怕，更是牢牢釘在自己的位子上。

最後幸虧談話暫時中斷，鈴聲傳進老闆娘耳裡，她馬上叫人，兩個僕人也馬上來到。老闆娘說，「喬，你沒聽見鈴聲響了嗎？為什麼不上去看看？」

跑堂答道，「客房服務不是我的工作，是女侍貝蒂的。」

貝蒂說，「既然你這樣說，我也得說服侍紳士不是我的事。我偶爾確實做過，現在你說出這種話，如果我再去做，就讓魔鬼把我抓走。」

鈴聲依然震天價響，老闆娘大發雷霆，信誓旦旦地說，如果跑堂不上樓去，當天早上就要他捲鋪蓋走路。

跑堂說，「老闆娘，如果妳非要這麼做，我也沒辦法。反正我不做別人的事。」

老闆娘轉向貝蒂，改採比較溫柔的策略，同樣沒有成效。貝蒂跟喬一樣堅定不移，兩個人都說那不是他們的事，絕不會去做。

這時中尉忍不住笑了，說道，「來，這個問題交給我處理。」他轉頭看著貝蒂和喬，稱讚他們能夠堅定立場，但他又說，他相信如果他們其中有一個肯去，另一個一定也會去。貝蒂和喬欣然接受中尉的提議，馬上相親相愛相依相偎上樓去了。他們走了以後，中尉向老闆娘說明他們兩個拒絕上樓的原因，化解老闆娘的怒氣。

他們很快就回來，告訴老闆娘那位受傷的先生非但沒死，說起話來還中氣十足，根本不像受過傷。他們還說他向指揮官致意，很希望軍隊出發前能跟指揮官見一面。

好心的中尉馬上滿足湯姆的心願，坐在他床邊為他敘述樓下發生的一切，最後說他要處罰衛兵以儆效尤。

湯姆趁機向中尉說明事件真相，請求中尉別處罰可憐的衛兵。他說，「我相信他跟准尉的脫逃無關，也沒有說謊，更不是故意欺騙您。」

中尉尋思片刻，答道，「既然你澄清了他一項罪嫌，另外那項也沒辦法證明他有罪，因為當晚站崗的衛兵不只他一個。不過我倒真想處罰他的膽小。只是，天曉得這種恐懼會產生什麼樣的影響？再者，坦白說他面對敵人時向來勇氣可嘉。算了，這些傢伙能表現出一點虔誠都是好現象，所以我向你保證，我們出發時他就能得到自由。聽啊，鼓聲響了。親愛的孩子，再給我一個吻。放輕鬆，別著急，記住基督教導的耐心。我保證你很快就能向傷害你的人討回公道。」

中尉說完就走了，湯姆則是靜下心來休養。

第八卷　大約兩天時間

第一章

內容出奇地長，探討奇談；堪稱本書篇幅最長的序章

我們又進入新的一卷，基於故事的發展，我不得不敘述一些比先前更離奇、更出人意表的情節。因此，在這篇序章聊聊那些名為「奇談」的創作，也算恰當。為了我自己和其他人考量，我會定出界線。這實在是至關緊要的做法，因為性格不同的批評家[1]在這方面的見解往往極不相同。某些人跟達西耶[2]一樣，願意相信那些不可能的事「或許」會發生[3]，其他人對歷史或詩歌卻沒有這種信心，任何事只要不是親眼目睹，一律不相信它們「可能」或「有機會」發生。

那麼，首先我認為可以合理要求作家只描寫可能發生的事，也希望他們記住，只要是自己做不到的事，人們就不會相信別人做得到。也許正是基於這個信念，才會產生那麼多古代異教神祇的故事（因為那些神祇大多來自詩歌創作）。詩人為了盡情展現自己狂放不羈肆無忌憚的想像力，只好假借神祇的力量。他的讀者對神力一無所知，或者該說他們認為神力廣大無邊，所以不管描寫得多麼神奇，也不會感到震驚。這個論點曾經被拿來為荷馬筆下的奇聞異事強力辯護。這種辯護或許言之成理，但並非像波普先生所說，是因為尤里西斯對極其駑鈍的費阿斯科人[4]說了一連串愚蠢的謊言，而是因為詩人原本就是寫給異教徒看的。在異教徒心目中，詩歌裡的神話寓言都是可信的事實。至於我個人，我必須承認我心腸太軟，真心希望獨眼巨人[5]只吃奶素，以便保住他的眼睛。另外，當尤里西斯的同伴被女妖瑟絲變成

豬，我憂心的程度不下於尤里西斯。後來我又想，瑟絲非常看重人肉，想來不至於把他們變成燻豬肉。同樣地，我衷心希望荷馬能夠知道賀拉斯訂定的規則：盡量減少借助超自然力量[6]。那麼我們就不會看見他的神祇下凡來處理無足輕重的小事，並且做出不但得不到人們尊敬、甚至引來鄙夷與嘲笑的行為。這種做法不但會令虔誠睿智的異教徒感到震驚又無法置信，也沒有人能夠解釋，除非認同以下這個我偶爾採納的假定：我們這位肯定最偉大的詩人荷馬在刻意諷刺他那個時代與他自己國家的迷信。

不過我花太多時間探討一個對基督教作家沒有用處的話題。正如基督教作家不能將他信仰中那些聖靈寫進作品裡，同樣地，想在異教神學中尋找那些老早被趕出不朽殿堂的神祇，也是極其天真幼稚的行為。沙夫茨伯里伯爵說，沒有什麼事比當代作家召喚繆思女神更不切實際。他還可以補上一句：也沒有什麼比這更荒誕。當代作家召喚民謠會顯得更為風雅，正如某些人認為荷馬就是這麼做。當代作家也可以跟《修迪布拉斯》的作者[7]一起召喚麥芽酒，畢竟麥芽酒很可能比赫利孔山的希波克林[8]的所有泉水

1 原注：在這裡（以及在本書大多數地方），我們用這個詞指稱全世界每一位讀者。
2 指André Dacier（一六五一～一七二二），法國學者，翻譯亞里斯多德的《詩學》（*Poetics*）。
3 原注：幸虧達西耶先生不是愛爾蘭人。
譯注：一般認為愛爾蘭人想像力太豐富，輕信鬼神之說。
4 Phaeacians，荷馬的《奧德賽》裡傳說中Scheria島上的居民。尤里西斯漂流到這座島，對島上的國王敘述他的海上經歷。
5 Polypheme，《奧德賽》裡的獨眼巨人，殺害並吃掉尤里西斯的同伴。尤里西斯故意將他灌醉，趁他睡著用木棍刺瞎他眼睛。
6 見賀拉斯《詩藝》。
7 指山繆爾．巴特勒（Samuel Butler，一六一三～一六八〇），英國詩人兼諷刺作家。
8 赫利孔山（Helicon）是希臘神話中的繆思女神居住的地方，希波克林（Hippocrene）就是靈感之泉。

激發出更多詩篇與散文。

我們這些當代作家唯一能夠借重的超自然素材就是鬼魂。不過，我會建議作家們盡量少用這類角色，因為鬼魂就像砒霜或其他危險藥物，使用上必須高度謹慎。另外，某些作品（或作家）承受不起讀者哈哈大笑，會覺得心靈受創或沒面子。我建議這類作品（或作家）切勿召喚鬼魂出場。

至於精靈或仙子和諸如此類的演員，我刻意略過不提，因為我不願意限制那些奇思怪想。那種想像力無遠弗屆，人類的天性相較之下過於狹隘。那種作品應該被視為新穎創作，作者有權天馬行空盡情發揮。

因此，在史家或詩人筆下，人是最重要的題材（除非在某些非常特殊的情況下）。但描寫人的行動必須格外謹慎，不可逾越描寫對象的能力。

光是遵循「可能性」還不夠，我們也不能超出「或然性」。「詩人不該描述難以置信之事，即使那件事是事實也一樣。」這可能是亞里斯多德說的，如果不是，就是某個智者所說。這位智者的言論只要變得跟亞里斯多德一樣古老，就會擁有同等分量。這句話或許可以適用於詩歌，拿來規範史家可能就行不通。因為史家不得不詳實記錄他觀察到的現象，即使那些現象非比尋常、必須對歷史抱持相當程度的信賴才能嚥得下。比如古希臘歷史學家希羅多德[9]描述波斯國王薛西斯的戰敗，或希臘歷史學家阿利安[10]筆下亞歷山大大帝的勝利。還有多年後亨利五世在阿金庫特戰役獲勝[11]，或瑞典國王卡爾十二世贏得納爾瓦之役[12]。這些事件我們愈是尋思，就愈驚訝。

然而，這些發生在歷史脈絡裡的事件（甚至可說它們是構成歷史的主要部分），史家據實記錄誠屬合情合理，忽略或竄改反倒不可原諒。不過有些事件不影響大局，也非必要，即使經過驗證確定為真，為免引起讀者質疑，倒是不妨忍痛犧牲，讓它被世人遺忘。比如描寫喬治・維利爾斯的鬼魂那段令人難忘的故事[13]。這個故事比較適合送給神學家德林考特[14]，放在他那本討論死亡的書籍前言，好跟威爾女士的鬼魂做個伴，不適合收錄在「叛亂史」這類嚴肅作品裡。

坦白說，如果史家只記錄真正發生過的事，完全拒絕那些儘管鐵證如山、他卻認定並非事實的事件，那麼他的作品裡偶爾會出現某些奇談，卻不至於不可置信。讀者讀他的作品會嘖嘖稱奇，拍案叫絕，卻絕不會（像賀拉斯所說）感到荒誕可憎。因此，我們之所以會違反規則的棄或然性於不顧，通常是因為撰寫虛構內容。史家鮮少這麼做，除非他揚棄自己的本質，變身為傳奇作家。不過，比起我們這些只描寫私人生活的人，記錄公共事務的史家就更占優勢。他們的可信度在於，事件本身長期以來廣為周知，又有經過無數作家印證的公開紀錄，不管多久以後都不難查證。於是就有個圖拉真[15]，有個安東

9 Herodotus（約西元前四四八～四二五），希臘歷史學家，他的《歷史》（*The Histories*）描寫波斯國王薛西斯（Xerxes, 西元前五一九～四六五）出征希臘落敗的過程。

10 Arrian（八六～一四六），希臘羅馬時期歷史學家兼哲學家，著有《亞歷山大遠征記》（*The Anabasis of Alexander*）。

11 一四一五年發生在法國阿金庫特（Agincourt），英王亨利五世奇蹟似地擊敗人數六倍之多的法軍，為英法百年戰爭的重要戰役。

12 一七〇〇年俄羅斯入侵瑞典，當時瑞典國王卡爾十二世（Charles the Twelfth）在納爾瓦（Narva）以寡敵眾打敗俄軍。

13 George Villiers 指的是英國第一代白金漢公爵（1st Duke of Buckingham）的父親。根據英國歷史學家 Edward Hyde（一六〇九～一六七四）的《英格蘭叛亂與內戰史》（*The History of the Rebellion and Civil Wars in England*）記載，公爵被刺身亡前，他父親的鬼魂三度向他示警。

14 指 Charles Drelincourt（一五九五～一六六九），法國神學家，著有《*Christians Defense against the Fears of Death*》一書，這本書一七〇六版本收錄《魯賓遜漂流記》作者狄福（Daniel Defoe）一篇有關威爾太太（Mrs. Veale）死亡隔天鬼魂現身的故事。

15 Trajan（五三～一一七），羅馬五賢帝之一。

尼努斯[16]，有個尼祿[17]，也有個卡里古拉[18]，都被後世採信，沒有人懷疑這麼仁善或這麼暴虐的人都當過人間君王。

然而，我們這些作家處理小人物，在最隱密的地方尋找題材，從乏人聞問的偏僻角落搜羅美德與惡行的事例，處境卻更為險峻。我們並非廣為人知，沒有其他作家的旁證，也沒有公開紀錄來支持或證實我們闡述的內容，最好避免超越「可能」與「或然」的規範。在描寫非凡的善行懿德時更該如此。狡詐或愚蠢的行徑不管多麼過火，相較之下更容易獲得認同，因為邪惡本質往往更讓人深信不疑。

接著我們就可以放心來聊聊費舍的故事[19]。費舍經年累月靠達比先生的慷慨接濟過活，某天早上他又從達比手中拿到一大筆錢，卻為了占有達比書桌抽屜裡的所有錢財，躲在聖殿區某個政府機關（那裡有一條路可以通往達比家）。那天晚上達比在家裡宴客，費舍也在受邀之列，卻躲在外面偷聽達比跟朋友開懷暢談長達幾小時，過程中沒有產生一絲善念或感激之情來壓抑他的意圖。等達比送賓客從那個辦公廳舍離開，費舍才從藏身處走出來，悄悄尾隨達比回到他家，對準他的腦袋開了一槍。即使等到費舍的遺骨跟他的心一樣爛透的那一天，人們還是會相信這件事。人們甚至會相信費舍行凶兩天後跟幾位年輕女性去劇院觀賞《哈姆雷特》，其中有個小姐壓根不知道自己距離凶手這麼近，驚叫道，「天哪！但願殺死達比先生的凶手也在這裡看戲！」費舍聽見這話面不改色，心腸顯然比尼祿更歹毒、更冷酷。蘇維托尼烏斯[20]曾經如此形容尼祿，「他殺死母親後飽受良心的譴責，痛苦難當，即使士兵、元老和百姓齊聲祝賀，也消弭不了他良心的折磨。」

接下來如果我告訴讀者，我曾經認識某位先生，他憑著自己的獨到眼光，白手起家創造了一大筆財富。他賺錢的方法沒有損及人格，也沒有對任何人造成不公平或傷害，反而促進商業活動，大幅增加國家稅收。他將賺來的一部分收入拿來收藏最高貴、最純粹的藝術品，彰顯他高於常人的鑑賞力。另一部分錢則是用來資助值得稱道或生活拮据的人，展現他超乎尋常的善心。他總是積極尋找落難的才子，熱心解決他們的困境，然後小心翼翼（也許太小心翼翼）隱藏自己的善行。他的住宅、他的家具、他的庭園、他的餐桌、他私底下的好客和他公開的善行，是那麼豐饒高貴，在在展現他不凡的胸襟，沒有一點華而不實或虛偽矯飾。他對生命中的每個人展現最崇高的美德：虔誠信仰上帝，忠於國家；對妻子溫柔，對親人和藹；對受他資助的人慷慨大方，對朋友溫暖而忠誠；是個見識廣博風趣幽默的友伴；對僕人寬容，對鄰里熱情，對窮人仁慈，對所有人厚道。除了以上這些形容詞之外，我是不是該再加上睿智、勇敢、優雅，以及我們語言裡所有的褒揚之詞。我必定可以借用這句拉丁話：

誰會相信呢？沒有人，當然沒有。最多一兩個。[21]

然而，我知道有個人完全符合我前面的描述。只是，當我們寫給幾千個沒聽過那個人、也沒見過那種人的讀者看，單一個案（我真的只認識這一個）不足以支持我們的論點。這樣的珍稀物種應該留給墓誌銘作者，或讓某個詩人屈尊幫他寫個對句，或不經意把他寫進短詩裡，以免冒犯了讀者。

16 Antoninus（八六～一六一），羅馬五賢帝之一。
17 Nero（三七～六八），羅馬帝國暴君，據說為了興建豪華宮殿，派人縱火焚燒羅馬城。
18 Caligula（一二～四一），為羅馬帝國第三任皇帝，實施恐怖統治，後來被刺身亡。
19 這是一樁發生在一七二七年四月的凶殺案。
20 Suetonius，約六九或七五～一三〇之後，羅馬歷史學家，著有《羅馬十二帝王傳》（*The Lives of the Caesars*）。
21 這段話出自古羅馬詩人佩爾修斯（Aulus Persius Flaccus，三四～六二）的《諷刺集》（*Satires*）。

最後，描寫行為時不但不能超出人類的能力範圍，還得是人類角色可能做的事，同時必須是那些演員或人物會做的事。因為某種行為由這個人來做可能只是令人稱奇或詫異，換成另一個人也許機率偏低，甚至不可能。

這最後一個要件就是戲劇批評家所謂的「角色的一致性」，要做到這點，需要對人類天性有卓越的判斷力和精準的認識。

某位傑出作家所言甚是：熱情無法驅使人朝與它相反的方向前進，正如湍急的河流無法帶著船隻逆流而上。我更要大膽地說，一個人要做出違反天性的事，即使不是不可能，至少也算機會渺茫，或是奇蹟。如果把安東尼努斯生命中最精彩的故事寫在尼祿身上，或拿尼祿一生中最殘暴的行為來怪罪安東尼努斯，還有什麼比這種情況更令人震驚、更難以置信的？反之，他們兩人各自的行為套回各自身上，就構成真正的奇談。

我們當代的喜劇作家幾乎都犯了這裡提示的謬誤。在劇本的前四幕，他們的男主角通常是惡名昭彰的無賴，女主角則是無恥蕩婦，可是到了第五幕，男主角搖身一變，成了可敬的紳士，女主角則變得賢淑端莊。作者往往也不肯花一點心思說明這種驚人變化或前後矛盾從何而來。事實上，我們找不到任何理由來解釋，只能猜測是因為劇情已經接近尾聲。彷彿惡人在最後一幕戲幡然悔悟，就像在生命盡頭改邪歸正一樣自然，正如我們在刑場看見的情形一樣。刑場也的確適合做為某些戲劇的結局場景，因為那裡的主角多半具備傑出才能，那些才能不但將他們送上絞刑架，也讓他們成為絞刑架上的英雄。

只要恪遵這些規範，我認為作家們就可以盡情發揮玄奇題材。更甚者，只要他不違反可信法則，讀者愈是驚奇，就愈欲罷不能，也就愈入迷。有個最優秀的天才在他那本討論「突降法」[22]的著作第五章提到，「詩歌的卓越藝術在於巧妙融合真實與虛構，使作品顯得既可信又叫人驚奇。」

儘管所有優秀作家都會謹守或然性的規則，那絕不代表他的人物或他的情節應該像那些發生在街頭巷尾、普通人家或國內新聞版面的事件一樣，流於陳腐、平庸或粗俗。他也不必覺得綁手綁腳，不敢描寫大多數讀者未曾聽聞的人物或事件。作家只要仔細留意上述各項規則，就已經善盡本分，有權得到讀者的信任。這時讀者如果還心生懷疑，就顯得吹毛求疵，有欠忠誠。

談到欠缺信任這個問題，我倒想起某個上流社會女性的角色[23]。這個角色事先已經得到多位仕女名媛的認同，其中某位素以見識廣博聞名的女士宣稱，那個角色忠實地描繪出半數她認識的年輕小姐。不過，劇本搬上舞台時，觀眾群裡的店員和學徒卻異口同聲指責這個角色造作不自然。

22 bathos，指由嚴肅急轉而下變為滑稽的修辭法。這裡指的是波普一七二七年出版的書《詩歌中的突降法》（*The Art of Sinking in Poetry*）。

23 這裡指的應該是費爾丁自己的作品《現代夫婿》（*The Modern Husband*），那個角色是劇中的 Lady Charlotte Gaywit。

第二章
客棧老闆娘探視湯姆

湯姆跟中尉道別後，努力閉目養神，卻靜不下心。他精神太亢奮、腦子太清醒，了無睡意，所以愉快地（或者該說淒苦地）想念他的蘇菲亞，直到天色透亮，才請人幫他送早餐。老闆娘趁此機會親自來探望他。

這是老闆娘第一次見到湯姆，應該說是第一次正眼瞧他。既然中尉向她保證湯姆是身分高貴的少爺，她決定對他展現最大敬意，因為說實在話，這家客棧就是廣告詞裡所說「有錢就是大爺」的地方。

老闆娘一面動手準備早餐，一面滔滔不絕說了起來：「呀！先生，一個生得這麼俊俏的少爺，竟然看輕自己，跟那些當兵的到處去，實在太可惜啦。我敢說那些人以為自己是上等人，可是啊，像我第一任老公常說的，他們該記得他們的薪餉是我們付的。我們這些開客棧的付他們的薪餉也夠苦的了，他們上門還得招呼他們。昨兒晚上就來了二十人，軍官還沒算上。說到這個，我寧可接待大兵，也不要侍候那些軍官，因為那些人就會充派頭，這也不行，那也不好。等結帳的時候您就知道，呀！先生，根本沒幾個錢。我可告訴您，如果接待的是鄉紳一家人，不但麻煩少得多，一個晚上少說也有四、五十先令，馬兒還沒算上。可我敢說，那些軍官個個都把自己當成年收入五百鎊的紳士了。我聽見那些大兵跟前跟後『長官、長官』地喊，可真笑掉大牙了。好個長官，上客棧一個人只花一先令。

「還有，那些人滿嘴髒話，可真把我給嚇傻啦：這種壞胚子能闖得出什麼名堂來。還有，其中一個人用那麼野蠻的方式對待您。我原本就不相信那些人會把他看得牢牢的，他們都是一夥的。我很高興先生您沒有生命危險，可萬一您死了，那些人連眼皮子也不會眨一下，照樣會把殺人犯放走。上帝原諒他們吧，不管怎樣，我都不會把犯人放走的。不過雖然您不會有事（感謝上帝），他也得吃官司。如果您找史默爾律師，我敢發誓那傢伙會嚇得逃出國。可能官司還沒打，他就逃出國去啦，因為這些傢伙今天在這兒，明天就跑了，沒個定性。不過，我希望您這回算學個乖，回自己家去。我敢說他們找不到您一定急壞啦，萬一他們知道您碰上了什麼事，呀！看我說的，但願他們永遠不知道。好啦，好啦，我們都知道事情是怎麼回事，這個不行，另一個也可以，這麼俊俏的少爺不愁找不到情人。我敢說，如果我是您，就算天下最標致的美人被絞死，我也不會為她去從軍。好啦，別害臊（湯姆這時確實臉色漲紅）。啊，先生，我敢說您以為我不知道蘇菲亞小姐的事。」

湯姆嚇了一跳，「妳怎麼知道我的蘇菲亞？」

老闆娘答，「我！老天！她在這間屋子睡過不知多少回啦。」

湯姆說，「應該是跟她姑姑一起來的吧。」

老闆娘說，「是啊，您說對了。沒錯，沒錯，我跟那位老太太很熟啊！蘇菲亞小姐真是個小美人兒，這話一點不假。」

湯姆叫道，「小美人兒，我的天！

美麗的天使就是照她的模樣畫出來的，

我們心裡的天堂，都展現在她身上；

不可逼視的明亮、純淨與真實，
地久天長的喜悅和海枯石爛的情愛。24

我怎麼也想不到妳認識我的蘇菲亞！」

老闆娘說，「您對她的瞭解還不及我的一半。為了能坐在她床邊，您什麼都肯付出吧？她那脖子多麼細白！嬌柔的手腳就伸在您現在躺著的那張床上。」

湯姆驚叫道，「在這裡！蘇菲亞躺過這張床？」

老闆娘答道，「是啊，是啊，就在這裡，在那張床上。我真希望她現在就躺在您懷裡，我敢說她心裡也希望是這樣，因為她跟我提過您的名字。」

湯姆叫道，「哈！她提到過她可憐的湯姆？妳在哄我吧，這話我可不信。」

老闆娘說，「哎呀，我將來可是要上天堂的，如果我說的話有一個字不實在，就讓魔鬼把我抓了去。我真聽見她說起瓊斯先生，當然，我不騙您，她的口氣非常客氣、非常端莊，我看得出來她把您放在心裡面。」

湯姆說，「噢，親愛老闆娘！我不值得她放在心裡。她是那麼溫柔、那麼親切、那麼善良！我這樣的混蛋真不該出生，不該為她溫柔的心帶來一丁點憂愁。我怎麼這麼不幸！只要她過得好，我願意承受魔鬼為人類設計的所有災禍和苦難。不只如此，只要她過得快樂，任何折磨我都不在乎。」

老闆娘說，「看您說的，我早跟她說了，您是最忠心的情人。」

湯姆問，「老闆娘，請妳告訴我，妳什麼時候在哪裡聽說過我的事。我沒來過這裡，印象中也沒見過妳。」

老闆娘說，「您當然不記得啦。當年我在鄉紳家抱過您，那時您還只是個小娃娃。」

湯姆問，「什麼，鄉紳家？那麼妳認識大善人歐渥希先生？」

老闆娘答，「是啊，當然，全郡有誰不認識他？」

湯姆說，「他的善心一定傳到外地去了，可是只有上帝才了解他，因為上帝就是以祂自己的模樣造出他這個人，派到人間給世人當榜樣。人類不會明白這種超凡的美德，也沒資格受他眷顧，最沒資格的就是我。妳多半知道，我是個身分低賤的孩子，他收養了我，把我當親生兒子一樣對待，栽培我長大成人。我卻莽撞愚蠢，蹧蹋他的一番苦心，氣得他不得不處罰我。是啊，我知道我活該，更不會不知感恩地以為他對我不公平。不，我被趕出來也是罪有應得。好啦，老闆娘，現在妳總不會怪我去從軍了吧，尤其我口袋裡只剩這些錢。」說到這裡，他搖了搖貧乏的錢包，那聲音聽在老闆娘耳裡顯得更沒價值。

好心的老闆娘聽到這裡心涼了半截（套句俗話），她冷冷地說，「當然啦，碰上什麼情況該做什麼事，只有自己最清楚。你聽，好像有人在叫人。來啦！來啦！店裡的人都被魔鬼附身啦，都沒長耳朵。我得下樓了，如果你早餐還沒吃夠，女僕會幫你送上來。來啦！」說完，她轉身衝出房間，連聲再見都沒說。那些最下等的人特別珍惜他們對人的敬意，往往樂意免費尊敬上等人，面對身分地位相當的人時，付出的每一分敬意卻都要收到豐厚的回報。

24　出自英國劇作家湯瑪斯・奧大維（Thomas Otway，一六五二～一六八五）的作品《*Venice Preserved*》。

第三章

外科醫生第二次出診

我們繼續往下說以前，希望讀者別誤以為老闆娘當真知道那些事，也別驚訝她會知道那麼多。我可能有必要知會讀者，先前她從中尉那裡聽說那起爭執的起因是蘇菲亞，至於其他那些事，英明的讀者從前面那段談話就能看出她是怎麼知道的。強烈的好奇心是老闆娘的諸多美德之一，上門的客人沒有交代清楚姓名、家世和身價，她是不輕易放過的。

老闆娘離開以後，湯姆對她的失禮不以為意，只想著蘇菲亞曾經躺過他現在這張床，內心激起千絲萬縷的柔情，我原本想詳加描述，考慮到讀者群中這種多情種子應屬少數，只好就此打住。醫生來幫他換藥時，他就是處於這種興奮狀態。醫生檢查之後發現他脈搏不穩定，又聽說他一夜沒睡，立刻判定他傷勢危急，可能會發燒，希望放血預防。湯姆不答應，直說他絕不要再損失任何鮮血，他說，「醫生，只要你好心幫我換藥，我保證我的傷一兩天內就會痊癒。」

醫生說，「一兩個月內能不能復元還說不準呢。真是！不，不，受這麼嚴重的挫傷，不可能好得這麼快。不過先生，我當醫生的不可能由著病人教我怎麼做。我一定要先放血，才幫你換藥。」

湯姆說什麼也不肯放血，醫生最後只好讓步，但他告訴湯姆，萬一發生什麼不良後果，他不負責，也希望湯姆到時候別誣賴他，要記得他曾經建議他放血。湯姆答應了他。

事後醫生走進廚房，氣呼呼地向老闆娘埋怨病人配合度太差，發燒還不肯放血。

老闆娘說，「他一定是吃了太多東西才會發燒，早餐他吃了兩大片塗了奶油的烤麵包。」

「有這個可能。」醫生說，「我聽說發燒的病人會胃口大開，其實也不難理解，因為發燒產生的胃酸會刺激橫膈膜的神經，引發一種跟自然的食欲極為類似的欲望。不過他吃下去的東西不會凝固，也不會消化成糜狀物，這麼一來就會腐蝕血管孔洞，熱症就更嚴重了。我覺得那位先生病情危急，不放血可能會死。」

「人總有一天都會死。」老闆娘說，「那不關我的事。醫生，我只希望你放血的時候別要我幫你按住他。來，跟你說句悄悄話。我勸你呀，動手治療以前，先看看付錢的是什麼人。」

「付錢的人！」醫生瞪大眼睛問，「怎麼？我治療的是個紳士，不是嗎？」

「我原本也這麼認為，」老闆娘答道，「不過，像我第一任丈夫說的，凡事都別光看外表。我可告訴你，他是個沒用的下等人。不過別管我跟你說的話，我只是覺得生意場上大家要互相照看。」

「我竟然讓這種人這樣對我，讓他指揮我？」醫生憤怒地說，「一個連診金都付不起的人憑什麼羞辱我的醫術？幸虧我及時發現真相。現在我要去看看他肯不肯放血。」說完，他立刻上樓，猛地推開湯姆的房門，把他從酣睡中驚醒，更糟的是，打斷了一場跟蘇菲亞有關的美夢。

醫生咆哮道，「你到底放不放血？」

湯姆答，「我已經回答你了。真希望你當初聽進去，免得像這樣跑來打斷我這一生中最甜蜜的夢。」

「哎，哎，」醫生說，「很多人睡著睡著就死了。睡眠跟食物一樣，未必只有好處。不過聽好，我最後一次問你，你要不要放血？」

湯姆回答，「我最後一次回答你，我不要。」

醫生大聲說，「那我不管你了，我要你把到目前為止的診金付給我。一趟五先令，換兩次藥再五先令，放血半克郎[25]。」

湯姆說，「你該不會這樣就不管我了吧？」

醫生回道，「沒錯，我不管了。」

湯姆說，「那麼你的行為太卑鄙，我一毛錢都不給你。」

醫生說，「那好，我少虧為盈。老闆娘見鬼了什麼意思，給我介紹這麼個流浪漢！」說完，他甩頭衝出門。湯姆翻了身很快又睡著，可惜美夢已經找不回來。

第四章

介紹史上最逗趣的理髮匠，連巴格達的理髮匠或《唐吉訶德》裡那位[26]都望塵莫及

湯姆熟睡七小時後醒來，鐘剛好敲了五下。他覺得神清氣爽，體力充沛精神百倍，決定下床著裝。他打開行李箱，拿出乾淨襯衣和合適衣裳，不過他先披上袍子，下樓到廚房，找東西來安撫他腸胃裡的動亂。

他遇見老闆娘，彬彬有禮地問她，「還有午餐吃嗎？」

老闆娘嚷嚷著，「午餐！這時候要午餐也太奇怪。店裡沒有現成的東西，爐火也差不多熄了。」

湯姆說，「可是我一定得吃點東西，什麼都可以。實話跟妳說，我從來沒這麼餓過。」

老闆娘說，「那麼，應該還有一塊冷牛臀和一些胡蘿蔔，正合適你。」

湯姆說，「好極了。如果能下鍋再熱一熱，就太感謝了。」

老闆娘答應了，笑著說，「很高興看見你恢復得這麼好。」畢竟湯姆和善的性格幾乎沒有人抗拒得

25 Half Crown，舊英鎊。一克朗是五先令。

26 巴格達的理髮匠指的是《天方夜譯》〈理髮匠六兄弟的故事〉裡那個愛說話卻自稱「沉默」的理髮匠；《唐吉訶德》裡的理髮師燒了唐吉訶德的傳奇小說。

了。再者，老闆娘本質也不是什麼壞人，她只是太愛錢，討厭所有跟貧窮沾上邊的人事物。

等待午餐的過程中，湯姆又回房穿衣，他請人找來的理髮匠這時也到了。

這位理髮匠自稱小班傑明，為人古怪又風趣，經常害自己惹上小麻煩，比如被人打耳光，踢屁股，打斷骨頭等等，因為不是每個人都聽得懂笑話，聽得懂的人通常不喜歡自己變成笑話的主角。只是，他這個毛病怎麼也改不了，即使經常因此皮肉受罪，但只要想到笑料，他就一定要說出來，完全不看對象、時間或地點。

這人性格上還有其他很多特點，我暫時不提，讀者只要多熟悉這個神奇人物，自然就會發現。湯姆急著想把自己打理整齊，理由一點也不難猜。他覺得理髮匠準備肥皂水太慢條斯理，要求他動作快點。臉部肌肉從不放鬆的理髮匠一本正經地說，「我還沒學會拿剃刀以前，就聽過『急事緩辦』這句拉丁諺語。」

湯姆說，「朋友，原來你是個讀書人。」

理髮匠說，「是個可憐的讀書人。像拉丁話說的，『人非萬能』。」

湯姆說，「又一句！看來你很會引經據典。」

理髮匠說，「先生，對不起，『您的美言我擔待不起。』」他開始幫湯姆刮鬍子，又說，「先生，我做這行以後發現人們刮鬍子不外兩種原因，一是留鬍子，一是擺脫鬍子。先生，我猜您留鬍子的時間還不長。要我說，你這鬍子留得可真好，因為我可以用這句拉丁話形容它：『為難了剃刀[27]。』」

湯姆說，「我覺得你這人可真滑稽。」

理髮匠說，「先生，您錯得太離譜了，我研究哲學太入迷，就像拉丁話說，『這就是禍根。』那是我的不幸。我的一生就毀在書讀太多。」

湯姆說，「的確，先生，我承認你的學問比你大多數同行好得多，不過我不明白這有什麼不好。」

理髮匠嘆息道，「哎，先生！家父因為這樣剝奪我的繼承權。他是個舞蹈老師，而我還不會跳舞就先會讀書，他因此對我反感，把所有財產都留給其他孩子，一毛錢也沒給我。您的鬢角要不要……呀！先生，恕我無禮，這裡有『手稿中的空白』。我聽說您要上戰場，我想應該是弄錯了。」

湯姆問，「你為什麼這麼認為？」

理髮匠答道，「當然啦，先生，您是個聰明人，不至於頂著受傷的腦袋上戰場，那等於是運煤到新堡[28]。」

湯姆說，「你這人可真逗，我非常喜歡你的幽默感。等會我吃過午餐，希望你能來跟我喝杯酒，我想多認識你。」

「噢，親愛的先生，只要您不嫌棄，我可以為您效勞二十倍。」

湯姆問，「朋友，你的意思是？」

理髮匠答，「我可以跟您喝一整瓶，因為我非常喜歡好人。既然您看得出我愛說笑，我也猜您是天底下心腸最好的人，否則我就是不懂看面相。」

湯姆打扮整齊下樓去了，恐怕連美少年阿多尼斯[29]都不如他俊俏，對老闆娘卻沒有一點吸引力，因為老闆娘不但外貌跟維納斯相去甚遠，連品味也大不相同。如果女侍南妮看人的眼光也跟老闆娘一樣就

27 原文是 tondenti gravior，指鬍子因為經常修剪而變得粗硬，不容易下刀。

28 Newcastle，英國的煤礦產區。

29 Adonis，希臘神話中長相格外俊美的神祇，掌管植物，每年死而復生。據說連最美麗的女神維納斯都愛慕他，對他百依百順。

好了，因為可憐的南妮不到五分鐘就瘋狂愛上湯姆，這滿腔熱情卻只是為她招來無數長吁短嘆。這個南妮長得貌美如花，性格十分靦腆，已經拒絕過一個跑堂和附近一兩個農家少年，但湯姆炯炯有神的目光片刻間便融化了這位冰山美人。

湯姆來到廚房時，他的午餐還沒著落，也沒有跡象顯示即將上桌，用拉丁話說，他的食物還「維持現狀」，用來煎牛肉的爐火也是一樣。這種事只怕連那些知書達禮的人都會被激怒，湯姆卻絲毫不以為意，他只是溫和地向老闆娘抱怨，說道，「既然加熱這麼困難，那麼直接給我冷牛肉也行。」

老闆娘不知是因為慈悲，或羞愧，或其他原因，我說不上來，總之，她先責罵下人不服從她（沒有）下達的命令，又叫跑堂在陽光室鋪上桌巾，就勤快地張羅起來，不一會兒就把食物送上桌。湯姆用餐的這間陽光室，恰恰名實不相符，因為陽光幾乎不曾探頭進去。這其實是客棧裡最糟的廂房，不過對湯姆倒是有好無壞。他實在餓過頭，沒有心思講究細節，等他吃飽飯，就命跑堂拿瓶酒到好一點的廂房，也埋怨了一兩句，說他被人帶進了地窖。

跑堂照他的吩咐行事，他等了半天，理髮匠才出現。理髮匠原本可以早點到，只是他在廚房聽老闆娘對一群人嚼舌根，說著可憐的湯姆的事。那些事有一部分是她從湯姆口中打聽出來的，其他則是她自己的精心編造。她說，「他是個沒人要的孩子，被送進鄉紳歐渥希家，鄉紳養大他想讓他當下人，現在因為行為不檢被趕出門。他不但勾引小姐，還偷鄉紳家的東西，否則他身上那一點錢打哪來的？這就是你們以為的少爺，呸！」

理髮匠問，「歐渥希先生家的下人？他叫什麼名字？」

老闆娘答，「他說他姓瓊斯，可能用的是假名。他告訴我鄉紳現在雖然對他不滿，當初可是把他當親生兒子養大的。」

理髮匠說，「如果他姓瓊斯，那麼他說的是實話，因為我有親戚住在那附近。甚至有人說他是鄉紳的親生兒子。」

老闆娘問，「那他為什麼不是姓鄉紳的姓？」

理髮匠答，「這我不清楚，不是所有人都跟父親姓。」

老闆娘說，「如果我知道他是個少爺，就算是私生子，我就會換個方式對待他。很多私生子後來都變成大人物，就像我可憐的第一任丈夫說的，永遠別怠慢上等顧客。」

第五章 湯姆與理髮匠的談話

理髮匠和老闆娘說話那段時間，湯姆先是在他的地窖吃午餐，後來又換到廂房等候。小班傑明跟老闆娘說完話，馬上去找湯姆。湯姆客氣地請他坐下，斟一杯酒，舉杯祝他身體健康，用拉丁語稱呼他「最博學的理髮匠」。

理髮匠用拉丁語答，「『謝謝您，少爺。』」之後他定眼看著湯姆，然後略顯驚訝，彷彿認出熟面孔，再用嚴肅的口氣問，「先生，能不能請問您是不是姓瓊斯？」

湯姆答道，「是啊。」

理髮匠說，「『人神共鑑！』天下事可真無奇不有。瓊斯先生，請接受我恭敬的問候。看來你不認識我，這也難怪，因為你只見過我一次，當時你年紀還很小。先生，請問，『最仁慈的大善人』歐渥希先生近來好嗎？」

湯姆說，「看來你的確認識我，可惜我想不起你是誰。」

班傑明說，「我一點也不意外，我只是很訝異竟然沒有早點認出你來，因為你一點都沒變。還有，先生，恕我冒昧，你怎麼會來到這地方？」

湯姆答，「理髮匠先生，倒酒吧，別再問了。」

班傑明說，「先生，我不願意惹人嫌，也希望你別把我看成那種愛打聽的人，誰都知道我不是那種人。不過請你包涵，因為像你這種身分的人出門沒有帶僕人，我們會猜想他是刻意『隱姓埋名』，所以也許我不該提起你的姓名。」

湯姆說，「坦白說，我沒想到這地方竟有那麼多人認識我。只是，基於某些原因，我希望你在我離開以前別跟任何人提起我的姓名。」

理髮匠說，「『不需多言』。我也希望這裡除了我、沒有別人認識你。因為某些人愛說閒話，不過我向你保證，我口風最緊。就連我的仇人都會承認我有這個優點。」

湯姆說，「那卻不是你這個行業的特質。」

理髮匠說，「唉！先生，『目前不好，將來總有改善的一天。[30]』我原本不是理髮匠，過去我經常跟上流社會的先生們相處，可以說懂一點上流社會的規矩。如果你願意信任我，就像你信任某些人一樣，就會知道我比別人更能保守祕密。我絕不會在客棧的廚房污損你的名譽。先生，說實在話，有些人在背後中傷你。你告訴他們，你跟歐渥希先生吵架的事，他們不但拿來在大庭廣眾下說嘴，還自己編出一堆謊話，那些事我一聽就知道不是真的。」

湯姆驚叫道，「我太震驚了。」

理髮匠說，「先生，我沒騙你，不必說你也知道我指的就是老闆娘。她說的那些話真的害我信心動搖，我希望那些都不是真的，因為我向來非常敬重你。我這話是真的，自從我聽說你為黑喬治做的那些事，就一直很尊敬你。郡裡的人都在談那些事，也不只一個人寫信告訴我。事實上，因為那些善行，大

30　原文是 Non si male nunc et olim sic erit，出自賀拉斯的《頌詩》（*Odes*）。

家都喜歡你。所以，請你原諒，我是因為聽見中傷你的話，基於真正的關心，才會提出那麼多問題。我本身不是好打聽的人，我只是喜歡善良的人，『對你愛意滿滿。』[31]」

處於逆境的人輕易就能接受送上門的友誼，湯姆不但身處逆境，性格又極為率真，也難怪他全心全意相信班傑明說的話，馬上敞開心房接納這個新朋友。班傑明滿口拉丁語，有些用得還挺恰當，雖然不是什麼高深的學問，卻也足以顯示他有別於一般的理髮匠。他的言行舉止也是一樣，湯姆因此相信他對自己出身和學問的那一番說詞。最後，經不起理髮匠一再請求，他終於說，「朋友，既然你已經聽說了我那麼多事，好像也想知道更多真相，如果你有耐心聽，我願意把所有事情都告訴你。」

班傑明叫道，「耐心！我當然有，故事再長我都不怕，反倒感謝你給我這個榮幸。」

湯姆於是細說從頭，說出事情的來龍去脈，只忘了其中一兩件事，也就是他跟史瓦坎打架那些細節。最後說到他決心出海當水手，後來因為北方的叛亂改變主意，才會來到這個地方。

小班傑明始終全神貫注聆聽，不曾出聲打斷湯姆的話。等湯姆說完，他不由得猜想，一定有人編了不實謊話，在歐渥希面前中傷湯姆，否則以歐渥希這麼仁善的大好人，怎麼會這樣把自己深深疼愛的人趕走。對於這點，湯姆答道，「我相信的確有人用惡毒手段摧毀我。」

理髮匠從湯姆口中並沒有聽見任何對湯姆不利的言語，理所當然會做出那樣的結論。湯姆描述自己的行為時，自然不會像有心人在歐渥希面前那樣蓄意扭曲醜化，他也說不出某些人不時在歐渥希耳畔陷害他的那些不實指控，因為那些事他根本不知情。當然，我們也看得出來，他還省略掉其他許多重要事件。總而言之，聽起來湯姆根本沒犯什麼過錯，再多的惡意都沒辦法為他冠上任何罪名。

倒不是湯姆刻意隱瞞或文過飾非，他甚至寧可別人說他活該，也不願意歐渥希因為處罰他而遭受責難。但這種事就是這樣，向來也都是如此。即使最誠實的人，說起自己的事都會不由自主地加以美化，用自己的雙唇淨化一切過失，就像濁酒經過層層過濾，就能去除雜質。某項行為由當事人自己說，或由他的仇人來說，基於動機、情況與後果的不同，我們往往聽不出來那是同一件事。

理髮匠貪婪的耳朵聽完湯姆的故事，仍然意猶未盡。儘管他好奇心不強烈，卻非常渴望探知故事背後的某個訊息。湯姆跟他說了自己的戀情，也說布里菲是他的情敵，卻謹慎地略過女主角的姓名不提。因此，理髮匠遲疑片刻，嘴裡一陣嗯哼啊哈，終於央求湯姆透露那位引發所有事端的小姐的芳名。

湯姆停頓了一下，說，「既然我完全信任你，何況她的姓名也已經不是祕密，我就不再瞞你，她叫蘇菲亞・威斯頓。」

「『人神共鑑！』威斯頓先生有個長大成人的女兒！」湯姆說，「而且是不同凡響的女性，世上再也找不到第二個。誰也沒見過這麼美的人，不過美貌只是她最次要的優點。多麼有見識！多麼善良！就算我花一輩子時間讚美她，也只能說出她的半數美德！」

理髮匠說，「威斯頓有個成年的女兒！我還記得他當小男孩的模樣，『歲月不饒人！』」

酒已經喝光了，理髮匠直說下一瓶換他請，湯姆一口拒絕，他說，「我今天已經喝太多了，現在只想回房休息，希望可以找本書讀讀。」

班傑明叫道，「書！你想讀什麼書？拉丁文或英文？兩種我都有，有幾本滿有趣的。比如伊拉斯謨的《對話錄》、奧維德的《悲歌》、《山之階梯》[32]。我有好幾本頂尖的英文好書，只不過其中幾本有點破舊。那些是史托的《編年史》，波普譯的荷馬第六卷、《觀察家報合輯》第三卷、艾卡德的《羅馬史》

31 原文是 amoris abundantia erga te，出自西塞羅的《致友人書信集》（*Ad familiares*）。

32 *Gradus ad Parnassum*，是一本音樂教科書。

第二卷、《工匠報》、《魯賓遜漂流記》、多馬・肯培[33]、還有兩本湯姆・布朗的書[34]。」

湯姆說,「我沒讀過湯姆・布朗的書,可以的話請借我其中一本。」

理髮匠保證湯姆一定會讀得津津有味,因為他認為湯姆・布朗是英國有史以來最機智的作家。說完他就回家拿書。他家就在附近,所以很快又回來了。之後湯姆再三交代他,要保守祕密。理髮匠指天誓日保證一定辦到,兩人才道別,理髮匠回家;湯姆回自己房間。

第六章
小班傑明展露更多才能，他的真實身分一併揭露

隔天早上，湯姆因為醫生不肯繼續治療有點不安，擔心傷口沒有換藥可能導致不便，甚至造成危險，因此向跑堂打聽附近有沒有其他外科醫生。跑堂告訴他還有另一個醫生住得不遠，只是那位醫生通常拒接別人看過的病人。跑堂說，「先生，如果您願意聽我的建議，全英國沒有哪個人比昨天跟您喝酒的那個理髮匠更能處理您的傷口。我們公認他是附近最會治療外傷的人，他搬來不到三個月，已經治好幾個重症。」

跑堂立刻奉命去找小班傑明。小班傑明問清楚事由，帶了相關物品過來，只是他整個人的神態和外貌跟腋下夾著臉盆時有天壤之別，幾乎變了個人。

「呀，理髮師傅，」湯姆說，「我發現你會的營生不只一門，昨天晚上你怎麼沒跟我說？」班傑明一臉穆肅地說，「外科醫生是一種職業，不是營生。昨晚我沒告訴你，我也會治病，是因為當時我認為已經有別的醫生幫你治療，我從來不願意搶同行的生意。『技術沒有優劣』。不過先生，現

33 Thomas a Kempis（一三八〇～一四四一），德國奧古斯丁派修士，著有《效法基督》（*De Imitatione Christi*）。
34 Tom Brown（一六六二～一七〇四），英國翻譯家兼作家。

在讓我來幫你檢查，等我看過你的傷口，再告訴你該怎麼治療。」

湯姆對這位新醫生沒有多大信心，但還是讓他解開繃帶檢查傷口。班傑明看過傷口後又嘆氣又搖頭。湯姆有點生氣地叫他別裝瘋賣傻，快告訴他檢查結果。

班傑明問，「我該以醫生或朋友的立場回答你？」

湯姆說，「以朋友的立場，而且要認真嚴肅。」

班傑明說，「那麼我老實說，只要敷幾次藥，你的傷口想不好都難。如果你願意塗我的藥膏，我保證很快見效。」

湯姆同意，傷口因此敷上藥膏。

「好啦，先生。」班傑明說，「你不介意的話，現在我要變回原來的我。行醫的時候總得維持一點職業尊嚴，否則沒有病人肯接受治療。先生，你不明白，嚴肅的表情對一份嚴肅的職業有多麼重要。理髮匠可以逗你笑，醫生卻最好把你嚇哭。」

「理髮匠先生，或醫生先生，或理髮匠醫生先生，」湯姆稱呼道，班傑明急忙打斷他，「哎呀，『女王陛下，您勾起我難以啟齒的傷心事。』[35]你讓我想起聯合公會遭到殘酷分割[36]，就像所有分割，雙方都蒙受損害。古人說，『團結力量大』。當然，這兩種行業裡明白這個道理的大有人在。對身兼二職的我而言，這是多麼大的打擊呀！」

湯姆接著說，「不管你喜歡哪一種稱呼，你肯定是我見過最古怪、也最有意思的人，你的人生一定有不少精彩故事，你必須承認我有資格聽一聽。」

班傑明表示，「這我同意。只要你有足夠時間，我也願意說給你聽，因為我的故事說來話長。」

湯姆告訴他，此刻就是他最空閒的時候了。

班傑明說，「那麼我就恭敬不如從命。不過我先把門鎖上，免得有人來打擾。」他鎖好門，斂容正色對湯姆說，「先生，我得先告訴你，你是我這輩子最大的仇家。」

湯姆被這突兀的話語嚇了一跳，他有點不解，鄭重說道，「先生，我是你的仇家！」

班傑明說，「啊，別生氣，因為我也沒有生你的氣。你並不是故意對我不利，畢竟當時你還是個小嬰兒。不過我只要說出真實姓名，就能解除你的困惑。先生，你有沒有聽過一個姓帕崔吉的人，他有幸被認為是你的父親，人生卻也因為這份榮幸毀於一旦。」

湯姆說，「我確實聽說過那個帕崔吉，也一直相信我是他兒子。」

班傑明說，「先生，我就是那個帕崔吉，我在此免除你所有孝道義務。我可以向你保證，你不是我兒子。」

湯姆說，「怎麼會！還有，區區一個沒有根據的懷疑，竟會害你承受那麼多惡果？那些事我知道得很清楚。」

班傑明回道，「是有這個可能，因為事情就是這樣。不過，即使明知對方無辜，人的天性還是會痛恨害他們受苦的原因。但我不是那種人。我說過，自從聽說你對黑喬治做了那麼多善行，我就很喜歡你。由於我們這次奇蹟般的相遇，我相信你的出生就是為了彌補我因為那件事受到的苦難。另外，見到你的前一天晚上，我夢見自己踢到板凳摔倒卻沒受傷，明顯在告訴我好運上門。昨晚我又夢見跟你一起騎著一匹乳白色的母馬，這個夢境非常吉祥，代表運勢走揚。我決定把握這個大好機會，除非你殘忍地

35 Infandum, regina, jubes renovare dolorem，出自維吉爾的《埃涅阿斯記》。

36 十六世紀英國理髮師與外科醫生屬同一公會，到了一七四五年因醫界施壓，兩種行業才各自獨立。

拒絕我。」

「帕崔吉先生，只要我能力所及，」湯姆回答，「我非常願意彌補你因為我而遭受的痛苦。雖然目前我還辦不到，但我向你保證，日後只要我有能力，絕不會虧待你。」

「你肯定辦得到，」班傑明說，「因為我沒別的要求，只希望你答應讓我陪你出去闖蕩。我已經打定主意，如果你不答應，等於一口氣殺死一個理髮匠和一個外科醫生。」

湯姆笑著說，如果對社會造成這麼大的損失，他會非常遺憾。接下來他提出幾點理由，想勸帕崔吉（從現在起我們改稱他帕崔吉）打消念頭，卻是白費唇舌。帕崔吉對他的白馬夢信心堅定不移。他說，「先生，這件事我的意志比任何人都堅定，不管你答不答應讓我同行，我一定要跟著你。」

湯姆喜歡帕崔吉的程度不下於帕崔吉對他的喜愛，他想勸退帕崔吉，是為帕崔吉著想。他發現帕崔吉心意已決，只好點頭答應。但他很快又想起另一件事，說道，「帕崔吉先生，你可能以為我有能力負擔你的旅費，其實我辦不到。」說著他拿出錢包，掏出九枚金幣，說那是他的全部財產。

帕崔吉說，「我要的是你將來的回報，我相信過不了多久你就有這個能力。至於目前，先生，我比你有錢。我的錢都是你的，隨你支配。你一定要全部收下，我只要求你讓我侍候你，『有特修斯的帶領與保護，不需要憂傷絕望。』[37]」湯姆說什麼也不肯接受他的金錢。

他們說好隔天一早出發，卻發現行李有點麻煩，因為湯姆行李箱太大，需要馬匹載運。

「容我冒昧提議，」帕崔吉說，「這個行李箱和裡面的大多數東西都留在這裡，我們只帶走幾件襯衣。那些襯衣我可以幫你拿，其他衣裳鎖在我家裡，不會弄丟。」

湯姆聽完一口答應，之後帕崔吉就回家去準備出門所需的用品。

第七章
關於帕崔吉的行為，有個比先前那些更合理的解釋；為湯姆的弱點申辯；有關老闆娘的幾件軼聞

雖然帕崔吉為人十分迷信，如果未來的收益只有戰場上分配到的戰利品，他絕不會光憑板凳和白馬的吉祥夢兆，就決定陪著湯姆走天涯。事實上，帕崔吉聽完湯姆自己陳述的故事後反覆思量，怎麼也無法相信歐渥希會因為湯姆說的那些事，就把自己的親生子（他深信湯姆是歐渥希的兒子）趕出家門。因此，他認為湯姆說的都是假話。他早就風聞湯姆生性狂野，因此斷定他是離家出走。於是他靈機一動：如果能把湯姆勸回家，等於幫了歐渥希一個大忙，那麼歐渥希就不會再生他的氣。其實他一直覺得歐渥希生氣是假的，只是為了挽救自己的名聲，不得不犧牲他。他也為自己這個推論找到站得住腳的理由：首先，歐渥希對棄兒湯姆百般疼愛；再者，對他的處分無比嚴厲（他確定自己無辜，所以沒辦法想像有人會認為他有罪）；第三，歐渥希取消給他的年金後，他一直收到匿名贈款，他認為那算是某種賠償金，用來彌補他受到的不公平待遇。在我看來，受人恩惠的人只要能揣測出施恩者的動機，就不會相信別人純粹只是一番好意。帕崔吉心想，如果他能勸湯姆回家，一定能贏回歐渥希的好感，付出的努力也能得到回報，甚至能夠重返家鄉。他思鄉心切，比起尤里西斯有過之而無不及。

37 Nil desperandum est Teucro duce et auspice Teucro，出自賀拉斯的《頌詩》。

至於湯姆，他對帕崔吉說的話毫不懷疑，也相信帕崔吉執意跟隨他是基於對他的喜愛和對國家的忠誠。他這樣輕信別人的話，顯得不夠謹慎又沒主見，實在該罵。坦白說，人要擁有識破別人謊言的傑出能力，只有兩種途徑：第一是經驗的累積；第二是與生俱來。這種與生俱來的能力可說是天賦異稟，或天生的才能，比經驗的累積好得太多，一來我們更年輕時就能善用它，二來它也更不容易出錯，更為穩當。因為一個人就算被騙過無數次，還是希望其他人會更誠實；然而，如果他內心生起必要的警惕，告訴他這事絕不可能，他還是受騙上當，那只能說他太沒有判斷力。湯姆既沒有這種天賦異稟，年紀也還小，沒辦法累積經驗（畢竟人往往要等到垂垂老矣，才能靠經驗累積智慧）。也許是因為這樣，某些老人家才會鄙視年紀比他稍輕的人的見解。

這天大部分時間湯姆都跟某個新朋友相處，那就是客棧老闆，或者該說老闆娘的丈夫。他先前因為痛風臥床很長時間，才剛下樓走動。由於痛風的關係，他一年之中有大半年都躺在床上，其他時間就在客棧裡走來走去、抽著菸斗或跟朋友喝酒，什麼事都不管。他從小以成為所謂的紳士為目標，換句話說，就是當個遊手好閒的人。他有個勤奮的農夫伯伯留給他一小筆遺產，他把錢花在打獵、賽馬、鬥雞。老闆娘基於某些目的下嫁給他，但他早就不再滿足她那些目的，她為此對他痛恨至極。不過他脾氣暴躁，所以她只能成天拿他跟她的第一任丈夫比較，藉由誇讚她第一任丈夫來數落他。因為客棧的收入歸她管，所以她只好一肩挑起經營客棧養家活口的責任，而她無論如何都管不動丈夫，只好任由他當個閒人。

那天晚上湯姆回房以後，那對恩愛夫妻為他起了小小爭執。

妻子說，「你跟那位先生喝酒了，是吧？」

丈夫說，「沒錯，我們喝了一瓶。他很有紳士氣度，也很懂馬兒。不過他還年輕，沒見過多少世面，看來應該沒什麼賭馬的經驗。」

老闆娘說，「喲，那麼他跟你是一夥的，是吧？如果他賭馬，那他肯定是紳士。魔鬼把這些紳士都抓去了吧！我倒希望這輩子沒碰過這種人。我太有理由愛賭馬的人了。」

她丈夫說，「妳的確有，因為我以前就是。」

她說，「是啊，這方面誰也比不上你。像我第一任丈夫說的，我就算把你所有優點放在眼前，看到的還是最糟的人。」

男人說，「見鬼的第一任丈夫！」

她說，「別詛咒比你好的男人，如果他還活著，你絕不敢詛咒他。」

他說，「妳的意思是我比妳孬種，因為我經常聽妳詛咒他。」

她答道，「就算我詛咒過他，心裡也後悔不知道多少次了。我偶爾話說得太快，他都會原諒我，輪不到你這種人在這裡說長道短。他真是我的好丈夫，真的，就算我曾經氣急敗壞說了不好聽的話，我絕沒有罵過他無賴。如果我曾經罵過他無賴，那就是說謊。」她還說了很多，可是他沒聽見，因為他點好菸斗，就一瘸一拐地用最快的速度走開。所以我也不再記錄她那番話，因為那些內容愈來愈不堪，不適合出現在這篇故事裡。

帕崔吉一大早就來到湯姆床邊，他把背包揹在後面，裝備齊全，蓄勢待發。他的背包是他自己親手縫製，因為他除了理髮和治病，裁縫的工夫也不差。他所有的襯衣都裝在背包裡，總共四件，再把湯姆的八件裝進去，然後收拾好行李箱，準備提回家，卻被老闆娘攔住去路，說他沒付房錢，東西就不能拿走。

我說過，客棧的大小事務都歸老闆娘管，只好遵守她的規則。帳單於是開出來，以湯姆在客棧裡的消費，房錢似乎超出預期。這裡我不得不揭露某些客店業者奉為最高機密的行規。首先，如果客店裡有什麼好東西（這種情況十分罕見），只能供應給帶著大批侍從的貴客。其次，即使供應的是最劣等的餐點，也要當成高檔料理索價。最後，如果客人點的太少，他點的東西都要收兩倍價格，這麼一來每個客人的平均消費才會相當。

帳單開好，款項也付清，湯姆就跟揹著背包的帕崔吉上路了。老闆娘沒有屈尊祝他一路平安，因為這家客棧經常有上等賓客出入。我也不明白為什麼，那些靠上流階級謀生的人，對待其他人總是擺高姿態，一副他們自己也是上等人似的。

第八章
湯姆抵達格洛斯特，進了貝爾客店；描述這家客店，以及他在那裡遇見的訟棍

湯姆和帕崔吉（或稱小班傑明，「小」這個字可能是一種反諷，因為他身高將近一米八）在前面描述的情況下離開上一家客棧，一路走到格洛斯特，途中沒有發生任何值得一提的事。

到了格洛斯特後，他們選了一家招牌上寫著「貝爾」的客店歇腳。讀者如果造訪這座古城，我誠心推薦這家非常優質的客店。這家店的店東是布道家懷特腓[38]的哥哥，卻絲毫沒有沾染衛理公會（或其他異端教派）那些邪門信條。

店東其實是個平凡的老實人，在我看來不太可能掀起宗教或政治上的騷動。他的妻子年輕時想必頗有姿色，如今也算風韻猶存。以她的容貌和儀態，即使置身最上流的仕女之間，也是豔光四射。然而，她雖然知道自己擁有美貌和其他各種優點，對目前這個歸宿似乎心滿意足，也安分地接受。她的安分完全來自她的慎重與智慧，因為她目前跟她丈夫一樣，沒有受到衛理公會的任何影響。我說「目前」，因為她不諱言她起初對小叔寫的文章心有所感，曾經花錢買了一條長頭巾，希望能夠體驗聖靈的非凡感召。只是，經過三星期卻沒有一丁點像樣的感應，於是她睿智地收起頭巾，放棄那個教派。簡言之，她

38 指George Whitefield（一七一四～一七七〇），英國神職人員，為衛理公會的創始人之一。

是個親切和藹的女性，也勤於待客。只有性情孤僻的人，才會對這家客店的服務不滿意。

湯姆和帕崔吉走過來的時候，懷特腓太太正好在院子裡。她的一雙慧眼看出湯姆氣宇非凡，談吐不俗，馬上命僕人帶湯姆進廂房，順道邀請他共進午餐。湯姆滿心歡喜地應允，因為他餓著肚子走了一大段路，即使邀請的人不如懷特腓太太親切，餐點也不如她準備的美味，他一樣會開心接受。

餐桌上除了湯姆和友善的女主人，還有來自索爾茲伯里的律師。這人其實就是去歐渥希府通報布莉姬死訊的那個律師，我之前應該沒有提到他姓道林。另外還有一個人，這人自稱在法律界服務，住在薩默塞特郡陵林區附近某個地方。我說這人自稱在法律界服務，他其實是個最無恥的訟棍，沒見識也沒常識，可以稱之為法律界的聽差。算是業界的濫竽，專門幫律師跑腿，為了賺半克郎可以比郵差跑更遠的路。

吃午餐過程中，那個薩默塞特訟棍想起他在歐渥希府見過湯姆，因為他經常造訪歐渥希家廚房。這時他趁機問候歐渥希府的人，表現得一副他是歐渥希的至交好友似的。雖然他言談之中頻頻暗示他跟歐渥希很熟，其實他在歐渥希府沒有跟地位比管家高的人說過話。湯姆印象中沒見過這個訟棍，也從對方的言行舉止看出那人擅自跟身分地位高於自己的人攀親帶故，卻還是客客氣氣回答所有問題。

任何人只要有點見識，都不屑跟訟棍那樣的人談話，所以午餐一結束，湯姆就起身告退，有點無禮地留下可憐懷特腓太太面對苦差事。我經常聽提摩西·哈里斯和其他有品味的客店老闆感嘆，這種苦差事是客店經營者最悲慘的命運，那就是不得不陪客人聊天。

湯姆一離開飯廳，那個訟棍就悄聲問懷特腓太太，「妳知不知道那個公子哥兒是誰？」

她答，「我沒見過那位少爺。」

訟棍說，「少爺，跟真的一樣！倒是個人模人樣的少爺！他是個私生子，親爹因為偷馬被絞死。他被人扔在歐渥希先生家門外，有個僕人看見他躺在積滿雨水的箱子裡，幸虧老天爺給他安排了不一樣的命運，否則他老早淹死了。」

道林嘻皮笑臉地說，「哎呀呀，你就別提了，我們都很清楚他走上什麼命運。」

訟棍接著說，「大家都知道歐渥希先生膽小怕事，他擔心惹出麻煩，要下人帶他進門，那個雜種就這樣被養大，衣食起居都像個紳士。後來他把女僕的肚子弄大，哄那女孩把孽種賴給歐渥希。然後又打斷一個姓史瓦坎的牧師的手臂，因為那個牧師責罵他成天跟娼婦廝混。他也曾經從背後對布里菲少爺開了一槍。有一回歐渥希生病，他弄來一面鼓，在屋子裡敲得咚咚響，只為了不讓病人睡覺。此外他還做過至少二十件荒唐事。直到四、五天前，就在我離開那地方以前，歐渥希把他趕出門，一毛錢也沒給他。」

「趕得好。」道林叫道，「如果我的親生兒子有他的一半惡劣，我也會轟他出門。那麼這個少爺叫什麼名字？」

「他的名字嗎？」訟棍說，「他叫湯姆．瓊斯。」

「瓊斯！」道林口氣有點激動。「什麼，就是歐渥希先生家那個瓊斯？就是剛才跟我們一起吃飯的少爺？」

訟棍說，「如假包換。」

道林叫道，「我經常聽人提起他，卻沒聽過不好的評語。」

懷特腓太太說，「這位先生說的話只要有一半是真的，那麼瓊斯先生就有一副最虛假的外表，因為他看起來完全不是那種人。我不得不說，我雖然不久前才見到他，但他確實是那種有教養懂禮貌、誰都願意跟他說話的人。」

訟棍突然想到，他剛才說話以前沒有像平時做證前那樣宣誓，現在連忙用一連串誓言和詛咒佐證自己的敘述。女主人聽得驚嚇連連，趕緊說她相信他的話，他這才閉嘴，隨後又說，「女士，希望妳明白，如果我不是百分之百確定，絕不會說別人這些事。我何苦破壞一個沒有傷害過我的人的名譽，這對我有什麼好處？我跟妳保證我說的每一個字都是真的，全郡的人也都知道。」

懷特腓太太看不出訟棍有任何污損湯姆的動機或誘因，因此讀者不能怪她相信訟棍信誓旦旦所說的那番話。她就此改變對湯姆的看法，甚至對他產生極壞的印象，巴不得他趕快離開她的店。

懷特腓先生在廚房聽到的消息更加深她對湯姆厭惡。因為帕崔吉對廚房裡的人說，「雖然我負責拿行李，也自願跟其他下人留在廚房，讓湯姆·瓊斯（他背後這麼喊他）在飯廳享用大餐，但我不是他的僕人，只是朋友兼旅伴，身分跟他一樣高貴。」

懷特腓先生轉述這些話時，道林始終默默坐在一旁，咬指甲、扮鬼臉、咧著嘴笑，裝出調皮的模樣。最後他張開嘴說，湯姆看起來不像那種人。之後急急忙忙買單，嚷嚷著他當天就得趕到赫里福德，還說他忙得不可開交，真希望能把自己切成二十份，方便同時待在二十個地方。

訟棍隨後也走了。湯姆希望懷特腓太太陪他喝杯茶，被她拒絕。她的態度跟接待他午餐時截然不同，湯姆不禁感到驚訝。他很快發現她態度不變，因為她收起我稍早描述過的和藹可親，擺出拘謹又嚴峻的面容。湯姆心裡很不舒服，決定不管時間多晚，當天都要離開這家客店。

懷特腓太太突然變臉，湯姆心裡揣測了幾個有欠公允的理由，首先他苛刻不公地認定那是因為女人性格多變、喜怒無常；其次，他認為她瞧不起他沒有騎馬。畢竟馬兒這種牲口不會弄髒床單，開客店的都覺得接待馬兒比接待騎馬的人更有賺頭，所以是比較受歡迎的顧客。

說句公道話，懷特腓太太不是那種小家子氣的人。她頗有教養，紳士們就算走路來，她也能以禮相待。事實上，她覺得湯姆是個無可救藥的壞胚子，因此也把他當壞胚子看待。湯姆如果跟我的讀者一樣通曉內情，一定也不會責怪她。相反地，他更會讚揚她的行為，會因為她對他的不敬，益發看重她。被人惡意抹黑又不得而知，實在是最可惱的情況。因為一個人如果自知品行不端，就不能理直氣壯地跟那些怠慢他或輕視他的人生氣，反倒應該鄙視那些假意跟他攀談的人，除非那些人跟他關係密切，知道他遭到毫無由來的中傷誹謗。

然而，湯姆的情況卻不是這樣。他不知道事情真相，所以有理由為他受到的待遇生氣。於是他不顧帕崔吉的極力反對，付了飯錢掉頭就走。帕崔吉好說歹說阻止無效，只好拿起背包跟著離開。

第九章

記錄湯姆與帕崔吉幾段對話，內容涉及愛情、寒冷、飢餓等等；帕崔吉差點說出要命的祕密，幸虧及時打住

高山的陰影慢慢擴大，鳥兒陸續返巢棲息。此時富貴人家正在享用美味宴席，下層百姓也吃著簡單晚飯。簡言之，湯姆離開格洛斯特的時候，時鐘剛敲了五響。時值隆冬，短短一小時不到，夜幕的深暗手指就拉下它的黑色布簾覆蓋大地，幸虧被月亮阻止。睡了一整天的月亮這時醒了過來，臉蛋又大又紅，像極了那些跟它一樣把夜晚變成白天的快樂人們，準備熬個通霄。

湯姆才上路不久，就開始讚嘆月色的皎美。他轉頭問帕崔吉，有沒有見過這麼美麗的夜晚？帕崔吉沒有馬上回答，湯姆繼續描述月光的清雅，引述米爾頓的幾段文字，因為米爾頓可說是最擅長描寫這些燦亮天體的詩人。接著他跟帕崔吉說了一段他在《觀察家》雜誌讀到的故事：一對戀人相隔兩地時彼此約定，在某個特定時刻舉頭望月，這麼一來兩個人都可以甜滋滋地想像跟對方一起看著相同的物體。

他說，「這對戀人一定擁有能夠體驗人間最真摯情愛的心靈。」

帕崔吉說，「有此可能。不過，如果他們擁有感覺不到寒冷的身體，我會更羨慕他們。我幾乎要凍死啦，也非常擔心我們還沒找到下一間客店，鼻子已經凍掉了。說真的，我們放著我見過最豪華的客店不住，非得摸黑趕路，這種愚蠢行為一定會招來惡報。我這輩子沒見過那麼漂亮的地方，就算是最高貴的爵爺，也會覺得那家客店不輸自己家。我們拋下那麼好的客店，在這個天曉得什麼鬼地方亂闖，『穿

行荒野小徑』[39]。我倒是無所謂，不過別人可能沒那麼好心，會說我們一定是腦子不正常。」

湯姆說，「呸！帕崔吉先生，打起精神，別忘了你要上戰場面對敵人，你會害怕一點冷空氣嗎？說實在話，真希望有個嚮導來告訴我們該走哪一條路。」

帕崔吉答，「我能不能大膽給個提議？就像拉丁俗語所說，『傻子也能說出聰明話。』」

湯姆說，「那麼你建議我們走哪條路？」

帕崔吉說，「都不走。只有一條路不會迷路，那就是我們來的那條。只要加快腳步，一小時內我們就能回到格洛斯特。如果我們向前走，天曉得什麼時候才能找到住的地方，因為我看得見前面至少八十公里路，一路上連間屋子都沒有。」

湯姆說，「你確實看見了非常秀麗的景色，這時候在清柔月光照耀下，一定更美不勝收。不過，我要走左邊這條，因為這條好像通往那些山，聽說那些山離伍斯特不遠。你不想跟著我也沒關係，可以往回走。我決心向前走。」

「先生，你真殘忍，」帕崔吉說，「竟然認為我不想跟著你。我的建議不只是為我自己著想，也是為你好。既然你決定向前走，我也決定跟著你。『且走，我會跟隨。』」

他們又走了幾公里路，彼此沒有交談。這段沉默路程中，湯姆不時嘆息，帕崔吉則是哀怨地呻吟，卻是基於不同理由。最後湯姆停下腳步，轉身說道，「帕崔吉，天曉得，說不定那個最美麗的人兒的雙眼此時此刻也盯著我看見的月亮。」

帕崔吉答道，「大有可能，先生。只要我的雙眼能盯著一塊上等烤牛腰肉，魔鬼可以把月亮連她的

39 per devia rura viarum，出自奧維德《變形記》。

兩隻角一起拿走。」

湯姆說，「就算是野蠻人也不會這樣回答。拜託，帕崔吉，你這輩子到底有沒有談過戀愛？或者歲月已經消磨掉你記憶裡的愛情？」

帕崔吉嘆道，「哎呀！如果我從來沒見識過愛情，那就太幸運了。『女王陛下，您勾起我難以啟齒的傷心事。』我確實嘗過愛情的酸甜苦辣。」

湯姆問，「你太太對你不好嗎？」

帕崔吉答，「非常不好，先生。她嫁給我以後變成天底下最無理取鬧的妻子。不過，感謝上帝，她走了。根據我讀過的一本書，人死後靈魂都去了月亮。如果我相信她在那裡，我就不會再看月亮，以免看見她。不過先生，為了你好，我希望月亮是一面鏡子，而蘇菲亞·威斯頓小姐此刻就在鏡子前。」

湯姆說，「親愛的帕崔吉，多麼動人的想法，只有多情種子才想得到。噢，帕崔吉！我能夠期待再一次見到那張臉蛋嗎？可是，唉！那些燦爛的美夢永遠消失了，如今我只能忘記過去的快樂，才能躲避悲慘的未來。」

帕崔吉問，「你真的覺得再也見不到威斯頓小姐了嗎？如果你肯聽我的，我敢說你不但能見到她，還能把她抱在懷裡。」

湯姆叫道，「哈！別再害我想起那些事。我好不容易才克服那些奢望。」

帕崔吉說，「如果你不想把情人擁在懷裡，那麼你確實是最不尋常的情人。」

湯姆說，「好啦，好啦，這個話題到此為止。不過你的建議是什麼？」

帕崔吉說，「先生，既然我們要去從軍，那就套句軍中用語：『向後轉』。我們往回走，雖然時間晚一點，今晚應該可以走回格洛斯特。如果繼續向前瞎闖，恐怕永遠找不到客店或人家。」

湯姆說，「我已經告訴你，我決定向前走，不過我贊成你回去。謝謝你陪我走到這裡，請你收下一基尼，代表我小小的謝意。如果繼續讓你跟著我，那我就太殘忍了。實話跟你說，我最主要的目的和願望就是光榮地為國王和國家捐軀。」

帕崔吉說，「先生，求你把錢收起來。我暫時不會拿你的錢，因為我相信現階段我比你有錢。你打定主意向前走，那麼我也打定主意跟你走。既然你想要在戰場上自我犧牲，我就更需要在一旁保護你。畢竟我為人比較謹慎。正如你想盡力死在戰場上，我也要盡力全身而退。實話跟你說，前些天有個天主教神父告訴我，這件事就快落幕了，而且他認為不會開戰。」

湯姆驚叫道，「天主教神父！我聽人家說，他們站在宗教立場說的話都不可信。」

帕崔吉答，「是沒錯，但他不是站在自己宗教的立場說話。相反地，他告訴我，就算國王換人，天主教也得不到什麼好處。因為那個查爾斯王子跟所有英格蘭人一樣，也是信奉新教。他還說，他和其他的天主教神父會認同詹姆斯黨，只是基於王位繼承的正當性。」

湯姆說，「如果我相信查爾斯王子信奉新教，就會相信他是王位的合法繼承人。我相信我們一定會贏，但打仗是免不了的。所以我不像你那個天主教神父那麼樂觀。」

帕崔吉說，「沒錯，先生，我讀過的預言都說這場爭執會血流成河，還說那個有三根拇指的磨坊主人（他還在人世）會幫三個國王拉馬，鮮血會淹到他們的膝蓋。上帝垂憐我們，把苦日子帶走吧！」

湯姆說，「你腦袋裡都裝了些什麼胡言亂語啊！我猜這也是天主教神父告訴你的。妖魔鬼怪最合適拿來為驚悚荒謬的學說辯護。喬治國王追求的是自由與正信宗教。換句話說，他追求的是常理。我敢保證，就算布里亞柔斯[40]帶著他的一百根拇指下凡，變成磨坊主人，喬治也會贏得勝利。」

帕崔吉沒有答話，因為他被湯姆這番話弄糊塗了。

在此跟讀者說個帕崔吉還沒有機會透露的祕密：他其實是詹姆斯黨人，一直也認為湯姆是他的同黨，正要去投入叛軍陣營。他會這麼想也不是毫無根據，因為《修迪布拉斯》裡提到的那個人高馬大的婦人[41]（也就是維吉爾筆下那個多眼、多舌、多嘴、多耳的怪物）依照她對事實一貫的尊重，向他敘述過湯姆跟那個軍官吵架的事。她還把蘇菲亞的名字換成了覬覦王位的查爾斯王子，還說湯姆是因為舉杯祝福查爾斯王子，才會被打破腦袋。帕崔吉聽見的就是這個版本，也深信不疑。正因如此，他才對湯姆有那樣的誤解，也差一點在弄清楚情況前，洩自己的底。

說到這裡，讀者如果回想一下，湯姆最初向帕崔吉表達自己的決心時，其實語焉不詳，也許就不會太納悶。說實在話，就算湯姆說得更明確點，帕崔吉還是會照自己的心意去理解，因為他深信全國百姓在內心深處都跟他抱持相同信念。即使見到湯姆跟一群軍人同行，他的信念也不會動搖，因為他認為軍隊的想法也跟全國百姓一樣。

不過，無論他多麼擁護詹姆斯或查爾斯，他對小班傑明的感情還是比對那兩位深厚些。基於這個原因，當他察覺湯姆的政治理念，立刻決定隱藏自己的看法，表面上認同可望為他帶來大筆財富的湯姆。他完全不相信湯姆跟歐渥希當真關係決裂，因為他離開家鄉後始終跟幾個舊鄰保持聯繫，聽說了很多歐渥希多麼疼愛湯姆的傳聞，其中不乏誇大不實之詞，甚至有人說歐渥希有意讓湯姆繼承他的家產，帕崔吉因此毫不懷疑湯姆就是歐渥希的親生子。

於是，帕崔吉心想，不管他們父子發生什麼爭執，只要湯姆回家，彼此的嫌隙就會冰消瓦解。他認為，只要他趁此機會拉攏這位少爺，設法勸他打道回府，他相信（如我先前所說）歐渥希就會對他讚賞有加，整件事就能為他帶來極大利益。

我們已經看出帕崔吉個性極其溫和，他也極力聲稱非常喜歡湯姆的相貌和性格，才會決定陪湯姆踏上旅程。不過，我剛才分析的那個觀點，想必也發揮了一點影響力，至少督促他堅持下去。所以即使他發現他跟湯姆分屬對立黨派，依然能夠像某些慎重的父子，和樂融融一起出遊。

我之所以得出這個結論，是因為情感、友誼、尊重這些東西雖然能夠主宰人的行為，然而，聰明人為了自己的目標左右他人時，利益通常是不可忽視的考量。利益確實是最強效的藥劑，就像渥德的藥丸[42]，你身體哪裡不適，它都會立即飛奔前往。不管是舌頭、手或其他部位，幾乎都能藥到病除。

40 Briarius，希臘神話中的百臂巨人。

41 指希臘神話中的名聲與名譽的女神 Fama，維吉爾在《埃涅阿斯記》裡將她描寫成有無數眼耳舌與翅膀的「謠言女神」。

42 Joshua Ward（一六八五～一七六一）為英國醫生，他發明一種萬靈丹，號稱可以治百病。

第十章
兩名旅人非比尋常的經歷

前章那段對話接近尾聲時，湯姆和他的同伴來到一座陡峭山峰下。湯姆突然停下來，抬頭仰望，默默站了一會兒。最後他對帕崔吉說，「帕崔吉，我希望能站上這座山的山頂，上面的視野一定壯觀極了，尤其是在這樣的光線下。朦朧的月光籠罩周遭所有的一切，實在美得難以形容，尤其適合一個想要抒發滿腹憂思的心靈。」

帕崔吉說，「大有可能。不過如果山頂適合啟發憂鬱念頭，那麼山腳下最可能產生快樂的思緒，而我認為快樂比憂鬱好得多。我光是聽你提到山頂，我渾身的血都涼了，那山頂在我看來簡直是世界最高峰。不，不，如果我們要找個抵擋風霜的地方，最好在地底下找。」

湯姆說，「你去找吧，不過別跑出聽力範圍，我回來時會大聲喊你。」

帕崔吉說，「先生，你沒瘋吧？」

湯姆說，「如果爬這座山算是瘋狂行為，那我的確瘋了。不過既然你覺得冷，就待在山腳下。我一小時內回來。」

帕崔吉說，「請見諒，先生。不論你去哪裡，我都要跟著。」

其實帕崔吉不敢一個人留下來，因為雖然他在各方面都夠膽小了，最怕的卻是鬼。此時已經入夜，這地方又前不著村後不著店，最適合鬼怪出沒。

就在這時，帕崔吉瞥見樹林間有一抹搖曳光線，看起來距離不遠。他立刻興奮地叫道，「先生！上帝終於聽見我的禱告，帶我們來到一棟房子，甚至可能是一間旅店。先生，我求求你，如果你對我或對你自己有一點慈悲心，就別辜負上天的好意，我們直接往那個燈光去。不管那是不是旅店，我相信只要裡面住的是基督徒，就不會拒絕挪個小房間給我們這種處於困境的人。」

湯姆熬不過帕崔吉的千央萬求，只好答應，兩個人一起往燈光的方向走去。

他們很快就找到這間屋子或農舍，因為這兩種稱呼都合用。湯姆敲了幾次門，沒人回應。帕崔吉腦子裡裝滿鬼怪、惡魔、巫婆這類東西的帕崔吉開始顫抖，叫道，「上帝垂憐我們！屋子裡的人一定都死了，現在連燈光也沒了，而我非常確定剛才還看見燭光。呀！我聽過這種事。」

湯姆問，「你聽過什麼事？屋子裡的人睡熟了，或者，因為這地方太偏僻，不敢來開門。」接著他開始大聲說話。最後終於有個老婦人打開上層的鉸鏈窗，問他們是什麼人？有什麼事？湯姆說他們是迷途的過路人，看見窗子的燈光才走到這裡，希望能借點爐火暖暖身子。

老婦人說，「不管你們是誰，都跟我無關。時間這麼晚了，我絕不會開門讓人進來。」

帕崔吉聽見人的聲音，膽氣壯了些，開始苦苦哀求，拜託老婦人讓他們進去烤幾分鐘火，他說他幾乎快凍死了。他會受凍，除了天冷，恐懼也有一半功勞。他向老婦人保證剛才跟她說話的先生是郡裡最高貴的少爺。他鼓動如簧之舌提出許多論點，只差最有效的一點，湯姆後來補上了，那就是答應給老婦人半克郎。對這樣的老婦人而言，這筆錢是一大誘惑，加上月光下的湯姆文質彬彬又親切有禮，她才放下早先誤認小偷上門的擔憂，同意讓他們進門。帕崔吉一進門就發現屋裡燒著爐火，喜不自勝。

可憐的帕崔吉身子剛烤暖，那些盤據他腦海的念頭又開始蠢動。他畢生最相信的東西莫過於巫術，讀者恐怕也很難想像出比此刻站在他眼前的老婦人更適合激發他這種念頭的形體。她完全吻合奧大維在他的作品《孤兒》裡描寫的那個角色。事實上，這老婦人如果活在詹姆斯一世的年代[43]，不需要額外的證據，光憑外表就足以被吊死。

還有其他現象也呼應帕崔吉的疑心。當時他心想，老婦人獨自住在這種偏僻地方，住的又是這種外觀看上去她顯然住不起、內部擺設卻又格外整齊雅致的房子。坦白說，湯姆也為眼前的情景感到驚訝，因為屋子不但收拾得非常乾淨整齊，還裝飾了許多會讓收藏家眼睛為之一亮的珍品古玩。

湯姆在欣賞屋裡的物品，帕崔吉坐在一旁發抖，滿心相信他進了巫婆的家。

這時老婦人說，「兩位先生，我希望你們盡快離開。我家主人隨時會回來，就算給我兩倍的錢，我也不願意冒著被他撞見的危險。」

湯姆叫道，「那麼妳有個主人？好婦人，妳別怪我，剛才我以為妳擁有這麼多好東西，心裡直納悶。」

她答，「先生，如果這裡二十分之一的東西是我的，我就會覺得自己是個富婆。不過拜託你，先生，別再逗留了，他馬上就到家了。」

湯姆說，「妳只是做好事，他怎麼可能跟妳生氣？」

老婦人說，「哎呀，先生！他是個怪人，跟其他人完全不一樣。他從來不跟人來往，天黑以後才會出門，因為他不喜歡被人看見，其實附近的人也怕遇上他，光是他穿的衣裳就能嚇壞不習慣的人。他們喊他『山中人』（因為他晚上到山裡散步），我猜地方上的人都覺得他比魔鬼更可怕。如果他發現你們在這裡，一定氣壞了。」

帕崔吉說，「先生，求求你，我們別冒犯那位先生。我可以走路了，這輩子沒這麼暖和過。求求你，先生，我們走吧。你看煙囪上掛著手槍，天曉得裡面有沒有子彈，也不曉得他會不會拿來用。」

湯姆說，「帕崔吉，別害怕，我會保護你。」

老婦人說，「不會的，他從沒傷過人，只是放幾把槍保護自己。曾經不只一次有壞人闖進來。幾天前我們好像聽到小偷的聲音。他經常這時候一個人在外面散步，我總是擔心他會不會碰上壞人被殺了。話說回來，我剛才說了，大家都怕他，何況，大家可能覺得他身上沒什麼值得搶的東西。」

湯姆說，「妳家主人收集了不少珍奇的東西，我猜他以前去過不少地方。」

她答道，「是的，先生。他的確去過很多地方，沒有幾個人像他見識那麼廣。我猜他曾經失戀過，或因為別的我不知道的原因。我跟他住在這裡超過三十年了，跟他說過話的活人不超過六個。」說完，她又催促他們離開。帕崔吉也附和她。湯姆卻故意拖時間，因為他好奇心大發，很想見見這個怪人。雖然老婦人每答完他一個問題，就拜託他走。帕崔吉甚至拉他衣袖，他還是繼續想出問題，直到老婦人一臉驚嚇地說她聽見主人的暗號。在此同時門外傳來不只一個人的聲音，嚷嚷道，「該死的東西，馬上把錢交出來。錢拿來，你這渾蛋，否則我轟掉你的腦袋。」

「我的天！」老婦人大叫，「一定是壞人攻擊我家老爺。天哪！我該怎麼辦？我該怎麼辦？」

湯姆說，「這槍有沒有子彈？」

老婦人說，「先生，那裡面什麼都沒有。先生，拜託別殺我們！」她現在以為屋子裡的人跟屋子外的人一樣是惡徒。湯姆沒有回答她，直接拔下掛在屋子裡的舊大刀，打開門往外衝。他看見一個老人在

43　James I（一五六六～一六二五），一六〇三年登基英格蘭王，著有《惡魔學》（*Daemonologie*）探討巫術，並大舉獵巫。

跟兩個暴徒拉扯，求對方饒過他。湯姆二話不說揮刀就砍，那兩個人連忙放開老人，沒有聯手對付湯姆，反倒轉身落荒而逃。湯姆沒去追他們，因為救了老人，他已經心滿意足，而且他覺得那兩個人也吃夠苦頭了，因為他們邊跑邊咒罵，嚷嚷著：「殺死人啦！」

老人在扭打過程中被推倒在地，湯姆趕緊跑過去扶他起來，憂心忡忡地探詢老人有沒有受傷。老人盯著湯姆半晌，大聲說，「沒有，先生，沒有，我沒受傷，謝謝你。上帝垂憐我！」

湯姆說，「先生，看樣子你連搭救你的人都害怕。我能理解你的疑慮，不過你真的不需要擔心，現在這裡已經沒有壞人了。我們在這個寒冷的夜晚迷了路，擅自借府上的爐火取個暖，正要離開的時候聽見你喊救命。我必須說，這一定是上天的安排。」

老先生說，「如果真是這樣，那的確是上天的安排。」

湯姆說，「我向你保證的確是這樣。先生，這是你的刀，我拿來保護你，現在交回你手上。」

老人接過沾有惡徒血跡的刀，定眼注視湯姆片刻，才嘆了一口氣說，「年輕人，請原諒我，我向來不是多疑的人，也不是不知感恩。」

湯姆說，「那就感恩上天，是上天救了你。至於我，我只是善盡人類的職責，任何人碰上跟你同樣的遭遇，我都會這麼做。」

老先生說，「讓我再仔細看看你。那麼你真的是人類？嗯，也許是吧。請賞個光進寒舍坐坐，你真的是我的救命恩人。」

老婦人此時心煩意亂，既害怕她的主人，又為主人擔心害怕。帕崔吉比她更害怕。不過，老婦人聽見主人對湯姆說話口氣和善，又看見剛才發生的一切，才放下心裡的大石頭。可是帕崔吉看見老先生的怪異裝扮，綜合先前聽老婦人的描述和外面的打鬥聲，內心的恐懼升高到極點。

說實在話，老人的外貌就連比帕崔吉勇敢的人見了都會心驚。他個子出奇地高，留著長長的雪白鬍子，身上穿著驢皮縫製、類似外套的衣裳，腳上的靴子和頭上的便帽都是某種獸皮製成。

老先生一走進屋子，老婦人就恭喜主人幸運逃過暴徒的魔掌。

老先生說，「是啊，多虧我的救命恩人，我確實逃過一劫。」

老婦人說，「上帝祝福他！他真是個好人。本來我擔心主人可能會氣我讓他進門，不過我就著月光看見他是個少爺，而且幾乎快凍死了。如果不是這樣，我絕不會開門。我說他一定是好心的天使派來的，天使也引誘我幫他開門。」

老先生對湯姆說，「先生，家裡可能沒有什麼吃的喝的，除非你想來點白蘭地，那是我藏了三十年的上等好酒。」

湯姆客氣得體地婉拒對方好意。

老先生又問，「你要上哪兒去？怎麼會迷路？我不得不說，時間這麼晚了，你這樣的先生還在外面徒步旅行，我覺得很驚訝。我想你一定住在附近，因為你看起來是那種出遠門會騎馬的人。」

「外表會騙人的，」湯姆說，「人不可貌相。我不是本地人，至於我要上哪兒去，其實連我自己也不清楚。」

「不管你是誰，不管你要去哪裡，」老人說，「我欠你的恩情永遠無法回報。」

「我再一次強調，」湯姆說，「你沒欠我什麼。在我眼裡沒有什麼東西比生命更沒價值的，我冒著失去沒價值的東西的危險為你服務，又有什麼功勞可言。」

「年輕人，我很遺憾，」老人說，「你年紀輕輕，竟然這麼不快樂。」

湯姆答，「先生，我的確是世上最不開心的人。」

老人問，「是因為友情嗎？或愛情？」

湯姆驚訝地說，「你怎麼能提起兩樣叫我痛心的東西？」

老人說，「其中任何一樣就足夠叫人痛心。先生，我不再追問，也許我的好奇心已經過度了。」

「坦白說，先生，」湯姆說，「我自己現在也對你充滿好奇，怎麼有理由怪你？請恕我無禮，我進這屋子後聽見和看見的一切都讓我非常好奇。你一定有過非比尋常的經歷，如今才會過著這樣的人生，我有理由相信你在人生路上恐怕也遭遇過不幸。」

老人又嘆一口氣，沉默了幾分鐘，定眼望著湯姆。「我曾經讀到過，善良的面孔就是推薦函。如果真是這樣，你這張臉就是最有力的推薦。另外，你救了我一命，我自然而然對你產生強烈好感，否則我就是天下最不知感恩的畜牲。我希望除了言語以外，我還能用別的方式表達對你的感激之情。」

湯姆略顯躊躇，說道，「你只要用言語，就能滿足我的需求。先生，我剛才說過對你很好奇，如果你願意滿足我這份好奇，那我就太感謝你了。所以，我能不能請求你告訴我，你為什麼選擇離群索居，過著這種顯然跟你原本身分不符的生活？當然，如果你有難言之隱，我也不強求。」

「經過剛才的事，我想我沒有資格拒絕你的任何請求。」老人答，「所以，如果你想知道傷心人的故事，我就說給你聽。你的觀察很正確，逃離社會的人通常都有過一段特別的經歷。這話聽起來或許似是而非，或者自相矛盾，但高度的仁慈往往會讓我們選擇逃避並厭惡人群。倒不是因為人們那些不為人知的自私習氣，而是他們對待他人時的惡念，比如嫉妒、怨恨、背叛、殘酷，以及其他各種惡意。真正的仁慈會憎惡這些劣行，寧可避世獨居，圖個眼不見心不煩。不過，不是我誇獎你，你看起來不像那種我會躲避或嫌惡的人。不只如此，我必須說，雖然我們認識不久，我卻發現你跟我有類似遭遇。不過，我希望你的事能有比較好的結果。」

這時兩人又互相恭維一番，老先生於是打開話匣子說起他的故事，卻被帕崔吉打斷。帕崔吉早先的擔憂已經消除，只是還留下一點恐懼的後遺症，他因此提醒老先生剛才說到上等白蘭地。不一會兒酒就拿來，帕崔吉連忙灌了一大杯。

老先生沒有多說閒話，開門見山說起下一章的內容。

第十一章
山中人敘述自己的故事

「我一六五七年出生在薩默塞特郡一個叫馬克的村莊。我父親就是所謂的鄉紳，有一小片自己的產業，每年收入大約三百鎊。他還承租一片價值差不多的農地。他為人勤奮又謹慎，也是個愛妻愛家的好丈夫，原本可以過著悠閒舒適的生活，可惜他娶了一個前所未有的悍婦，攪得家裡雞犬不寧。不過，惡妻雖然讓他悲慘度日，卻沒有威脅到他的家產，因為他幾乎不讓她出門，寧可天天在家裡挨罵，也不願讓她出門去過她想要的揮霍生活。

「這個贊西珮……」（帕崔吉打岔：「蘇格拉底的妻子也叫這個名字。」）「……這個贊西珮幫他生了兩個兒子，我是次子。他希望我們兄弟都接受好的教育，可是我哥哥很不幸地深受母親寵愛，無心向學。他在學校讀了五、六年，沒有一點成果。老師告訴我父親，這孩子繼續留在學校毫無意義，我父親終於答應我母親的要求，把哥哥接回家，讓他脫離暴君。我母親說老師是暴君，其實以哥哥的懶散，老師對他實在太寬容。我哥哥卻認為老師太嚴厲，經常向母親抱怨老師的處分，所以母親也經常對老師發牢騷。」

「對，對，」帕崔吉嚷嚷道，「我見過這種母親。我自己就曾經被她們罵過，非常冤枉。這種家長跟他們的孩子一樣需要處罰。」

湯姆責罵帕崔吉插嘴，老先生繼續往下說。

「我哥哥十五歲退學，從此遠離各種學習，成天只玩獵犬和獵槍。他的槍法神準。你可能覺得不可思議，他射擊固定目標百發百中，甚至曾經打中天上飛的烏鴉。他也很擅長找出窩裡的野兔，不久後就變成地方上最出色的獵家。為此他和我母親都覺得非常光榮，一副他在學校名列前茅似的。

「我哥哥退學後，原本我覺得自己真倒楣，還得繼續上學，但我的想法很快就改變了。當時我進步很快，學習愈來愈輕鬆，做功課變成最開心的事，假日反倒是最不快樂的日子，因為我母親原本就不疼我，現在擔心父親偏愛我，加上地方上有學問的人認為我比哥哥有出息，尤其是教區牧師，所以她看見我就討厭，讓我在家裡度日如年。學生們口中的黑色星期一，對我而言卻是一整年裡最光明的日子。

「後來我終於從陶頓的學校畢業，進了牛津的埃克塞特學院，在那裡求學四年。最後一年發生了一件事，不但終結我的學業，我的人生也從此走下坡。

「當時學校裡有個同學叫喬治．葛瑞夏姆爵士，他是龐大遺產的繼承人，但他父親的遺囑規定他二十五歲才可以拿到遺產。不過他的監護人非常慷慨，上大學期間每年給他五百鎊花用，所以他父親的謹慎做法沒有造成他的困擾。他養馬養女人，過著奢侈放蕩的生活，就算他拿到遺產，揮霍的程度恐怕也不過如此。除了監護人給他的五百鎊，他每年又多花掉一千多鎊，因為當時他已經二十一歲，輕易就可以借到錢。

「這個年輕人有些不算太糟的壞毛病，卻也有個非常惡劣的習性，喜歡引誘財力不如他雄厚的年輕人，讓他們陷入負擔不起的奢華生活，藉此毀掉對方的人生，從中獲得極大快感。他毀掉的年輕人愈是優秀、愈是可敬、愈是穩重，他就愈快樂、愈自豪。他於是扮演這種魔鬼角色，到處尋找下手目標。

「我不幸認識這位先生，跟他結為好友。我是學校裡出了名的用功學生，因此成為他搞破壞的合適對象。也由於我自己性格使然，他輕易就達到目的。我雖然勤奮向學，也樂在其中，卻不乏其他更熱衷的興趣。此外，我血氣方剛體力旺盛，有點野心，非常貪愛女色。

「我跟喬治爵士密切往來不久，就跟他一起縱情聲色。我一旦踏進那個圈子，爭強好勝的性格讓我凡事不落人後。在那群朋友之中，沒有誰比我更肆無忌憚。不只如此，我因為鬧事惹禍，成了學校的頑劣份子，也是頭號問題學生。沒有人同情我是喬治爵士可憐的門徒，反倒指責我帶壞年輕有為前途無量的他。雖然他才是所有卑鄙勾當的元凶和推手，師長們卻不這麼認為。最後我受到副校長訓斥，差點被退學。

「先生，你不難想見，我過著剛才描述的那種生活，學業一定難有進展，而且隨著我愈來愈沉迷於荒淫逸樂，功課也會荒廢怠惰。確實是這樣，但還有別的。我現在的開銷遠遠大於我原本的進帳，超出的額度我是以即將取得學士學位為由，向我可憐的父親騙來的。不過，因為我索討愈來愈頻繁、金額也愈來愈大，我父親終於慢慢相信他從各方面聽見、有關我目前生活的傳聞。我母親想當然耳會加油添醋地說，『哼，這就是你的好兒子，你那光宗耀祖的大學生，還指望他開創家業。我早就知道供他讀書就是白費心思，他會拖累我們大家。可憐他哥哥為了他，什麼該用的東西都不能買，都說是為了讓他好好讀書，說什麼他以後會回報我們：我就知道這就是他的回報。』她還說了很多這類的話，不過光是剛才那些，你大概就明白了。

「所以之後我寫信回家要到的不是錢，而是父親的責罵。我沒了金援，危機加速到來。你想必知道，當時我過著喬治爵士那種闊綽生活，就算我父親把所有財產都給我，不需要多久就會被我敗光。

「我太缺錢，顯然沒有能力繼續荒唐的生活。如果我及時看清現實，洗心革面重回書本，也不至於深陷債務的泥淖，不可自拔。但這就是喬治爵士最厲害的手段，他用這種方法毀掉許多人，最後取笑那些人是無知的紈褲子弟，竟然妄想跟坐擁龐大資產的他比闊（他是這麼說的）。為了達到目的，他偶爾會借錢給那個不幸的年輕人，方便那人進一步向他人借貸。被害的年輕人因此以債養債，漸漸踏上不歸路。

「因為他的這些手段，我的心慢慢變得跟我的財務狀況一樣急迫。為了弄錢，我幾乎什麼歪腦筋都動過。我開始認真考慮自我了斷，也確實下定決心這麼做，只是當時腦子裡想到一個更可恥，然而罪孽也許不那麼深重的點子，讓我甩開自殺念頭。」說到這裡他停頓一下，然後又說，「雖然事隔這麼多年，時間卻沒有沖刷掉那份羞恥感。我說到那件事一定會臉紅。」

湯姆請他略過任何令他痛苦的事。帕崔吉焦急地叫道，「先生，拜託你跟我們說了吧。比起你其他的事，我更想聽這個。我死後想上天堂，所以絕不會洩露你的祕密。」

湯姆正想斥責他，老人卻阻止他，說道，「當時我有個室友，是個非常慎重節儉的年輕人。他手頭雖然不寬裕，卻省吃儉用存了將近四十基尼。我知道他的錢藏在寫字桌裡，有一天趁他睡著偷拿他放在長褲口袋裡的鑰匙，就這樣偷走他全部存款。錢到手以後，我又把鑰匙放回他口袋，上床裝睡。其實我一夜沒闔眼，就這樣躺到天亮，看著他起床去禱告。那時的我已經很久沒禱告了。

「膽怯的小偷行事格外謹慎，往往卻容易露出破綻，那些膽大妄為的人反倒不會被發現。我的情況就是這樣。如果當初我壯起膽子直接撬開他的抽屜，也許連他都不會懷疑到我頭上。不過很明顯偷錢的人拿鑰匙開鎖，他發現錢不見的時候，馬上猜到小偷正是自己的室友。但他個性膽小怕事，力氣也沒有我大，想必勇氣也不如我。他擔心我會傷害他，不敢當面質問我，卻立刻向副校長報告，宣誓證明他丟了錢，也說明事情經過。他輕而易舉就申請到逮捕令，畢竟當時的我是全校最惡名昭彰的學生。

「也算我走運，那天晚上我不在學校。當天我帶一位小姐去威特尼玩，在那裡過夜。隔天早上回到牛津碰到一個狐群狗黨，跟我說了那些事，我連忙駕著馬車掉頭就走。」

「先生，他有沒有跟你說逮捕令的事？」帕崔吉問。

但湯姆請老人繼續往下說，別理會不相關的問題。

所以老人繼續說：「我不敢再回牛津，下一個念頭就是去倫敦。我對女伴說出我的決定，起初她不同意，後來我把錢拿出來，她馬上就答應了。我們走鄉間小路到賽倫塞斯特路，加速趕路，當天晚上就在倫敦過夜了。如果你想到我現在身在何處，身邊又帶著什麼樣的伴侶，一定會知道那些用不正當手段弄來的錢很快就會花光。

「現在我的生活困頓了，連基本的溫飽都顧不上。更讓我難過的是，我的情人也得跟著我過苦日子。當時我非常愛她，看著你愛的人吃苦，你卻無能為力，同時又知道是你害她淪落至此，那種錐心之痛，沒有經歷過的人恐怕無法想像。」

湯姆說，「我打從心底相信你的話，也發自肺腑地同情你。」說完，他在屋子裡胡亂轉了兩三圈，再猛地坐回椅子上，叫道，「感謝上帝，我躲過那種命運！」

老人接著說，「因為心愛的女人跟著受罪，我當時的悲慘處境更是雪上加霜，到了無法忍受的地步。我可以接受生活匱乏，甚至可以忍飢挨餓，卻無法忍受自己滿足不了情人的任何荒唐需索。因為我深深愛著她，愛到明知她曾經跟我半數朋友在一起過，仍然打定主意娶她為妻。不過，雖然全世界都認為她配不上我，這位佳人卻不願意嫁給我。而且，她看見我日日為她煎熬，可能於心不忍，決定結束我的痛苦。不久後她就設法幫我脫離當時前途茫茫的困境，趁我挖空心思供她享樂的時候，好心好意向她過去在牛津的某個情人洩露我的行蹤。多虧那位先生費心奔走，我馬上就被抓進牢裡了。

「這時我第一次反省過去那些醉生夢死的日子，反省自己犯過的錯和為自己招來的禍患，也想到我那位天下最慈愛的父親該有多傷心。上述種種加上情人的背叛，更令我痛心疾首。我不再留戀生命，反倒厭惡生命。如果死亡自己找上門，不伴隨任何恥辱，我會將它視為最親愛的好友。

「巡迴法庭開庭的日子很快來到，我被押送到牛津出庭，以為自己一定會被定罪判刑。出乎我意料的是，沒有人出面控告我，審判庭結束時，我因為控方缺席而被當庭釋放。也就是說，我室友已經離開牛津。他不知是因為懶惰或其他動機，不肯再插手這件事。」

帕崔吉說，「也許他不希望自己的雙手沾上你的鮮血。他這樣做是對的，如果有人因為我的證詞被吊死，我從此以後不敢一個人睡覺，怕那人變成鬼來找我。」

湯姆說，「帕崔吉，我實在想不通你到底比較勇敢，還是比較聰明。」

帕崔吉答，「先生，你儘管取笑我吧，不過如果你肯聽我說個千真萬確發生過的小故事，也許你的看法會改變。在我出生的那個教區……」湯姆原本想打斷他，但老人覺得不妨讓帕崔吉說下去，也承諾之後他會繼續說完他的故事。

帕崔吉於是接著說，「在我出生的那個教區有個姓布萊多的農夫，他有個兒子叫法蘭克，是個前途看好的年輕人。我跟他一起上中學，當時他讀奧維德的《書信集》，可以不查字典一口氣解釋三行。除了這些，他也是個乖孩子，星期天一定會上教堂，在唱詩班表現也是數一數二。他偶爾確實會多喝一兩杯，這是他唯一的缺點。」

湯姆說，「你快說鬼魂的事。」

帕崔吉說，「先生，別擔心，馬上就講到了。當時農夫布萊多丟了一匹母馬，我記得是栗色的。不久後法蘭克去了辛頓的市集，那天好像是……我記不得日期了。他在那裡碰巧遇見一個男人騎著他父親的母馬，他馬上大喊，『小偷，站住。』當時在市集裡，那男人根本跑不掉。大家把他抓住，送到法官面前。我記得那是諾伊爾的威洛比法官，是個非常可敬的好人。他把那男人送進監牢，要法蘭克具結做證，他們好像是這麼說的，『具結』這個詞很難懂，是『具』搭配『結』組成的複合詞，意思跟這兩個字單獨使用不一樣，很多複合詞都是這樣。後來由佩吉法官主持巡迴法庭，嫌犯出庭受審，法蘭克出庭做證。法官問法蘭克他要控告嫌犯什麼，我永遠忘不了法官當時的臉孔。可憐的法蘭克嚇得渾身打哆嗦。法官說，『小夥子，你有什麼話就說出來，別光是嗯嗯啊啊的。』不過，後來他對法蘭克變得非常客氣，不一會兒又轉頭對嫌犯大吼，問他有什麼話要為自己辯解，那傢伙說那匹馬是他撿到的。法官說，『哎呀！你可真走運，我在這一區當巡迴法官四十年，從來沒撿到走失的馬。不過朋友，我要告訴你，你比你自己想像中更走運，因為我向你保證，你不只撿到馬，也撿到繮繩[44]。』我永遠忘不了他的話。當時法庭裡人的都哈哈大笑，也難怪他們。

「不只這樣，他還說了更多笑話，我都不記得了。他對馬很內行，逗得大家笑呵呵。說實在話，那個法官一定很勇敢、學識也很豐富。這種關係到生死的審判實在很令人著迷。我不得不承認我覺得有件事有點殘酷，那就是律師很希望替嫌犯說一點話，卻始終沒有機會，因為法官不許他說話，卻讓控方律師說了半個多小時。我覺得這樣有點殘忍，那麼多人對付嫌犯一個，包括法官、觀眾和陪審團、律師、證人，大家聯手對付一個可憐人，那人還被鐵鍊捆著。最後那人被吊死了，當然不會有別的結果。可憐的法蘭克從此心裡就沒踏實過，只要一個人待在黑暗的地方，就覺得看見那人的鬼魂。」

湯姆問，「你的故事說完了？」

帕崔吉說，「還沒，還沒。上帝垂憐我！我現在才說到正題。有一天晚上法蘭克從酒館出來，走在一條又黑又長的窄巷裡，迎頭碰上那個鬼。那個鬼一身白，撲向法蘭克，法蘭克體格精壯，他也撲向那個鬼，兩個扭打成一團。可憐的法蘭克被打得很慘，勉強想辦法脫身爬回家，可是因為被打那一頓，又驚嚇過度，病了兩星期。這事一點不假，整個教區都可以做證。」

老人聽完故事微微一笑，湯姆則是開懷大笑。帕崔吉嚷嚷道，「先生，你就笑吧。還有某些人，尤其是某個比無神論者好不到哪兒去的鄉紳，盡量笑吧。隔天早上有人在那條巷子看見一頭死掉的白頭牛犢，有人說法蘭克是跟那條牛犢打鬥，一副牛犢會主動打人似的。法蘭克告訴我，他知道當時跟他打架的是鬼，甚至願意在所有基督教國家的法庭發誓。他說那天他才喝一兩夸特烈酒。上帝垂憐，別讓我們的雙手沾上鮮血！」

湯姆對老人說，「先生，帕崔吉先生的故事說完了，我希望接下來他不會再插嘴，請你繼續說下去。」老人於是又說起他的故事。不過，既然他剛才休息了一會兒，我覺得最好也讓讀者喘口氣，本章到此結束。

44 Halter，也指絞索。

第十二章 山中人繼續說故事

老人接著說，「我重獲自由，卻名譽掃地，因為一個人逃過法律制裁，不等於逃過自己的良心和外界言論的指責。我知道自己有罪，沒臉面對大家，所以決心隔天一早天沒亮就離開牛津，免得被任何人看見。

「我離開牛津市區以後，第一個念頭就是回家找我父親，請求他的原諒。不過，我相信他一定聽說了我的事，我也知道他對任何不誠實的事深惡痛絕，尤其我母親一定會說盡我的壞話，我認為他不可能接納我。不，就算我確知父親會原諒我，就像我確知他會痛恨我一樣，我也不確定我有勇氣去見他，更不確定自己能夠跟知道我做過那種卑劣行為的人一起生活或往來。

「所以我匆匆趕回倫敦。除非是名氣響亮的公眾人物，否則不管你懷著哀傷或恥辱，那裡都是最佳藏身處。因為在那裡你可以享有獨處的好處，卻可以避開它的缺點。換句話說，你可以孤單一個人，身邊卻又人來人往，不會有人留意你的一舉一動。都市的喧囂忙碌和應接不暇的事物會占滿你的思緒，避免你的心靈自我吞噬、或以悲傷與愧疚裹腹。悲傷與愧疚，可說是世上最不健康的糧食，雖然有很多人只在公開場合才能品嘗一二，卻也有人能夠在獨處時狼吞虎嚥，幾乎危害性命。

「不過人間的好事總是伴隨著缺點，所以，人們的漠不關心也為某些人帶來不便。我指的是那些沒錢的人。因為陌生人不會來干擾你的平靜，同樣的也不會供你吃穿。一個人在利德賀市場餓死的機率跟在阿拉伯沙漠一樣高。有個東西被某些作家形容為罪惡之物，我想那些作家是因為擁有太多，才覺得煩惱。我如今的命運卻太欠缺那東西。那就是金錢。」

帕崔吉打岔道，「先生，很抱歉，我不記得有哪個作家稱呼金錢為『罪惡之物』，倒是有人稱之為『萬惡之源』，例如這句『寶藏是挖掘而來，是萬惡之源。』[45]」

老人說，「先生，不管是罪惡之物，或只是萬惡的源起，我口袋裡都沒有。我也以為我在倫敦既沒有朋友，也不會有熟人。直到有一天晚上，我又餓又淒涼地走在內聖殿區，突然聽見有人熟絡地喊我的教名。我轉身查看，馬上認出跟我打招呼的人是大學裡的同學，他一年多前離開學校，也就是在我還沒遭遇那些不幸以前。這位先生姓華森，他熱情地跟我握手，說非常高興見到我，馬上邀我到酒館喝一杯。我婉拒他的邀約，假裝有事要辦。但他誠懇又堅持，我的自尊終於屈服於飢餓。我向他坦承我口袋裡沒有半毛錢，卻還是編了個謊言，說是因為我當天早上換了長褲。華森先生說，『傑克，我們這麼久的交情，你說這話太見外。』這時他挽起我手臂，拉著我往前走。其實他不需要費太多力氣，因為我自己的意願比他更強烈。

「我們走進修士街，你該知道那是飲酒作樂的地方。我們進了一家酒館，華森只喝酒，沒有點任何吃的東西，因為他認為我吃過飯了。不過，當時我還餓著肚子，於是又編出另一個謊言，告訴他我在城市另一頭處理要務，只草草吃了一塊羊排，這會兒肚子又餓了，希望他能加點一份牛排。」

帕崔吉大聲說，「有些人記性應該再好一點，或者你在長褲口袋找到的錢剛好夠吃羊排？」

45 原文是Effodiuntur opes, irritamenta malorum，出自奧維德《變形記》。

老人說，「你的觀察很正確，我相信任何謊話都會露出馬腳。故事繼續：當時我心情非常快樂，牛排和酒讓我情緒高漲，跟老朋友聊得特別興奮，主要是因為我認為他不知道我在學校發生的那些事。

「但他沒有讓我在這個快樂的幻覺裡沉浸太久，他一手舉杯，一手搭住我肩膀，說道，『兄弟，恭喜你那件官司全身而退。』我聽得當場呆住。華森看見我的表情，又說，「嗨，兄弟，別不好意思。你無罪釋放，誰也不敢說你有罪。不過，我們是好兄弟，跟我說實話。你真的拿了他的錢嗎？拿這種可悲鼠輩的錢是值得敬佩的行為。我倒希望你拿的不是二百基尼，而是二千基尼。說吧，兄弟，別難為情，坦白跟我說了吧，你現在又不是被送到那些治安狗官面前。如果你真做了，我會尊敬你，否則讓我下地獄。就算我以後想上天堂，我也會毫不猶豫做一樣的事。

「他的這番話化解了我的羞愧，在酒精作用下，我的心防解除了一點，於是坦然承認偷了錢，也告訴他，他的消息有誤，我偷來的金額只有他說的五分之一。

「『那真是太可惜了，』他說，『希望你下次得手更多一點。不過，如果你願意聽我一句，就不需要冒這種風險。來，』這時他從口袋裡掏出幾顆骰子，『就是這個，這些小玩意兒。它們是小小醫生，專治錢包的疑難雜症。只要聽我的，我教你怎麼把那些蠢蛋娘娘腔口袋裡的錢掏光，絕不會有掛脖子的危險。』」

帕崔吉叫道，「掛脖子！先生，那是什麼意思？」

老人說，「呀，先生，那就是絞刑的黑話。因為賭徒的行為比搶匪好不到哪兒去，所以他們的用語也差不了多少。我們各喝了一瓶酒以後，華森說賭局快開始了，他得走了，也急力邀我跟他一起去試手氣。我告訴他，我說過我口袋裡沒錢，所以他應該知道我暫時沒那個能力。說實在話，他先前口口聲聲說我們是好哥兒們，我還以為他會借我一點本錢，沒想到他說，『兄弟，那無妨，到時候腳底抹油就好啦。（帕崔吉正要問這話什麼意思，湯姆摀住他的嘴）倒是要留意賭的對象。你對城裡不熟，分不清老千或呆瓜，必要時我會給你提點提點。』

「這時帳單送來了，華森付了自己的酒錢，轉身就要走。我紅著臉提醒他，我口袋裡沒錢。他說，『那沒什麼，賴帳就好啦，一皮天下無難事。這樣好了，我先下樓，你拿我的錢扔在吧台上，我在街角等你。』我說我不想這麼做，也暗示我以為他會幫我付錢，他卻賭咒連連，說他口袋裡再也找不出另一枚六便士了。

「說完，他就下樓去了，我不得不拿起他的錢跟下去。我離他不遠，聽見他告訴酒保他的酒錢在桌上。酒保連忙上樓，跟我擦肩而過。我照華森的話做，什麼都沒說就直接把錢扔在吧台上，用最快的速度走到街上，沒聽見酒保的反應。

「我們直接上了賭桌。出乎我意料，華森拿出一大筆錢放在自己面前，其他很多人也是。那些人顯然都把自己面前那堆錢當成誘餌，想把別人的錢勾引過來。

「如果在這裡描述命運女神（或者說骰子）在她這個聖殿裡玩著多麼反覆無常的遊戲，就會流於冗長乏味。賭桌這邊的金山銀山片刻間消失無蹤，又突然在另一邊積累起來。富人轉眼間一窮二白；窮光蛋同樣可能瞬間致富。哲學家如果想教導學生鄙視財富，這裡就有絕佳教材，至少沒有任何地方更能讓學生體會財富的無常。

「至於我個人，我的微薄資本一度大幅增加，最後還是輸個精光。華森也是，經過運氣的上沖下洗，最後有點惱怒地離開賭桌。他說他輸了一百鎊，不要玩了。他走到我身旁，要我跟他一起回酒館。我一口拒絕，說道，我不再害自己碰上一樣的麻煩，尤其現在連他也輸光了，處境跟我不相上下。他說，「呸！我剛才跟朋友借了兩基尼，其中一基尼是你的。」他把錢放在我手上，我就不再反對。

「重新回到那家酒館，起初我有點膽顫心驚，畢竟我們之前用那種丟臉的方式離開。不過酒保非常客氣地對我們說，『兩位先生好像忘了買單。』我心情整個放鬆下來，馬上交給他一基尼，讓他去結帳，默認他對我的記性的不公平指控。這時華森點了他心目中最奢華的晚餐，先前他只喝一般的紅葡萄酒，現在卻只肯喝最頂級的勃根地。

「不久後我們這桌人愈來愈多，都是剛才一起賭博的人。我後來發現其中大多數人來酒館不是為了喝酒，而是來辦『正事』。因為那些真正的賭徒都假裝身體不舒服，滴酒不沾，卻不停地向兩個年輕人勸酒。那兩個年輕人就是他們這回詐賭的目標，果然兩人後來都輸得慘兮兮。雖然我還是圈外人，卻也有幸分配到一部分獲利。

「在酒館賭博的過程中發生了一件神奇的事，那就是賭金陸續減少，到最後全部消失。賭局開始時金幣堆滿半個桌面，到了隔天星期日中午賭局結束時，桌上幾乎連一枚金幣都沒有。更奇怪的是，除了我之外，在場所有人都說自己輸了錢。誰也不知道那些錢究竟上哪去了，除非被魔鬼拿走。」

帕崔吉說，「一定是魔鬼拿的。就算屋子裡的人再多，邪靈拿走任何東西都不會被人發現。就算他把那些邪惡的傢伙全都帶走，我也不覺得驚訝，誰讓他們在上教堂的日子賭博。我還可以跟你們說個真實故事，魔鬼把跟別人老婆躺在床上的男人帶走，從鑰匙孔鑽出去。我親眼見過那棟房子，過去三十年來沒人住過。」

湯姆雖然有點氣帕崔吉老是無禮插嘴，卻被他的無知逗得發笑。老人也不禁莞爾，繼續說他的故事，請見下一章。

第十三章
故事繼續

「華森帶我走上不一樣的人生。過不了多久我就認識那些老千，也了解他們的手法，我指的是那些適合用來坑騙涉世未深之輩的初淺騙術。還有一些更高段的手法，圈子裡只有少數人知道，那些都是老千中的佼佼者，那是我達不到的境界。我貪杯好飲，性情暴躁，注定沒辦法精通這門技藝，因為在賭桌上詐財跟鑽研最嚴謹的思想流派一樣，都需要冷靜的頭腦。

「我和華森的關係變得非常密切，他不幸跟我一樣嗜酒成癮，所以沒能像其他人一樣靠詐賭致富，而是暴起暴落。他在公開賭桌上騙得錢財後，往往又會在私下喝酒時全輸給那些滴酒不沾的冷靜同夥。

「總之，我們都勉強過著這種不算舒適的生活。我當賭徒前後共兩年，嘗過命運的各種滋味，有時腰纏萬貫，有時卻捉襟見肘。今天享盡榮華富貴，明天又得縮衣節食。當天晚上還穿在身上的錦衣華服，隔天早上可能就進了當鋪。

「某天晚上我在賭場輸光返回住處，發現街上鬧哄哄，很多人在圍觀。由於我不擔心被扒，就擠進人群裡向人打聽，才知道有個人被歹徒搶了，還被打成重傷。那個傷者流了很多血，好像連站都站不穩。雖然當時我過著那種充滿欺詐與恥辱的生活，卻還保有一絲人性。我立刻上前扶住那個可憐人，他也感激地接受我的協助，拜託我帶他到酒館，好讓他找個外科大夫。他說他失血過多，頭有點暈。他似乎很高興有個紳士打扮的人出手相救，因為他看見周遭那群人的外表，覺得沒有一個值得信任。

「我扶著那可憐人的手臂，帶著他到我們那幫人經常聚會的酒館，因為那家酒館距離最近。酒館裡碰巧有個外科大夫，馬上來看他，也幫他處理傷口。我聽說他沒有生命危險，覺得很安慰。

「醫生熟練又迅速地包紮好傷口，開始詢問傷者住在城裡什麼地方，傷者答，『我早上才進城，馬還留在皮卡迪利的客棧。我沒有別的住處，在城裡也幾乎沒有認識的人。』

「那位醫生的姓氏我記不得了，第一個字母好像是R，是當時醫界權威，也是皇室的資深御醫[46]。他還有很多優點，為人慷慨大方、善良仁慈、熱心助人。他主動提議要傷者坐他的馬車回客棧，又在他耳邊悄聲說，『如果你缺錢用，儘管跟我說。』

「那個可憐人沒有辦法答謝醫生的慷慨提議，因為他兩隻眼睛緊盯著我看了好一陣子，然後整個人躺向椅背，喊道，『我的兒子！我的兒子！』就暈過去了。在場的人以為他暈倒是因為失血過多，但我早先有點認出父親的臉龐，現在更確認我的猜測，知道眼前這人正是我的父親。我連忙跑到他身邊，將他抱在懷裡，熱切地親吻他發冷的嘴唇。說到這裡，我得拉上布簾，結束這幕我無法描述的場景。我雖然不像我父親那樣不省人事，我的心卻是既驚且懼，接下來幾分鐘裡頭腦一片空白，只記得不久後我父親清醒，也把我抱在懷裡。我們兩個緊緊相擁，淚流不止。在場大多數人都被這個場面感動，我們父子算是這幕戲的演員，卻希望盡快遠離觀眾的視線。父親因此接受醫生好心借用的馬車，我陪他一起回客棧。

「等到我們單獨相處時，他柔聲責備我這麼久沒給他寫信，對於過去發生的事，他一個字都沒提。他告訴我，我母親已經過世，堅持要我跟他回家。他說，『很久以來我一直為你擔驚受怕，到最後已經不知道到底是害怕你死掉，或希望你死掉，因為我擔心你碰上其他比死更恐怖的遭遇。』

「最後他說，有個鄰居告訴他我的去處，因為那人最近剛在同一個地方找回兒子。他說他這次來倫敦，就是為了帶我脫離那種生活。他感謝上帝讓他順利找到兒子，而且是因為碰上這麼個致命意外。他很高興自己因為兒子的善心得救。他說，我能夠對陌生人伸出援手，這比我基於孝道救自己的父親更令他欣慰。我的心並沒有因為罪惡的生活萬劫不復，不至於對父親不計前嫌的慈愛無動於衷。我立刻向父親承諾，等他身體康復，可以遠行，就會遵照他的命令跟他回家。在那位傑出外科醫生的治療下，幾天後他就能動身了。

「我父親在倫敦期間我幾乎寸步不離，到了他要回家的前一天，我去向一些最親近的朋友告別，尤其是華森。華森勸我別為了迎合蠢老頭的喜好，就這麼埋葬（套用他的話）自己的人生。不過，這種話對我沒有影響力，我終於重返家鄉。父親極力鼓吹我成家，我卻沒有這方面的意願。我已經嘗過愛情的滋味，或許你也明白，那些最溫柔的情意和最強烈的激情往往容易失控。」說到這裡，老人停頓下來，注視湯姆片刻，因為湯姆的臉色在短短一分鐘裡忽而漲紅、忽而慘白。老人沒有多說什麼，只是繼續他的故事。

「現在我的生活不虞匱乏，於是重拾書本，而且讀得比過去更廢寢忘食。我把所有時間都拿來閱讀在很多人眼中不過是滑稽笑料的哲學，古代現代不拘。我讀亞里斯多德和柏拉圖，以及其他那些古希臘遺留給世人的無價寶藏。

「這些作者雖然沒有教會我如何獲取一絲一毫財富或權勢，卻教我蔑視世間最高的財富與權位。他們提升我的心靈，讓我能以鋼鐵般的意志面對運勢起伏的干擾。他們不只傳授智慧女神的知識，也讓人

46　指John Ranby（一七〇三～一七七三），是當時知名外科醫生，也是費爾丁的醫生。

們了解她的原則，清楚向我們揭示，如果想得到人間至樂，或想安度那些無時無刻伺機侵擾我們的苦難，就得將智慧女神的處世原則奉為圭臬。

「後來我又接觸另一類書籍，兩相對照之下，那些異教智者的哲學教導變得像夢境般虛幻，果然也像最愚蠢的丑角表演那樣充滿了浮誇。那就是只能在《聖經》裡找到的神聖智慧。因為《聖經》向我們傳達的知識與箴言，比世上所有知識更值得我們關注。上天好意向我們揭露的那些知識，即使世上最聰明的人，沒有上天的協助，恐怕連一點皮毛都不懂。那時我開始覺得，我過去閱讀那些優秀異教作品的時間都白費了。因為無論他們的教導多麼趣味盎然，又多麼適合用來規範我們在塵世的言行舉止。然而，只要拿來跟《聖經》散發的光輝相比，即使最登峰造極的異教文章，都變得微不足道，也無關緊要，就像孩子們玩遊戲時採用的規則。沒錯，哲學讓我們更聰明，基督教義卻讓我們更良善；哲學提升並強化心靈，基督教教義卻讓它柔軟、甜美。前者讓我們成為人們仰慕的對象；後者讓我們得到神的眷顧。前者確保我們擁有短暫的快樂；後者卻保證給我們永恆的喜悅。我在這裡大發議論，你們聽煩了吧。」

帕崔吉說，「一點也不，你說的都是至理名言，我們怎麼聽得膩。」

老人又說，「我過了四年最無憂無慮的日子，整天沉思冥想，不受紅塵是非干擾。然後我失去世上最慈祥、我最敬愛的父親，我的悲慟無法以言語形容。那時我丟開書本，整整一個月深陷憂傷與絕望。然而，時間這個心靈的良醫終於帶我走出傷悲。」

帕崔吉說，「是啊，是啊，『時間吞噬一切。』」

老人又說，「我重新拿起書本，書本徹底根治我的哀傷。因為哲學和信仰可以說是心靈的運動，當心靈運作失常，它們能帶來益處，就像運動之於生病的身體。它們確實也產生類似運動的效果，因為它們讓心靈更有力量、更堅定，直到人變成……套句賀拉斯的崇高詩句：

「信賴自己，就能立場堅定，
循規蹈矩，就能練達圓融，
能以更強大的力量化解厄運。[47]」

湯姆腦海冒出一個念頭，嘴角不禁泛起笑意，不過我相信老人沒看見。老人又接著說：「我最愛的父親過世後，我的處境大幅改觀。因為哥哥繼承家業，他的個性跟我可說南轅北轍，生活上的喜好也迥然不同，我們的關係一點也不和睦。不過，我們之所以沒辦法生活在同一個屋簷下，還有另一個原因，那就是我為數不多的幾個朋友和他那一大群從田野陪他到餐桌的獵人朋友格格不入。他們那些人除了大聲喧嘩胡言亂語，擾得嚴謹人士耳根不清靜之外，更常說些輕蔑與冒犯的言語攻擊我的朋友。這種情況實在太嚴重，我和我朋友只要跟他們同桌用餐，就免不了遭到訕笑，只因我們不熟悉獵家的術語。真正學養豐富、幾乎無所不知的人，通常會憐憫他人的無知；反之，那些精通某種鄙陋技能的人卻會瞧不起不熟悉那種技能的人。

「簡言之，不久後我們就分道揚鑣了。當時我因為心情苦悶加上久坐不動，患了某種麻痺症狀，據說巴斯的水質對這種麻痺症狀很有療效，醫生因此建議我搬到巴斯。

「到巴斯的第二天，我在河邊散步，陽光非常毒辣（雖然當時還是早春），我躲到柳樹底下乘涼，

47 出自賀拉斯的《諷刺詩》，英國翻譯家菲力浦・法蘭西斯（Philip Francis，一七〇八～一七七三）譯。

順勢在河邊坐下。我剛坐下不久，就聽見柳樹的另一邊傳來極度苦惱的哀嘆。那人突然罵出最褻瀆的詛咒，叫道，『我決定不再忍受了。』而後直接跳進河裡。我立刻站起來跑過去，也大聲呼救。幸好當時有個釣客就在我下游不遠處釣魚，只是被一片高大的蓑衣草擋住。他馬上跑過來，我們兩個人冒著生命危險把尋短的人拉上岸。一開始我們看不到任何生命跡象，後來我們把他頭上腳下地倒吊（當時又有更多人來幫忙），他的嘴巴流出大量河水，最後總算開始呼吸，不一會兒手腳就能動了。

「那人肚子裡的水好像吐光了，身體也出現抽搐症狀。當時剛好有個藥劑師在場，建議盡快把他送上溫暖的床鋪，於是我和藥劑師負責送他。我們不知道那人的住處，決定送他去附近的客棧。途中遇見一名婦人，她大聲尖叫，說那位先生是她客店的住客。

「那人安全抵達客店後，我把他交給藥劑師照料。我猜藥劑師用對治療方法，因為聽說隔天他就清醒了。於是我去拜訪他，希望盡我所能問出他想不開的原因，也希望盡力阻止他再次做出這種罪孽深重的事。我一走進他房間，我們馬上認出彼此，因為他就是我的好友華森！我們久別重逢的場面我就不再贅述，因為我想長話短說。」

帕崔吉說，「拜託你都跟我們說了吧，我想知道他為什麼去了巴斯。」

「重點你都會聽得到。」老人說。於是他開始敘述我接下來寫的內容，不過我先讓自己和讀者喘口氣。

第十四章
山中人的故事畫下句點

老人又說，「華森一五一十向我傾訴他遭遇的不幸。他說他碰上厄運，才被迫走上絕路。他辯稱自殺並沒有違法，我用最嚴肅的口氣反駁他這種異教（甚至邪惡）見解，用我想得到的所有觀點支持自己的論述。令我擔憂的是，我的話他似乎充耳不聞。他對自己的行為好像沒有一點悔意，我擔心他很快又會做出這種恐怖行為。

「我說完話以後，他沒有回應我的觀點，反倒盯著我的臉，笑著說，『我的好朋友，你好像變了一個人。我覺得全國沒有哪個主教能像你那樣引經據典地反對自殺。可惜除非你能幫我找到可以借我一百鎊的人，否則我不是上吊、就是跳河或餓死。在我看來，餓死是最痛苦的死法。』

「我非常嚴肅地告訴他，我跟他分開後確實變了很多，還說我終於靜下心來看清自己的愚蠢，也真心悔悟。我勸他也要迷途知返，最後告訴他，我可以借他一百鎊，只要他真的是要拿這筆錢去解決困難，而不是又拿去賭光。

「我說那番話的前半段時，華森好像聽得昏昏欲睡，說到後半段，他馬上精神一振。他急忙抓住我的手，對我千謝萬謝，說我果然是講義氣的好朋友。他還說，真希望我別這麼小看他，以為他沒有從經驗中得到教訓，還會相信那些老是欺騙他的可惡骰子。他大聲說，『不會，不會，只要我有機會東山再起，就算命運女神還是讓我一無所有，我也會原諒她。』

「我非常了解他所謂的『東山再起』和『一無所有』的意思，所以板起臉孔對他說，『華森，你必須認真做個生意或找個工作，讓生活安定下來。我向你保證，只要我確定你會還，我可以借你更多錢，協助你開創正正當當的事業。至於賭博，靠它維生實在卑劣又歹毒，何況在我看來你根本沒那本事，最後結果必定一敗塗地。』

「他說，『哎呀，真是奇怪，你和我其他朋友從來不相信我賭技一流，我卻認為我不比你們任何人差。我真想跟你賭你的全部財產，這是我最想做的事，要哪一種賭法隨你挑。不過兄弟，你口袋裡有一百鎊嗎？』

「我說我只有五十鎊，也當場交給他，還說隔天早上會再送五十鎊過來。最後我又勸了他幾句，就離開了。我提早兌現承諾，當天下午就送錢過去。我走進他房間時，看見他坐在床上跟一個惡名昭彰的賭徒賭紙牌。你不難想像我看見那一幕有多震驚，更叫我難過的是，我親眼看見他把我那五十鎊交給對方，只拿回三十基尼。

「那個賭徒走了之後，華森說他沒臉見我，又說，『不過，我覺得自己運氣背到底，決定從此戒賭。我考慮過你昨天給我的建議，我向你承諾，我一定會盡人事，如果不成，那一定是天意。』

「我對他的承諾沒有多大信心，卻還是把另外那五十鎊給他，只為了信守諾言。他寫了張借據給我，但我不敢奢望他會還錢。這時藥劑師來了，我們的談話因此中斷。藥劑師笑容滿面，問都沒問病人的情況，急忙告訴我們他收到一封信，裡面的大好消息很快就會傳開來。他說，『蒙茅斯公爵[48]帶著大批荷蘭兵在西岸登陸，另有一支龐大艦隊逼近諾福克海岸，計畫在那裡登陸，分散敵人注意力，助公爵成就大業。』

「這個藥劑師是當代舉足輕重的政治人物，在他心目中，一封微不足道的郵件帶給他的快樂比一個最好的病人多得多。他也的確從中得到最大的喜悅，因為他比城裡任何人早一兩小時收到消息。只是，他收到的通常是假消息，因為他聽見什麼都信以為真，很多人利用他這個特點耍他。

「他當時宣布的消息正是如此，因為不久後就聽說公爵確實登陸了，只是他的『軍隊』只有寥寥幾名隨從；至於福克郡的艦隊根本是空穴來風。藥劑師傳達消息以後一刻也沒多留，沒有對他的病人說別的話，就趕著到城裡各地方去散布消息。

「這種重大公共議題通常會凌駕所有私人事務，我們因此聊起政治。就我個人而言，一直以來我就非常擔憂新教在信奉天主教的國王統治下，會面臨何種危險。我認為光是這份擔憂，就可以做為叛亂的正當理由，因為天主教大權在握時會有迫害傾向，除非剝奪那份權力，否則新教徒很難高枕無憂，不久後的悲慘結果就是最佳例證。你想必知道詹姆斯國王平息這次叛亂後做了什麼事，他沒有遵守自己身為君王的承諾，也違反就職時的誓詞，更不把百姓的自由與人權放在眼裡。不過當時誰也沒有這種先見之明，所以蒙茅斯公爵勢單力薄。要到最後大家感受到那股迫害力量，才團結一致把詹姆斯趕走。當初他哥哥在位時，我們很多人堅決主張取消他的王位繼承權，後來卻又慷慨激昂地為他上戰場。」

湯姆打斷他的話，說道，「你說很對。我讀到這段歷史時，常常覺得這真是最奇怪的事。當時為了維護我們的宗教和自由，舉國上下通力合作把詹姆斯趕下台。事隔不久，國內竟有一幫人瘋狂到想扶持他的家人重登王位。」

48 Duke of Monmouth，指James Scott（一六四九～一六八五），為英國國王查理二世的庶子，一六八五年發動叛變意圖推翻信奉天主教的叔叔詹姆斯二世，圖謀失敗遭到斬首。

老人說，「你不是說真的吧！不可能會有這樣的人。我對人類雖然沒有一點好感，卻不相信他們會糊塗到這個地步。也許有少數天主教狂熱份子在他們的神父領導下，投入這種毫無希望的戰役，自以為是參與聖戰。可是屬於英國國教的新教徒竟會這樣叛教變節，這樣『自取滅亡』，我沒辦法相信。不，年輕人，我雖然三十年不問世事，也不會相信這麼可笑的故事。看來你故意拿我的孤陋寡聞開玩笑。」

湯姆說，「你當真跟外界徹底脫節，不知道這三十年來發生過兩次詹姆斯黨叛變，想讓詹姆斯的兒子重掌王權？其中一次目前正在把我們的國家攪得動盪不安。」

老人聽見這話震驚得站起來，用最肅穆的口吻要求湯姆對天發誓他說的都是真話，湯姆也肅穆地照辦。老人一聲不吭地在屋子裡來回踱步，一會兒哭，一會兒笑，最後雙膝跪地，大聲禱告，感謝神讓他遠離能做出這種毛骨悚然行為的人群。

後來湯姆提醒他故事還沒說完，他才又往下說：「在那個年代，人類還沒有墮落到目前這個地步。多虧我離群索居，才沒有跟著墮落。總之，當時很多人認同蒙茅斯，我的信念促使我去支持他，所以我決定加入他的軍隊。華森基於其他動機，也做出跟我一樣的決定（因為在這種情況下，賭徒的精神跟愛國熱忱一樣，會讓人鬥志昂揚），我們很快備齊需用裝備，出發前往布里奇渥特跟公爵會合。

「我相信你跟我一樣清楚那次行動的不幸結果。我跟華森逃出塞奇莫爾的戰場，我受了輕傷。我們騎馬在埃克斯特路上跑了將近七十公里，後來放棄馬匹，改走田野和小路，最後走到一間建在公有地上的小木屋，住在裡面的老婦人盡她所能照顧我們，用藥膏幫我敷傷口，我的傷很快就康復了。」

帕崔吉問，「先生，請問你哪裡受傷？」

老人說傷在手臂，然後接著說，「隔天早上華森離開，假裝要去卡倫普頓鎮買點補給品，可是……我能說出來嗎？或者，你們能相信嗎？這位華森先生，我這個朋友，這個卑鄙下流不忠不義的禽獸，竟然向詹姆斯國王的騎兵告發我，帶他們回小屋抓我。那群騎兵總共六個人，他抓到我，打算把我送往陶頓的監獄。雖然我失去自由，又擔心未來的處境，這些卻都不如被迫跟那個賣友求榮的傢伙常相左右更令我惱怒。因為他雖然自首，卻還是被當成犯人，只是基於告發我有功，受到好一點的待遇。一開始他找藉口為自己開脫，卻只得到我的奚落和責備。他馬上變臉，罵我是窮凶極惡的叛徒，還把他自己的罪過都推到我身上，說我引誘他、甚至威脅他，強迫他拿起武器對抗他仁慈又正統的國王。

「這種彌天大謊（因為事實上當初是他比較積極）深深刺痛了我，我怒不可遏，沒有親身體驗過的人恐怕很難理解。不過，命運女神總算憐憫我，我們剛過威靈頓，走在一條長巷裡，那些騎兵收到假情報，誤以為自己被五十名敵軍包圍，連忙四散逃命，讓我和那個叛徒自尋生路。那個傢伙馬上開溜。我很慶幸他走了，否則就算我手邊沒有武器，也一定會想辦法報復他。我重獲自由，馬上離開大馬路鑽進荒野。我漫無目標地往前走，盡量避開馬路和城鎮，連最尋常的房子都不敢靠近，因為我一心一意認為我遇見的所有人都會背叛我。

「我在鄉野間流浪了幾天，大地提供我睡鋪和飲食，就像洪荒時代大自然供養我們的原始人兄弟一樣。最後我來到這個地方，這片僻靜的荒野吸引我在這裡建屋定居。第一個跟我一起住在這裡的人是這個老太太的母親。我就這樣躲在這裡，直到光榮革命[49]的消息傳來，我才放下被捕的憂慮，也才能再一次回到家鄉，要求跟哥哥分家。我們很快談好條件，我同意家產都歸他，他給我一千鎊現金和一份終身年金。他對財產的分配跟處理所有事情一樣，自私又慳吝。我沒辦法把他當親人，他其實也不在乎。我

49 發生在一六八八年，英國資產階級與新貴族不滿國王詹姆斯二世的施政，發動政變，兵不血刃地推翻詹姆斯二世，也開啓英國的君主立憲制。

很快就離開家，揮別舊友。從那天到現在，我的人生幾乎是一片空白。」

湯姆問，「先生，你真的從那天起到現在一直住在這裡？」

老人說，「不，我經常到處旅遊，足跡可說踏遍整個歐洲。」

湯姆說，「先生，你已經說了那麼多話，我不好意思再要求你，否則就太殘忍了。不過請你包涵，我希望有機會聽聽你的旅遊見聞，畢竟你閱歷豐富又通情達理，在旅途中一定有很多與眾不同的心得。」

老人說，「年輕人，只要你想聽，我一定毫不保留。」

湯姆想進一步表達歉意，被老人阻止。他跟帕崔吉如飢似渴地等著，老人又說了下一章的內容。

第十五章
略述歐洲風情；湯姆與山中人之間的趣味對話

「義大利的旅館老闆悶不吭聲；法國的聒噪多話，但彬彬有禮；德國和荷蘭的卻是傲慢無禮。至於在誠實度方面，我認為所有國家差別不大。僕役不會錯過任何可以欺騙你的機會，至於馬夫，我覺得不管哪個國家都一樣。先生，這些就是我在旅途中觀察所得的，因為我旅行時只會跟這類人交談。我出國主要的目的是欣賞上帝用來點綴地球每個角落的神奇景觀、鳥獸蟲魚和花草樹木。這些豐富多樣的奇景能夠帶給偏好沉思的人極大的喜悅，也巧妙地展現上帝的力量、智慧與仁慈。說實在話，祂創造的萬物之中，只有一樣有損祂的榮耀，而我長期避免跟那種有所接觸。」

湯姆說，「先生，請見諒。我一向認為你說的那個物種也跟萬物一樣各有千秋。我聽說除了秉性上的差異，不同風俗和氣候也會讓人發展出不同習性。」

「事實上影響不大，那些想在旅途中見識各種風土人情的人不妨走一趟威尼斯的嘉年華會，可以省很下多麻煩。因為他們在那裡就可以同時體驗歐洲各地的人文。同樣的虛偽、同樣的欺詐，簡言之，就是同樣的愚痴與邪惡披上不同外衣。在西班牙，他們顯得莊嚴肅穆、在義大利則是衣冠楚楚。到了法國，地痞流氓打扮得像貴公子，而在北邊那些國家卻又像懶漢。可是無論走到哪裡，人性一成不變，同樣可鄙可憎。至於我個人，我走過這些國家，大概就像你鑽過看戲的人群，又推又擠擺脫他們，一隻手捏鼻子，另一隻手保護錢包，一句話也不跟他們說，努力往前擠，去看我想看的戲碼。只是，那個戲碼不管多有趣，都無法彌補身邊的人製造的不快。」

湯姆問，「你去過的國家之中，難道沒有某些不像別的國家那麼討人厭？」

老人答，「啊，有的。我覺得土耳其人不像基督教徒那麼叫人難以忍受，因為他們非常沉默，從來不對陌生人問東問西。沒錯，他們偶爾會詛咒那個陌生人，或在街上對他的臉吐口水，不過也就那樣了。一個人就算在他們的國家住上很長時間，可能也聽不到他說十句話。不過，在我見過的人之中，上帝保佑我遠離法國人！他們用那種該死的嘮叨和客套，向陌生人宣揚他們的國家（他們自己這麼說），其實只是在展現他們自己的虛榮。他們實在是太惹人嫌，我寧可跟非洲土著霍屯督人生活一輩子，也不願意再踏進巴黎一步。霍屯督人確實骯髒，但他們髒的是外表。而在法國，以及某些我不願指明的國家，人們髒的卻是內心。因此，他們的臭氣對我的理智造成的不快，比霍屯督人對我鼻子的刺激更嚴重。

「先生，我的故事說完了。我雖然在這裡隱居那麼多年，卻等於只有一天，沒有任何值得一提的新鮮事。我在這裡與世隔絕，雖然置身人口稠密的國度，享受到的孤獨幾乎不輸住在埃及的提伯德沙漠。我沒有田產，所以不會被佃農和總管騷擾；我定期收到年金（本該如此，因為這筆錢的金額遠比我放棄的產業微薄）；我不接見訪客，幫我管家的老婦人心裡很清楚，她想要保住這份工作，就得幫我處理生活中的大小麻煩事，比如採買生活用品、擋開任何請託或推銷、在我聽力範圍內閉上嘴巴。我夜晚才會出門散步，在這個人跡罕至的荒野，我不太有機會碰到人。偶爾也會遇見過幾個，那些人都被我嚇得飛奔回家，因為我的奇裝異服和體格，他們以為我是鬼或妖怪。不過，今晚發生的事證明，就算在這個地方，我也躲不開人類的邪惡。如果不是你出手相救，我不只被搶，很可能也被殺了。」

湯姆謝謝老人不厭其煩分享人生故事，但他也說，他想不通老人怎麼能夠忍受這麼孤單的日子。他說，「你應該會覺得這種生活缺少變化。說實在的，我很訝異你是怎麼填滿（或者該說消磨）這麼多時間。」

老人答，「我不難想像，在那些把喜好與心思都放在世間的人們眼中，我在這裡的日子顯得無所事事。可是有一件事，就算用盡一生的時間去做都嫌不夠：再多的時間都不夠用來思慕敬拜光芒萬丈、永垂不朽的上帝。祂偉大的創作不只這個星球，還包括我們從這裡就能看得見、遍布浩瀚天際不計其數的閃亮星辰。那些星星本身可能就是照耀其他星系的太陽，但相較於上帝創造的天地，卻可能只像我們居住的這個星球上的幾粒原子。一個人透過凝思默禱，得以接觸這個無法描述、不可思議的上帝，他會嫌陶醉在這種榮耀之中幾天、幾年或幾輩子太長久嗎？世上那些輕佻無趣的娛樂、味如嚼蠟的喜悅和乏善可陳的事務能夠讓我們覺得時光匆匆，而聚精會神鑽研如此崇高、重要又輝煌的對象的心靈，竟會感到度日如年嗎？思索這麼偉大的事，再多的時間也不夠；同樣的，任何地方都合適。我們眼睛看見的所有東西，哪一項不會讓我們想起祂的力量、祂的智慧與祂的仁慈？初升的旭日不需要在東方的地平線上投射它的烈火；呼嘯的狂風也不必從它們的洞窟席捲而出，搖撼參天的森林；綻裂的烏雲也不需要向原野傾倒滂沱大雨。不需要靠這些來彰顯祂的神威。就連昆蟲花草這些渺小生物，都有著造物者的光榮標誌。那個標誌不只顯示祂的力量，還顯示祂的智慧與仁慈。只有人類這個地表的君王，是至高無上的神在陽光下最後、最偉大的創作，卻也只有人類卑劣地玷污自己的天性，用虛假、殘暴、忘恩與背叛，讓造物主的慈悲蒙上陰影，讓我們質疑仁善的上帝為什麼會造出這麼愚蠢又可鄙的動物。然而，我猜你認為我無緣和這樣的物種相處是一種不幸，也覺得脫離他們的幸福社會，生活一定是枯燥又無趣。」

湯姆說，「你剛才那番話的前半段我全心全意贊同，但我相信（也希望）你最後對人類表達的厭惡有失偏頗。事實上，你在這裡犯了一個錯。我雖然涉世未深，卻已經發現這種錯誤很常見。那就是以那些最差勁，最惡劣的人來斷定全體人類的品行。然而，正如某位傑出作家所說，要判斷某個物種的性格，只能以那些最優質、最完美的個體為依據。我認為人之所以犯這種錯，主要是因為他們交友不慎，受到卑鄙小人的傷害，只憑兩三次慘痛經驗，就不公平地指控所有人類。」

老人說，「我認為我的經驗夠多了。我第一個情人和第一個好友都用最可恥的手段背叛我，而且是可能導致最嚴重後果的手段，甚至可能害得我在恥辱中喪命。」

湯姆說，「可是希望你不介意我請你想一下那個情人和那個朋友是什麼樣的人。先生，妓院裡能找到真愛嗎？或者，賭桌上會有重情重義的朋友嗎？用煙花女子和賭徒來論斷世人並不公平，因為那等於只因為廁所裡空氣惡臭，就斷定空氣是一種令人作嘔又不健康的物質。我雖然年輕還輕，卻也見過最值得敬重的朋友，以及最值得深愛的女性。」

老人說，「唉！年輕人，你自己也承認你年紀不大。過去我也曾有過跟你一樣的想法，當時只比你虛長幾歲。」

湯姆說，「如果你選擇寄託情感的對象時運氣好一點，或者更謹慎一點（請恕我冒昧），那麼你到現在還會有相同看法。就算世間的邪惡比實際情況多得多，也不能因此否定人類的本質。因為很多惡行只是一時大意造成，而很多做壞事的人其實內心並不是完全墮落或腐敗。事實上，只有那些心靈裡存有一絲一毫邪惡本質的人，才有資格斷定人類必然、全然地邪惡。但我相信你不是這樣。」

老人說，「那種人恰恰最不可能做出這種論斷。無賴不會告訴我們人性的狡詐，正如搶匪不會告訴你路上有盜賊。否則你就會提高警覺，反而破壞他們的計畫。基於這個原因，奸徒儘管經常詆毀特定人士，卻不會對人性做出普遍的評斷。」老人說這些話時顯得有點激動，湯姆覺得不太可能扭轉他的想法，也不願意進一步觸怒他，只好不予回應。

天空露出幾抹晨光，湯姆向老人致歉，表示自己逗留得太久，可能耽誤老人的睡眠。

老人說，「我從來不在這個時間休息，因為黑夜白天的輪替與我無關。我通常利用白天睡覺，夜晚散步、閱讀和思索。現在正是最美好的清晨，如果你不睏也不餓，我很樂意帶你去欣賞某些我相信你沒見過的美景。」

湯姆一口答應，兩人立刻從小屋出發。至於帕崔吉，老人故事說完以後，他就沉沉睡去。他的好奇心已經滿足，接下來的談話吸引力不夠強大，不足以化解睡眠的魔咒。湯姆決定不去打擾他的清夢，想來讀者到這時也希望稍事歇息，本書第八卷就此告一個段落。

第九卷　前後十二小時

第一章

討論哪些人可以（或不可以）撰寫本書這類型的歷史

我寫這些序章有諸多好處，其中一點就是做為某種標記或特徵。這麼一來，即使最粗心大意的讀者，也能在這類作品之中分辨哪些是正牌的佳作，哪些又是拙劣的仿冒。事實上，看來再過不久這種標記就會變得不可或缺，因為最近有兩三位作家創作的這類作品廣受讀者喜愛，可能有很多人因此受到鼓勵，也提筆撰寫同類型作品。於是坊間就會湧現大批可笑的小說和不忍卒讀的傳奇，可能會害出版商生意清淡，或者害讀者浪費時間又道德淪喪。更嚴重的是，這些作品還會散布流言蜚語和惡意誹謗，害得許多可敬的正派人士人格遭受誣衊。

《觀察家》那位聰明的撰稿人往往會在文章開頭附加一句希臘語或拉丁語格言，我認為這種做法也是為了防止某些三流作家跟風模仿。那些三流作家沒有創作才華，只是跟作文老師學一點皮毛，就敢無恥地與最偉大的作家相提並論。就像寓言裡他們那位好兄弟披上獅子皮卻發出驢子的叫聲[1]。

由於文章附加了格言，那些讀不懂任何希臘文或拉丁文高深語句的人就無法模仿《觀察家》。同樣地，我也藉由這些序章，杜絕那些完全沒有思考能力、或腹笥甚窘寫不出短論的人依樣畫葫蘆。

這裡我無意暗示這些序章就是這類歷史創作最大的價值所在。事實上，比起這些觀察與思考的結晶，那些純粹敘事的段落更吸引人動筆效法。這裡我說的是模仿莎士比亞的羅伊[2]，或者像賀拉斯暗指某些羅馬人想師法凱圖[3]，卻只學到他打赤腳擺臭臉。

能編出傳神的故事，還要說得動人，其實是非常罕見的天賦，但我發現絕大多數人都勇於展現這兩種長才。如果我們檢視充斥書攤的傳奇與小說，應該可以客觀地判定，那些作者之中絕大多數都不敢在其他類型的文體張牙舞爪（恕我如此形容）。描寫其他題材時，恐怕也串不成十個像樣的句子。賀拉斯說：「是人都會寫詩，連最登峰造極的傻瓜都敢嘗試。」這句話用來形容歷史學家和傳記作家，要比形容其他類型作家更貼切，因為所有人文與自然學科（甚至包括文學評論）都需要一定程度的學問與知識。詩歌或許是其中的例外。話說回來，寫詩需要懂節律，或類似節律的東西，創作傳奇或小說卻什麼都不需要，只要有筆墨紙張，以及使用這些東西的能力。從那些作品不難看出，它們的作者本身也抱持這種觀點。它們的讀者（如果這些書真有讀者的話）也必然如此。

由此我們可以推論，世人會輕視那些不以文獻為取材依據的歷史作家，畢竟人們習慣以多數代表全體。我原本會樂意稱呼我的作品為「傳奇」，由於擔心受到這種蔑視，我才會如此謹慎地迴避。誠如我屢次提及，本書所有人物都不是憑空捏造，可靠性一點都不輸造物者那本生死簿，因此我的辛苦創作自然而然也夠格稱為「歷史」。當然，我的作品不該拿來跟那些傳奇與小說相提並論。某位妙語如珠的作家認為那些純屬「技癢」之作，或者只是出自大腦的閒言碎語。

那些三流作家一旦受到鼓舞，不但會污損那種最有益身心、最趣味盎然的文體，我有理由擔心另一

1 指伊索寓言裡的故事，驢子披著獅皮到處顯威風，卻因為叫聲被狐狸識破。
2 Nicholas Rowe（一六七四～一七一八），英國劇作家兼詩人，曾編輯莎士比亞的作品。
3 應指 Marcus Porcius Cato（西元前二三四～一四九），羅馬政治家，也是古羅馬第一個以拉丁文撰寫史書的作家。

個族群也會跟著遭殃。我指的是社會上那些善良可敬的人們的名聲。正如最無趣的友伴，即使是最乏味的作家也未必無害，畢竟他們都有能力說出羞辱人的粗鄙言詞。如果以上論述屬實，我們就不難理解，出自齷齪心靈的作品必然也是令人掩鼻，或者容易污染其他作品。

不入流的作品嚴重浪費讀者的時間、濫用文字、也戕害出版自由，對當前的世界造成非比尋常的威脅。因此我在這裡大膽列出幾點條件，對於創作這類歷史的作家，這些條件都不容輕忽，缺一不可。

首先是天賦，誠如賀拉斯所言，沒有完備的天賦，再多苦讀也無濟於事。我所謂的天賦，指的是那種（應該說數種）能夠洞悉周遭所有事物與知識、也能區分它們之間基本差異的心靈能力。這其實就是創造力與判斷力。此二者統一被稱為天賦，因為它們是我們與生俱來、造物者的賞賜。很多人似乎對這兩種能力有極大誤解。一般認為創造力指的是某種無中生有的能力，如果是這樣，那麼大多數傳奇作家的確都可以自稱擁有一流的創造力。然而，創造力其實指的只是發掘的能力，或者發現的能力。總的來說，也就是迅速靈敏地探知事物真正本質的能力。我認為，這種能力如果沒有判斷力的輔助，幾乎無法單獨存在。畢竟，我們如果不能區別兩種事物的差異，又如何能自稱發掘了它們的真正本質？至少在我看來難以想像。這種區別能力毫無疑問就是一種判斷力。然而，少數睿智之士竟然跟世上所有愚鈍傢伙抱持相同見解，認為這兩種能力很少（幾乎不曾）出現在同一個人身上。

不過，即使同時具備這兩種能力，如果沒有飽讀詩書，同樣不足以勝任。有關這點，必要的話我可以引用賀拉斯和其他許多人的權威論點來佐證：工具如果沒有事先以適當的技巧磨利，對工匠就沒有一點用處；同樣地，工匠工作時如果沒有規則可循，或沒有材料可用，恐怕什麼也做不成。這些都需要透過學習來取得，因為造物者只能賦予我們能力，也就是我在此採用的譬喻：我們創作時的「工具」。學識才能讓這種能力為我們所用，能夠善加引導，最後，還能提供至少一部分材料。在歷史與文學方面的豐富學養絕對有其必要。如果欠缺這些的基本知識，還想冒充歷史作家，那就像建造房子卻沒有木材、灰泥、磚塊或石頭，到頭來是一場空。荷馬和米爾頓雖然在作品裡添加了節律的元素，其實他們都是我們這一類歷史作家，在世時也都是當代最有學問的人。

另外還有一種知識不是靠學習就能獲取，而是必須透過人際交流慢慢累積，這也是洞悉人類性格的必要條件。因此，沒有人比那些從沒離開過校園與書本的老學究更不懂人性，因為無論作家如何生動細膩地呈現人性，要想掌握人性的真實面，還是得走進花花世界親身去體驗。學習其他科目的知識也是一樣，不論物理或法律，書本教的都是死知識。

不只如此，不管耕種栽植或蒔花弄草，都需要靠實際經驗來補充從書本上學來的基本原理。不管心靈手巧的米勒先生[4]把植物描述得多麼準確，他還是得指導學生去花園看看實物。我們一定也不難發現，即使有莎士比亞、詹森、威徹利或奧大維的刻畫入微，總有某些神韻會遺失在字裡行間，這時就得仰仗加里克、賽伯兒或克麗芙[5]的精湛演技加以傳達。因此，在真正的舞台上，人物的性格要比在紙頁間來得更強烈、更鮮明。如果偉大作家絲絲入扣地描寫實際觀察所得，都還是這種結果，那麼那些完全取材於書本，而非師法自然的作品又會多麼脫離現實？這種作品裡的人物只是複本的複本，完全無法呈現原版的真貌或精神。

我們這種歷史的作家跟人群的接觸必須普遍而全面，也就是要跟三教九流的人相處。因為只出入上

4 Philip Miller（一六九一～一七七一），英國植物學家。著有《園藝辭典》（*The Gardeners Dictionary*）。

5 原注：在此提及加里克（David Garrick）這位偉大演員和賽伯兒（Susannah Cibber, 一七一四～一七六六）與克麗芙（Kitty Clive, 一七一一～一七八五）這兩位值得稱道的女演員最合適不過，他們演技的養成都是從生活中觀摩而來，而非模仿前輩，因此他們的表現能夠超越前人。拾人牙慧之輩無論如何也達不到這種成就。

流社會，就無法體驗下層階級的生活。反之亦然，只接觸鄙俗之輩，就不會了解上等人的行事風格。雖然只要掌握某種族群的特色，至少就能精確加以描述，但他的作品無論如何也談不上完美，因為這兩種階層的人其實能夠互相烘托彼此的愚蠢。比如說，底層百姓的單純，能夠強烈突顯上流社會裝模作樣的可笑；同樣地，如果把下層階級的無禮與粗野拿來與上流社會的斯文有禮相互對照，就更顯得荒謬怪誕。再者，說實在話，多跟上述兩種階層的人往來，也能增進我們這些歷史作家的禮貌風度。因為他能在其中一種身上找到坦率、正直與真誠，又在另一種人身上學到教養、優雅與開闊的心胸。我自己就發現那些身分低微學識不高的人通常心胸並不開闊。

歷史作家光是擁有我上面提到的種種條件還不夠，他還得有一顆善良的心和豐富的情感。賀拉斯說，「能讓我落淚的作者，他自己一定得先落淚」。事實上，作家如果感受不到自己描寫的悲傷痛苦，就不可能感動人。我也相信那些最可憐、最感人的場景，都是在淚水中完成。趣味內容也如此，我相信如果我自己沒有先笑，就沒辦法逗得讀者開懷大笑。除非讀者不是跟我一起笑，而是在笑我。也許這篇序章的很多段落正是如此，基於這點考量，我最好就此打住。

第二章

描寫湯姆跟山中人散步碰上的驚奇事件

湯姆跟老人一起爬上馬札德山時，曙光推開了它的窗子。這句話的意思是：天色開始變亮。他們一踏上山頂，世間最壯麗的景色就呈現在眼前。我原本有意為讀者描寫這幅景致，但考慮到兩個因素而作罷。首先，無論我怎麼描述，那些見過這幅畫面的人絕不會佩服；另外，那些沒見過的人恐怕也很難體會。

湯姆一動也不動地站在原地幾分鐘，視線投向南方。老先生問他看什麼看得這麼出神，他嘆口氣答道，「唉！先生，我想追尋我一路走來的足跡。我的天！格洛斯特竟然離我們這麼遠！我跟我的家鄉之間隔著多麼廣大的土地啊！」

老人說，「哎呀，年輕人，如果我猜得沒錯，你會有這種感慨，主要是為了心愛的人，而不是家鄉。我看得出來你心裡想的跟眼睛看見的不一樣，不過我猜你看著那個方向時，內心是很歡喜的。」湯姆笑著說，「老朋友，看來你還沒忘記年輕時的情懷，我承認我的心思都被你猜中了。」

他們轉身朝這座山的西北側走去，那個方向底下有一大片茂密的林木。他們剛走到，就聽見山下的樹林深處傳來女人撕心裂肺的尖叫聲。湯姆聽了一會兒，一句話也沒跟老人說（因為情況似乎非常危急），急忙往山下跑（或者該說滑），絲毫不考慮自己的安全，朝著聲音的來源奔去。

湯姆才剛跑進樹林，就看見最驚人的景象：有個女人被歹徒抓住，上半身的衣服被剝光，歹徒用襪帶綁住她脖子，正想將她吊在樹上。湯姆二話不說直接衝向那惡人，掄起他可靠的橡木手杖一陣狠敲猛打。那人還來不及還手（甚至根本不知道自己遭受攻擊），已經被打倒在地。但湯姆還沒停手，最後是那女人求他別再打了，她說她相信那人已經吃足苦頭。

那可憐女人撲通一聲跪在湯姆面前，連連感謝他的搭救。湯姆扶她起來，對她說他很慶幸自己碰巧來到這裡救她脫困，因為在這地方幾乎求救無門，還說上帝好像指派他來當她的護花使者。

女人說，「不只這樣，我幾乎認為你就是好心的天使。坦白說，你在我眼中比較像天使，不像凡人。」確實如此，他的模樣相當迷人。挺拔的體格和帥氣的五官如果配上年輕、健康、強壯、朝氣、神采和一副好心腸，的確會讓凡人變得像天使，湯姆確實有這種相似度。

那個獲釋的俘虜倒是稱不上什麼人間天使，她看起來至少中年，容貌也不算標致。不過，此時她上半身全裸，豐滿白皙的乳房吸引救命恩人的目光，他們兩個就這樣定定站著對望，直到地上那個歹徒開始蠕動。湯姆拿起那條別有用途的襪帶，把那人的雙手綁在背後。現在他細看對方臉龐，震驚地發現那人不是別人，正是諾塞頓准尉，不禁喜出望外。准尉也沒忘記宿敵，清醒以後立刻認出湯姆。他驚訝的程度不亞於湯姆，不過我猜他心情不如湯姆那麼愉快。

湯姆扶諾塞頓站起來，望著他的臉說，「先生，你大概以為永遠不會再見到我，坦白說我也沒想到會在這裡遇上你。看樣子命運女神讓我們再次相逢，在我不知情的情況下，讓我報了先前被打破頭的仇。」

「從背後偷襲把人打暈的報仇，」諾塞頓說，「真是男子漢大丈夫的行為。現在我沒辦法滿足你報仇的心願，因為我手邊沒有劍。如果你夠紳士風度，我們一起去找劍，到時候我會光明正大跟你決鬥。」

「像你這樣的小人，」湯姆說，「也配自稱光明正大？我不願意浪費時間跟你說話，你必須接受法律制裁，這回別想逃。」他轉身面向那女人，問她是不是住在附近。或者附近有沒有她認識的住家，可以找些像樣衣服穿上，之後才能去找治安官。

女人說她是外地人，附近沒有熟人。湯姆這才想起老人，於是告訴那婦人，他有個朋友可以給他們建議，人應該就在附近，只是不知為何沒跟過來。事實上，湯姆跑下山以後，山中人就在懸崖邊坐下來，雖然他身上帶著槍，卻耐性十足地袖手旁觀。

湯姆走出樹林，抬頭看見老人像我們先前描述那般坐著，立刻用最矯捷的身手和驚人的速度跑上山頂。老人建議他帶那女人去厄普頓，他說那是離此最近的小鎮，應該可以在那裡找到那女人需要的物品。湯姆仔細問了路線，向山中人道別，也拜託他通知帕崔吉去小鎮跟他會合，就匆匆跑回樹林了。

湯姆去找山中人求助之前考慮過，諾塞頓雙手綁在身後，絕不可能再為難那女人。另外，他知道他去的地方能夠聽見女人的尖叫聲，也可以及時趕回來阻止任何惡行。再者，他也警告諾塞頓，如果敢做出一丁點傷害那女人的事，他會馬上替她報仇。可惜他很不幸地忘了一件事：諾塞頓雙手雖然反綁在後，雙腿卻是行動自如，而他離開時也沒有禁止諾塞頓使用那雙腿。因此，諾塞頓沒有受到那方面的限制，覺得他就算離開，也不至於辱沒自己的名聲，因為他認為沒有任何法令規定他必須留在那裡等待正式釋放。於是他邁開自由的雙腿，鑽進易於逃脫的樹林就消失了。那女人根本沒想到諾塞頓會不會逃，她或許緊盯救命恩人的背景，既不在乎、也沒費心去攔住他。

就這樣，湯姆回來時發現只剩那女人。原本他想去追諾塞頓，可是那女人苦苦哀求他陪她到鎮上去。她說，「我一點也不在乎那個逃走的傢伙，因為人生哲理和基督教義都教人寬恕別人的傷害。至於您，先生，我給您添麻煩很過意不去。再者，我這樣光著上身，沒有辦法直視您的臉。如果不是因為需要您的保護，我寧可自己一個人走。」

湯姆脫下外套，再三請她披上。我不知道為了什麼原因，她堅持不肯接受。他只好請她放寬心。「首先，我保護妳只是善盡做人的本分。至於妳光著上身，沿途我只要走在妳前面，就不構成問題。因為一來我不願意自己的目光冒犯妳，二來我也不敢保證自己抵抗得了妳誘人的魅力。」

於是湯姆跟那位獲救的女士效法奧菲斯和尤麗狄絲[6]，一前一後往前走。雖然我不認為那女人蓄意引誘湯姆回頭看她，但她一路上頻頻需要他的協助，比如扶她跨過柵門，還不時發生絆倒或其他意外，他不得不經常回頭。不過，他的運氣比可憐的奧菲斯好多了，因為他將他的同伴（或者該說跟班）平安送到了遠近馳名的厄普頓小鎮。

第三章
湯姆和那女人來到客棧；厄普頓戰役的完整敘述

我相信讀者一定急於知道那女人是何許人也，又如何落入諾塞頓手中。我必須請讀者壓抑好奇心，因為我基於某些往後讀者可能猜得到的重要原因，不得不暫時吊吊讀者胃口。

湯姆和那女人一踏進小鎮，直接去了在他們看來對整條街的優美景觀貢獻最多的一間旅店。湯姆命僕人帶他到樓上看看房間。他走在樓梯上時，跟在他後面那個衣衫不整的女人卻被店東一把拉住。店東大喊，「嘿！妳這要飯的婆娘想上哪兒去？妳不准上樓。」站在樓梯上的湯姆立刻大吼，「讓那位女士上來！」他的語氣是那麼威嚴，店東馬上放開女人，女人用最快的速度上樓進了房間。

湯姆希望她為自己平安抵達感到欣喜，說完他轉身離開，打算去請老闆娘送些衣服上來。那可憐女人衷心感謝他的好心，說她希望很快可以再見到他，以便對他表達更深的謝意。她說這番話時，兩隻手臂盡最大的努力遮住酥胸，因為湯姆雖然小心翼翼避免冒犯，卻還是忍不住偷瞄一兩眼。

他們來到的這家旅店碰巧口碑極佳，不論是潔身自愛的愛爾蘭女性，或同樣端莊嚴謹的北方小姐，

6 典故出自希臘神話，奧菲斯（Orpheus）前往冥界救妻子尤麗狄絲（Eurydice），冥王要求他一路上都不能回頭看妻子。他走出地面時一時興奮回頭看，沒想到尤麗狄絲還沒走出冥界，從此復活無望。

在前往巴斯途中都會在這裡投宿。因此，這家店的老闆娘絕不容許客人在她的屋簷下從事任何不名譽勾當。事實上，那些勾當實在太邪惡，傳染力極強，任何清白無辜的場所只要發生那種事，就會遭到污染。所以，容忍那些行為的地方就會淪為劣質客店，或者污名在外。

我無意暗指像這樣人來人往的旅店能維持得像灶神廟[7]那般貞潔。可敬的老闆娘也沒有奢望那樣的福氣，我提到的那些女士也不抱這種期待，即使最嚴謹的那些也是。不過，把那些見不得光的奸夫淫婦和衣衫不整的娼婦趕出門外，倒不是件難事。我們的老闆娘就嚴格遵行這個原則，她那些衣著體面的端莊客人也都合理地期望她做到這點。

人們會懷疑湯姆和他那位衣衫不整的同伴存心想幹某種勾當，也是情有可原。那種勾當雖然某些基督教國家予以容忍，另一些默許，所有國家都見得到它的蹤跡，它卻像殺人或其他恐怖罪行一樣，遭到那些國家都信仰的那個宗教明令禁止。因此，老闆娘聽說店裡來了這樣的兩個人，馬上尋思該如何用最快的方式將他們驅逐出境。為了達成任務，她拿起一件致命的長形武器。在承平時期，女僕會用這件武器摧毀蜘蛛辛勤工作的成果。用白話說，她拿起一把掃帚，正打算從廚房出征，碰巧湯姆主動來找她，請她幫樓上那位半裸女士找些合適的衣裳或禮服。

當我們被某人氣得大發雷霆，卻還有人來要求我們對那人展現格外的善意，這不但是對我們的脾氣火上澆油，也嚴重挑戰這種人類耐性的基本美德。基於這個原因，莎士比亞才會巧妙安排他的苔絲狄夢娜為凱西歐向丈夫求情，藉此將她丈夫的妒意，甚至怒火，推升到瘋狂的最高點。於是我們看到不幸的奧賽羅情緒失控，憤怒的程度要比目睹自己送給妻子的珍貴禮物出現在假想情敵手中更嚴重[8]。事實上，我們認為這種請託是在羞辱我們的智慧，任何有點自尊的人都嚥不下這口氣。

我們的老闆娘雖然天生一副好脾氣，我想她個性裡也是有這種自尊的存在。因為湯姆話還沒說完，她已經動用某種武器對他展開攻擊。這種武器雖然不長、不銳利、不堅硬，表面上看起來也不至於造成死傷，卻令許多睿智男士既驚且懼，連勇敢的男士都退避三舍。很多人敢於探頭查看上膛大砲的砲口，也不敢張望正在鼓動這種武器的嘴巴。他們寧可被朋友看成可憐的孬種，也不願冒著被這種武器攻擊的危險。

坦白說，湯姆恐怕就是這種人，因為他雖然遭到上述武器最凶猛的攻擊，卻沒有做出任何抵抗，反倒懦弱地懇求敵人停止砲火。用白話說，他只是非常誠懇地請她聽他說。不過，他的請求還沒得到回應，旅店老闆就挺身而出為顯然不需要協助的那一方助陣。

有一種英雄會根據對手的性格與行為表現，決定究竟該投入或避開衝突。這就是所謂的「識人之明」，湯姆想必也有「識女之明」，因為他在老闆娘面前百般忍讓，聽見她丈夫開口叫罵，卻立刻警告他最好閉嘴，免得自討苦吃。

老闆憤怒之中帶點憐憫，說道，「那你要有那個本事。我相信我比你強，嗯，各方面都是。」說完，他又罵樓上那位女士是娼婦，連罵了五、六次。他最後一次還沒罵出口，湯姆手裡那根棍子已經打中他肩膀。

沒有人知道先還擊的是老闆或老闆娘。兩手空空的老闆揮出拳頭，他妻子則是抄起掃帚對準湯姆腦門。她這一擊很可能就此終結這場戰鬥，也順道收拾了湯姆，幸好掃帚沒能順利往下敲。倒不是什麼異

7 Temple of Vesta，古羅馬灶神廟，廟內的聖火由貞女院的貞女負責看管。
8 此處典故出自莎翁名劇《奧賽羅》，奧賽羅因為伊阿古的蓄意挑撥，懷疑妻子苔絲狄夢娜（Desdemona）與凱西歐（Cassio）有私情。

教神祇奇蹟似地干預，而是發了一件順理成章又幸運的意外插曲，那就是帕崔吉及時趕到。他在那個時刻踏進旅店（因為他太害怕，一路從山裡跑過來），看見他的少爺或旅伴（隨你怎麼稱呼）身陷險境，連忙抓住老闆娘舉在空中的手臂，避免一場悲慘的禍事。

老闆娘很快看清自己的攻勢遭誰阻擋，卻掙脫不開敵人的手，乾脆扔掉掃帚，把湯姆交給丈夫教訓，張牙舞爪地向可憐的帕崔吉進攻，因為帕崔吉一進門就自曝身分，嚷嚷道，「咄！妳想打死我朋友嗎？」

帕崔吉雖然不愛打鬥，卻也不願眼睜睜看著朋友被人圍毆。對於自己分配到的對手，他也不算不滿意，因此，他挨了老闆娘一拳以後，馬上還以顏色。戰事全面開打，誰也看不出命運女神站在哪一方。那位半裸女士原本站在二樓樓梯口關心早先那場對話，這時突然衝下樓來，沒有考慮兩個打一個的不公平，撲向正在跟帕崔吉對打的可憐老闆娘。英勇的帕崔吉發現援軍來到，不但沒有就此收手，反倒火力加倍。

勝利女神顯然必須站在客人那一方（即使最驍勇善戰的部隊也難免寡不敵眾），幸好女僕蘇姍趕來救援她的女主人。蘇姍的拳腳工夫在地方上是出了名的，我相信連大名鼎鼎的塔勒絲里絲[9]（或她的亞馬遜子民）都是她的手下敗將，因為她長得高大威猛不讓鬚眉，天生就是打架的料。她的雙手雙臂可以對敵人造成嚴重傷害，她的臉龐卻像銅鑄鐵打，即使挨了拳，也不會造成太大損傷：她的塌鼻原本就平貼在臉上，嘴唇又厚又大，就算打腫了也看不出來，而且非常結實，再強的拳頭，也打不出凹痕。最後，她的顴骨高聳，彷彿造物者派它們充當兩座防禦工事，在她從事最適合她、她也最喜愛的活動時，發揮保護她雙眼的功能。這位俏佳人踏入戰場，馬上衝向獨力對抗一男一女的女主人。她出手單挑帕崔吉，帕崔吉接下戰帖，兩人展開一場殊死戰。

這場戰役可說驚天地泣鬼神，戰士們虎虎生風絕不留情。勝利女神展開她的金色雙翼，在空中盤旋。命運女神從架子上取下她的天平，一邊擺放湯姆、他的女伴和帕崔吉，另一邊則是老闆、他妻子和女僕，掂量他們的吉凶禍福，卻發現雙方難分高下。這時突然發生一件好事，瞬間終結這場血腥戰鬥，事實上，其中半數戰士也已經過足癮頭無心戀戰。那件好事就是有一輛四駕馬車停在門口，店東夫婦立刻停止打鬥，也成功說服對手停戰。只是，亞馬遜佳人對帕崔吉可沒那麼友善，她將他打倒在地，整個人跨坐在他身上，左右開弓盡情掌摑，不在乎對手要求停火，也沒理會他扯著嗓門大喊「殺人啦」。

湯姆放開店東後立刻馳援戰敗的隊友，費了九牛二虎之力才拉開那位狂暴女僕。帕崔吉不知道自己已經獲救，繼續躺在地上，雙手護著臉龐大呼小叫。湯姆強迫他張開眼睛看看，他才發現戰爭已經結束。

店東沒有明顯外傷，老闆娘拿出手帕遮住抓痕遍布的臉蛋，兩人快步跑到門口接待剛下馬車的年輕女士和她的女僕。兩名貴客被領進湯姆安置女伴那個房間，因為那是客店裡最上等的廂房。她們前往房間途中不得不路過剛才的戰場，兩人腳步匆匆、手帕遮臉，避免吸引任何目光。她們其實過慮了，因為不幸的海倫[10]（她是引發這場血戰的致命禍水）自己也遮住臉龐，湯姆則是忙著解救慘遭蘇姍毒打的帕崔吉。可憐的帕崔吉脫困後立刻衝到幫浦旁洗臉，設法止住被蘇姍打得奔流不息的鼻血。

9 Thalestris，傳說中的亞馬遜女王，長得體格壯碩，孔武有力。
10 希臘神話中世上最美的女人，因與特洛伊王子私奔，掀起特洛伊戰爭。

第四章

一名戰士抵達，徹底化解雙方敵意，締造穩定而持久的和平局面

大約在這個時候，有個中士帶著一隊火槍兵押送一名逃兵來到旅店。中士向店東打聽鎮上的治安官是哪位，店東說他本人兼任那個職務。中士於是要店東安排客房，也點了一大杯啤酒，連聲埋怨天氣冷，走到廚房壁爐前取暖。

湯姆的女伴心情沮喪，手托下巴坐在廚房桌子旁感嘆自己的不幸遭遇，湯姆在一旁柔聲勸慰。為免讀者為某種特殊情況心有罣礙，我覺得不妨在這裡告訴他們，這位女士走出樓上房間以前，先用房間裡的枕頭套妥善包裹自己的上半身，所以當時即使有那麼多男性在場，她也並沒有失了體統。

這時有個士兵走到中士身旁，在他耳邊說了悄悄話，中士聽完，定定地看著那位女士，注視大約一分鐘後，走到她面前問，「夫人，打擾一下，我相信我沒弄錯，妳是華特上尉的夫人吧？」

那可憐的女人早先因為處境尷尬，沒有心思去理會旁人，現在她定神一看，馬上認出那個中士，也喊了他的名字，說道，「我確實就是你說的那個倒楣女人。我這副模樣，沒想到還會被認出來。」

中士說，「我看見夫人這副打扮，也非常驚訝，擔心夫人是不是碰上什麼意外。」

她答，「我確實碰上了意外。多虧這位先生，」她指著湯姆，「我才保住小命，還能活著在這裡說話。」

中士說，「無論這位先生做了什麼，我相信上尉一定會好好答謝他。夫人如果有任何需要，只管吩咐我。我很樂意為夫人效勞，弟兄們也一樣，我相信上尉一定會給他們獎賞。」

老闆娘在樓梯上聽見中士與華特夫人之間的對話，連忙快步下樓，直接跑到夫人面前，請她原諒剛才的冒犯，說都怪她不知道夫人的身分，她說，「天哪！夫人，我怎麼能想得到您這樣高貴的人會穿著那樣的衣裳？夫人，如果我早猜到夫人就是夫人，那我寧可燒掉舌頭，也不會說出那些話。我希望夫人不嫌棄，在拿到自己的衣裳以前，先穿我的。」

「妳這女人，」華特夫人說，「趕緊給我住嘴。妳怎麼會以為我願意聽妳這種下等人說出來的話？我也很驚訝，經過剛才那些事，妳竟然以為我肯穿妳的髒衣服。妳聽好了，那點骨氣我還是有的。」

湯姆出面打圓場，請華特夫人原諒老闆娘，並且接受她的衣裳。他說，「我不得不承認，我們剛來的時候，看起來是有一點可疑。我相信老闆娘所做的一切確實如她所說，只是為了保全客店的聲譽。」

老闆娘說，「是啊，真是這樣。這位先生說話很紳士，看起來他的確也是個紳士。說真格的，誰都知道這家店的名聲不輸路上任何一家。不是我誇口，愛爾蘭或英格蘭最高貴的先生小姐們都經常光顧我們小店，這點誰也不敢說我騙人。像我剛才說的，如果我知道夫人是夫人，我寧可燒掉手指，也不敢碰夫人您一下。可是上流先生小姐們花錢來住店，我不能讓一些穿著破爛衣裳的害蟲玷污他們。那些害蟲不管走到哪裡，花不了幾文錢，跳蚤倒是留下一堆。我絕不會同情那種人，傻子才同情他們。如果我們國家的法官做好該做的事，那些人早都被掃到外國去了，因為外國才是最適合他們的地方。至於夫人您，我真心遺憾您碰上倒楣事。如果夫人賞光，在您拿到自己的衣裳以前先穿我的，我最好的衣裳隨便您挑。」

華特夫人不知是因為天冷，或難為情，或聽進湯姆的勸說，我不清楚。總之，她終於接受老闆娘的道歉，跟著老闆娘去換套體面的衣裳。

店東也開始讚揚湯姆，卻馬上被寬容大度的湯姆制止。湯姆熱情地跟店東握手，強調他一點也不怪他，說道，「好朋友，只要你滿意，我就滿意。」老實說，店東需要更多理由放下芥蒂，因為他肚子被湯姆打了好幾棍，卻連碰都沒碰著湯姆。

帕崔吉一直在幫浦旁清洗鼻子流出的血，回到廚房正巧看見湯姆跟店東在握手。他向來愛好和平，看見這和解的畫面十分開心。雖然他臉上掛著不少蘇姍的拳印，更多她的爪痕，但他寧可心滿意足地接受上一場戰役的結果，也不願意報仇雪恨重啟戰端。

英勇的蘇姍在戰爭爆發之初挨了帕崔吉一拳，得到一枚黑眼圈，卻也對自己的勝利感到滿意。他們兩個於是化敵為友，原本在戰場上充當兵器的雙手，搖身一變成了和平的媒介。

如今風波徹底止息，中士非常贊同這樣的結果（儘管這似乎違背他職業的宗旨）。他說，「好啦，這才算一片和樂。見鬼了，我討厭看見兩個人吵完架彼此懷恨。好友之間吵架唯一的辦法，就是用所謂的友善方法公平解決。不管用拳頭、用劍或手槍，隨他們喜歡，之後事情就算完了。至於我自己，我最喜歡朋友的時候就是跟他吵架的時候！法國人才記仇，英國人不會。」

他又說，締結和平條約一定得祭酒。這裡讀者可能會以為他精通古代史籍。這點雖然極有可能，可是他並沒有引經據典來支持他的提議，所以我也不敢斷言。不過，他這種想法確實可能有憑有據，因為他提出的時候指天誓日連連賭咒。

湯姆一聽見博學的中士的提議，馬上表示贊同，並且命店家拿一只碗（應該說是一個大杯子），裝滿舉行這類儀式需要的液體，帶頭奠祭。他的右手拉住店東右手，左手抓起酒碗，說了應景話語，就獻出酒液。之後，在場每個人都行禮如儀照做一遍。說實在話，我不需要特別描述這場祭典的細節，因為已經有太多古代作家和他們的現代譯者做過詳盡記錄。倒是有兩點差異值得一提：首先，在這場祭儀裡，獻祭者把酒全倒進自己的喉嚨；第二，擔任祭司角色的中士最後喝。我認為他倒是遵循古禮，一來所有人之中他喝得最多，二來他除了協助儀式進行，對這次祭酒大典沒有任何貢獻。

這群善良人們於是圍在爐火旁取暖，氣氛友好融洽。帕崔吉不但遺忘戰敗的恥辱，腹中的飢餓也轉為口中的乾渴，不久後就變得格外滑稽。不過，我們必須暫別這群討喜的人們，來到湯姆和華特夫人所在的廂房。湯姆點的午餐已經擺上桌。事實上，這頓午餐準備起來一點也不花時間，因為三天前就料理好了，廚子唯一要做的就是重新加熱。

第五章

替所有胃口奇佳的英雄說幾句話；描述一場情慾戰役

英雄人物在世人眼中總是有著崇高形象，而他們聽多了奉承言語，難免也自視甚高，但他們終究凡俗的成分多於神聖。不管他們的心靈如何高尚，至少他們的肉體（這部分主宰著大多數人）可能有著最糟糕的弱點，無法擺脫人類天性最卑劣的一面，比如飲食。曾有幾位智者認為飲食是極端鄙陋的行為，有損哲人的高貴品格。只是，就連地球上最偉大的君王、英雄或哲學家，某種程度上也不能置身事外。不只如此，有時造物者故意捉弄人，讓這些仁人君子做起這件事來比最下等的人們更過度。

坦白說，地球上的現存居民沒有哪個當真超凡脫俗，所以誰也不必為了屈服於人類基本需求感到羞愧。不過，如果我剛才提及的那些大人物自甘墮落，想要獨占這種低等行為（畢竟，當他們貯藏或糟蹋食物時，等於想害別人沒東西吃），那麼他們也就變得非常低劣可鄙。

好了，幾句開場白過後，我再來描述湯姆此時狼吞虎嚥的情景，想來也不至於損及他的形象。在《奧德賽》這部飲食史詩裡，尤里西斯算是胃口最好的人物，但我真心認為，尤里西斯本人恐怕也不曾像湯姆這樣大快朵頤。至少原本屬於某頭牛的三磅精肉，現在有幸變成湯姆身體的一部分。

我覺得有必要提起這個細節，因為這可以說明我們的主角為什麼暫時忽略身邊的女伴。他的女伴吃得極少，心裡只想著另一件性質截然不同的事。湯姆完全沒有注意到她的心思，畢竟他已經餓了二十四小時。不過，午餐一結束，他才注意到其他事項。關於那些事，我現在來向讀者說明。

到目前為止，我對湯姆的優點著墨甚少，其實他是世間罕見的美男子。他的臉龐不但紅潤健康，也明顯有著個性溫柔敦厚的種種特徵。他雙眼炯炯有神又充滿情感，雖然觀察力敏銳的人絕不會錯過，眼拙之輩卻可能會視而不見。相較之下，他溫柔敦厚的相貌格外顯眼，任誰都能一眼看出來。

可能是因為和善的表情，也可能是因為淨白的膚色，他的臉有一種幾乎難以言傳的細膩感，可能會讓他顯得柔弱。幸好他儀表堂堂，充滿男子氣概：氣宇軒昂不輸大力士海克力斯；相貌堪比美少年阿多尼斯。除此之外，他還兼具活潑、斯文、爽朗、親切等特質，渾身上下精力充沛，只要有他在的場合，氣氛必定歡快熱鬧。

此時華特夫人對湯姆產生極大好感，不過，讀者已經知道我們的主角身上匯聚了這麼多迷人特質，也知道華特夫人剛蒙受他的救命之恩，如果還認定她品性不端，那就有欠公允，而且流於假道學。

然而，不管讀者如何評斷她，我的責任只是忠實呈現事件原貌。事實上，華特夫人不只對湯姆有好感，甚至非常愛慕他。我索性大膽明說，她戀愛了。根據「愛」這個字目前舉世公認的定義，它可以一視同仁地運用在我們所有情感、口慾或感官喜好的事物上：也就是我們喜歡這種食物、不喜歡那種食物的那份偏好。

雖然對各種事物的愛可能沒有什麼不同，它的運作卻必須有所差別。我們不管多麼愛頂級沙朗牛排，或勃根地葡萄酒，或大馬士革玫瑰，或克雷莫納小提琴[11]，也絕不會對牛排或其他那些東西微笑或拋媚眼，不會為它打扮或讚美它，更不會使出渾身解數去博取它的愛。偶爾我們確實可能會嘆息，但通

11 義大利克雷莫納（Cremona）是世界第一把小提琴的誕生地，以製琴工藝聞名。

常不是在那東西面前，而是因為眼前沒有那個東西。否則我們就會埋怨它們不知感恩裝聾作啞，就像帕西菲[12]埋怨她的公牛。她對公牛賣弄的無數風情，如果施展在客廳裡那些理性又溫柔的男士身上，想必成果豐碩。

換做同為人類的男女之間，愛情的運作卻恰恰相反。我們一旦墜入情網，最關切的莫過於如何求得對方的愛。否則年輕人為什麼要學習如何討人喜歡？如果不是為了愛情，我想那些美化或裝飾外貌的行業可能很難生存下去。不只如此，教授美姿美儀的大師（有些人認為他們教學的主要目標就是讓我們有別於飛禽走獸），包括那些舞蹈老師，恐怕也無法在社會上立足。簡言之，年輕男女向別人學習的那些優雅舉止，以及他們透過鏡子的協助所做的諸多修正與改善，事實上正是奧維德經常提到的「愛情的飛鏢與火焰」。或者，在我們自己的語言裡有時稱為「愛情的全套武器」。

華特夫人一坐下來，馬上對湯姆啟用這種砲火。不過，我接下來這段描寫不曾訴諸散文或詩歌，因此最好召喚某些神仙的協助，我相信祂會好心助我一臂之力。

居住在聖潔如天使的天上宮闕的美惠三女神[13]，請開金口吧！妳們何其神聖，長伴天使左右，必定熟知一切魅惑之術。說吧，此刻華特夫人動用了哪些武器來擄獲湯姆的心？

真善美三女神：

「首先，那雙美麗的藍色眼眸明亮動人，像閃電般射出兩道深情秋波。不過，也算我們的主角走運，那閃電擊中他正往自己餐盤搬運的一大塊牛肉，火力耗盡，沒有造成傷亡。美麗的戰士發現砲火射偏，立刻從迷人的胸脯吐出一聲致命嘆息。這聲嘆息任誰聽了都會動容，威力足以橫掃整整一打男子。那陣含情脈脈的氣息是那麼輕柔、那麼甜美、那麼婉約，一定能夠狡猾地鑽進我們主角的心扉，只可惜他當時正往嘴裡大口灌下某種瓶裝麥芽酒，耳裡的咕嚕嚕聲響粗魯地驅走那溫柔氣息。她又祭出其他許多武器，可是飲食之神（假設有這種神祇的話，我不是很確定）解救了他的信徒。不過，或許這不是什麼需要借助神力的難題，湯姆之所以安然無恙，只是自然而然的結果。因為愛情經常可以療飢止餓，那麼在某些情況下，飢餓也可以為我們抵擋愛情。」

「美人連連挫敗心中氣惱，決定暫時鳴金收兵，趁這段空檔重新整頓全套愛情兵器，打算等午餐結束，馬上展開新一波攻擊。」

「餐桌收拾乾淨後，她立刻採取行動。首先，她用右眼斜睨湯姆，眼角投出穿透力十足的一瞥。這一瞥擊中目標時威力已經大幅減弱，卻也不至於全無戰果。美人發現攻勢奏效，急忙撤回雙眸，視線向下，彷彿為自己的行為惶恐不安。其實這只是她的手段，目的在卸除湯姆的心防，也讓他張開雙眼，因為她打算透過他的眼睛突襲他的心房。這時，她緩緩抬起那雙已經打動可憐湯姆的明亮眼眸，在一抹笑靨中，眉目之間的各種嬌媚萬箭齊發。那不是歡樂或喜悅的微笑，而是深情的笑。大多數女性隨時都能拋出這種笑容，展現她們溫柔的性情，她們漂亮的酒窩，以及她們潔白的貝齒。」

「那抹笑容擊中湯姆的雙眼，它的威力震得他心神蕩漾。他這才看見敵人的戰術，甚至意識到自己節節敗退。雙方展開和平談判，狡猾的美人卻悄悄地、神不知鬼不覺地持續進攻，以至於她還沒發動下一波攻擊，幾乎已經征服我們主角的心。坦白說，我覺得我們的主角採取的可能是荷蘭式防守[14]，沒有充分考慮他跟美麗的蘇菲亞之間的盟約，背棄承諾獻出堡壘。簡言之，這場愛情和談一結束，女方不經

12 Pasiphae，希臘神話中克里特島國王米諾斯（Minos）的妻子，她因海神的魔咒愛上一頭公牛。
13 Graces，希臘神話中代表真善美的三女神。
14 英國參與奧地利王位繼承戰爭時，懷疑盟軍荷蘭有部分指揮官收受賄賂，沒有盡全力對抗法國軍隊。

意讓遮住頸項的手帕滑落地板，露出輝煌的砲台，湯姆的一顆心就被勾走了，美麗的征服者照慣例品嘗到她的勝利果實。」

說到這裡，美惠三女神覺得她們的敘述應該到此為止，我也覺得這一章可以畫下句點了。

第六章
廚房裡的一場友善談話，結局司空見慣，卻不算太和氣

我們的愛侶依前章描述的情景共度美好時光，也帶給廚房裡那些好友一段歡樂時光。這話語帶雙關，意思是他們既提供嚼舌根的材料，也供應鼓舞情緒的飲品。

現在圍在爐火旁的，除了偶爾來來去去的店東夫婦之外，還有帕崔吉、中士，以及幫那位女士和她的女僕駕車的馬車夫。

帕崔吉向眾人轉述他從山中人那裡聽來、有關湯姆遇見華特夫人的情景；中士緊接著就他所知說明她的過去。他說她是他們軍團裡華特上尉的妻子，她經常陪著他在營區。他說，「有人懷疑他們根本沒有在教堂正式結婚，不過那不關我的事。我可以用生命發誓，我認為她出身不比我們高尚，而且我覺得只要雨天能出太陽，上尉也能上天堂。不過就算他當真上了天堂，那也無所謂，因為他反正不會太孤單。至於那位夫人，說句公道話，她心地很善良，而且非常喜歡軍人，經常為他們打抱不平。她曾經替很多可憐的士兵求情，因為她心腸太好，不願意看到任何人受責罰。她跟諾塞頓准尉在上一次駐紮的地方確實相處非常融洽，一點都不假。這事上尉不知道，不過只要他沒有被冷落，又有什麼關係？他對她的愛一點都沒少，我相信如果哪個人敢欺負她，他一定會要了那人的命，所以我個人絕不會得罪她。這些事我都是聽別人說的，說實在話，如果大家都那麼說，那多半不會是假的，至少有部分事實。」

帕崔吉說，「是啊是啊，我敢說多半是真的。拉丁話說：『實話製造仇恨。』」

老闆娘說，「都是惡意中傷。她現在打扮整齊了，我敢說她是非常高尚的夫人，做人做事也很得體。她跟我借衣裳穿，給了我一基尼。」

店東說，「果然是個高貴夫人！如果當初妳不那麼莽撞，就不會跟她吵起來。」

他妻子還嘴道，「你還有臉跟我提！如果當初你沒有胡說八道，什麼事都不會發生。你非得管不該你管的事，跟人說你那些蠢話。」

店東說，「好好好，反正事情都發生了，就讓它過去吧。」

她說，「是啊，這回是過去了，萬一以後再發生同樣的事，誰曉得結果會怎樣？我不是頭一遭吃你那蠢腦袋的虧。以後你在屋裡最好閉上嘴，只要做好屋外的事，那才是你該管的事。你忘了七年前那件事嗎？」

他說，「別，親愛的，別翻舊帳。好了，好了，沒事了。我跟妳道歉。」

老闆娘正要回答，卻被和事佬中士攔住，害得帕崔吉失望透頂，因為他非常喜歡所謂的「趣事」，特別喜歡挑起一些無傷大雅的爭執，畢竟這種風波通常只會製造趣味，不會導致悲傷結局。

中士問帕崔吉他和他的少爺打算上哪兒去。「什麼少爺不少爺的，我不是任何人的僕人。雖然我時運不濟，至少也有個紳士頭銜。我現在看起來是又窮又蠢，過去也是個中學老師。『可憐的我！已經不是過去的我。』」

中士說，「先生，恕我失禮。那麼，我能不能冒昧問一聲，你跟你朋友打算上哪兒去？」

帕崔吉答，「這回你可算把我們的關係弄對了，『我們是朋友。』我可告訴你，我朋友是國內數一數二的紳士（店東夫婦聽見這話都豎起耳朵），他是歐渥希鄉紳的繼承人。」

老闆娘驚叫道，「什麼！就是在全國各地做很多善事那位？」

帕崔吉答，「是他沒錯。」

老闆娘說，「那我敢說他以後會繼承一大筆財產。」

帕崔吉說，「大有可能。」

老闆娘說，「我第一眼見到他就覺得他像個上流紳士，不過我這個丈夫當然比誰都有見地。」

店東說，「親愛的，我知道我錯了。」

她說，「你確實錯了！不過你什麼時候看見我出這樣的錯？」

店東問帕崔吉，「先生，這樣的上流紳士怎麼會用兩條腿到處走？」

帕崔吉答，「我不知道，上流紳士難免有點怪癖。他有十二匹馬和僕人留在格洛斯特，可是他什麼都不要。昨天晚上天氣挺熱，他非得到山上走走清涼一下，我也跟著去。不過我再也不會去那地方了，我這輩子沒受過那麼大的驚嚇。我們在那裡碰上最古怪的人。」

店東叫道，「不會吧！那一定是人家說的『山中人』，如果他真是人的話。有些人相信住在那裡的是魔鬼。」

帕崔吉說，「哎呀，很有可能。現在聽你這麼一說，我真心誠意相信那就是魔鬼，雖然我沒有親眼看見他的分趾蹄。也許他有魔法可以藏起來，因為妖魔鬼怪想變成什麼就變什麼。」

中士問，「那麼先生，冒昧請問，那個魔鬼是什麼樣的紳士？因為我聽某些軍官說根本沒這樣的人。他們說那只是牧師擔心破產，才用這種把戲騙人。因為如果大家都知道世上沒有魔鬼，牧師就沒有用處了，就像不打仗時我們軍人也會失業。」

帕崔吉說，「看來那些軍官很有學問。」

中士答。「哪有什麼學問，先生，我相信他們的學識還不及你的一半。還有，說真格的，雖然那些人之中有一個是上尉，但不管他們怎麼說，我相信世上一定有魔鬼。因為我是這麼想的，如果世上沒有魔鬼，那些壞人要怎麼送去他那裡？這些我都在書上讀過。」

店東說，「我敢說你們那些軍官裡有些人早晚會走霉運去見魔鬼。我相信魔鬼一定會教訓那些欠我帳的人。我店裡就有一個軍官，已經住了半年，一天花不到一先令，卻厚著臉皮選了上等床鋪，還讓他的人用廚房的火烤甘藍菜，因為星期天我不供應午餐。虔誠的基督教徒都會希望世上有魔鬼，好懲罰這些惡棍。」

中士說，「店東，你聽好，不要污辱軍人，我不接受。」

店東說，「見鬼的軍人！我吃他們太多虧了。」

中士說，「各位先生，你們都聽見了，他詛咒國王，是嚴重的叛國罪。」

店東反駁，「我哪有詛咒國王！你這壞蛋。」

中士大叫，「你有！你詛咒軍人，就等於詛咒國王。這是同一回事，因為敢詛咒軍人的人，一定也敢詛咒國王。這麼說起來，這是同一回事。」

帕崔吉說，「中士先生，很抱歉，那是『無效推論』。」

中士從椅子上跳起來，說道，「別跟我扯那些怪里怪氣的話。我不會靜靜坐在這裡聽你們罵軍人。」

帕崔吉說，「朋友，你誤會了。我沒有罵軍人，我只是說你剛才的推論無效[15]。」

中士罵道，「你也一樣，好不到哪去。你自己也是不折不扣的『無效』。你們是一群膿包，我這就證明給你們看，我要跟你們之中最強的人對打，賭二十鎊。」

帕崔吉聽見中士的挑戰立刻閉嘴，因為他不久前剛挨飽了拳頭，身體暫時還沒恢復。馬車夫的骨頭沒帕崔吉那麼疼，打架的興致也高一些，不甘心挨罵，因為他覺得中士也算罵到他了。他站起來走向中士，嚷嚷著說他自認體格不輸任何軍人，還說要賭一基尼跟中士鬥拳。中士答應跟他打，卻拒絕賭注。說著他脫掉外衣動手就打，最後駕車的被帶兵的打得落花流水，只能用僅剩的一點氣息向對方求饒。

年輕女士決定繼續上路，命車夫備車，可惜沒用，因為那天晚上車夫沒有能力執行任務。古代異教徒可能會將他的失職歸咎於酒神，或者戰神，因為兩名戰士對酒神和戰神的獻祭不相上下。講白一點，他們兩個都爛醉如泥，連帕崔吉也好不到哪兒去。至於我們的店東，喝酒畢竟是他的職業，烈酒裝在他肚子裡，產生的影響跟裝在店裡任何容器裡沒什麼不同。

客店的女主人奉召前去幫湯姆和他的女伴沏茶，一五一十跟他們說了上述事件的後半段，她很也替那位年輕女士擔心，說道，「她沒辦法趕路，顯得非常焦急。她真是個又親切又漂亮的姑娘。我確定以前見過她。我猜她一定是談戀愛逃家了。天曉得，也許有哪個心情跟她一樣沉重的年輕紳士在等她。」

湯姆聽見這番話嘆了一大口氣，華特夫人雖然注意到了，老闆娘在的時候卻假裝沒看見。等老闆娘走了，她忍不住拐彎抹角探詢，想知道自己是不是有強大的情敵。湯姆雖然沒有直接回答，困窘的神情卻讓她相信自己猜得沒錯。不過，在愛情上她沒那麼多講究，即使發現有情敵，也不會太在意。湯姆俊俏的外表深深令她著迷，她反正看不見他的心，乾脆不予理會。她可以在愛情的餐桌上盡情享受，不會去揣想這套宴席是不是有人享用過，或未來會不會換別人來享用。她這種心態雖然稱不上高雅，卻非常務實，不像某些自己得不到、也不要別人得到的女性那般任性，或許也沒那麼惡毒與自私。

15　原注：中士誤認「無效推論」（non sequitur）這個詞是在罵人，其實它是邏輯學用語，意思是結論跟前提不符。

第七章

進一步描述華特夫人，說明她如何陷入被湯姆解救的那個困境

造物者雖然沒有在人類天性之中注入等量的好奇與虛榮，不過，每個人身上想必都有這兩種特質，而且比例不低，以至於需要運用相當的技巧（和努力）才能壓抑或隱藏。然而，任何人想要當個有智慧或有教養的人，就絕對必須克服它們。

因此，既然湯姆很夠資格被稱為有教養的人，他當初解救華特夫人時，明知她一定是碰上了某種非比尋常的經歷，卻也壓抑住自己的好奇心。一開始他確實曾經旁敲側擊地探詢，發現她極力避談那件事，就不再多問。再者，他猜想其中可能涉及某些難以啟齒的尷尬情節。

鑑於某些讀者可能不太願意被蒙在鼓裡，而我向來樂於滿足所有讀者的需求，所以大費周章查出真相，就用這起事件為本卷收尾。

這位女士多年來一直是華特上尉的枕邊人，這個上尉跟諾塞頓准尉隸屬同一個軍團。她算是上尉的妻子，也冠他的姓，但正如中士所說，他們的婚姻關係是否屬實不無疑問，不過這件事我暫且按下不提。

說來遺憾，華特夫人的確跟諾塞頓准尉過從甚密一段時日了，這件事對她的名聲實在沒有好處。她很喜歡諾塞頓，這點無庸置疑，不過，她會不會因此犯下罪行，就不得而知了。除非我們願意假設女人

一旦把心給了男人，就一定會把人也交給他。

華特上尉所屬的部隊比諾塞頓准尉那連提早兩天開拔，因此，我先前所說湯姆跟諾塞頓之間那件不幸糾紛發生的隔天，上尉的部隊已經抵達伍斯特了。

華特夫人和上尉事先商定，她只陪他到伍斯特，之後就各奔東西。她返回巴斯，留在那裡等到冬天跟叛軍作戰結束。

諾塞頓准尉也獲知這個協議。事實上，華特夫人跟他約好，她會在伍斯特等他的部隊來到。至於他們見面是為了什麼，又要做什麼，只能留給讀者自行定奪。因為我雖然必須陳述事實，卻也不願意違背我的天性，說出對女士不利的話語。

如我們所知，諾塞頓順利逃出他的牢房，就趕著去見華特夫人。由於他個性積極行動敏捷，所以他趕到伍斯特的時候，華特上尉剛離開幾小時。他一見到她，就毫不猶豫地說起自己碰見的倒楣事。在他的描述下，他果然受盡委屈，因為他省略掉自己那些可受公評（至少在榮譽法庭上是如此）的行為，倒是保留了一些在國家法庭上可能受到質疑的情況。

比起男人，女人談起戀愛更是轟轟烈烈，更不計得失，一心只為心愛的對象著想，這是她們值得稱道的特質。華特夫人得知情人面臨危險，一時之間，除了他的安危，什麼都不在乎了。這當然是諾塞頓樂見的結果，兩人於是討論接下來該如何應變。

經過多方考量，兩人達成協議：諾塞頓走鄉間小路前往赫里福德，從那裡再想辦法去威爾斯的某個海港，也許有機會逃到國外。華特夫人答應一路陪著他，她還能提供他旅費。對諾塞頓而言，這才是最實際的東西。當時她錢包裡有三張紙幣，總共九十鎊，另有一些現金，手上還戴著一枚價值不菲的鑽戒，而且毫不隱瞞地向卑鄙的情人透露，完全沒想到自己可能因為這些財物遭情人洗劫。他們如果雇用馬匹離開伍斯特，追捕的人一定會因此查出他們行蹤，所以諾塞頓建議第一階段先走路，因為當時路上結了硬霜，正適合步行。華特夫人一口答應。

華特夫人的行李大多已經送到巴斯，當時身上只帶著幾件襯衣，她的情人把這些全塞進自己口袋。當天晚上計畫就緒，兩人隔天起個大早，五點鐘就離開伍斯特。雖然離日出還有兩小時，但因為正逢滿月，月亮盡它所能為他們提供照明。

有一種女性身子嬌弱，多虧馬車的發明，她們才能從甲地趕到乙地，馬車也成了她們生活的必需品。華特夫人不是那種女人，她的四肢結實又靈活，精神也十分飽滿，一路都能跟上情人敏捷的腳步。

諾塞頓知道有一條路可以通往赫里福德，他們在那條路上走了幾公里，天亮時來到一大片樹林邊緣。諾塞頓突然停下腳步，煞有介事思考一番，才說他擔心繼續走大馬路可能會被人發現。他三言兩語就說服情人改走一條看起來能直接穿越樹林的路，兩人就這麼走到馬札德山下。

諾塞頓打算做的這件歹毒事究竟是早有預謀，或臨時起意，我說不準。不過，他們一來到這個偏僻所在，他覺得行動不可能受到干預，就突然解下腿上的襪帶，開始對華特夫人動粗，企圖執行我們之前描述過、後來幸運被湯姆化解的那樁驚悚又可鄙的犯行。

萬幸的是，華特夫人並不是弱不禁風的女子，她看見諾塞頓拿著襪帶打結，又聽他說出陰險意圖，馬上鼓起勇氣自我防衛。她一面奮力抵抗，一面高聲呼救，幫自己爭取了幾分鐘時間。湯姆循聲趕到的時候，她正好力氣耗盡，任憑諾塞頓宰割。在湯姆協助下，她總算毫髮無傷地脫困，唯一的損失就是衣裳被扯破，鑽石戒指不翼而飛，不知是打鬥時脫落，或被諾塞頓搶走。

讀者，為了令您滿意，我煞費苦心四處打聽，也已經把成果呈現在您面前。我陳述的這件事愚蠢又邪惡，幾乎無法相信天底下有人做得出來，不過，我們知道當時諾塞頓誤以為自己殺了人，死罪難逃，只能選擇亡命天涯。他覺得只要能拿到這女人的錢財和鑽戒，多少可以彌補這多出來的良心負擔。

還有，我也要嚴正提醒您，千萬不要因為這個惡棍的行為一竿子打翻全船的人，對我國軍隊裡那些可敬可佩的軍官產生不良印象。請您別忘了，我早先說過這傢伙無論出身或教養都不好，根本不夠資格投身軍旅。因此，除了他自己之外，如果有誰該為他的卑劣行為負責，那一定是那些當初授予他軍階的人。

國家圖書館出版品預行編目資料

湯姆．瓊斯 (全譯本) / 亨利．費爾丁（Henry Fielding）著；陳錦慧譯 . --
初版 . -- 臺北市：商周出版：家庭傳媒城邦分公司發行，2019.11
面；　公分 . --(商周經典名著 ; 63-64)
譯自 : The history of Tom Jones, a foundling.
ISBN 978-986-477-738-9(上冊 : 平裝). --
ISBN 978-986-477-739-6(下冊 : 平裝). --
ISBN 978-986-477-740-2(全套 : 平裝)

873.57　　　　108015566

商周經典名著 63

湯姆．瓊斯（全譯本｜上）

THE HISTORY OF TOM JONES, A FOUNDLING

編　　著／亨利．費爾丁（Henry Fielding）
譯　　者／陳錦慧
企劃選書／黃靖卉
協力編輯／葉耀琦
責任編輯／彭子宸

版　　權／黃淑敏、林心紅、翁靜如
行銷業務／莊英傑、周佑潔、黃崇華、李麗渟
總　編　輯／黃靖卉
總　經　理／彭之琬
事業群總經理／黃淑貞
發　行　人／何飛鵬
法律顧問／元禾法律事務所 王子文律師
出　　版／商周出版
台北市104民生東路二段141號9樓
電話:(02) 25007008　傳真:(02)25007759
E-mail:bwp.service@cite.com.tw
Blog:http://bwp25007008.pixnet.net/blog
發　　行／英屬蓋曼群島商家庭傳媒股份有限公司 城邦分公司
台北市中山區民生東路二段141號2樓
書虫客服服務專線:02-25007718;25007719
服務時間:週一至週五上午09:30-12:00;下午13:30-17:00
24小時傳真專線:02-25001990;25001991
劃撥帳號:19863813;戶名:書虫股份有限公司
讀者服務信箱:service@readingclub.com.tw
城邦讀書花園:www.cite.com.tw
香港發行所／城邦(香港)出版集團有限公司
香港灣仔駱克道193號東超商業中心1樓;E-mail:hkcite@biznetvigator.com
電話:(852) 25086231　傳真:(852) 25789337
馬新發行所／城邦(馬新)出版集團 Cite (M) Sdn. Bhd.
41, Jalan Radin Anum, Bandar Baru Sri Petaling,
57000 Kuala Lumpur, Malaysia.
Tel: (603) 90578822　Fax: (603) 90576622　Email: cite@cite.com.my

封面設計／廖韡
排　　版／極翔企業有限公司
印　　刷／韋懋實業有限公司
經　銷　商／聯合發行股份有限公司
電話:(02)2917-8022　傳真（02）2911-0053
地址:新北市231新店區寶橋路235巷6弄6號2樓

■2019年11月14日初版一刷
定價450元　　Printed in Taiwan

城邦讀書花園
www.cite.com.tw

 ISBN 978-986-477-738-9